A manobra do rei dos elfos

Robert Löhr

A manobra do rei dos elfos

Tradução de
CLAUDIA BECK

EDITORA RECORD
RIO DE JANEIRO • SÃO PAULO
2011

CIP-BRASIL. CATALOGAÇÃO-NA-FONTE
SINDICATO NACIONAL DOS EDITORES DE LIVROS, RJ

L825m
Löhr, Robert
A manobra do rei dos elfos / Robert Löhr; tradução de Claudia Beck. –
Rio de Janeiro: Record, 2011.

Tradução de: Das Erlkönig-Manöver
ISBN 978-85-01-08483-5

1. Ficção alemã. I. Szabo, Claudia Beck Abeling. II. Título.

CDD: 833
11-4332   CDU: 821.112.2-3

TÍTULO ORIGINAL EM ALEMÃO:
Das Erlkönig-Manöver

Copyright © Piper Verlag GmbH, München 2007

Texto revisado segundo o novo Acordo Ortográfico da Língua Portuguesa.

Todos os direitos reservados. Proibida a reprodução, no todo ou em parte, através de quaisquer meios. Os direitos morais do autor foram assegurados.

Direitos exclusivos de publicação em língua portuguesa somente para o Brasil adquiridos pela
EDITORA RECORD LTDA.
Rua Argentina, 171 – Rio de Janeiro, RJ – 20921-380 – Tel.: 2585-2000, que se reserva a propriedade literária desta tradução.

Impresso no Brasil

ISBN 978-85-01-08483-5

Seja um leitor preferencial Record.
Cadastre-se e receba informações sobre nossos lançamentos e nossas promoções.

Atendimento e venda direta ao leitor:
mdireto@record.com.br ou (21) 2585-2002.

Pai mata o filho ou a filha.
Irmão ama e mata a irmã,
Pai o mata. Pai ama a noiva do filho.
Irmão mata o noivo da irmã.
Filho trai ou mata o pai.

Friedrich Schiller, esboço para o drama
A noiva enlutada (2ª parte de *Os bandoleiros*)

1

OSSMANNSTEDT

— Cruzes! — disse Goethe quando uma garrafa de borgonha, ainda arrolhada, estourou na sua nuca com tamanha violência que o baque foi sentido em todo o seu corpo.

Ele nem teve tempo de tirar o dedo da boca da mulher. Atordoado, apoiou-se na mesa para não cair de joelhos, mas o outro já o tinha agarrado pelo colarinho e o virado, pronto para desferir-lhe um soco. Nesse meio-tempo, Schiller tinha catado os chifres, junto com a cabeça e a madeira do animal empalhado que estava na parede, e atacava o agressor pelas costas. Quando o homem caiu no chão, inconsciente, os cacos rilharam sob seu corpo. Com uma das mãos, Schiller continuava segurando os chifres; com a outra apoiava o amigo até que este recuperasse os sentidos.

Sem contar o nocauteado por Schiller, eram quatro os homens adultos que olhavam para o corpo inerte de seu colega — gente forte do campo, que, caso tivesse de se atracar, não fugiria do confronto nem pareceria desajeitada. A mulher saiu de seu lugar no banco a fim de observar a luta de uma distância segura, enquanto o taberneiro se apressava em recolher jarras e garrafas para evitar que tivessem o mesmo destino da de borgonha.

Goethe levantou as mãos de maneira apaziguadora.

— *Messieurs*, sem afoiteza nem derramamento de sangue. Estou disposto a arcar com os inconvenientes.

— É isso mesmo que vai acontecer, tratante funesto — disse um dos camponeses, tirando o avental de couro. — O senhor pagará caro por isso. E numa moeda muito especial.

Os dois escritores deram simultaneamente um passo para trás. Às suas costas, porém, havia apenas a parede. A porta que dava para a rua ficava atrás dos quatro homens, que agora se aproximavam deles. Schiller olhou para Goethe, que deu de ombros.

— Vamos dar um jeito no homem — disse Schiller, que girou os chifres sobre sua cabeça e atacou o agressor mais corajoso no queixo, fazendo-o cair.

Os outros três se adiantaram e tiraram a cabeça do animal das mãos de Schiller, para depois dispensar-lhe uma torrente de bordoadas. Um soco abriu seu lábio, um segundo no estômago tirou-lhe o fôlego. Goethe então pulou sobre os camponeses e se estatelou com um deles no chão, onde logo começaram a brigar, rolando ora para um lado, ora para outro.

Schiller, nesse meio-tempo, tinha se recomposto e correu — com a cabeça de um dos camponeses presa sob o braço — de encontro a uma viga de madeira, nocauteando sua vítima. Então se apressou na direção de Goethe, que, deitado sobre o assoalho, suportava uma série de socos dolorosos do agressor, que estava montado nele, e os separou com um chute. Por fim, arremessou uma mesa contra os homens, o tampo na frente, de modo que Goethe e ele tiveram tempo suficiente para alcançar a porta salvadora e fugir da taberna. E, para atrapalhar seus perseguidores, derrubaram todas as cadeiras pelo caminho.

Mal tinham fechado a porta atrás de si, Goethe agarrou a pá que o taberneiro usara para limpar a neve da entrada e encaixou-a entre o vão e a esquadria da porta, impedindo que os irados camponeses a abrissem por dentro. Apenas seus xingamentos conseguiam transpôr a barreira.

Schiller se abaixou, com as mãos nos joelhos, e esperou até que sua respiração tivesse se normalizado. Goethe apoiava as costas numa parede. Sangue, suor e vinho fumegavam na sua cabeça, no estagnado ar de inverno.

— Sinto como se todos os meus ossos tivessem sido esmigalhados — falou, ofegante — e que sobrevivi para testemunhar isso.

Ele colocou a mão sobre o cocuruto e depois lambeu os dedos.

— Minha cabeça foi sacrificada, mas que desperdício de bom vinho...

Schiller ergueu-se e tirou, com a ponta dos dedos, dois cacos ensanguentados dos cabelos de Goethe.

— Esquecemos nossos casacos lá dentro.

— É verdade. E já que estamos falando da taberna: por que, de repente, tudo ficou tão silencioso lá?

O motivo do silêncio era que os três camponeses tinham usado a saída dos fundos e dado a volta no prédio. Quando suas caretas furiosas apareceram atrás de uma das paredes, os dois homens de Weimar abandonaram o descanso e voltaram a sair correndo. O caminho até a rua estava bloqueado pelos camponeses, fazendo com que os amigos tivessem de usar outro percurso para deixar a vila, passando entre as casas e sobre os restolhais. A neve, pesada e alta, obrigava tanto os caçadores quanto as caças a avançar lentamente — como se estivessem sobre um papel pega-moscas — e a tropeçar mais de uma vez na noite escura e sem luar. O campo logo começou a inclinar, até que por fim não era mais campo, e sim margem de rio. Os dois desceram até lá, mas Schiller não pisou no gelo.

— Morte e maldição! — praguejou. — O rio Ilm.

— Ora, nós o atravessaremos.

— Agradeço de coração, mas prefiro me render aos miseráveis do que aos peixes.

— É fevereiro. Vamos, o gelo vai nos aguentar.

— Certeza?

— Vamos, tenho certeza — retrucou Goethe.

— Que os céus me protejam da sua loucura... Os mais velhos vão primeiro; depois, os belos.

Sem hesitar, Goethe colocou suas botas sobre o gelo e, embora um som oco fosse produzido sob as solas, a superfície congelada sustentou seu peso. Schiller demorou o quanto pôde, mas acabou seguindo-o quando os perseguidores estavam a menos de dez passos de distância. Os camponeses também decidiram atravessar o rio Ilm e só retornaram à segurança da margem quando, nos últimos metros, o gelo se quebrou debaixo de Schiller, que afundou no rio até a altura da coxa. Até Goethe livrá-lo do gelo, ele tremia feito vara verde.

— Você me prometeu que eu não ia afundar!

— Tudo indica que eu me enganei. Mas estamos em segurança.

Quando Schiller ficou de pé novamente, suas botas estavam encharcadas de água gelada. Suspirando, sentou na neve a fim de esvaziá-las.

Uma bola de neve aterrissou entre os dois. Na outra margem, o mais jovem dos camponeses não tinha encontrado pedras para atirar e acabou criando seu próprio projétil.

— Errou! — gritou Goethe, com as mãos em concha em torno da boca.

— Sabemos onde você mora, conselheiro! — retrucou o porta-voz, com o punho cerrado erguido para o outro lado do rio. — Não cante vitória tão cedo! A visitinha que lhe faremos em Weimar não será esquecida!

— Agradeço desde já. Os senhores serão bem-recebidos — respondeu Goethe, sorrindo. — Até lá, tudo de mau!

Um dos camponeses segurou pelo colarinho seu amigo mais jovem, que já estava amassando neve para uma segunda bola. Juntos, os três voltaram arrastando os pés até Ossmannstedt, com os ombros próximos à cabeça por causa do frio.

— Sinto frio — reclamou Schiller, depois que Goethe ajudou-o a ficar de pé de novo. — Está frio, frio e úmido!

— Vamos até a casa de Wieland* para nos aquecer por lá?

— Não quero ir para a casa de Wieland, quero ir para a minha casa. — Schiller esfregava os braços com as mãos para aquecê-los e olhava em volta para a rua iluminada pelo luar. — Com certeza isso não teria acontecido se tivéssemos discutido sobre a planta primordial.

* * *

---

*Christoph Martin Wieland, poeta (1733-1813) que travou longa amizade com Goethe. (*N. do T.*)

Na hora do almoço deixaram Weimar em direção a Apolda e durante a caminhada ao longo do rio Ilm conversaram sobre Deus e o mundo — primeiro sobre a luxuosa coroação de Napoleão Bonaparte como imperador dos franceses, na catedral de Notre-Dame, em Paris, depois sobre os planos de Napoleão para a Europa e, finalmente, sobre o povo francês e por que sua revolução teve de fracassar de maneira tão extraordinária. Nesse ínterim, esqueceram-se do tempo e de tudo o mais ao seu redor, alcançando Ossmannstedt ao anoitecer. A conversa continuou com uma sopa de ervilhas com toucinho defumado, muito pão e ainda mais vinho na primeira e única estalagem do lugar.

Os chifres de um gamo, pendurados sobre uma das janelas, levaram Goethe a falar sobre o osso intermaxilar, e eles mudaram da política para a ciência. Com permissão do estalajadeiro, tiraram a galhada do prego. Goethe apontou para o crânio do animal onde exatamente o dito osso estava preso no maxilar e disse que sua ocorrência no homem tinha sido rejeitada até então apenas porque o osso intermaxilar soldava-se com o maxilar antes do nascimento. Esse osso despretensioso, a chave de abóbada do rosto humano, torna-se nada menos do que a comprovação de que, mesmo em toda a diversidade reinante entre os seres vivos, parece sempre haver *uma* forma principal; *um* projeto a partir do qual tanto o homem quanto os animais foram criados.

Os outros fregueses da hospedaria começaram também a prestar atenção na palestra de Goethe, e, como resposta aos olhares curiosos, o conselheiro repetiu o que tinha acabado de explicar a Schiller, embora este fizesse de tudo para impedi-lo. Schiller já suspeitava da catástrofe na qual a aula de anatomia iria desembocar. É que, no começo, os moradores de Ossmannstedt ouviram Goethe com atenção, mas depois, no final, já não estavam mais de acordo em serem jogados no mesmo saco junto com todas as outras criaturas de Deus. E quando ouviram que Goethe tinha divulgado seus conhecimentos naquele mesmo dia na cidade de Jena, seu protesto ganhou força. Nem naquele momento Goethe quis ouvir o amigo, que lhe pedia para interromper a aula. Ao contrário; passou a falar ainda mais alto, a fim de suplantar o barulho de seus críticos. Por fim, quando ele, impaciente, meteu a mão na boca da única mulher presente a fim de mostrar o osso intermaxilar num modelo vivo, e ela gritou assustada — da maneira que foi possível com a mão do conselheiro na boca —, um dos camponeses não perdeu tempo e esmigalhou a garrafa fechada de vinho na cabeça de Goethe. Era preciso agradecer ao rio Ilm por os ilustres moradores de Weimar terem conseguido sair de Ossmannstedt sãos e salvos.

— Uma coisa é certa: ao seu lado, nunca há monotonia — disse Schiller quando se despediram, tarde da noite, na esplanada.
Eles tinham percorrido o caminho de volta a Ossmannstedt com passos enérgicos; apesar da falta dos casacos, não sentiram frio. Schiller espirrou.
— Embora este passeio ainda vá me presentear com uma febre.
— Monotonia é mais irritante do que febre.
Schiller sorriu.
— Tem razão. Na vida, é preciso escolher entre monotonia e sofrimento. Mas da próxima vez que quiser perambular nas redondezas a fim de explicar à turba que o homem é um animal sem pelo, faça o favor de convidar Knebel,[*] e não a mim, para acompanhá-lo. Melhor ainda, para ser seu guarda-costas.
— Nos vemos amanhã?
— Se Deus quiser — respondeu Schiller, com o pé já virado para ir embora. — Boa-noite! Ou melhor: bom-dia!

---

[*]Karl Ludwig von Knebel (1744-1834), tradutor e poeta, amigo íntimo de Goethe. (*N. do T.*)

2

WEIMAR

Na manhã de 19 de fevereiro de 1805, Goethe foi despertado de maneira pouco suave, com empurrões, puxões e gritos altos. Embriagado pelo vinho de Ossmannstedt e exausto pela caminhada de volta, fazia pouco tempo que se jogara na cama, de barriga para baixo, sem nem tirar a roupa. Ainda calçava as botas.

— Que foi isso, mulher? Está pegando fogo?
— Não.
— Pois então por que, megera furiosa, essa gritaria toda?
— O duque mandou chamá-lo — explicou Christiane. — E pede para dizer que é urgente.
— Então peça para dizer que vou mais tarde, à noite — disse Goethe, com a voz pastosa. Pôs os pés no chão, os cotovelos sobre os joelhos e apoiou a cabeça nas mãos. — Deus do céu, minha cabeça parece a de um elefante.
— Faça um esforço. O conselheiro Voigt esteve aqui. Ele disse que a situação não comporta qualquer adiamento.
— Voigt? — rosnou Goethe. — Não tenho tempo nem de fazer minha toalete?
— Não. Levante-se, velho, caso não queira que eu o acorde com uma mão cheia de neve da bancada da janela. Vou lhe trazer um casaco que não esteja fedendo a vinho e uma peruca que cubra sua lembrança da noite passada. Não quero nem saber o que você andou aprontando. É bem provável que nem você saiba mais.

— Deus dá uma mulher assim para quem Ele odeia — murmurou Goethe, apalpando a nuca.

Uma crosta feia de sangue seco e vinho tinha se formado no lugar em que, na noite anterior, ele fora atingido pela garrafa. No espelho, Goethe notou ainda que seu olho esquerdo estava inchado e roxo por causa dos socos. Havia manchas vermelhas salpicadas pelo rosto e um corte num dos cantos da boca. Enquanto Christiane buscava suas coisas, ele lavou o rosto de maneira apressada. Ao se secar, encontrou mais um caco de vidro na nuca e o jogou na bacia d'água. Em seguida, Christiane ajeitou a peruca sobre sua cabeça, enquanto ele engolia o café morno de uma grande caneca. Na porta, entregou-lhe um pão e beijou-o na boca. Mastigando, Goethe saiu para o largo Frauenplan. O tempo estava congelante, sem qualquer tipo de vento, e o céu tinha a cor de neve suja.

Ele andou o mais rápido que pôde sobre o calçamento liso e retribuiu os eventuais cumprimentos apenas acenando com a cabeça. Um grupo de gansos saiu de seu caminho, grasnando, e os animais começaram a lutar por uma migalha que caíra do pão.

Depois de alguns metros, um jovem veio em direção a Goethe.

— Herr von Goethe! Conselheiro, pare por um instante.

— Se eu quiser continuar sendo conselheiro amanhã, não posso. Estou em apuros, sabe?

— Permita então que eu ao menos o acompanhe durante um trecho do caminho.

— Com prazer — retrucou Goethe, com a boca cheia. — Mas caso eu caia, o senhor terá a missão nada gloriosa de conter minha queda.

Quando atravessaram juntos o mercado, Goethe deu uma boa olhada no jovem. Ele tinha penteado os cabelos escuros sobre a testa do rosto oval, quase infantil, e, embora usasse uma capa longa, com um cachecol enrolado no pescoço e ao redor da cabeça, Goethe supôs, pela cor de seu rosto, que ele quase sucumbira ao frio — e que deveria estar grato por uma caminhada revigorante.

— Excelentíssimo Herr von Goethe, dirijo-me ao senhor com meu coração prostrado — começou o jovem. — Até há pouco fui tenente do Exército prussiano e estive, assim como o senhor, na linha de frente junto ao Reno, mas agora virei as costas às Forças Armadas para seguir integralmente minha decisão de me tornar escritor.

— Isso nos transforma em colegas ou concorrentes.

Apenas nesse momento o jovem percebeu o olho inchado de Goethe.

— Ei, puxa vida, conselheiro! O que se passou? O que deixou seu rosto tão machucado?

— Um crítico de minha obra. O que posso fazer por você?

— Venho por recomendação de Wieland, com quem estou morando por ora e que acha que Vossa Excelência, Herr von Goethe, além de o maior poeta da Alemanha e por mim muito admirado, é também, na condição de diretor do teatro da corte local, a pessoa certa para apresentar uma comédia da minha pena, que até então se mantém inédita, mas que com certeza tem tudo para divertir e ensinar tanto Vossa Excelência quanto o afável público de Weimar.

Goethe ficou parado por um instante e sorriu para seu interlocutor.

— Meu jovem amigo, se sua comédia for composta por frases longas assim, com várias subordinações, então vai acabar por confundir e cansar o público mais afável, em vez de diverti-lo e ensiná-lo.

O outro não devolveu seu sorriso.

— Wieland me disse que há grande demanda de comédias no teatro.

— É verdade. Quanto mais desoladora a época, maior o desejo por distração — disse Goethe, forçando o resto do pão, grande demais, para dentro da boca. — Bor icho, ach bantasiosach comédiach deberiam dorcer por Mapoleão.

— Então Vossa Excelência tem de encenar minha peça.

— Antes de eu *ter de* encenar sua peça, preciso lê-la.

— Então leia-a. Leia, conselheiro, e, caso o senhor tenha dúvidas ou sugestões a fazer, podemos conversar a respeito. Mas, por favor, não a ponha de lado. Conto com a boa vontade de Vossa Excelência.

Ele abriu os botões da capa com as mãos trêmulas, tirando dela uma pasta de couro com uma cópia da comédia em papel barato, amarrado com barbante. Goethe hesitou por um instante, mas como o jovem o encarava com uma expressão tão fragilizada e havia remela na ponta do seu nariz vermelho, ele não ousou recusar a obra que lhe era oferecida.

Durante a conversa, os dois tinham chegado ao palácio residencial, e o companheiro de Goethe despediu-se com inúmeras mesuras. O manuscrito era grande demais para quaisquer dos bolsos de Goethe, de modo que ele teve de carregá-lo na mão. Já estava ficando irritado por tê-lo aceitado, pois sua chegada com um livro faria supor que não se apressara, tendo sossego suficiente para uma leitura. Acelerou a caminhada no pátio do palácio para o caso de alguém o estar observando pelas janelas. E, realmente, o conselheiro Voigt descia as escadas com passos decididos ainda enquanto Goethe tirava a neve dos sapatos na entrada.

O ministro, da mesma idade, interrompeu os cumprimentos assim que viu o rosto machucado de Goethe.

— Deus do céu, Goethe! Você está roxo e verde como um arlequim! Será que se meteu em confusão na hora de pisotear as uvas? — Ele torceu o nariz. — Bem, é a isso que você está cheirando.

Goethe entregou o chapéu e a capa a um lacaio e seguiu Voigt para o andar de cima. Nem Voigt podia adiantar nada sobre os motivos desse encontro do concílio secreto. O duque Carl August von Sachsen-Weimar-Eisenach os aguardava na sala de audiências branca e dourada, com uma pele de leopardo sobre os ombros para se proteger do frio. Estavam presentes ainda mais três convidados, reunidos ao redor de uma mesa com chá e biscoitos. Quando todos os empregados haviam deixado o recinto e fechado as pesadas portas atrás de si, Goethe colocou a pasta de couro sobre uma mesinha lateral e Carl August apresentou os demais. A lareira estava acesa, e Goethe esperava que a fumaça acabasse encobrindo pelo menos o cheiro do vinho que secara em seu colarinho. Deveria ter trocado também de camisa.

O primeiro dos três convidados era um capitão da Armada britânica, chamado Sir William Stanley. Sir William usava trajes civis, um fraque escuro de colarinhos altos, uma gravata de seda branca e calças de linho verde-oliva, além de calçar botas de canos longos. Um chapéu estava ao seu lado sobre o estofado da *recamière*, bem como uma bengala com um punho de marfim com o formato da cabeça de um leão. Seu rosto era fino como seus lábios, e sua fisionomia de enfado ou era de nascença ou apenas a expressão de seu desagrado em relação ao chá servido, que ele tinha deixado esfriar à sua frente, intocado na xícara de porcelana. Ele estivera folheando até o momento a edição mais recente de *London und Paris* e diante dele estava, aberta, a reprodução de uma caricatura inglesa da coroação de Napoleão. Nela, um corso quase pigmeu, em um robe grande demais, seguia o papa mal-humorado até o altar e à sua esquerda estava a imperatriz Josefina, artificialmente inchada. O próprio diabo era o ministrante.

O segundo no círculo, conde Louis Vavel de Versay, antigo segundo-secretário da legação holandesa em Paris, poderia passar com facilidade por um irmão mais jovem de Carl August, pois ele também tinha o semblante redondo com o curioso queixo proeminente e os mesmos olhos animados. Ao contrário de Sir William, vestido de modo democrático, a vestimenta de Versay parecia ser do tempo da coroação de José II: um casaco azul com galões dourados e uma peruca de trança, que cobria seu cabelo até a barba louro-escura.

Desde o início, porém, Voigt e Goethe estavam fascinados pela visão do terceiro convidado, uma mulher, que dividia com o holandês o espaço da *chaise-longue*, pois seu rosto estava oculto por um véu grosso, verde, que deixava escapar apenas uma mecha cacheada de seus cabelos castanhos. Usava um vestido preto, preso abaixo do busto com um laço, e um xale longo cobria-lhe os ombros. Carl August começou a gaguejar ao apresentá-la e ela veio em seu auxílio:

— Sophie Botta — disse, enquanto estendia aos dois conselheiros a mão para ser beijada. A graça de seus movimentos não deixava dúvidas de que havia muito mais beleza escondida atrás do véu.

— Nós nos encontramos aqui — Carl August começou, quando todos haviam se sentado — porque dividimos a convicção de que o arrivista Napoleão Bonaparte, depois de sua coroação ridícula e ilegal como imperador dos franceses, está planejando estender seu falso *empire* e jogar a Europa numa guerra. E também porque temos a certeza de que é possível e necessário impedi-lo. Como britânicos, holandeses e alemães, estamos falando também em nome de espanhóis, suecos e russos... e não podemos deixar de mencionar os adeptos de uma França que procura uma convivência pacífica com os outros povos, e não a subordinação destes. — Nessa hora virou-se para a velada Sra. Botta.

— Sou da opinião de que os alemães têm especial interesse em impedir o avanço de Napoleão. O fato de ele ter empurrado a fronteira francesa até o Reno, ocupado a Holanda e transformado Mainz num autêntico bastião mostra em qual direção pretende se expandir. Os Estados alemães encontram-se tão brigados entre si, tão preocupados somente com as próprias vantagens e tão incapazes de formar um exército comum que todos os principados são uma presa fácil para Napoleão. Isso sem falar que alguns príncipes alemães, principalmente os da Baviera, são infames e apatriotas o suficiente para agir em conjunto com o déspota, na expectativa de receber algumas migalhas do bolo como recompensa por sua traição. As tropas francesas já estiveram na cidade de Fulda, logo antes de Eisenach, e não quero vê-las por ali de novo.

— Além do mais, o corso não está muito firme em seu próprio país — completou Stanley. — E, como sabemos, as guerras são uma maneira formidável de ocultar fraquezas políticas internas e conquistar o apoio do povo.

— Não está muito firme? — Voigt quis saber. — O povo não está do lado de Napoleão? Toda a França o aplaudiu quando a coroa foi posta sobre sua cabeça.

— Toda França também aplaudiu Luís XVI quando a coroa foi posta na cabeça dele. E aplaudiram com a mesma intensidade quando a lâmina baixou sobre a mesma cabeça. De todos os povos, com seu perdão, madame, os franceses devem ser os mais instáveis em seus afetos e desafetos. Mas as guerras de Bonaparte custaram muito dinheiro aos franceses e levaram o país a uma miséria econômica. E a prisão e o assassinato do inocente duque d'Enghien, que foi acusado injustamente de ter planejado um atentado contra a vida do imperador, apenas aumentou o número de seus inimigos na França. Além disso, os franceses vão tomando consciência, pouco a pouco, de que sua revolução não eliminou o trono do rei para colocar no lugar o trono do imperador. A odiada aristocracia, que os *sans-culottes* queriam ter eliminado com a guilhotina, está sendo cultivada novamente por Bonaparte, na medida em que distribui continuamente títulos de nobreza a seus partidários.

— Dessa maneira, nossa intenção — explicou agora o holandês — é tirar Bonaparte do caminho, com os meios que sejam necessários, e substituí-lo por um regente que seja popular entre os franceses. Pois se acabarmos com Bonaparte, mas não oferecermos um sucessor adequado, a coroa irá para seu irmão ou filho adotivo ou para outro membro de sua recém-constituída família imperial.

— Mais popular que Napoleão? — perguntou Voigt. — E quem seria? Como ninguém respondeu, Carl August tomou a palavra.

— Luís XVII.

— O irmão do rei decapitado? O conde de Provença?

— Não.

— O conde d'Artois?

— Não, nenhum de seus irmãos. Estamos falando, na verdade, de sua majestade Luís XVII, o delfim de Viennois Luís Carlos, duque da Normandia, filho de Luís XVI e de Maria Antonieta e legítimo sucessor do trono francês.

Voigt olhou para Goethe, que o encarou de volta, mas como os outros pareciam estar falando sério, Goethe, por fim, se manifestou.

— O delfim morreu há dez anos, na prisão. Sua irmã Maria Teresa Carlota foi a única da família a sobreviver à revolução.

Sophia Botta lhe respondeu, com um sotaque encantador:

— Está enganado, Herr von Goethe. Ou melhor: está correto que Luís Carlos estava doente quando foi colocado na prisão do Templo, mas não que tenha morrido de sua doença. Outro jovem morreu em seu lugar, um órfão enfermiço de mesma altura e idade. Usando um disfarce, Luís Carlos foi resgatado. E quando o falso delfim foi enterrado no cemitério Sainte-Marguerite, o verdadeiro já estava em segurança há tempos. Sua fuga da França, com diversos acompanhantes, levou-o à Itália, à Inglaterra e, por fim, à América.

— Com todo o respeito, madame Botta: isso é uma pantomima, e eu não poderia fabulá-la de modo mais fantasioso nas minhas obras. Permita-me não acreditar em nenhuma das palavras dessa fábula bourbonista.

— Todos os que conheceram o delfim e que sobreviveram ao *terreur* poderão testemunhar que se trata do filho legítimo de Luís XVI: os camareiros e as criadas de Versalhes, os ministros e, principalmente, sua irmã, a madame real.

— E quem se responsabilizou por essa troca? O senhor mesmo disse que os monarquistas existentes entre os jacobinos estão quase todos extintos.

— Não foi um monarquista, mas um republicano: o visconde de Barras. Ele queria usar o garoto para pressionar o irmão de Luís, o conde de Provença, que, caso houvesse uma restauração, se tornaria o próximo rei. O fato de o delfim ter escapado durante a fuga certamente não estava em seus planos.

Carl August colocou uma das mãos sobre a perna de Goethe.

— Minha presença, somada à dos representantes de três Estados, é a prova de que a história de madame Botta corresponde à realidade: Luís XVII está vivo. Queremos que assuma o trono francês, que concilie os jacobinos, os bonapartistas e os monarquistas e que termine o derramamento de sangue na Europa. Sem falar que desse modo o capítulo da Revolução Francesa fica definitivamente encerrado e o foco infeccioso chamado França para de contagiar Estados saudáveis com sua nefasta epidemia de revoluções.

— Luís está com 18 anos agora e tem idade suficiente para o trono — complementou Sophie Botta. — Se ele se apresentar com a combinação de simplicidade e determinação, o povo o receberá de braços abertos. Luís XVII regerá novamente para o povo, e não, como Bonaparte, para si próprio.

— E onde está o delfim agora? — perguntou Voigt.

— Ah — foi apenas o que a senhora velada disse.

Goethe assentiu com a cabeça.

— Suponho que por trás desse *ah* está o motivo de nossa reunião aqui. Onde então está o delfim?

— Estava navegando de Boston para Hamburgo — explicou ela. — Lá seria recepcionado por oficiais prussianos. Em vez disso, foi preso e levado por policiais franceses. O senhor se lembra de que o visconde de Barras tinha sido o responsável pelo resgate de Luís da prisão do Templo? Bem, quando ele e Bonaparte ainda não estavam rompidos, ele lhe confidenciou o segredo da troca. Desde então Bonaparte está tão empenhado na busca pelo herdeiro do trono como Herodes pelo Menino Jesus. E acabamos subestimando seu ministro da Polícia: Fouché descobriu Luís e agora seus homens estão com ele.

— Aos poucos estou perdendo o fio da meada.

Apesar do véu, Goethe podia ver que a madame sorrira.

— Tenha coragem, Herr von Goethe, estamos nos aproximando do fim de nossas explanações. Como o senhor pode imaginar, Bonaparte não quer que ninguém fique sabendo da existência de Luís. Se o jovem que desceu do navio em Hamburgo for desmascarado como um vigarista, e essa suposição, claro, é possível, então Bonaparte irá prender o sujeito ou simplesmente expatriá-lo. Mas se realmente se tratar de Luís XVII... então não duvidamos de que esse monstro vai tirá-lo do caminho tão rápido e inescrupulosamente quanto fez há pouco com o lamentável duque d'Enghien.

Carl August empurrou algumas xícaras para o lado e abriu espaço para um pequeno mapa da Europa, que estava guardado sob a mesa.

— Fouché ordenou agora a busca pela antiga babá de Luís Carlos, uma certa madame de Rambaud. Assim que ela for localizada, Luís e ela se reencontrarão a meio caminho entre Paris e Hamburgo: em Mainz, a primeira cidade em território francês.

— Por que eles não o levam logo até Paris?

— Supomos que é para manter o sigilo. Em Paris, o risco de o delfim ser reconhecido também por outras pessoas é muito grande. Por isso ele permanece em Mainz. Madame de Rambaud deve chegar ainda no decorrer desta semana; tudo isso, claro, sob estrita vigilância. Ela irá reconhecer o delfim e em seguida Luís será morto no local, sigilosamente. Essa é a situação.

Goethe olhou para o mapa, que era da época em que o Sacro Império Romano se estendia até o rio Sarre, não apenas até o Reno.

— E o que podemos mudar nessa lamentável situação?

Sir William pigarreou. O conde de Versay colocou mais um pouco de açúcar no seu café já muito doce.

— O senhor conhece Mainz desde sua juventude — disse o duque — e, melhor ainda, desde que ocupamos a cidade naquela época. Monte um grupo de bons homens, parta sem demora para Mainz e liberte o delfim, antes que madame de Rambaud consiga identificá-lo e antes que o imperador toque num único fio de cabelo dele.

— Eu?

— Não há ninguém melhor a quem confiar essa tão importante tarefa.

— Vossa Alteza está brincando. Não sou o homem em cujas mãos o senhor deva pôr o destino da França e da Europa. Por que os tios do delfim, o conde de Provença e o conde d'Artois, não se ocupam do sobrinho?

Sophie Botta suspirou.

— Porque são egoístas e covardes, que esperam sentar no trono eles mesmos e por isso não querem que o delfim ocupe seu lugar.

— E os emigrantes? A Alemanha inteira está lotada de simpatizantes dos Bourbon, que teriam o maior prazer em trabalhar pelo jovem rei.

— Tem razão. Mas todos aqueles que poderiam ser usados em tal campanha estão sendo cuidadosamente monitorados. Seu engajamento apenas colocaria o jovem Luís em perigo. Fouché tem uma rede bem montada de espiões entre os emigrantes e seus anfitriões alemães. — Ela passou um dedo pelo véu verde-escuro diante de seu rosto. — Apenas por isso uso este véu amaldiçoado, que me tira o prazer da vida: porque não posso arriscar, nem mesmo nestes salões festivos longe de Paris, que minha identidade seja revelada, independentemente de quão insignificante ela seja. Lembro-me sempre do duque d'Enghien: as garras de Napoleão alcançam muito além das fronteiras da França. Caso contrário, senhor conselheiro, juro por Deus que estaria há tempos sentada numa carruagem rumo a Mainz.

Goethe não retrucou e, como os outros também nada disseram, a sala de audiências ficou em silêncio de repente. O fogo ardia na lareira e o chá borbulhava no estômago do diplomata holandês. Voigt abriu a boca, mas não falou nada. Parecia que o ministro estava grato por não ter sido convocado para a precária viagem e nenhum comentário devia colocar isso em risco. Em vez disso, observou a pintura pregada na parede atrás de Sir William como se tivesse descoberto um detalhe até então despercebido na cena de caça.

Por fim, Carl August levantou-se.

— Permitam-me trocar algumas palavras com o conselheiro em particular.

Goethe despediu-se, inclinando a cabeça diante dos convidados, e seguiu o duque para uma sala vizinha.

— Minha cabeça está explodindo. Uma segunda garrafa não teria feito estrago maior do que essa situação inacreditável.

— Bebeu ontem?

— Sim. E se soubesse que hoje devo derrubar Napoleão, por certo teria me deitado mais cedo ontem também.

Goethe aproximou-se da janela e olhou para a ponte de pedra sobre o rio Ilm. Um buraco muito pequeno havia se formado na camada de gelo do rio, menos de meio metro quadrado, onde todos os cisnes de Weimar pareciam estar reunidos. Com suas patadas incessantes, as aves tentavam evitar que o gelo fechasse o acesso à última fonte de água que possuíam. Goethe bem que gostaria de patinar ainda hoje.

— Você está hesitante. Por quê? É um admirador de Napoleão?

— Bem... um sujeito odiado por todo o mundo precisa ser alguém especial. O que Shakespeare foi na poesia, Mozart na música, ele é o equivalente em sua arte, incomparavelmente mais feia... Mas o fato de o admirar não quer dizer que tema combatê-lo. Também é possível admirar os adversários.

— Então, meu amigo, peço-lhe com todo ardor possível: combata esse inimigo. Vá para Mainz e salve o verdadeiro rei da França.

— Escute, Carl, isso não é uma brincadeira de criança. É como você me pedir para descer ao inferno e salvar uma alma perdida. E Mainz! Ainda por cima Mainz!

— Mas foi em Mainz que nos conhecemos, velho companheiro.

Goethe afastou-se da janela.

— Quem é a francesa? Sophie Botta não é seu nome verdadeiro.

— Não. Conheço sua verdadeira identidade e digo apenas o seguinte: ela tem todos os motivos para se esconder e temer os homens de Fouché. Mas a senhora é da mais alta credibilidade e tem uma coragem impressionante. E o semblante de um anjo. Não posso lhe falar mais, pois prestei um juramento.

— E como foi que você acabou se juntando a essa duvidosa aliança?

— De todos os Estados do império alemão, o meu principado deve ser o butim mais atraente aos olhos de Napoleão. Embora pequenos, detemos uma posição estratégica no meio da Alemanha e fazer o exército de Sachsen-Weimar enfrentar o exército francês seria como colocar uma ratazana para brigar com um leão. Sempre me distingui como um anfitrião de franceses fiéis à monarquia e nunca escondi minha aversão em relação ao corso. E acompanhei todas as batalhas contra a França. Aos olhos do imperador, talvez eu seja apenas uma luz fraca, mas por isso mesmo ele tentará apagá-la com mais firmeza. Se Napoleão vier a marchar contra a Alemanha, e ele o fará assim que descansarmos as mãos sobre o colo, então devo temer não apenas pelo meu ducado como também por minha mera existência. — Carl August segurou seu amigo com os braços e, com um desespero sincero, disse: — Se algum dia precisei de sua ajuda, então é agora. Ajude-me e receberá de mim tudo o que quiser.

No caminho para casa, Goethe foi pensando numa lista de coisas que queria exigir do duque: a diminuição gradual do trabalho forçado e dos impostos para os camponeses do principado, a nomeação de Hegel como professor de filosofia na Universidade de Jena e, por fim, o afastamento de Karolina Jagemann — tão admirada pelo duque — do teatro da corte, pois as constantes intrigas e os joguinhos de poder da atriz acabavam com seus nervos. Seu trabalho hercúleo para Carl August devia ter um preço e não ficaria nas promessas. Ao chegar novamente ao largo Frauenplan, Goethe pensou que no meio da praça havia ainda muito espaço para uma estátua de bronze... e logo tirou a ideia da cabeça.

Christiane veio ao seu encontro, enquanto ele descalçava as botas no corredor, e lhe perguntou se gostaria de tomar o café da manhã ou se preferia almoçar. Mas parou de relacionar o que tinha para comer quando olhou para as botas dele.

— Estamos em guerra? — perguntou.

Goethe balançou a cabeça, rindo.

— Não, mas mesmo assim preciso me ausentar. O duque está me mandando para... Hessen.

— O que você vai fazer em Hessen?

— Obrigações diplomáticas. Mas prometo que não ficarei fora por mais de uma semana e vou trazer-lhe uma garrafa do mais fino vinho do Reno. — Goethe tirou a peruca. O calor debaixo dela havia amolecido a crosta e duas manchas de sangue tingiram os cabelos brancos da peruca de vermelho-claro. — Jogue alguns ovos na frigideira, com toucinho. Estou mais faminto do que o mensageiro Cronos.* Onde está meu filho?

— August está no jardim, fazendo um boneco de neve.

---

*Referência a "An Schwager Kronos", poema de Goethe de 1774. (*N. do T.*)

— Mande-o até Schiller. Ele deve dar um pulo aqui, mesmo se isso o fizer perder sua inspiração!

— A inspiração para o boneco de neve?

— Não a de August, tonta! Estou falando de Schiller.

Em seu escritório, Goethe colocou na mesa de centro a mochila de couro, que fora usada pela última vez em uma caminhada pela floresta de Turíngia, e começou a enchê-la de roupas para sua viagem a Mainz, despretensiosas o suficiente para não chamar a atenção e quentes o bastante para o gelo que cobria a Alemanha. Então reuniu o que considerava necessário: um cantil da Sicília e uma faca de caça de lâmina longa e cabo de osso, presente de seu duque na Suíça. Uma corda, que havia levado às montanhas do Harz, mas que não usara nem lá nem em lugar algum depois. Uma lâmpada a óleo de metal amarelo das minas da cidade de Ilmenau. E, por fim, um compasso, que tinha lhe apontado o caminho de ida e volta até Champagne. Esperou que Christiane trouxesse o café da manhã fumegante em uma frigideira de ferro preta antes de começar a escolher as mais adequadas entre suas armas. Ele se decidiu por um punhal simples e duas pistolas. Nesse meio tempo, comia algumas garfadas da omelete. August havia retornado e, no jardim, dava os últimos retoques no boneco de neve. As torres de São Pedro e São Paulo soaram as 12 horas.

Logo bateram à porta, e Schiller entrou — também ele marcado pelos hematomas esverdeados e azulados da briga da véspera.

— O que aconteceu? Knebel está sem tempo? Ou sem vontade? — Schiller viu Goethe curvado sobre seu polvorinho e um pequeno saco de balas de chumbo. — O que é isso, Goethe! Está querendo se vingar dos bravos moradores de Ossmannstedt?

— Nada disso. O adversário contra o qual me preparo com essas pistolas é maior do que um punhado de camponeses. Pensando bem, é o maior adversário que se pode encontrar entre os vivos.

Quando Schiller notou que Goethe não estava brincando, o sorriso sumiu de seus lábios.

— A quem está se referindo?

— Ao imperador francês.

— Herr von Goethe quer enfrentar o verdadeiro Napoleão?

Enquanto Goethe continuava a espalhar objetos sobre a mesa, a fim de decidir quais colocar na pequena mochila, relatou ao amigo o que ouvira de Carl August e dos outros. Schiller puxara uma cadeira e escutava com atenção.

Quando Goethe terminou, Schiller perguntou:

— É verdade o que acabei de ouvir?

— Sim.

— Então vim para me despedir?

— Não. Veio para me acompanhar.

Os homens se encararam em silêncio, até que Schiller perguntou:

— O que está querendo me dizer?

— Peço-lhe que me acompanhe até Mainz, porque sei que você é um lutador inteligente e forte e porque não conheço nenhum companheiro mais corajoso para essa tarefa.

— Hum.

— O que significa *hum*? Você tem coragem.

— Coragem não me falta para andar descalço pelo inferno. Mas por que *eu*? Por que *o senhor*, já que tocamos no assunto? Por que Carl August e essa mulher oculta escolheram exatamente o senhor? Quem é que se esconde atrás desse véu? E não haveria homens mais jovens, mais capazes, para uma tarefa de tamanho significado para a ordem das coisas? Por exemplo, no exército de Sachsen-Weimar? Mainz é uma fortaleza.

— Impossível. Mas não será um sítio, e sim um ataque. E que demandará esforço e astúcia; para isso, não é preciso soldados, mas pensadores... pensadores mais velhos também são bem-vindos — disse Goethe. — Você duvida da história do delfim?

— Não. A história me mostrou que muitos fatos ainda mais irreais eram verdadeiros. E, sinceramente, eu supunha algo do gênero. Apenas acho duvidoso, não, desaconselhável, lidar com o demônio da política dos

Estados. Pensei que nós dois tivéssemos nos decidido a renunciar ao presente e nos dedicar apenas ao que é eterno... ou seja, à verdade e à beleza.

— Mas não posso ficar olhando Napoleão incendiar nosso reino. Ele tomou de nós, alemães, todas as regiões à esquerda do Reno, transformou Köln em Cologne, Mainz em Mayence e Koblenz em Coblence. E vai continuar devorando a Alemanha.

Schiller sorriu.

— O cosmopolita Goethe, de súbito tão sacro-romano, tão germano-nacionalista? São palavras muito incomuns da sua boca.

— Bem, você me conhece: no fim das contas, para mim tanto faz se Mayence é de Hessen, da Prússia, do Palatinado ou da França. Mainz continua sendo Mainz... mas eu divido o temor do duque em relação a nossa pequena Weimar, que deve permanecer como é.

Schiller virou sua cadeira para apoiar no encosto os braços cruzados.

— Deixe-me fazer o papel de advogado do diabo por um instante. Com a vinda de Napoleão, nosso país atrasado talvez ganhasse algum progresso.

— Um presente embrulhado com uma fita de sangue e lágrimas. Conheço o senso de morte dele: um homem que não se importa com a vida de milhões de pessoas; que afirma que teria sido melhor para a humanidade se elas não tivessem existido... Se o preço de seu avançado *code civil* é a vida de nossas crianças, não o quero.

— E para evitar que o déspota inicie a guerra em nossas fronteiras, o senhor quer substituí-lo por outro déspota. Um retrocesso para o século passado, para o Antigo Regime.

— Não precisaria ser assim! — disse Goethe. Ele foi até o globo que ficava perto da janela e girou-o de modo que dia e noite sumissem num segundo. — Pois, afinal, vamos salvar a vida de Luís Carlos e acompanhá-lo depois. Imagine só quanta influência teríamos! Ele ainda é jovem, é receptivo. Podemos mostrar a ele como aprender com os erros do pai e de Napoleão. Formar a criança de acordo com nossa vontade. Transmitir-lhe todos os nossos ideais, aqueles que achamos ser os corretos. Com Carl August, consegui transformar alguém interessado apenas em se divertir num governante consciencioso e ele fez florescer um ducado pequeno e insignificante. Não é possível imaginar tudo o que podemos alcançar como educadores e confidentes do rei da mais bela monarquia do mundo!

O olhar de Schiller desviou-se de Goethe, vagando sem rumo pelo cômodo por alguns instantes para fixar-se, por fim, no globo.

— Por favor, me diga por que fica girando o globo?

— Também não sei. — Goethe segurou o Ártico com a mão e parou a bola. — Uma última coisa: se é preciso fazer de tudo para salvar um homem, imagine tratando-se de um órfão inocente e muito atormentado. Luís é um homem honrado e não deve mofar em uma prisão vergonhosa ou até mesmo ser decapitado. A tirania atrevida que ousou prendê-lo já está com a mão no punhal para matá-lo. Seu pescoço seria um prato e tanto para o carrasco. Desse modo, mesmo se não for possível entroná-lo, quero estar tranquilo por tê-lo protegido do patíbulo e do destino de seus pais. Talvez não seja possível mudar o século em que se vive, mas sim tomar uma posição e preparar efeitos positivos.

Schiller assentiu com todo o tronco, mas mesmo assim de modo imperceptível. Ficou em silêncio durante um tempo, enquanto Goethe, com uma mão no polo norte, observava-o. Então se levantou, inspirou ruidosamente e sorriu para seu interlocutor.

— Em frente. Não me furtarei. Vamos enquadrar nosso século. Junto ao senhor, só pode dar certo.

Goethe aproximou-se de Schiller com os olhos brilhando e cada amigo pegou no antebraço do outro com energia.

— Juntos! — repetiu Schiller. — Estou animado para vencer Napoleão. O objetivo é digno e a recompensa é alta!

— Estou mais do que feliz, caro amigo. Agora não temo nem o inferno nem o demônio.

Ambos se soltaram.

— Meu trabalho não está avançando no momento — disse Schiller — e uma excursão ao Reno e ao Main vem bem a calhar. Além disso, a noite de ontem comprovou que sem minha presença o senhor está perdido.

— O que está escrevendo?

— Algo com piratas, motins, canibais e amor em alto mar. Mas não está fluindo direito. Estou pensando em jogar os piratas na água e tentar uma continuação do meu *Os bandoleiros*, que faz um sucesso incrível.

Goethe resmungou.

— Escutei-o resmungar?

Goethe repetiu.

Schiller levantou a mão e balançou a cabeça.

— O senhor tem razão em resmungar. Não farei nada parecido. Vou deixar *Os bandoleiros* descansar em paz e em vez disso serão nossos atos heroicos em favor da paz que se constituirão no conteúdo de minha próxima obra. Lolo, porém, vai me passar uma descompostura quando lhe contar que tenho de ir à França e vai resistir muito a me deixar partir. Mas fiquei tempo suficiente sentado atrás do fogão como um filisteu embolorado com uma touca de dormir sobre a cabeça e um cachimbo na boca; agora direi adeus à cadeira de balanço e à fábrica de almas amarguradas que é Weimar! Quero sentir o gosto do pó da estrada e que se dane a vida privada! Em frente! Ao trabalho, com coragem! Quando partimos?

— Hoje à noite ainda. Falta-nos apenas um terceiro companheiro. Um homem que conhece Mainz e a região do Reno como ninguém, que domina a França e a sua língua tão bem que poderia se passar por um francês e que, além disso, dispõe de salvo-condutos franceses. E que por sorte está na nossa cidade agora. — Goethe pegou o lampião da mesa e acendeu-o com uma das velas. — Precisamos nos meter no submundo para encontrá-lo.

Schiller franziu a testa.

— No submundo? Quem seria? Mefistófeles?

Goethe riu.

— Não. Alexander von Humboldt.

— Ah.

— Decepcionado?

— Sempre gostei mais de Wilhelm, o mais velho dos Humboldt. Alexander impressiona muita gente e, em comparação com o irmão, ganha porque tem a boca maior. Tenho lá minhas suspeitas.

— Sinto grande respeito por Alexander. Devo-lhe muito: meus trabalhos de ciências naturais foram despertados de sua hibernação pela presença dele. Sem seu incentivo não teria retomado o estudo da osteologia e nunca teria descoberto o osso intermaxilar.

Schiller passou o dedo sobre o ferimento no lábio superior.

— Depois de ontem à noite, estou tentado a dizer: teria sido melhor que não tivesse sido descoberto. Humboldt não é meio francês? Será que não prefere viver em Paris do que na sua Berlim natal?

— Ele ama os franceses, mas odeia Napoleão! Melhor, impossível. Tiramos a sorte grande por estar trabalhando em Weimar justamente agora. Dou minha palavra de honra de que será de grande valia.

Schiller fez um gesto com a mão, desdenhando.

— A última vez em que o senhor me deu sua palavra de honra eu caí no gelo.

Eles passaram pela Seifengasse, pelos jardins do parque e desceram as escadas até o rio Ilm. Lá, onde a encosta ficava mais próxima da margem do rio, uma caverna havia sido aberta na pedra, escondida por uma porta de madeira com rebites de ferro preto. Um arco de pedras encimava essa gruta e estalactites de gelo penduravam-se nele. Eles abriram a porta e seguiram o túnel no calcário que levava dali ao sul. O calor aumentava à medida que desciam. Um canal estreito, coberto por placas de pedra, fora escavado no chão à esquerda.

Depois de uma rápida caminhada, alcançaram uma caverna artificial, onde Alexander von Humboldt trabalhava à luz de vários lampiões — um martelo numa das mãos e uma escova grosseira na outra. Sobre o chão arenoso aos seus pés havia um caderno e pedaços de pedras de diferentes tamanhos. Em alguns deles era possível ver as marcas de plantas pré-históricas; outras, num segundo olhar, mostravam ser ossos e dentes de animais. Humboldt havia tirado capa e casaco e a terra havia tingido de marrom sua camisa e o lenço de seu pescoço. Seu rosto também estava sujo e os cabelos desgrenhados continham calcário que viera do alto — mas nada disso conseguia estragar sua aparência vistosa. Seus traços, os olhos claros, o bronze da pele queimada pelos trópicos — ele ficava ainda mais bonito se comparado à palidez de biblioteca dos dois literatos. Era assim que Goethe imaginava o jovem Fausto e se Humboldt fosse ator, e não cientista, Schiller com certeza teria lhe dado o papel de Karl Moor.*

Humboldt levou um susto ao se deparar com os weimarenses na sua caverna. Limpou várias vezes suas mãos empoeiradas na calça, antes de cumprimentá-los. Tentando não assustar de imediato o prussiano com o assunto tão delicado, Goethe perguntou primeiro por suas pesquisas. Humboldt começou com uma descrição tão detalhada da geologia do local e dos achados fósseis que Goethe teve, por fim, de interrompê-lo. Apoiando as mãos nas coxas, Humboldt escutou a explicação do escritor sobre o delfim. Goethe referiu-se somente ao resgate, e não à intenção de entronar Luís XVII, e não citou mais nenhum nome exceto o do duque. Durante a explanação, Schiller observava Humboldt de esguelha.

Goethe encerrou pedindo a Humboldt que se juntasse a eles.

— Até agora, sempre me mantive afastado da política, pois essa é uma das poucas ciências que nunca me interessaram. E também acho que a política só me prejudicou, nunca agiu em meu favor. Mesmo assim, se os Dióscuros** de Weimar desejam minha ajuda, eu seria um maluco se não a oferecesse. Rejeitar um pedido dos senhores seria rejeitar um pedido de semideuses. Contem comigo, acompanho-os com prazer, para onde quer que seja, e mesmo que seja diretamente para o Louvre.

Alegre, Goethe estendeu-lhe a mão e Humboldt limpou a sua novamente na calça antes de cumprimentá-lo.

— E suas pedras? — perguntou Schiller, por sua vez.

— Meus *fósseis* podem aguardar mais uma semana depois de terem me esperado por mais de 100 mil anos.

---

*Um dos personagens principais de *Os bandoleiros*. (*N. do T.*)
**Expressão referente aos gêmeos da mitologia grega e romana, Castor e Pollux. (*N. do E.*)

Goethe lembrou do sigilo e da pressa do projeto e Humboldt, acostumado a sair rapidamente e com pouca bagagem para suas viagens, lhe assegurou estar pronto para viajar dentro de uma hora. Enquanto selecionava seus achados, os outros deixaram a caverna. Fora dela estava tão escuro quanto em seu interior e foi apenas graças à lâmpada de Goethe que chegaram a salvo à cidade. No largo Frauenplan, os dois se separaram.

Na cozinha da casa de Goethe, Christiane, August e o conselheiro Voigt esperavam, quase em silêncio, pela volta do escritor. Christiane tinha servido um chá para Voigt e os dois homens subiram com suas xícaras até a sala Urbino. Lá Voigt pegou uma carteira de couro com cédulas alemãs e francesas, além de moedas, no valor de 2 mil táleres reais. A quantia tinha sido angariada entre os emigrados franceses conhecidos da senhora Botta e os governos de Sachsen-Weimar-Eisenach e da Grã-Bretanha. Havia também passes locais emitidos pela chancelaria do duque para livre movimentação dentro do império, um mapa do Reno na região de Hessen e um de Mainz e, por último, um esboço manuscrito do Deutschhaus, em Mainz, sede da prefeitura francesa e lugar onde se daria o julgamento de Luís Carlos de Bourbon. Voigt chamou a atenção para o retrato do duque, pendurado no quarto, e disse-lhe que este lhes desejava boa sorte na missão e que pedia expressamente a Goethe que não arriscasse sua vida com os loucos de Mainz. Outras questões seriam respondidas por Sir William, que os acompanharia até Eisenach com seus homens.

Depois da partida de Voigt, Goethe dedicou-se novamente à bagagem. Christiane subiu, com as mãos escondidas no avental. Começou a chorar quando viu as cédulas, pois o dinheiro e o silêncio de Voigt eram indícios suficientes para saber que seu Wolfgang partiria em viagem, talvez sua última. Ele abraçou-a, secando-lhe as lágrimas com as mangas da jaqueta. Goethe prometeu se cuidar e não morrer na França ou sabe-se lá onde, mas em sua cadeira de balanço. Depois de um beijo carinhoso, Christiane foi preparar um farnel. Goethe fechou a mochila, amarrou uma manta pesada por cima e escondeu as pistolas debaixo dela. Ainda havia tempo para tomar um banho quente, preparado pelo empregado, e cujo efeito e sensação de bem-estar deviam suportar vários dias de privação, pensou Goethe.

Humboldt já esperava na frente da casa de Goethe quando esse saiu às 20 horas em ponto. Aos seus pés havia uma mochila. Tinha começado a nevar e à sua frente o largo Frauenplan estava escuro e parecia abandonado. Schiller juntou-se a eles um pouco mais tarde, com um longo cajado nas mãos. Também carregava uma mochila, na qual havia prendido uma balestra.

— O senhor está espantado com este objeto raro às minhas costas? — perguntou Schiller. — Bem, sou um mestre da balestra. Esta arma silenciosa é preferível à pistola mais barulhenta. Eu a levo em todas as caçadas!

Depois da caminhada vigorosa, Schiller inspirou profundamente e o ar gelado fez com que tivesse um acesso de tosse. Goethe perguntou se a saúde abalada do amigo lhe permitiria enfrentar as dificuldades vindouras; depois de secar os cantos da boca com um lenço, Schiller respondeu, sorrindo:

— Não admito uma pergunta dessas feita por um homem que é dez anos mais velho do que eu.

Humboldt chamou a atenção dos dois para uma figura toda encapotada que, vindo da Brauhausgasse, se aproximava do grupo. Goethe viu que não era o britânico e supôs tratar-se de um bonapartista — então reconheceu o tenente prussiano com ares de poeta que tinha falado com ele na hora do almoço. O homem parecia tão congelado que nem o fogo de uma lareira conseguiria lhe aquecer os dedos. Desejou boa-noite aos outros dois, sem reconhecê-los detrás dos cachecóis pesados, e perguntou a Goethe se já havia lido sua comédia.

— Ainda não — respondeu Goethe, lembrando-se somente então que esquecera a cópia na sala de audiências do castelo. — Entre todos os dias que o senhor podia ter escolhido, justamente hoje estou ocupado. Sinto muito, mas não posso fazer nada no momento. Boa-noite.

— Quando vai ler a peça?

— Assim que possível, mas demorará um pouco. Boa-noite.

O tenente olhou para a bagagem dos três.

— Os senhores estão de viagem? Para onde?

— Perdão, meu jovem, infelizmente não posso lhe dizer. Agora, boa-noite.

Mas o jovem não foi embora. Ficou encarando a mochila de Goethe e quando ergueu o olhar novamente, seu rosto estava corado e a voz, áspera.

— Wieland diz que preencherei a grande lacuna na literatura dramática, que nem o senhor nem Herr von Schiller conseguiram. E vou superá-lo, seja com ou sem sua ajuda.

Goethe trocou um olhar divertido com Schiller.

— Ora, é isso que Wieland diz? Então certamente poderei me convencer disso durante a leitura.

— Não. Não vou esperar tanto tempo. Não preciso de sua opinião. Me devolva o manuscrito.

— Ah — Goethe pigarreou. — Peço desculpas, mas não estou com ele no momento. O material está no castelo.

— Que diabos! Eu lhe pedi explicitamente para não perdê-lo.

— Acalme-se. Está tão seguro lá quanto uma estrela no céu e certamente não está perdido.

O tenente encarou Goethe com um olhar duro.

— Ótimo. O senhor me despreza. O senhor me despreza porque não me conhece e por isso o detesto. Passe bem. Desejo que o eixo do carro quebre bem embaixo de seu traseiro e que o senhor não consiga mais voltar de viagem!

Apoiando-se nos calcanhares, deu meia-volta antes que Goethe pudesse retrucar algo. Acompanhado pelo olhar dos três homens, atravessou o largo Frauenplan com passos cheios de ódio, sumindo em meio à neve que caía. Humboldt foi o último a tirar os olhos da visita noturna.

— A juventude não tem papas na língua — disse Schiller.

— É verdade. Antes honrado, agora maldito! — Goethe balançou a cabeça. — Ela sempre oscila entre os extremos!

— Um jovem adorável, realmente. Quem era o canalha?

— Um tenente da Prússia, um poetastro. E que há um minuto ainda tinha uma admiração fervorosa por minha arte. — Quando Schiller deu um sorriso maroto, Goethe acrescentou: — Não ria. Todos têm de escolher um herói para seguir em sua escalada pelos caminhos do Olimpo. Wieland sempre recomenda as pessoas mais esquisitas. Esperemos que esse mosto absurdo ainda se torne um bom vinho.

Finalmente quatro cavaleiros reais britânicos viraram a esquina, seguidos por uma carruagem de dois cavalos, de cobertura preta e lanternas acesas à direita e à esquerda do banco do cocheiro. Os três ajudaram o silencioso cocheiro a embarcar a bagagem e depois entraram na cabine onde estava Sir William. Uma batida de sua bengala foi o sinal do britânico para a partida. Enquanto os homens arrumavam seus lugares com travesseiros e cobertores, o carro seguia para fora da cidade.

3

FRANKFURT

Na noite seguinte, os companheiros chegaram ao último posto antes de Eisenach, onde os cavalos foram trocados. A hospedaria ficava no alto e de lá podiam ver a cidade e o imponente castelo Wartburg, recoberto de neve. Sir William foi recepcionado por um tenente britânico em trajes civis, que lhe transmitiu a mensagem de que os homens de Fouché tinham encontrado madame de Raumbaud em Paris e estavam a caminho de Mainz, passando por Luxemburgo e Trier. A babá chegaria em uma semana no máximo, e Goethe precisava aproveitar esses sete dias.

Sir William despediu-se, pois o combinado era que seus cavaleiros iriam se instalar no Wartburg. Lá, no seguro solo alemão, no castelo mais protegido da Alemanha, o inglês esperaria por Goethe e recepcionaria o delfim, a fim de continuar a viagem acompanhado — ou para Weimar ou para Berlim, ou ainda para Mitau, na Curlândia, onde o conde de Provença estava exilado, a convite do czar Alexandre. Apenas depois os passos seguintes para a deposição de Napoleão I e a posse de Luís XVII seriam discutidos. Mas o carro e seu cocheiro — um empregado russo de madame Botta, chamado Boris, cujo rosto era uma mistura original de gaiatice e bom-humor — continuavam à inteira disposição de Goethe e seus acompanhantes.

Sir William, que passara a viagem toda calado, acabou revelando o que lhe incomodava.

— Já supunha que seu grupo seria pequeno, mas estou surpreso por ser ainda menor do que esperava. O senhor pode me explicar, conselheiro, como pretende libertar o rei da França de sua prisão com a ajuda de dois civis?

— Não, não posso — respondeu Goethe. — Pois, ao lado da rapidez, o sigilo é altamente recomendável. Caso o senhor caia nas mãos do inimigo, Deus o proteja, ou até faça parte dele, é melhor que não saiba nada de meus planos.

Sir William concordou com a decisão de Goethe com um aceno de cabeça. Depois tirou alguns papéis de sua bolsa.

— O senhor esqueceu isso no castelo. O duque pediu-me para devolver.

Era a comédia do jovem raivoso.

Enquanto Sir William e seus soldados cavalgavam até Wartburg, a carruagem preta passou por Eisenach sem parar. Os passageiros dispuseram pão, linguiça e presunto para o jantar sobre os catres. Goethe retirou uma garrafa de champagne de uma caixa entregue pelo duque. Os vasilhames estavam protegidos por palha. Ele bateu com a unha contra o vidro verde.

— Carl August pode não gostar dos franceses, mas gosta de beber seus vinhos.

— O senhor ficou calado diante dos ingleses, mas com certeza vai dividir seus planos conosco — disse Humboldt, enquanto cortava um pedaço de pão.

— Que bom que você me falou disso somente agora, pois a ideia só surgiu depois. Preste bem atenção: vocês se lembram de que o delfim deve ser reconhecido por sua antiga babá? Bem, isso não vai acontecer. Vamos interceptar essa madame de Rambaud no caminho até Mainz e a trocamos por uma dublê do nosso lado. Em sua companhia, passaremos por todos os controles e chegaremos às profundezas da masmorra.

— E como conseguiremos sair das profundezas da masmorra? — perguntou Schiller.

— Vamos descobrir lá mesmo.

— E quem será essa falsa madame de Rambaud? — perguntou Humboldt. — Certamente não ficarei bem de saia.

— É claro que usaremos uma mulher de verdade.

— A guerra não é para mulheres — Schiller se intrometeu.

— Para essa mulher, é — Goethe se recostou no seu catre e cruzou os braços atrás da cabeça. — Conheço uma mulher em Frankfurt que não pode recusar nenhum pedido meu.

— Sua mãe?

— Arre, não! Não *essa* mulher.

— Ai, ai, ai — disse Schiller, quando entendeu a quem Goethe se referia. — A pobrezinha ainda é quase uma criança! A França não é brinquedo para tais criaturas.

— Não seja tão cheio de dedos, meu amigo. Rumo à vitória! E tudo é permitido! — disse Goethe, puxando a rolha da garrafa.

O espumante, que havia sido agitado, molhou o chão. Como Goethe não queria continuar falando sobre Mainz, começou, repentinamente, uma discussão geológica, na qual explicou que todas as rochas são originárias de sedimentos de mares primitivos. Era impossível para Humboldt não embarcar na discussão. Dito e feito, ele entrou na disputa, retrucando com animação: os continentes não são originários de sedimentos, mas surgem dos vulcões, e ele, Humboldt, colecionara provas irrefutáveis na América de que o granito é de origem vulcânica. Goethe disse que nada neste mundo que fosse bom e durável aparecera de repente como uma erupção de vulcão, mas tinha sido formado ao longo dos anos. Apenas a evolução é eterna, toda *revolução*, entretanto, é passageira, e o melhor e mais recente exemplo é a "vulcânica" Revolução Francesa, cuja república teve uma sobrevida de apenas poucos anos. Quando Schiller começou a se entediar com a conversa sobre sedimentos e basaltos, trocou de lugar com o cocheiro Boris, para que esse pudesse comer e dormir dentro da carruagem. Apesar da neve que não parava de cair e do frio constante em seus pulmões, Schiller estava feliz por ter conseguido escapar do debate entre o vulcanista e o netunista. Sentia prazer na liberdade da natureza, na pressão das rédeas de couro ao redor de seus punhos, no bufar dos cavalos, na visão de seus dorsos fumegantes e na paisagem nevada à sombra das montanhas da Turíngia, onde tudo estava imerso no silêncio dos segredos.

Depois de Haune, Fulda, Kinzig e Main, eles percorreram propriedades de condados e principados, bispados e arcebispados em direção a sudoeste. O tempo, por fim, ficou um pouco mais ameno; a chuva leve substituiu a neve, que derretia e misturava-se à lama. As patas dos cavalos e a parte inferior da carruagem logo se recobriram de uma camada marrom, como se tivessem passado por um rio de chocolate. Os animais não eram poupados nas ruas irregulares, inseguras, sendo trocados a cada posto do correio e pagos com o dinheiro do fundo de guerra de Voigt. Em Hersfeld, Schiller aventou pela primeira vez sua suspeita de que alguém os seguia, mas a dúvida permaneceu, pois nem ele nem o cocheiro russo puderam confirmá-la. Mesmo quando fizeram uma parada curta numa subida, a estrada continuou vazia. Na sexta-feira à tarde, depois de dois dias sem descanso, adentravam a cidade de Frankfurt pelo portão Allerheiligen.

    Goethe pediu para Boris parar na Catedral de São Bartolomeu, onde novamente trocariam os cavalos. Haviam decidido deixar a carruagem no Reno e continuar a pé, garantindo maior mobilidade no território francês, além de chamar menos atenção. Por medida de segurança a bagagem teve de ser guardada, já que passariam uma ou mais noites ao ar livre. Humboldt organizara uma lista dos itens necessários para tanto, que entregou a Boris, e Schiller solicitou tabaco para consumo próprio. Enquanto o russo fazia compras, os três homens continuaram a pé; abatidos pelos dias na carruagem, cada passo era um suplício. Goethe animou-se quando passaram pela praça Römer. Ao contrário de seus companheiros, o barulho e a confusão dos negociantes, mercadores, emigrantes e judeus nas vielas apertadas não o perturbava. Ainda desconfiado, Schiller ficou o tempo todo olhando para os lados, mas se alguém realmente os seguisse, seria impossível reconhecê-lo na balbúrdia da cidade.

Por fim, Goethe parou diante de uma construção de três andares na Sandgasse e bateu à porta estreita da entrada. O olhar de Humboldt foi para o alto, passou pelas janelas gradeadas e chegou ao frontão que trazia um brasão com águia, leão e cobra. Sobre a entrada do portão aparecia o nome da casa comercial: ANTONIO BRENTANO, IMPORTAÇÃO E EXPORTAÇÃO.

— Certo, estamos visitando os Brentano — explicou Schiller. — Da mesma maneira como Goethe esteve apaixonado em seus anos de juventude por Maximiliane Brentano, agora é a filha dela quem o idolatra. Que Deus a proteja.

— Não acredite em nenhuma palavra dele — disse Goethe, e virando-se para Schiller: — Meu amigo, tome cuidado com sua língua burlesca quando estivermos lá em cima. Estamos lidando com o futuro da Europa, e não com enamoramentos de juventude.

Uma empregada abriu a porta e, franzindo a testa, cumprimentou os homens de barbas por fazer. Mas quando Goethe revelou sua identidade, foram levados para uma antessala que cheirava a óleo, queijo e peixe. Depois de tirar as capas e os chapéus, seguiram para o primeiro andar. Lá, no salão da casa, uma velha de vestido branco e gola de pele estava sentada em uma poltrona. Sua cabeça encontrava-se coberta por uma touca elegante e no colo descansava um livro de Herder. Quando os homens adentraram o recinto, um sorriso tomou conta de seu rosto e do de Goethe.

— Se não é nosso queridinho — disse ela.

Schiller soltou um sorriso maroto. Goethe deu-lhe uma cotovelada no flanco e, em seguida, beijou a mão da senhora.

— Senhora von La Roche, espero de coração não incomodá-la com nossa visita inesperada. Permita-me apresentar meus acompanhantes: Alexander von Humboldt e Friedrich Schiller.

— Von Schiller — complementou o último.

A senhora von La Roche mediu o poeta com os olhos enquanto ele beijava-lhe a mão.

— Vejam só. Schiller, o famoso jovem impetuoso.* Sua *Kabale* irritou profundamente o pessoal de Frankfurt, à época.

— Caso eu tenha sido impetuoso, tal ardor já passou faz tempo, prezada senhora — disse Schiller.

— E caso algum dia ele tenha sido jovem, isso passou faz o mesmo tempo também — acrescentou Goethe.

A senhora von La Roche pediu aos homens que se sentassem.

— O que os traz à minha casa, Johann? Você certamente não percorreu o longo caminho de Weimar até aqui para arruinar meus preciosos tapetes com suas botas lamacentas. Você está visitando sua mãe?

— Caso haja tempo, farei isso. Estou aqui principalmente porque tenho um assunto a resolver com sua neta, que conheço apenas por cartas.

— É verdade? Bem, sinto dizer que vocês terão de se contentar com a presença da avó dela por mais um tempo, pois Bettine está na igreja.

Depois de meia hora, na qual Goethe falou de Wieland para a senhora von La Roche e ela, por sua vez, falou da mãe dele, passos apressados subiram as escadas. A porta se abriu e uma figura pequena e delicada apareceu no batente: Bettine Brantano, ainda de capa, com olhos luminosos, rosto afogueado e cabelo de cachos delicados. Ela tirou a touca de seus cabelos de graúna.

— Calma, querida — disse a avó, mas Bettine não lhe deu ouvidos e foi em direção a Goethe, que se levantava da poltrona.

Por um momento, os dois ficaram frente a frente, daí Goethe estendeu-lhe a mão. Bettine hesitou, mas depois pegou-a com as mãos e o encarou com seus olhos castanhos.

— Senhorita Brentano — disse Goethe.

— Goethe — disse ela, inspirando profundamente. — Por fim nos encontramos.

---

*Referência ao movimento literário *Sturm und Drang* ("tempestade e ímpeto"), que teve em Goethe e Schiller dois destacados integrantes. (*N. do T.*)

Agora o acompanhante de Bettine entrava no salão, um homem forte que lembrava uma estátua de mármore romana. Era um pouco mais velho do que Bettine; uma boca doce, olhos não muito grandes, mas incisivos, tudo isso emoldurado pelo cabelo louro e envolto numa leve melancolia — no conjunto, pelo menos tão bonito quanto Humboldt, se não mais, pois mais jovem e ainda não marcado pelas viagens e pelos anos; menos Fausto, mais Euphorion, menos Karl, mais Ferdinand. Ele observou Bettine e Goethe até que o aperto de mãos deles terminou e ela o apresentou aos presentes: Achim von Arnim, o colega e melhor amigo de seu irmão, Clemens. Quando todos haviam se cumprimentado, a rigidez inicial de Arnim se desfez e ele expressou a satisfação de encontrar, de modo tão inesperado, seus ídolos em pessoa. Embora já tivesse conhecido Goethe em Göttingen em 1801, encontrava Schiller e Humboldt pela primeira vez. Por um tempo, conversou-se de maneira cruzada, caótica, enquanto Bettine andava ao redor dos convidados feito um filhotinho de cachorro e perguntava o que deveria servir. A avó não conseguia fazê-la se acalmar, nem mesmo se sentar — até que Goethe, pigarreando, lembrou da urgência da visita e contou a Bettine, Arnim e à senhora von La Roche de sua tarefa em Mainz. Ele não escondeu qual seria o papel de Bettine em seus planos, mas evitou — assim como fizera com Humboldt — divulgar a continuação do plano, após a libertação do delfim. Schiller foi o único que não se sentou de novo; permaneceu de pé junto à janela, olhando para a movimentação da Sandgasse.

Muito antes de Goethe terminar de falar, Humboldt, que escutava a história pela segunda vez, cansado da incômoda viagem de carruagem e dos moradores de Frankfurt, adormeceu na poltrona. Apenas um dedo de sua mão esquerda, que estava sobre a barriga, tremia de tempos em tempos, como se coçasse o casaco. Depois que Bettine cobriu-o cuidadosamente com uma manta trazida de um quarto ao lado, ela disse em voz baixa:

— Seria uma grande alegria para mim acompanhar você pelo Reno. Acompanhar o *senhor*.

Goethe, sentado ao seu lado na *chaise-longue*, tocou em sua mão por um instante.

— Não se apresse, Bettine. Vamos enfrentar os franceses, que se elevaram a senhores do mundo. O perigo pode ser fatal.

— Só perdemos o que não tentamos. Luís Carlos não tem culpa dos pecados cometidos por seus pais e não merece ser decapitado por esse bandido Bonaparte. Se vocês entrarem na guerra, irei junto.

Goethe olhou para a senhora von La Roche, mas ela deu de ombros.

— A menina é maior de idade. Admiro sua coragem e confio a decisão inteiramente a ela. Se quiser ir a Mainz, que vá.

— E nós, senhora von La Roche, faremos de tudo e mais um pouco para proteger sua neta e garantir que ela retorne a Frankfurt sem um fio de cabelo a menos — prometeu Schiller.

— Então está resolvido — disse Goethe. — Arrume suas coisas, Bettine, vamos seguir viagem o mais breve possível.

Agora Achim von Arnim resolveu se manifestar.

— Não é fácil para mim contestar os senhores, meus ídolos, mas tenho de proibir Bettine de acompanhá-los. Dei minha palavra ao seu irmão de que tomaria conta dela e a protegeria de qualquer maluquice. E o que os senhores estão planejando é, com o perdão da palavra, maluquice.

— Achim! — disse Bettine, indignada. — Você é um desmancha-prazeres!

— Isso não é uma brincadeira, Bettine, vidas estão em jogo! Escute: a viagem é para a *França* e a situação está complicada por lá esses dias! Os franceses vão lhe golpear como um pilão num triturador.

— Então você não quer combater os franceses? — perguntou Goethe.

— Como todo alemão decente, odeio os franceses. E como não odiar esses bandoleiros depois que nos tiraram metade da Alemanha? E nós, alemães, ficamos sentados, imóveis, como Ulisses em sua casa, e permitimos que os pretendentes estrangeiros, que se fartam à nossa mesa, atirem patas de boi em nossos rostos! Mas o que tenho a ver com seu rei? Os franceses que visitem madame Guilhotina. Quanto mais se matarem, menos deles haverá.

Bettine se levantou e aproximou-se de Arnim.

— Você precisa permitir que eu vá. Não quero me recriminar mais tarde por alguém inocente ter morrido por causa da minha inércia.

— Não é possível, e você sabe disso. Dei minha palavra para Clemens. Ele me mataria caso soubesse que deixei você entrar nessa toca de leões.

— Mas Clemens está em Heidelberg e nunca saberá de nada disso — retrucou Bettine, agora mais sedutora. Para o espanto de todos ela se sentou no colo de Arnim. — Além do mais, você não pode impedir que eu vá. Você vai me prender no meu quarto e jogar a chave fora, seu resmungão? Se quer me proteger, então venha conosco, me proteja lá na França.

Bettine encarou-o com olhos de súplica e fez um carinho na orelha de Arnim. Para ele, a situação era mais do que constrangedora. Ele ficou ruborizado ante a insistência dela e era possível ver, literalmente, como o calor saía pelo seu colarinho.

— Bem, mesmo que eu me arrependa depois: você venceu. Vou acompanhá-la.

Bettine soltou um gritinho de felicidade e sapecou um beijo no rosto de Arnim.

— E prometo a você, meu querido, que assim que o delfim deixar a prisão, voltarei, virtuosa, à casa e à cozinha.

— Parabéns por sua decisão, Herr von Arnim — disse Schiller. — Fico feliz em saber que será nosso companheiro.

— Mas se algo acontecer a Bettine, que Deus tenha misericórdia de nós. Não se brinca com os franceses, mas eles nem se comparam a Clemens.

A conversa encerrou-se com essas palavras desgostosas. Enquanto Bettine e Arnim arrumavam suas malas e Humboldt continuava a dormir, em companhia da velha senhora von La Roche, Goethe queria ao menos fazer uma breve visita à mãe e Schiller o acompanhou.

Goethe ficou calado até Weissadlergasse.

— Quebre esse silêncio enigmático — Schiller provocou-o. — O senhor não está se sentindo bem?

— Nada disso. Eu apenas fico triste por termos conseguido a colaboração de Bettine apenas por causa do barão von Arnim.

— O senhor não gosta dele como pessoa?

— Humm.

— Ou como poeta?

— Acho-o um tanto insípido em ambas as categorias. Não, ele certamente é um homem honrado e amável, que deve ser tratado com respeito. Afinal, me dedicou sua antologia de canções populares.

— Tem razão. Um sujeito a quem se entrega a filha sem preocupações.

— Temo apenas que nosso grupo esteja ficando grande demais.

— Mas não está. Cinco é um bom número. Cinco são os dedos de uma mão. Cinco são os níveis da alma. Assim como o homem é uma mistura do bem e do mal, o cinco é o primeiro número da soma de par e ímpar primos.

— Você presta atenção no que diz? Às vezes se parece com um astrólogo bêbado.

— Tenho a impressão de que o senhor está é com ciúmes do elegante cavalheiro de Berlim.

— Sua impressão é falsa. Não se esqueça de que sou quase três vezes mais velho do que Bettine. Como é que você chegou a uma ideia tão obtusa?

— Ora, Deus do céu! A mulher é bonita! Talvez sua finada mãe tenha sido bonita também. E o senhor até permite que ela o chame de você e que use seu primeiro nome. E isso já no primeiro encontro! Até agora, soube que esse privilégio era permitido, à exceção do duque, apenas às pessoas mais velhas do que o senhor. E essas são poucas.

— Farei de conta que não ouvi tal comentário maldoso.

— A mim, por exemplo, o senhor não me sugeriu chamá-lo de *você* nestes dez anos de amizade.

Goethe deu uma risada, ficou parado na viela e encarou Schiller.

— Você quer isso de verdade, Friedrich?

— Estamos sendo seguidos.

— O quê?

— Continue me encarando. Estamos sendo seguidos — disse Schiller, e pelo tom de voz Goethe percebeu de imediato que não se tratava de uma brincadeira. — Atrás de nós: o jovem de calças amarelas, que agora está olhando de maneira tão interessada os produtos da loja de temperos. Está nos seguindo desde o Goldenen Kopf e quando o senhor ficou parado, ele também parou por um instante. Eu juro, ele está nos seguindo.

Goethe olhou rapidamente para seu perseguidor e era evidente que o homem não estava interessado nas especiarias expostas na vitrine.

— Vamos em frente — disse Schiller — mas não até o Rossmarkt.

Em silêncio, entraram pela Hirschgraben em direção ao rio. As vielas ficavam cada vez mais estreitas e escuras, pois as fachadas das casas não eram planas, mas se projetavam para a frente a cada andar, de modo que ficavam cada vez mais largas, tornando a viela um verdadeiro funil. Do corredor de um segundo andar, coberto apenas por grades de madeira, um garoto jogava tigelas de barro, e elas se quebravam no chão com muito barulho e sob o aplauso das crianças da vizinhança.

— E você diz que esse jovem nos segue desde Eisenach? — perguntou Goethe, assim que se desviaram dos cacos.

— Não sei. Mas ele estava andando em volta da casa Brentano e sempre consultava um livrinho. Lá de cima, pude notar que havia a gravura de um rosto estampada nas páginas.

— Maldição! Mandados de busca nossos?

— Isso não sei.

— Parece que a tal madame Botta não exagerou com seus cuidados. O que faremos agora?

— Vamos nos separar. Então esse bonapartista, caso esteja sozinho, terá de se decidir por um de nós. O outro, por sua vez, vai segui-lo e confrontá-lo numa oportunidade propícia. O senhor está armado?

Goethe levantou um pouco a capa e apontou para o punhal. Schiller trazia seu sabre preso ao cinto. Eles tinham deixado as armas de fogo na carruagem.

— Fique muito alerta — disse Goethe —, talvez o sujeito esteja desesperado.

No final da Hirschgraben eles se separaram. Schiller foi para a direita, em direção ao convento, Goethe pegou a Münzgasse à esquerda. O homem de calças amarelas seguiu o último sem hesitar, não se virando nem uma vez para olhar para Schiller, que agora estava às suas costas. Os três percorriam as vielas agitadas da cidade. Goethe ficou tanto tempo dando voltas inúteis — passando pelo mercado de grãos, pela inacabada igreja dos Monges Descalços, novamente pela praça Römer —, que não restou nenhuma dúvida de que o jovem o seguia.

Chegaram finalmente à afastada Saalgasse, onde eram os únicos passantes. Então, o seguidor de Goethe parou de repente e colocou a mão direita dentro da capa. Schiller reagiu de pronto: correu pelo calçamento molhado e saltou sobre o homem, antes ainda que esse pudesse puxar sua arma. Ambos aterrissaram na lama, mas Schiller novamente foi mais rápido: colocou-se de pé, pegou o sabre e apertou-o contra a garganta do homem.

— Imóvel, canalha! — sibilou Schiller. — Um pio e você vai engolir sangue.

O homem ficou pálido feito um cadáver e suas mãos trêmulas se apoiaram na lama. Sem afastar o sabre, Schiller puxou a capa do homem para o lado. O colete embaixo era amarelo como as calças; o fraque, azul-escuro com botões de metal amarelo. O homem realmente portava uma pistola, mas estava metida no cós das calças. Era um modelo simples, de cano curto, quase feminino. Schiller tirou a arma.

Goethe se aproximou dos dois com seu punhal.

— Acho que o engraçadinho aqui estava prestes a atirar no senhor — disse Schiller.

— Quem o enviou até aqui? — perguntou-lhe Goethe. Seu perseguidor pareceu não entender a pergunta. — *Qui t'envoie?*

O homem assentiu do jeito que foi possível com a lâmina em seu pescoço.

— Já entendi a pergunta, Herr von Goethe, mais eu não a... entendi.

— Ele quer saber para quem você está trabalhando, maldito! — vituperou Schiller.

— Para quem estou trabalhando...? Não estou trabalhando para ninguém. Vim por conta própria, Herr von Goethe, eu queria... — Quando ele tateou o bolso interno do casaco, Schiller fez um gesto para que ele agisse devagar, e lentamente ele retirou um livrinho: *Os sofrimentos do jovem Werther*. — ... eu queria apenas lhe pedir um autógrafo.

— Ah, Deus — disse Goethe, com as mãos sobre os olhos.

— Isso não pode ser verdade — acrescentou Schiller, irritado, e abaixou sua lâmina.

— Eu o idolatro, Herr von Goethe — gaguejou o homem. — Seu *Werther* tornou-se meu melhor amigo.

— Meu jovem, estamos muito constrangidos — disse Goethe, ajudando seu perseguido a se levantar. — Por favor, perdoe nosso ataque raivoso. Achamos que era um inimigo.

— Friedrich Nicolai?*

— Algo parecido.

— O senhor me dá seu autógrafo mesmo assim?

— Sem dúvida.

Goethe pegou o livro, uma pena e a tinta que o jovem trouxera por precaução e assinou sob o retrato da primeira página. O amante de *Werther* estava quase bêbado de tanta felicidade.

— Se você não queria nos atacar, então para que a pistola? — perguntou Schiller, que ainda a segurava.

O jovem deu um sorriso triste.

— Herr von Goethe pode imaginar: para que eu, não suportando mais essa vida torturante, colocasse uma bala em minha cabeça.

— Argh! — fez Goethe.

---

*Friedrich Nicolai (1733-1811), escritor e livreiro, rejeitava o movimento literário *Sturm una Drang* e a filosofia idealista. Escreveu, entre outros, textos satíricos contra Herder, Goethe [*As alegrias do jovem Werther*, 1775], Schiller, Kant e Fichte. (*N. do T.*)

— Mas seu *Werther* deu esse exemplo, quando os sofrimentos do amor o sufocavam.

— Santo Deus! Você deve se sentir consolado pelos sofrimentos dele, e não imitá-lo! Não escrevi o livro para que quaisquer fracos de espírito apagassem de vez o que lhes restasse de sua vida frágil. Quanto você pagou pela pistolinha?

— Eu... o quê? Seis táleres.

Goethe pegou sua carteira.

— Aqui está seu livro de volta e aqui estão seis táleres pela arma.

— Mas...

— Nada de mas. Embriague-se quando tiver problemas sentimentais ou pegue uma prostituta, mas por favor não estoure seus miolos. E faça-me o favor de comprar roupas novas; amarelo e azul já estão fora de moda faz tempo.

Só então Schiller guardou o sabre de volta à bainha e, com a arma recém-adquirida, eles deixaram o wertheriano, que só voltou a se mexer quando a tinta no livrinho e a lama nas calças tinham secado.

Depois de uma visita curta demais a sua mãe, Goethe voltou à casa Brentano, enquanto Schiller ia atrás de Boris e da carruagem na praça da catedral. Alexander von Humboldt acordara fazia tempo e desculpou-se várias vezes pelo cochilo.

Tanto Bettine quanto Arnim estavam usando reforçadas roupas de viagem. Enquanto a pouca bagagem era levada até a rua, Sophie von La Roche pediu para falar a sós com o conselheiro em seu quarto. Lá ela lhe avisou que, sob circunstâncias normais, Bettine não teria permissão de acompanhá-lo, porém ela também desejava salvar o jovem rei, e mais ainda: sua restauração e a queda do terrível Bonaparte. Nos últimos dois anos, Frankfurt fora atacada e sitiada duas vezes pelos franceses, suas lembranças desses episódios ainda estavam vivas e ela não sobreviveria a uma terceira vez.

— É importante para mim que Bettine volte sã e salva — ela encerrou a conversa —, mas seu coração também não deve ser machucado. Embora, talvez, nem todos os membros da família estejam satisfeitos, pelo menos eu estou. E o fato é que Bettine está praticamente noiva do barão von Arnim, e nada disso deve mudar durante sua aventura em Mainz, caso você não queira que lhe puxe as orelhas.

Goethe quis dizer alguma coisa, mas ela não deixou.

— Nada de palavras, caro, você é melhor do que eu com elas — disse ela. — Conheço minha neta; para ela, você é um deus e há um diabinho que rege os sentimentos dela. E eu sei o que os olhos negros de Maxi fizeram com você e como você ficou tomado por melancolia quando ela desposou Peter. Bem, pela vida da sua mãe, cujo nome minha neta carrega: não confunda os sentimentos dela!

Enquanto a carruagem se apertava pelas vielas estreitas da cidade com seus cinco passageiros, Goethe entregou a Bettine uma faca de caça e a pistola do infeliz wertheriano, para que ela não se expusesse ao perigo de mãos vazias. Embora Arnim carregasse o próprio sabre, ele afirmou que sua melhor arma eram os punhos, pois estavam sempre carregados. Para a diversão de todos, Goethe relatou-lhes como tinham conseguido a pistola e ao deixarem a cidade pelo portão do Taunus, Bettine entoou a *Canção de despedida do aprendiz** com tamanha graça que era possível imaginar que o destino deles eram uma casinha no campo, e não uma das masmorras mais sombrias de Napoleão.

Abschiedslied des Handwerksburschen: canção supostamente conhecida desde meados do século XVIII, bastante popular no século XIX. (*N. do T.*)

4

HUNSRÜCK

A viagem continuou pelas colinas que seguiam em direção ao Reno. Como o solo estava encharcado pela neve que descongelava, avançavam com dificuldade. Durante a noite, passaram entre as encostas do Rheingau e as cidades embaixo, junto ao rio. De repente, quando as nuvens foram sopradas para longe, eles conseguiram ver, na outra margem, as luzes da fortificação francesa de Mainz. Por mais que Boris estalasse o chicote sobre os flancos dos cavalos e amaldiçoasse as pobres criaturas junto aos santos de sua terra, só chegaram ao destino quando já amanhecia novamente no leste. Oitocentos metros acima de Assmannshausen os passageiros deixaram a carruagem sobre um trecho inclinado e desabitado da margem, na frente do castelo Rheinstein, em ruínas. O russo secou os flancos dos cavalos, que bufavam, com um cobertor, enquanto os cinco companheiros juntavam mochilas, cobertores e armas. A terra gelada estalava debaixo dos pés.

— Meus ossos viraram purê — reclamou Bettine. — Espero nunca mais na vida entrar numa carruagem. Agora vamos usar nossas próprias botas.

— Você vai sentir saudades da carruagem assim que suas botas estiverem ensanguentadas de tanto caminhar — retrucou Humboldt.

Goethe e Schiller estavam sobre uma pequena elevação e observavam o rio. O jovem Arnim juntou-se a eles. O céu estava claro, com exceção de algumas estrelas que iam se apagando e fiapos de nuvens cinza-amareladas na alvorada.

— Saúdem comigo o velho pai Reno — disse Schiller.

O suspiro de Goethe formou uma pequena nuvem na fria atmosfera da manhã, subiu e se dissipou.

— Maravilhoso. Grandes rios sempre têm um efeito revigorante. Como estou feliz em revê-lo.

— Mas como dói revê-lo nessas circunstâncias — disse Arnim. — Antes a artéria vital da Germânia, agora apenas seu marco de fronteira.

— E se continuar assim, o gaulês logo vai saltar a correnteza pacífica — completou Schiller.

— Não vamos deixar que se atreva. — Arnim puxou seu sabre. — Nunca mais os estrangeiros regerão a estirpe alemã!

Goethe deu um tapinha nas costas de Arnim.

— Bem falado, meu jovem amigo. Vamos então procurar um bote e chegar às terras do inimigo, antes que Apolo nos ultrapasse em seu carro do Sol.

— Agora? Já está quase claro. E se houver soldados no outro lado da margem ou nas ruínas?

— Vamos torcer para que estejam dormindo. Não podemos nos dar ao luxo de perder um dia inteiro.

Na parte de baixo do rio, um velho desembarcava de um bote leve, com o auxílio de duas crianças, o que havia pescado de manhãzinha. Schiller desceu a ribanceira a fim de pedir ao pescador que, em troca de alguns táleres, os levasse à margem proibida.

Nesse meio tempo, Goethe agradeceu os serviços de Boris e pediu-lhe que os esperasse na margem direita do Reno, bem em frente a Mainz, em Kostheim, principado de Nassau. Do alto de seu banco, o cocheiro desejou boa sorte e pediu para Goethe enviar para o além o máximo possível de franceses. Em seguida, partiu.

Quando se juntaram a Schiller na margem, ele já tinha entrado em acordo com o pescador. O homem usava um capuz e mordiscava um cachimbo apagado. Seus dois netos, uma menina bonita e um garotinho, prenderam duas tábuas de madeira nas laterais do bote, como bancos. Eles observavam os estrangeiros com os olhos arregalados. O pescador, que mal cumprimentara seus passageiros inesperados com um aceno de cabeça, não abriu a boca, como se cada palavra trocada com aqueles que atravessavam a fronteira pudesse lhe trazer complicações.

Schiller foi o primeiro a embarcar.

— Despeçam-se da terra alemã. Que o espírito patriótico nos acompanhe quando este barco balançante chegar ao lado esquerdo; lá, onde a fidelidade alemã não existe.

Assim que todos se ajeitaram no bote e suas coisas estavam arrumadas, o velho pescador partiu, atravessando a correnteza com grande habilidade.

O sol já estava quase sobre a terra, os picos das árvores e das montanhas já reluziam e apenas a oeste, sobre a velha ruína do castelo, o céu ainda estava cinza. Alguns pássaros voavam para leste entre os restos de nuvens. Goethe, de olhos fechados, estava sentado na proa do bote e era o único de costas para a margem francesa. Uma brisa fazia com que as ondas soassem como as cordas da harpa de Éolo. Sem que Goethe percebesse, sua respiração seguia o ritmo do remador.

Humboldt estava sentado na frente de Goethe, sobre a primeira das duas tábuas, com o queixo apoiado na mão direita. Encarava fixamente a superfície da água, como se seu olhar pudesse atravessá-la e enxergar até o fundo, talvez encontrando o refúgio dos nibelungos. O garotinho entre ele e Goethe o imitava; com o braço e a cabeça apoiados na beira da embarcação, olhava seu reflexo sonolento nas ondas. Ele havia arrancado um galhinho na margem, com o qual riscava de vez em quando a superfície da água gelada.

Schiller era o único que estava de pé no bote, apoiado em sua bengala. Ele não tirara nem a mochila. Com a cabeça inclinada para trás, tentava encontrar vigias franceses no castelo em ruínas. Mas a outra margem permaneceu deserta e logo seu olhar voltou-se para cima, até o quarto de lua sobre as rochas, dois chifres de prata no céu dourado, e por lá ficou.

No segundo banco estavam Bettine e Arnim, sentados muito próximos. As mãos de Bettine estavam sobre o colo. Ela tremia de frio.

Quando Arnim percebeu que um calafrio percorrera o corpo de Bettine, pousou desajeitadamente uma mão sobre as mãos dela e a outra ao redor dos ombros — grato pelos homens não estarem olhando em sua direção nessa hora.

O pescador na popa estava com os olhos fixos na outra margem e, assim como mergulhava o remo na água ora do lado esquerdo, ora do lado direito, empurrava o cachimbo apagado de um canto da boca para o outro. Apenas sua neta, que segurava o segundo remo ao seu lado, observava a estranha carga desta manhã. O barulho do bote e o dos remos, a fumaça que subia do espelho d'água, a neblina suave na margem, o voo dos pássaros, o brilho e o reflexo das últimas estrelas: tudo possuía algo de fantasmagórico nesse silêncio geral e ninguém disse uma palavra durante a travessia.

Quando Humboldt desembarcou e puxou o bote para a terra, o sol finalmente nascia sobre o vale do Reno. As cores logo ficaram mais intensas e o ar, mais quente; a magia do crepúsculo havia desaparecido. Schiller queria recompensar o balseiro com dinheiro do caixa de guerra, mas sem querer uma das moedas caiu no rio. De repente, o velho balseiro estava fora de si.

— Pelo amor de Deus, o que vocês estão fazendo? — gritou o velho. — Vocês trazem infelicidade para si próprios e para mim! A correnteza não suporta esse metal! Pegue-o de volta o mais rápido possível!

Schiller arregaçou as mangas e tirou a moeda de ouro das águas barrentas do Reno, mas o pescador não quis aceitá-la.

— Vocês têm de enterrá-la, bem longe daqui, senão a maldição da correnteza se abaterá sobre vocês.

Balançando a cabeça, Schiller deu ao velho outra moeda. Ele não se demorou, deu meia-volta sem cumprimentá-los e voltou com os netos à margem alemã. O garotinho tinha adormecido, mas a menina ficou olhando o estranho grupo até o fim.

Eles colocaram as mochilas nas costas e seguiram Humboldt numa trilha que serpenteava para o alto. Logo todos estavam com a testa suada. Não havia vivalma na ruína Rheinstein, pela qual passaram, mas mesmo assim a bandeira tricolor francesa tremulava provocantemente no pináculo. Ofegante, Arnim observou o muro rústico do castelo medieval, lembrança de um tempo maior, há muito passado.

Chegando ao cume da parede rochosa, os cinco deram um suspiro e uma última olhada no Reno, que refletia debaixo deles o sol da manhã, ao pé da montanha.

— O senhor não vai enterrar a moeda? — perguntou Arnim para Schiller.

— Enterrar um bom táler? Não tenho a intenção. Você não está acreditando na fábula do velhinho, está?

— Digo apenas que, durante nossa campanha, podemos fazer uso de toda a sorte do mundo e não devemos carregar azar extra. — Ao notar que Schiller não parava de sorrir, ele completou meio emburrado: — Há muita verdade oculta nas lendas antigas.

Os companheiros de viagem se viam diante do sopé da serra Hunsrück e de uma caminhada forçada, pois já no dia seguinte desejavam se afastar da floresta de Soonwald e alcançar o caminho de Trier para Mainz.

— *Bienvenue en France* — anunciou Goethe — no *canton* Stromberg, *arrondissement* Simmern, *département* de Rhin-et-Moselle. Como nossa terra natal ficou estranha!

Bettine balançou a cabeça, pensativa.

— O Hunsrück francês. Quem imaginaria uma coisa dessas.

Goethe bateu palmas.

— *Ça, ça*, não vamos nos lamentar demais; vamos nos meter entre os arbustos antes que alguns *douaniers* nos encontrem.

Humboldt, que conhecia a região de uma viagem pelo baixo Reno feita durante sua juventude com seu colega de pesquisas Georg Forster, foi alçado à condição de guia da turma. Ele pegou sua bússola e Goethe deu-lhe os mapas do duque. Eles caminhavam por pequenas trilhas e caminhos não demarcados, acompanhavam pequenos rios em direção a sudoeste, sempre atentos a patrulhas francesas. Não se sabe se por causa da liderança segura de Humboldt ou pelo escasso povoamento da região, mas o fato é que durante toda a manhã não encontraram ninguém, habitantes dessa ou daquela nação. O céu continuou sem nuvens, um contraste agradável à chuva e neve da Alemanha dos dias anteriores, quase uma comprovação da tese de que o sol só sorria neste lado do Reno. Humboldt tinha um facão nas mãos para abrir caminho entre pequenos galhos e folhagens crescidas.

Eles mal falavam, principalmente porque nas trilhas estreitas só conseguiam andar em fila indiana. Goethe fez algumas tentativas de conversar com Humboldt sobre a curiosa transformação na vida do já mencionado Georg Forster — ele era um amigo de ambos que, junto com outros jacobinos alemães, por conta da Revolução Francesa e da invasão das tropas francesas em 1793, proclamara a república em Mainz —, mas Humboldt estava sempre muito concentrado no caminho e não conseguia responder. Quando Goethe passou desatento por um galho baixo e bateu a cabeça nele, fazendo com que a ferida do couro cabeludo se abrisse de novo, ele também resolveu permanecer em silêncio.

Achim von Arnim seguia à frente da jovem Brentano, segurava os galhos para que não batessem no rosto dela e a ajudava na travessia dos riachos e das árvores caídas. Quando se ofereceu para carregar sua mochila, ela o ultrapassou e retribuiu-lhe o gesto galante. Embora estivesse usando um vestido de tecido resistente, sua bainha estava coberta de lama e logo se rasgou por causa dos galhos espalhados no chão. Fechando o grupo estava Schiller, que parava de tempos em tempos para olhar ao redor na floresta. Perguntado por Arnim do porquê disso, Schiller respondeu-lhe que se sentia seguido desde Eisenach, mas já estava passando a achar, assim como Goethe, que era seu cérebro lhe pregando uma peça. De modo involuntário, sua suspeita colocou Arnim num estado de absoluta atenção. O jovem passou a olhar para trás com mais frequência do que Schiller, sempre disposto a proteger Bettine com sua vida, caso acontecesse o pior.

No vale entre Stromberg e Daxweiler eles tiveram de atravessar uma estrada pela primeira vez. Humboldt colocou no chão sua mochila, de longe a mais pesada de todas, e tirou de lá um telescópio de metal amarelo para esquadrinhar o vale em ambas as direções. A estrada estava vazia. Com passos rápidos, os cinco afastaram-se das sombras das árvores e atravessaram um campo aberto. Schiller parou de repente na estrada.

— Ei, vejam o chapéu lá sobre a estaca — disse.

Os outros também pararam. Poucos passos adiante havia uma Árvore da Liberdade francesa: o tronco liso de um álamo, de bons cinco *ellen* de altura, como um poste na terra, e sobre ele a touca vermelha dos jacobinos. À altura dos olhos havia uma plaquinha com a inscrição: PASSANTS CETTE TERRE EST LIBRE.

— Caminhantes, esta terra é livre — traduziu Bettine.

— Em frente — falou Goethe, mas os outros não conseguiam se separar dessa visão. Misteriosamente, a Árvore da Liberdade os atraía.

O tronco já vira dias melhores. Agora estava enfiado torto na terra e vermes e besouros se aproveitavam de sua madeira. O verniz da inscrição estava rachado e sob sua sombra uma teia de aranha acrescentava à cena inúmeras moscas e aranhas mortas. Debaixo do topo havia amarrada uma fita tricolor, que agora tremulava cansada ao vento. Suas extremidades estavam desfiadas, o vermelho e o azul tinham desbotado e o branco real mostrava manchas marrons — essa fita tricolor, recém-colorida, se parecia com a bandeira de um Estado ainda não descoberto. Bem em cima estava a touca jacobina com um emblema. O feltro, outrora vermelho, estava tão desgastado pelo vento e pelas intempéries que o capuz parecia um trapo molhado e, como era possível ver de baixo para cima, estava todo furado.

— Por que estamos preocupados com um capuz? Um capuz sem cabeça sobre uma árvore sem raízes — disse Goethe. — Vamos em frente.

— Vocês sabem do que esse capuz me faz lembrar? — perguntou Bettine. — Da touca de dormir de Michel.*

Arnim bufou.

— Acho difícil. O Michel alemão não degola seu rei e não escraviza outras nações.

---

*Michel: nome da personificação nacional dos alemães — como a Marianne dos franceses — do homem do povo, quase sempre apresentado com uma touca. (*N. do T.*)

Schiller arrancou um pedaço de verniz da inscrição.

— O novo tempo dá saltos como os de um tigre. Essa Revolução Francesa parece ter acontecido há muito tempo, mas na realidade são apenas, o quê?, 15 anos. Quinze anos para trocar a monarquia pela democracia, oclocracia, tirania, pelo consulado e império. Esqueci algum elemento na sequência?

— Crianças, podemos por favor nos desvencilhar do tronco com o capuz e continuar a conversa quando estivermos numa parte mais densa da floresta, em segurança? — sugeriu Goethe.

— Se tivesse ao menos parado na democracia — disse Humboldt.

Schiller balançou a cabeça, concordando.

— Deus, como torci para a França naqueles dias. Antes que aqueles miseráveis algozes estragassem tudo e abrissem mão de seu querido Iluminismo pela loucura ávida por sangue. Não eram pessoas finas aquelas oprimidas pelo rei, mas apenas animais selvagens, que ele proveitosamente mantivera sob rédeas curtas. Dá vontade de chorar quando imaginamos a oportunidade única posta a perder.

Ele bateu com o punho contra o tronco com tamanha força que, lá no alto, o distintivo e a touca frígia balançaram.

— Vamos lá, precisamos sair da estrada — insistiu Goethe, mas ninguém queria prestar atenção nele.

— Nós, alemães, teríamos iniciado a Revolução de outro modo — disse Arnim.

— Nós, alemães, nem teríamos iniciado a Revolução — consertou Humboldt.

— E me parece que é melhor assim — disse Schiller.

— *Dixi*, fomos pegos — disse Goethe, ao avistar uma patrulha francesa que apareceu depois de uma curva do vale.

— Ah — disse Arnim, e Schiller:

— Eh.

— Ih! Oh! Uh! Usem todo o alfabeto para se espantar! A missão foi por água abaixo, porque tiveram de ficar batendo papo sobre história debaixo do chapeuzinho vermelho. Minhas últimas palavras serão: Eu *avisei vocês*.

Eram três homens da Guarda Nacional acompanhando dois prisioneiros, que estavam com algemas de ferro nos punhos e correntes nos pés. Os franceses carregavam armas com as baionetas caladas.

— Em nome do imperador! Parem! — gritou um deles em francês, aproximando-se.

Os companheiros olharam ao redor. Para alcançar a floresta, tinham de descer uma ribanceira e atravessar o riacho. E o caminho pelo qual vieram seguia por um campo aberto. Independentemente da direção que escolhessem, seria preciso contar com tiros.

— Deveríamos ter enterrado a moeda — disse Arnim.

— Lutar? — perguntou Schiller, com uma mão já na balestra.

Humboldt disse "Não", ao mesmo tempo em que Goethe preveniu "Nada disso" e Humboldt acrescentou, explicando:

— Meus vistos de passagem.

O grupo de franceses chegou até eles. Um dos guardas manteve a arma apontada para o quadril dos companheiros, outro ordenou que os presos se ajoelhassem. Os uniformes dos soldados estavam em más condições: as calças listradas estavam empoeiradas; os cintos, folgados e amarrados; faltavam alguns botões na calça e na jaqueta. Os chapéus de dois bicos estavam tortos sobre suas cabeças e os rostos mostravam uma barba de dias. Eles usavam lenços que não combinavam com o uniforme. Um deles tinha um eczema no queixo.

Humboldt cumprimentou o soldado mais velho em um francês impecável e entregou-lhe os vistos de passagem. Enquanto o sargento os checava, Humboldt contou-lhe uma perfeita história da carochinha sobre uma pesquisa de caráter científico que ele tentava realizar com sua equipe — e apontou para os companheiros — nas regiões ricas em basalto à esquerda do Reno. Ao mesmo tempo, não parava de elogiar o progressista governo francês, amigo da ciência, que lhe tinha entregado esses vistos de passagem.

Quando a explicação de Humboldt terminou, o outro guarda baixou seu mosquete.

— Se o comedor de pão preto gosta tanto da França, por que está de chapéu à sombra da Árvore da Liberdade?

O sargento olhou para Humboldt.

— Tem razão. Saúdem a república. Todos vocês.

— Naturalmente. — Humboldt tirou seu chapéu e cochichou para seus acompanhantes: — Eles querem que tiremos o chapéu diante do capuz dos jacobinos.

Apenas quando todos estavam sem os chapéus é que Arnim seguiu o exemplo. Com a cabeça descoberta, todos olhavam para cima em direção à touca vermelha de feltro.

— E agora vocês têm de cantar a Marselhesa — disse o mosqueteiro, sorrindo.

— Como assim?

— Você escutou o homem — ordenou o sargento. — Comportem-se como bons convidados em nosso país e cantem o hino da república.

— Isso eu não vou fazer — falou Arnim entredentes. — Além disso, é o *nosso* país.

— Quieto! — retrucou Goethe, também entredentes.

— Por quê? Os franceses não nos entendem mesmo.

— Eu não apostaria nisso.

Bettine encerrou a briga ao começar a cantar a Marselhesa com sua voz bonita e o olhar dirigido à Árvore da Liberdade. Os homens a acompanharam alguns versos mais tarde, embora Arnim só mexesse a boca. Um dos soldados percebeu e cutucou Arnim com o cano da arma, fazendo com que cantasse em voz alta também. As dúvidas de alguns cantores em determinados trechos da letra foram uma grande diversão para os franceses.

Depois da primeira estrofe, o sargento os interrompeu, rindo.

— É o suficiente, é o suficiente; com a exceção da *mademoiselle*, vocês grunhem feito ursos. E a propósito, é *contre nous de la tyrannie*, e não *entre nous*. Vocês podem colocar os chapéus, cidadãos.

— Podemos continuar? — perguntou Humboldt, esticando a mão para pegar de volta os vistos de passagem, mas o sargento dobrou os documentos e os guardou no bolso interno de seu uniforme.

— Não. Vocês vão nos acompanhar à Gendarmaria do cantão em Stromberg; não é longe. Lá vamos checar novamente se a história da pesquisa do basalto é verídica.

Humboldt empalideceu. As mãos de Goethe crisparam-se ao redor do chapéu que ele ainda segurava. Arnim levou uma das mãos ao cabo de seu sabre.

O guarda emburrado aproximou-se de Bettine e, irônico, pegou sua mão.

— E eu vou dar um passeio com a linda senhorita de cabelos escuros. Os colegas vão arregalar os olhos quando eu entrar marchando em Stromberg com minha nova namorada.

Bettine não tirou a mão, mas Arnim se colocou imediatamente no meio dos dois e, com uma rispidez impensada, empurrou o francês para longe dela. Em seguida, dois mosquetes estavam apontados para ele.

— Não faça isso, cidadão — o sargento repreendeu-o —, se você não quiser entrar algemado no vilarejo.

Quando parecia não haver mais salvação, Schiller deu um passo em direção ao sargento com uma carta na mão, dizendo:

— Imbuído dos direitos de *citoyen français*, que me foram concedidos pela assembleia nacional parisiense por força desta certidão, exijo que as armas sejam abaixadas e que possamos passar sem delongas.

Embora essa repreensão surpreendente tivesse sido expressada num francês claudicante, ela impôs respeito. O sargento leu o diploma, que realmente atestava que Schiller — ou melhor, *monsieur* Gille, *publiciste allemand* — era cidadão honorário da Revolução Francesa. E os nomes dos signatários impressionaram ainda mais do que o título concedido: todos os heróis da Revolução, eles próprios já executados há tempos. A certidão parecia um testamento.

Então tudo aconteceu muito rapidamente: o sargento devolveu a Schiller o diploma de cidadão honorário e os vistos de passagem, ordenou aos soldados que baixassem as armas e pediu desculpas aos cinco cidadãos pelo tratamento grosseiro. Justificou-se afirmando que Hunsrück, nesses tempos conturbados, era procurado por sujeitos — um olhar dirigido aos dois prisioneiros — que ele precisava achar e prender. Com a mão no chapéu de dois bicos, desejou uma agradável continuação da viagem e muita sorte com os basaltos. Em seguida, os franceses e os prisioneiros continuaram seu caminho para Stromberg. Incrédulos, os colegas de aventura observavam eles se afastarem.

A cabeça de Arnim ainda estava muito vermelha, fora de si devido à arbitrariedade e impertinência dos franceses. Bettine tentou acalmá-lo com uma voz suave, agradecendo sua ação corajosa, embora imprudente.

Nesse meio tempo, Goethe observava a certidão de Schiller e passou-a ao resto do grupo.

— Estou pasmo! Até Danton assinou, que Deus o tenha. Nossos salvadores vieram do reino dos mortos!

— Por que você não disse que era cidadão honorário da Revolução? — perguntou Humboldt.

— Há sangue da guilhotina nesse papel. Na verdade, queria rasgá-lo depois da morte de Luís XVI.

— Que bom que você o deixou intacto. Os franceses podem querer agora um império, mas os primeiros revolucionários lhes são sagrados.

Finalmente os cinco deixaram a árvore jacobina e a estrada, atravessaram o riacho e sumiram na floresta adiante. Arnim cantarolou sem perceber alguma passagem da Marselhesa e quando se deu conta, sorriu e disse:

— Mas como esse *Te Deum* revolucionário gruda no ouvido!

— É mesmo *Contre nous de la tyrannie*? — perguntou Schiller. — Isso não quer dizer... "contra nós a tirania"? Não faz sentido.

— Tanto faz. Uma bonita musiquinha.

Humboldt era o primeiro no caminho, como sempre, com a bússola numa mão e a machete na outra. Goethe estava imerso em pensamentos e murmurou mais para si do que para Humboldt:

— Reverenciar um chapéu vazio. Essa foi uma ordem bem idiota.

— Por que não um chapéu vazio? — perguntou Humboldt. — Nós às vezes também nos curvamos diante de umas cabeças vazias.

A noite prometia ser clara e fria, e por essa razão o quinteto ficou mais do que agradecido quando Humboldt descobriu uma vidraria abandonada cerca de 1,5 quilômetro depois do vale de Ellerbach, nas margens da trilha. Todas as construções tinham sido queimadas e derrubadas. As aberturas das janelas inúteis estavam pretas e a floresta havia reconquistado há tempos o que fora obra do homem: a vegetação cobria os muros e, à sombra das grandes árvores, mudas germinavam entre o chão trincado. Apenas uma casinha mais afastada parecia intacta. Quando Humboldt arrombou a porta, eles encontraram seu interior abandonado, em cujo centro havia um grande forno de vidro com chaminé de ferro. O chão estava coberto de pó e sujeira, alguns cacos e penas de aves. Os vidros das janelas tinham sido arrancados, mas as paredes e o teto ainda permaneciam incólumes.

— Mesmo a menor cabana nos acolhe — disse Schiller.

Enquanto uns varriam para o lado a sujeira mais grossa e estendiam cobertores e peles diante das janelas abertas e sobre o chão, outros foram à procura de lenha. Na escuridão da noite, Bettine tinha medo de ladrões, já que fora ali que João Esfolador e Pedro Preto* conquistavam sua reputação, mas, exceto por um cervo entre os arbustos, a floresta invernal estava vazia. Depois que Arnim tirou um ninho vazio da chaminé, eles acenderam o velho forno e de repente a cabana ficou aconchegante. Os caminhantes ficaram descalços para aliviar os pés machucados e dividiram as provisões: pão e linguiças à moda de Göttingen. Uma panela foi posta no fogo para se fazer chá. Goethe fez circular uma garrafinha de aguardente. Por fim, Schiller se ocupou com uma bolsa de tabaco de couro bordado e seu cachimbo, mas foi interrompido quando lhe pediram para pitar seu fedorento tabaco de Frankfurt diante da porta. Lá de fora, eles o escutaram tossir.

Quando Schiller retornou à cabana, Humboldt já tinha adormecido de novo. Os outros queriam imitá-lo e Goethe pediu a Arnim que cantasse algo de sua impecável coleção de músicas populares. Embora ficasse contente com o elogio, Arnim se manteve constrangido du-

---

*Alcunhas de Johannes Buckler (1779-1803) e Johan Peter Petri (1752-1812), respectivamente, famosos ladrões e comparsas. (*N. do T.*)

rante um tempo, mas depois cantou com sua voz clara uma canção de ninar, e eles adormeceram: Arnim e Goethe próximos ao forno, Bettine entre eles, Humboldt junto à janela e Schiller, como um cão de guarda, perto da porta.

Schiller acordou na manhã seguinte com o barulho da panela que Goethe manuseava sobre o fogo novamente aceso. Arnim e Bettine ainda dormiam, ele com a testa franzida e ela de costas para ele.

Humboldt tinha saído. Goethe explicou que ele deixara a cabana ainda antes do nascer do sol para ir, com seu consentimento, até a estrada. Lá, tentaria descobrir alguma coisa sobre madame de Rambaud e sua comitiva.

— Ele é um verdadeiro caminhante, um andarilho, um índio — elogiou Goethe. — Não reclame mais pelo fato de o termos trazido.

Como os outros não queriam fazer nada enquanto Humboldt não estivesse de volta, usaram o tempo para um café da manhã demorado e para se familiarizar um pouco mais com as armas. Enquanto Schiller atirou com sua balestra em uma árvore morta, Goethe ensinou a Arnim e Bettine como carregar e disparar as pistolas. Bettine se mostrou muito hábil empunhando o facão, cuja lâmina comprida logo estava metida entre as flechas de Schiller na casca da árvore. Enquanto os outros treinavam o carregamento das armas e sua pontaria, mas sem disparar, para não desperdiçar pólvora e munição, nem denunciar seu paradeiro, Goethe andava para cima e para baixo entre as ruínas, com as mãos cruzadas atrás das costas. Mais tarde, sentou-se numa pedra como se esta fosse uma espreguiçadeira, e ficou observando os exercícios dos colegas.

Humboldt voltou apenas ao anoitecer. Veio pela trilha abandonada, que outrora servira como ligação da vidraria com o vale.

— Antes tarde do que nunca — Schiller saudou-o com impaciência.

— Não estou voltando de mãos vazias.

Humboldt tinha caminhado até a estrada e, no primeiro povoado, perguntou sobre a carruagem de Paris. Mas ninguém se lembrava de ter visto um veículo francês. Por isso, Humboldt seguiu para oeste, até o vilarejo de Sobernheim. Como lá também não obteve resposta positiva, esperou perto do posto dos correios. Uma caleche chegou no fim da tarde e Humboldt soube de imediato que a babá do rei se encontrava nela. A senhora e seus acompanhantes ficaram na hospedaria. Humboldt contou um cocheiro e quatro guardas a cavalo, número que incomodou a Goethe.

— Cinco soldados. Confesso que tinha contado com dois, no máximo três. Esse caso parece ser de máxima importância para Napoleão, pois ele lhe reservou logo cinco de seus soldados.

O grupo se reunira diante da cabana, alguns sentados sobre uma árvore caída, outros no chão, e estava em silêncio. Por fim, Schiller falou:

— O que fazer?, diz Zeus.*

Goethe suspirou.

— Não gostaria de ter percorrido esse caminho difícil para abandonar o delfim agora. Mas nestas condições, não posso me responsabilizar por um ataque.

Os outros protestaram e Goethe retrucou:

— Imaginem só, meus amigos: cinco soldados do melhor exército do mundo. E a mesma quantidade de civis, entre eles uma mulher e um velho.

— Você não é velho! — disse Bettine.

— Estava me referindo a Schiller.

Schiller, que tinha acendido de novo seu cachimbo, deu um sorriso.

— Conselheiro, o senhor perde o amigo, mas não a piada, não é? Nos falamos novamente quando o medo paralisar seu rosto acinzentado.

— Da minha parte, não vou voltar para a Alemanha de mãos vazias — disse Bettine. — Temos o fator surpresa ao nosso lado. Asseguro: vai dar certo. Vamos libertar Luís Carlos.

— Eu também quero salvar a vida dele, Bettine, mas não ao preço das nossas — retrucou Goethe.

---
*Trecho retirado de *Die Teilung der Erde*, obra de Schiller. (N. do E.)

— Sou da mesma opinião que Herr von Goethe — disse Humboldt.

Bettine olhou em volta e seu olhar ficou preso em Arnim.

— O que você diz, querido? Também quer voltar para casa sem ter feito a sua parte, deixando outra pobre alma aos cuidados do diabólico Napoleão? Ou quer ser um herói que faz pouco caso do medo quando se trata de salvar alguém?

— Eu luto — disse Arnim, másculo. — Não vou me envergonhar diante da coragem de uma mulher.

— É assim que conheço e que amo meu Achim.

— Então somos dois contra dois — disse Goethe, e se dirigiu a Schiller: — Bom, amigo, parece que o senhor é o fiel da balança neste pequeno conselho. Qual sua opinião: ataque ou retirada?

Schiller olhou para uma nuvem azul de fumo antes de dizer:

— Ataque. Coragem, digo! Coragem. Deus ajuda os corajosos. Pressinto que nós...

— ... estamos sendo seguidos?

— Arre, não! Pressinto que venceremos.

Goethe assentiu com a cabeça.

— Três a dois, isso encerra a discussão: amanhã enfrentaremos os franceses. Estou grato por terem tirado essa decisão de minhas costas. Imaginei um plano para o ataque e ficaria contente caso obtivesse a valiosa aprovação de vocês.

Ele se ergueu e com a bota empurrou para o lado as folhas mortas num pedacinho do chão. Com uma vara, riscou duas linhas paralelas na terra.

— Esta é a estrada para Mainz. Vamos atacá-los atrás de Sobernheim, na floresta.

Em seguida, colocou uma placa de xisto e diversas pinhas sobre o desenho, arranjando tudo sobre a pequena estrada.

— Esta pedra é a carruagem e estas pinhas são os guardas. Um na boleia e dois na frente e dois atrás da carruagem, suponho?

Humboldt assentiu. Por fim, Goethe acrescentou cinco pinhas que recolhera naquela manhã no seu esquema: duas atrás do séquito, duas sobre a linha riscada e uma ao lado, sobre as folhas mortas, que representavam a floresta ao lado da estrada.

— Esses somos nós: Arnim e Humboldt atrás, aqui Bettine e eu e, lá na floresta, Schiller.

— E esta pedra? — perguntou Arnim, apontando para uma pedra atrás da pinha que o representava.

— É só uma pedra, sem função na nossa história.

— Posso trocar a pinha da Bettine? Ela está suja e tem uma forma estranha — disse Bettine.

— Claro.

— Preferia me ver representado por uma flecha — disse Schiller, espetando uma flecha nas folhas mortas, depois de ter tirado a pinha.

Arnim arrumou sua pinha, de modo que a coroa ficasse para cima.

— Posso retirar a pedra? Ela me incomoda estando bem atrás de minhas costas.

— Por favor... — recriminou Goethe. — Quando tiverem encerrado a decoração, gostaria de explicar minha ideia.

Goethe e Bettine ficariam na margem da estrada, fazendo de conta que tinham sido atacados por assaltantes. Se tudo corresse de acordo com o plano, o cavaleiro da frente iria desmontar, ou até os dois, e verificar o que se passa. Goethe e Bettine os receberiam com armas escondidas. Humboldt e Arnim viriam por trás, saindo dos arbustos, a fim de imobilizar os guardas do fim da comitiva. Schiller, por fim, observaria o ataque de cima de uma árvore ou de algum lugar alto, vigiando o cocheiro e, se necessário, os soldados. Caso um deles resolvesse se defender e pegar em armas, receberia um disparo certeiro da balestra.

— Espero que não haja derramamento de sangue — disse Goethe, para encerrar —, mas se houver...

— ... Então que seja apenas sangue francês — Arnim completou a frase. Goethe assentiu.

— Pum! A fuinha foi atingida e nós ficamos com a galinha! — animou-se Schiller, tirando novamente a flecha do arco da balestra. — A ideia é inteligente, o que me faz gostar dela.

Em seguida, os cinco voltaram para a cabana, mas nem cogitaram dormir. Apenas Humboldt adormeceu assim que se cobriu, e era a garantia de que no dia seguinte eles seriam despertados a tempo.

Antes do amanhecer já haviam se postado à direita e à esquerda do caminho: lá onde a estrada de Sobernheim passava por um trecho de floresta, que era densa o suficiente para esconder os alemães, mas não tanto a ponto de torná-la suspeita aos franceses. Arnim e Humboldt se embrenharam ao lado da estrada, entre os arbustos. O último carregava um chicote, arrancado, às custas de muita lábia, do cocheiro russo. Para aborrecimento geral, logo começou a chover e os dois homens foram se proteger sob a copa de uma árvore, a fim de se manter secos, bem como a pólvora de suas pistolas.

Schiller se posicionara sobre uma rocha, escondido atrás de um sabugueiro. Veria os viajantes do alto antes mesmo de aparecerem em cena. De lá de cima sua flecha atingiria qualquer um que ousasse caminhar pela estrada.

Goethe, por fim, tinha se deitado à margem do caminho. Para se transformar em vítima de um assalto, tirou o chapéu, revelando o feio machucado em sua cabeça, como se tivesse acabado de ser atacado. Bettine estava ajoelhada ao seu lado e pronta a derramar lágrimas de crocodilo assim que Schiller desse o sinal. As pistolas estavam escondidas nas dobras de suas roupas. Como a terra estava fria e a chuva não dava trégua, Bettine ofereceu a Goethe deitar ao menos a cabeça sobre seu colo. Mas como a proximidade da ação não a deixava quieta, a posição era tudo, menos cômoda.

— Que bom que estou conhecendo você nesta aventura — disse ela depois de um tempo. — Gostava de nossas cartas e de sua amizade com minha mãe, mas Herr von Goethe em carne e osso! Minha cabeça quase explodiu quando o vi com seus nobres amigos na casa de minha avó. E que bom que Achim está nos acompanhando. Ele o ama e idolatra, assim como eu, mas nunca confessaria isso a você.

— Você o ama?

— Ei, é proibido amá-lo? Ele tem um belo corpo, é corajoso e de bom coração. E a expressão de sua face! Os outros só têm *rostos*. — Bettine olhou a estrada nas duas direções. — Qual será meu papel nessa pantomima? Serei sua mulher ou sua filha?

— Minha vaidade tem limites, não posso pedir que você seja minha mulher.

— Por quê? Você se parece com um rei.

— Você está brincando comigo, Bettine.

— Nada disso. Sua aparência é de um Júpiter olímpico. — Ela limpou algumas gotas de chuva da testa dele.

— Minha idade é a única coisa que tenho de olímpica.

— Os vinhos ficam melhores com o tempo.

Em vez de lhe responder, Goethe ergueu as sobrancelhas e encarou-a. Como estava deitado no colo de Bettine, ela parecia estar de ponta-cabeça.

— Quero ser sua filha — disse, divertida. — Uma filha de Deus e uma filha de Goethe.* Assim como seu *Wilhelm Meister* tinha sua pupila Mignon, quero ser a sua Mignon.

— Puxa! Você leu meu *Wilhelm Meister*? O livro inteiro?

— Ganhei de Clemens. Suas letras todas estão no meu coração.

Goethe sorriu.

— Se você soubesse como ele é doce! E, com esse colo, você deve ter um grande coração.

Um assobio de Schiller interrompeu a conversa de ambos.

— Agora é para valer — disse Goethe, fechando os olhos.

Os franceses se aproximavam. Dava para ouvir o estalo dos arbustos onde Humboldt e Arnim assumiam suas posições. Logo uma carruagem fez a curva. Como Goethe havia previsto, dois guardas nacionais seguiam na frente do carro e dois atrás.

O choro de Bettine pelo pai machucado poderia amolecer até uma pedra.

---

*Jogo de palavras que se aproveita da semelhança entre *Gott* (Deus) e Goethe. (*N. do T.*)

— Meu pai! — disse. — Você não pode me deixar. Fique comigo!

O cocheiro estancou seus cavalos e logo os dois primeiros cavaleiros, ambos jovens, tinham descido de suas montarias e se apressavam a ajudar Bettine.

— Ladrões! — gritou ela, apontando para a cabeça ensanguentada de Goethe. — Tiraram meu pai de mim!

Um dos franceses ficou vigiando a floresta, o mosquete armado, enquanto o outro — um moço magro, moreno — passou a arma para as costas e ajoelhou-se ao lado do suposto atacado; galante, primeiro tirou o chapéu de dois bicos.

— O que aconteceu com seu pai, senhorita? — perguntou num alemão precário.

— *Rien* — disse Goethe, que abriu os olhos e ergueu a pistola, colocando a ponta do cano bem diante dos olhos do soldado. — Mãos ao alto!

Tudo se sucedeu rapidamente. Bettine tirou a pistola das dobras do vestido e apontou para o segundo homem, indeciso entre abaixar seu mosquete ou atacar Bettine, que também começou a gritar "Mãos ao alto!" O cocheiro agarrou imediatamente sua pistola, guardada num estojo ao seu lado, mas, assim que a puxou para fora, uma flecha de balestra cravou-se na madeira da carruagem e o som da corda do arco dissipou-se nos arbustos. Schiller tinha atirado sem revelar seu esconderijo. Depois da flechada de advertência, o cocheiro largou a pistola, levando as mãos à cabeça. Os cavalos da carruagem, que perceberam a inquietação, passaram a patear e as rodas do carro começaram a ranger na areia. Por trás, Humboldt e Arnim saíram gritando dos arbustos. Quando o soldado levantou sua arma, Arnim atirou, mas a pólvora de sua pistola não funcionou e o tiro falhou. Arnim praguejou e engatilhou a arma diversas vezes. O francês mirou em Arnim e atirou, mas, enquanto a pólvora ainda queimava, o couro do chicote de Humboldt estalou no ar, enrolou-se no cano do mosquete e puxou-o para o lado no último instante, fazendo com que a bala se perdesse no ar. O cavalo empinou e Humboldt aproveitou esse momento para arrancar a arma da mão do francês com o chicote. Ela caiu no chão e Arnim a levantou de pronto, pretendendo ao menos usar a baioneta. Da carruagem, através das cortinas que fechavam as janelas, ouviu-se um curto grito de mulher. Fora isso, tudo estava em silêncio.

— Abaixem suas armas, por favor — disse Goethe, que agora tinha se levantado, em voz alta, clara e em francês. — Desçam de seus cavalos e coloquem as mãos atrás da cabeça. Há mais de nossos homens escondidos na floresta e todos nos observam. Por isso, façam a gentileza de evitar dificuldades. Se obedecerem, logo os deixaremos partir. *Parole d'honneur.* Caso contrário, serão mortos.

Os franceses se entreolharam, mas não disseram nada. E nesse entendimento silencioso largaram as armas e os sabres. Humboldt levou seus dois prisioneiros para a frente. Os quatro cavaleiros foram reunidos na estrada, sob a mira de pistolas. As rédeas dos cavalos foram presas na carruagem e o cocheiro permaneceu no seu lugar. Arnim recolheu os mosquetes, os cintos com balas e os sabres, bem como a pistola do cocheiro, e logo tinha um monte considerável. Quando os cinco guardas estavam dominados, Schiller desceu da rocha onde estava escondido, juntou-se aos companheiros e desarmou sua balestra. Bettine devolveu ao educado francês seu chapéu de dois bicos, pois a chuva tinha apertado.

— Muito obrigado — disse Goethe, dirigindo-se aos soldados. Ele entregou sua pistola a Bettine e foi em direção à carruagem com as janelas fechadas. — Madame de Rambaud? Não tenha medo, não lhe faremos mal. Por favor, desça do carro. — Ouviu-se um barulho no interior do veículo, mas nada aconteceu. — Madame de Rambaud? — perguntou Goethe de novo. Então abriu a porta.

A porta escancarou-se com um empurrão forte e, empunhando uma arma, um sexto soldado pulou da carruagem. Ele pegou Goethe pelas costas, com o braço esquerdo envolvendo seu tronco e a mão apertando seu ombro com força. A pistola estava apontada para a cabeça de Goethe. No mesmo instante, todos os companheiros viraram suas armas para o soldado — um festival de ruídos de gatilhos sendo armados encheu o ar —, mas ninguém disparou: a vida de Goethe estava nas mãos dos franceses e seu corpo era um perfeito escudo.

— Abaixem as armas ou eu o mato — disse o homem. Ele era mais velho do que os outros da Guarda Nacional e o uniforme era de tenente. O triunfo brilhava em seus olhos. — Abaixem as armas, foi o que eu disse!

Goethe olhou para os rostos dos companheiros: Arnim e Humboldt, cujos dedos tremiam no gatilho; Bettine, que segurava duas pistolas nas mãos e cujo cabelo molhado estava todo grudado na testa; e Schiller, que estava tão pálido que parecia que era ele o alvo da arma.

— O senhor não vai atirar em mim — disse Goethe ao tenente.

— Ah, não? E por quê?

— Porque sou escritor e seu imperador, que aprecia muito meus livros, nunca iria perdoá-lo por esta morte.

— Quais livros?

— Por exemplo, *Les souffrances du jeune Werther*. Ele já o leu sete vezes.

— É verdade. O *Werther* é seu?

— Em pessoa.

— Se o *Werther* é seu, mais um motivo para eu atirar no senhor.

— O senhor não gostou do livro?

— Eu o amei, *maître*. Mas não gostei do final. Não faria Werther se matar. Chorei por ele. Se Werther fosse francês, *ciel*!, teria continuado a lutar por Lotte, independentemente de ela ser de outro ou não. Teria sido um desafio e tanto para ele lutar por uma mulher comprometida.

— Bem, parece que nossas nações agem diferentemente.

— Chega de conversa. Abaixem logo suas armas.

— Por que nós? O senhor tem um prisioneiro; nós temos cinco.

— Certo: vamos combinar que, em seguida, trilharemos nossos caminhos em separado. — Quando Goethe não retrucou, o tenente acrescentou: — Dou-lhes minha palavra de honra como oficial de que vocês podem seguir assim que estiverem desarmados.

Bettine baixou suas armas e os homens seguiram seu exemplo. O tenente fez um sinal com a cabeça para seus homens e esses pegaram suas armas de novo. Mas não soltou Goethe.

— E agora os prendam — disse. — Em Mayence certamente ainda há lugar para esses pilantras.

— Que a peste o carregue! — vituperou Goethe. — O senhor nos deu sua palavra.

O tenente sorriu.

— Bem, parece que nossas nações agem diferentemente.

De repente, um tiro foi disparado de um arbusto próximo. Sangue começou a jorrar da testa do tenente. Sua cabeça foi jogada para trás com tamanha violência que quebrou o vidro da carruagem. O corpo tombara entre Goethe e o carro, a pistola ficou em sua mão até o último momento e os cacos de vidro choviam sobre ele. Um soldado disparou em seguida contra a floresta, onde imaginava estar o atirador, e a resposta lacônica foi um segundo tiro que perfurou seu corpo bem embaixo das costelas.

O cocheiro e outro guarda se esconderam atrás da carruagem. Arnim tirou o mosquete das mãos de um francês que também queria atirar e com um soco no queixo o derrubou na lama.

— Capitulem, franceses, ou morrerão! — trovejou uma voz da floresta.

Uma terceira bala estilhaçou a lamparina de vidro da carruagem. Depois disso, os dois franceses saíram detrás do carro, entregando pela segunda vez suas armas. O ferido estava caído ao lado do morto e apertava o peito perfurado. O sangue escorria entre seus dedos.

Os olhares de todos, alemães e franceses, estavam fixos no trecho da floresta de onde as balas tinham vindo. O atirador misterioso apareceu entre as árvores — era ninguém menos do que o tenente prussiano com rosto de criança que Goethe e Schiller encontraram no largo Frauenplan antes de iniciarem a viagem. Segurava uma pistola em cada mão; os cabos ostentavam gravações de dois cachorros durante uma caçada. O longo percurso de uma das balas ainda fumegava na chuva fria.

— Este deve ser o primeiro sopro da liberdade alemã — disse, com alguma satisfação.

— Você? — perguntou Goethe.

— Pelo fogo de Plutão! — sibilou Schiller. — Sabia que estávamos sendo seguidos.

— Conselheiro, minha senhora, meus senhores: espero não vir em má hora.

— Diabos, o que você está fazendo aqui?

— O senhor me deve uma opinião sobre minha comédia, lembra? Prendam os sujeitos, antes que fujam.

Os outros, espantados demais, não pestanejaram e amarraram os cinco soldados com cordas. Schiller, ex-médico de regimento, havia levado por precaução uma bolsinha de couro com alguns instrumentos médicos e tinturas, e examinou o ferimento do francês. Arnim e Bettine abriram a carruagem pelo lado intacto. Agathe-Rosalie de Raumbaud, uma mulher de cerca de 40 anos, desmaiara no banco por causa da agitação. Ambos a retiraram do carro e a chuva logo a acordou. Falando um de cada vez, eles a acalmaram. Seu rosto rapidamente recobrou a cor e o tremor de suas mãos cessou. Com muitas mesuras e um gole de aguardente, ela se convenceu de que não lhe fariam mal.

Goethe percebeu algumas gotas do sangue do tenente grudadas nas suas têmporas. O anjo da guarda estendeu-lhe, sorrindo, um lenço.

— Você poderia ter me acertado — disse Goethe.

— Isso é um agradecimento? Se corresse o risco de lhe acertar, tenha certeza de que não teria atirado.

— Nesse caso lhe agradeço, jovem. Obrigado também pelo lenço. Quando for possível, vou lavá-lo e devolvê-lo.

Schiller, tendo amparado o soldado francês na medida do possível, aproximou-se dos dois e estendeu a mão ao prussiano.

— Puxa vida! Que disparo! Isso foi um ato heroico, senhor...

— ... von Kleist. Heinrich von Kleist, de Frankfurt, fiel seguidor de Sua Excelência.

— Frankfurt? — perguntou Goethe.

— Oder.

— Oder o quê?*

— Frankfurt an der Oder.

— Ahá!

— E estou disposto a colocar, tanto a mim quanto essas duas armas — mostrou as pistolas — a serviço de sua causa.

— E você sabe qual é nossa causa?

— Extirpar com a espada da vingança toda a casta de gauleses que se infiltrou no corpo da Germânia como um bando de insetos.

Heinrich von Kleist olhou para o tenente, a primeira vítima dessa vingança. O homem se esvaía em sangue à sombra da carruagem, deitado de costas na lama e entre cacos de vidro; os outros seguiram o olhar de Kleist e só então perceberam que o tenente não estava morto: o sangue escorria, mas ele ainda respirava. Schiller ajoelhou-se imediatamente ao lado do infeliz. Ele fora atingido na cabeça, sobre o olho direito, e o cérebro fora dilacerado. Os pulmões arfavam terrivelmente, ora mais fraco, ora mais forte.

Schiller ergueu-se de novo.

— Há pouca chance para ele — avisou em voz baixa para os demais. — Em poucos instantes sua agonia terá um fim. Mais essas estertoradas e acabou.

— O que podemos fazer, então?

— Como bons cristãos, livrá-lo de seu sofrimento.

— Não vale a pena estragar munição — disse Kleist.

— Perfurar seu coração — sugeriu Schiller.

— Uma festa para os vermes. — Kleist puxou seu sabre. — Posso terminar o que comecei?

Goethe assentiu com a cabeça. Kleist aproximou-se do corpo inerte. O rosto do tenente já se parecia com o de um morto. Ele não se mexeu, mas seus olhos diziam que aguardava o fim.

---

*No original, a confusão faz sentido: "Oder", nome do rio do estado de Brandemburgo, fronteira com a Polônia, também é a conjunção "ou". Como há duas cidades de nome Frankfurt, costuma-se usar o rio que passa por elas para distingui-las. A Frankfurt de Goethe é Frankfurt am Main (junto ao rio Main). (*N. do T.*)

Kleist ergueu a lâmina e disse em francês:

— Vá para o inferno, que foi de onde você veio.

— Pare! — gritou Goethe. — Isso não é algo que se fale para um cristão ao morrer, seja ele francês ou não. Afinal, ele gostava da minha obra.

Kleist abaixou o sabre. Então disse, de novo na língua materna do moribundo:

— Descanse em paz. Que o Todo-Poderoso tenha piedade de sua alma e lhe dê a vida eterna. Se estou pecando, que Deus possa me perdoar. — Com essas palavras, enfiou a ponta da arma no corpo do francês, que morreu na hora.

Enfim Kleist se apresentou para os outros companheiros, que o saudaram enfaticamente. Goethe, por sua vez, apressava a todos; tinham de deixar a estrada antes que outros viajantes ou até uma patrulha francesa passasse pelo caminho. Colocaram os prisioneiros na carruagem e levaram o tenente morto no compartimento traseiro. Arnim e Bettine subiram no banco do cocheiro com a babá do rei entre eles. Os outros pularam sobre as selas dos cavalos e partiram em direção à vidraria na floresta. Arnim praguejou contra a chuva que havia estragado sua pólvora, uma circunstância que quase o deixou em maus lençóis. O humor dos outros também estava abalado, pois afinal escaparam da catástrofe por pouco e seu ataque custara a vida de uma pessoa. Schiller perguntou em voz baixa se sua tarefa não devia ser dada como fracassada, pois tiveram de matar um homem para salvar outro.

Humboldt era o mais abalado durante o percurso, pois sentia-se culpado pelo erro no seu plano original: contara cinco — e não seis — homens na estação dos correios em Sobernheim. Goethe não aceitou o arrependimento de Humboldt: afinal, fora quem mais contribuíra para a tarefa e, por isso, não devia ficar com a consciência pesada. Humboldt agradeceu longamente a Kleist, que lhes salvou de uma prisão francesa, e Kleist aceitou a gratidão do conterrâneo prussiano com grande alegria. Não sem orgulho contou como tinha conseguido seguir os viajantes de Weimar até Frankfurt e de Frankfurt até ali — de um lado, porque sentia necessidade de resolver sua disputa com o senhor von Goethe o mais rapidamente possível e, de outro, por pura curiosidade —, e que havia perdido a pista de seu alvo duas vezes, primeiro em Frankfurt e depois no Reno, e que graças ao seu instinto voltara a encontrá-lo. Foi seu instinto também que o fez ficar tanto tempo escondido até surgir a oportunidade de apresentar-se como uma ajuda providencial. A sensação de Schiller, de que estavam sendo seguidos, nunca deixara de ser verdadeira.

De volta ao abrigo provisório, colocaram os soldados na cabana. Acharam algemas de ferro e correntes e prenderam os franceses na chaminé do forno dos vidros.

Nesse meio-tempo, Bettine e Goethe cobriam o cadáver do tenente com pedras do muro caído. Goethe esvaziou os bolsos da vítima e encontrou várias moedas e uma carta. Após enterrá-lo, reuniram-se para decidir o destino dos sobreviventes. Kleist sugeriu que seguissem o tenente na cova.

— Afinal, chegaram à Alemanha, sem ter sido ofendidos, para nos oprimir. Desse modo, perderam seu direito à justiça e ao perdão. Vamos riscar todos os homens com os punhais até a morte.

Arnim também queria executar os franceses — olho por olho, dente por dente — pois, afinal, haviam atirado nele. Os outros companheiros, porém, se opunham expressamente.

— Eu lhes dei minha palavra de que logo os soltaria — disse Goethe.

— O francês também lhe fez uma promessa e a quebrou em seguida, de modo lamentável — lembrou Kleist.

— Bem, parece que nossas nações agem diferentemente. Porém costumo manter minha palavra — disse Goethe. — Além do mais, Herr Kleist, agradeço muitíssimo seu serviço, mas agora temos de nos despedir. Escolha um dos cavalos, que o levará com rapidez e segurança de volta à Alemanha. Assim que tiver lido sua peça, algo que farei com o maior interesse, entrarei em contato.

Demorou um pouco até que Kleist entendesse o conteúdo dessas palavras, que também surpreenderam e consternaram os outros.

— ... O senhor está me mandando embora? — gaguejou. — O senhor está me mandando embora? Não acho isso justo. Salvo sua vida e o senhor me manda embora? O Kleist fez seu serviço, o Kleist está dispensado?

— Nada disso. Afirmo apenas que o grupo não pode ficar grande demais para não colocar em perigo seus integrantes.

— Há um maior inimigo dos franceses do que eu neste grupo? Um maior amigo dos alemães? Há alguém que tenha tantas armas quanto eu e que sabe usá-las para expulsar os tiranos da pátria? Permita-me dizer, o senhor não pode abrir mão de mim, prezado conselheiro.

— Não quero me sentir responsável por sua vida.

— Minha vida? Qual seria o valor de minha vida se não a oferecesse à Alemanha? Deus Todo-Poderoso, a única resposta que sei dar são lágrimas.

Realmente seus olhos começaram a verter lágrimas quentes que engasgaram sua fala. Goethe não sabia o que dizer, apesar de todos os outros o olharem fixamente.

Kleist falou mais uma vez:

— Deus gosta quando os homens morrem por sua liberdade, mas lhe causa horror quando vivem como escravos.

— Uma palavra em particular, amigo — disse Schiller simplesmente, puxando Goethe até as sombras da casa principal, que havia pegado fogo há tempos.

— Deus do céu, não falei da maneira mais cuidadosa possível? — perguntou Goethe, irritado. — Realmente não queria que ele tivesse chorado. Ele é um homem crescido; por que chorou? Não choro mais desde os tempos do saudoso imperador Francisco.

— Vamos integrá-lo ao grupo — disse Schiller.

— Nem considero isso. Quem é ele? Um jovem que recebe seu pirulito assim que começa a chorar?

— É um valente lutador.

— E mesmo que atire como ninguém: você consegue imaginar esse rapazola metido a justiceiro galopando por Mainz com pistolas fumegantes? Seria mais do que Kleist, seria... uma porcaria.* Colocaria todo nosso grupo em perigo.

— Nós somos velhos. Os anos nos tornam reflexivos. Mas alguns atos de ousadia exigem a coragem audaz da juventude. — Schiller deu um ligeiro sorriso. — Tanta autoconfiança e coragem, Deus! Ele me faz lembrar como eu era no passado, na época de Stuttgart.

— Veja só. Você era um teutômano egoísta, indomável e sanguinário?

— Quieto, você está sofismando. No caso do senhor von Kleist, o espírito de Hermann** ainda arde entre as brasas.

— *Hermann*? O que Hermann está fazendo por aqui? Não estamos lutando contra Roma. Não estamos lutando nem contra a França, diabos! Estamos lutando para a França, na verdade. Queremos colocar o rei no trono.

— Mas o senhor não falou isso para os outros. Eles sabem apenas que agimos contra o odiado Napoleão e isso lhes satisfaz por completo.

Goethe suspirou. Arrancou uma folha seca da hera que subia ao redor do muro destruído e esfregou-a entre os dedos até virar poeira.

— Vamos integrar Kleist ao grupo — disse Schiller mais uma vez. — Sou seu avalista, ele não vai nos prejudicar. Além do mais, se não o integrarmos, acabará nos seguindo de qualquer maneira. É mais inteligente que esteja ao nosso lado do que às nossas costas.

— Mas lembre-se do que eu disse — retrucou Goethe, quando já estavam voltando para perto dos outros. — Esse espírito atormentado ainda vai dividir nosso grupo.

De tão cansado, Kleist tinha se apoiado numa árvore e Bettine tentava consolá-lo. Ele ficou radiante com a aceitação tardia. Agradeceu muito aos dois, principalmente a Schiller, cujos bons argumentos tinham feito com que ele ficasse, e prometeu a Goethe seguir suas ordens de maneira exemplar e incontestável.

---

*Jogo de palavras — Kleist/*Kleister*. *Kleister* é cola de farinha e água e, por extensão, gororoba. (*N. do T.*)

**Possível referência a Hermann von Salza (1209-1239), quarto cavaleiro da Ordem Teutônica. Amigo do imperador Frederico II, foi seu mediador com o papa. Sob o comando de Hermann von Salza, a ordem dominou Burzenland (área da atual Transilvânia) e se expandiu até a Prússia. (*N. do T.*)

Goethe e Schiller passaram a interrogar os guardas presos, perguntando todos os detalhes de sua missão, memorizaram e anotaram seus nomes, seus postos em Mainz e seus contatos. Entre seus documentos havia uma certidão de Paris, escrita num papel nobre, selada e assinada por Fouché, que valia ouro, pois lhes assegurava o passe livre por todos os controles do Exército, da Guarda Nacional e Gendarmaria. A frase final era a seguinte: *O portador deste documento age sob mando e com plenos poderes de Sua Majestade Imperial Napoleão I e apenas a Ela presta contas, de maneira única e exclusiva.*

Em seguida, os franceses tiveram de tirar seus uniformes, um depois do outro, e vestir a roupa que estava em suas mochilas. Os cinco uniformes foram reunidos diante da cabana.

— O que é isso? — perguntou Arnim.

— O uniforme da liberdade — respondeu Goethe. — As fantasias para nosso desfile em Mainz. *Nós* somos agora a Guarda Nacional e iremos escoltar a senhora von Rambaud.

— Nunca! — gritou Arnim.

— O sangue de nossos irmãos e parentes está grudado em suas roupas! — falou Kleist.

— Onde? — perguntou Goethe, levantando a jaqueta do guarda que tinha recebido o tiro. — Aqui não há outro sangue que não o dele. A roupa é elegante. Se vamos até a toca dos leões, então vale a pena nos cobrir com a pele de leões.

— Leões? — perguntou Kleist com um sorriso desdenhoso. — Hienas!

Goethe pegou a pele da hiena e começou a trocar de roupa. Os outros seguiram, a contragosto, seu exemplo. Houve uma pequena confusão pelos uniformes imaculados, pois ninguém queria aquele com o buraco ensanguentado de tiro no peito. Kleist devia ficar com ele, afinal era o responsável pelo estrago, mas a jaqueta era grande demais, e acabou sendo entregue a Arnim, bem mais forte. Não era agradável entrar nas roupas, molhadas por fora pela chuva e por dentro pelo suor dos franceses. O resultado, porém, era surpreendente: calças brancas e polainas, jaquetas azuis com os emblemas vermelhos, cinturões de couro ornamentados com o distintivo da cavalaria e chapéu de dois bicos com a pena vermelha em cima. Os companheiros estavam muito bem-vestidos.

— Como tudo isso impressiona! — comentou Schiller. — A diferença está na roupa.

Bettine bateu palmas, feliz pelo bonito uniforme, e arrumava aqui uma jaqueta, lá um sabre.

— Como vocês estão bonitos! Dá até vontade de virar namoradinha de soldado!

Arnim reclamou do buraco na sua jaqueta. Usando um pano, tentou ao menos limpar o sangue, mas a mancha vermelha não queria sair, apesar de seus esforços.

— Bem, a vitória acaba exigindo algo da limpeza — disse Kleist.

— Faça como o próprio Napoleão — aconselhou Goethe. — Em sua época de cabo, ele costumava dobrar o uniforme quando estava sujo e não havia outro para trocar.

Arnim acabou dando um jeito de colocar o cinto com as balas sobre o ombro de modo a cobrir o buraco na roupa.

Os verdadeiros guardas foram deixados na cabana com bastante água e comida para os próximos dias. Goethe lhes prometeu que madame de Rambaud, assim que fosse liberada depois de cumprida sua tarefa, guiaria uma tropa até a cabana abandonada para libertá-los. Isso deveria acontecer em três dias, no máximo quatro, caso não tivessem se libertado antes por conta própria. Goethe distribuiu seus nomes — como os uniformes — entre os companheiros. A confusão não foi menor pela escolha do nome mais bonito. Goethe resolveu se chamar como o tenente morto, "Bassompierre".

Perto da hora do almoço, eles partiram — Goethe, Humboldt e Kleist nos cavalos, Arnim na boleia e Bettine, Schiller e Madame de Raumbaud na carruagem. Chegando ao vale, seguiram rumo a leste. Schiller pedira explicitamente para conversar com a babá do rei durante a viagem. Tão logo ele e Bettine a tinham convencido de que era do interesse do grupo, com sua ajuda, libertar da prisão Luís Carlos — o garoto que ela criara e que tinha se tornado quase um filho — e reuni-lo com as irmãs e os tios na Rússia, ela parou com a desconfiança e sua lealdade ao imperador sumiu. Ela falou sem rodeios de como os homens de Fouché a supreenderam e a obrigaram a viajar a Mayence, como tinha se alegrado ao ouvir que Luís Carlos ainda vivia — uma esperança que nunca tinha abandonado —, como estava temerosa com o que o imperador faria com o pretendente ao trono surgido do nada e como servira de babá do delfim desde o dia de seu nascimento, em 1785, até o incêndio das Tulherias, em agosto de 1792. Schiller anotou apressadamente todos os eventos num caderninho que trouxera e Bettine traduzia quando ele não conhecia algumas palavras. Schiller tinha um interesse especial nos sinais de nascença pelos quais a babá reconheceria o antigo protegido. Ela listou uma série de acontecimentos da infância de Luís Carlos que apenas ela poderia saber, principalmente quatro características imutáveis de seu corpo, que Schiller registrou com cuidado numa página em separado do caderninho:

"*1º: dentuço; 2º: marca triangular de vacina no braço; 3º: mancha na coxa em formato de pomba; 4º: cicatriz branca no queixo (onde um coelho dos jardins das Tulherias o mordeu).*"

5

MAINZ

Em julho de 1792, os príncipes alemães encontraram-se em Mainz e decidiram acabar com a Revolução Francesa e salvar, por meio de uma intervenção na França, a vida do rei Luís XVI, deposto e preso. A campanha da Áustria e da Prússia contra o exército revolucionário, desordenado e mal-equipado, começou retumbante, mas o avanço em Paris foi interrompido de modo abrupto em setembro: pela primeira vez, os franceses resistiam às tropas estrangeiras durante um duelo de artilharia próximo à cidadezinha de Valmy, em Champagne. Por fim, os alemães anunciaram a retirada e um pouco depois os exércitos revolucionários passaram a atacar: sob o comando dos generais Dumouriez e Custine, conquistaram a Saboia e os Países Baixos e avançaram no território alemão, deixando o Reno bem para trás, até Frankfurt.

O general Custine também tomou conta da cidade de Mainz. O príncipe-eleitor Erthal e altos nobres e religiosos tinham deixado a cidade há tempos, e em 21 de outubro Mainz capitulou, sem resistir. Os ocupantes revolucionários foram saudados com euforia pelos liberais da cidade e dois dias mais tarde foi fundado um clube de jacobinos em Mainz. Custine apoiou as manifestações jacobinas da população. Árvores da liberdade foram montadas em Mainz e por toda a região à esquerda do Reno. Em fevereiro de 1793, ocorreram as primeiras eleições e um mês mais tarde a primeira convenção nacional renânicaalemã se reuniu no Deutschhaus. O novo parlamento, sob a direção do professor de filosofia Andreas Josef Hofmann e do bibliotecário da universidade, Georg Forster, proclamou a área de Landau até Bingen como Estado livre, cumpridor das leis da liberdade, igualdade e fraternidade, separando-se do imperador alemão e do Sacro Império Romano.

Como a República de Mainz não conseguiu sobreviver sem ajuda externa, os parlamentares decidiram pedir sua unificação com a França. Mas tropas prussianas avançaram sobre o Reno até o Palatinado e, poucos dias depois de Georg Forster ter apresentado o pedido de unificação diante da convenção de Paris, a Prússia reconquistou o Palatinado, cercou e sitiou Mainz, "o farol da liberdade alemã". A República de Mainz passou a ficar limitada apenas à cidade. Durante três meses, os cidadãos e os ocupantes franceses se confrontaram com os morteiros dos prussianos, que tinham transformado a cidade em ruínas e cinzas com suas bombas, mas em julho Mainz capitulou.

Os franceses puderam sair sem maiores impedimentos, mas seus simpatizantes de Mainz foram perseguidos, presos, perderam suas propriedades e acabaram desdenhados ou julgados em praça pública pelo populacho exaltado. No exílio francês, continuaram a lutar como Société des Refugiés Mayençais pela anexação da área à esquerda do Reno pela França. O general Custine foi responsabilizado diante do tribunal da revolução em Paris pela perda de Mainz e do Palatinado e acabou guilhotinado. Georg Forster morreu em Paris, sem voltar a Mainz. O príncipe-eleitor Erthal, por sua vez, retornou à cidade sob grande pompa um ano depois de sua fuga.

Mas logo em seguida a página da história foi virada outra vez: em 1794 a cidade foi sitiada de novo, dessa vez pelos franceses, que queriam reconquistar o forte Mainz, mas tropas austríacas libertaram a cidade. Um outro cerco francês foi desmantelado em 1796. Por fim, Mainz acabou caindo nas mãos dos franceses não pelas armas, mas pela diplomacia: depois da marcha da vitória dos exércitos da revolução na

Alemanha, o imperador Francisco II, de acordo com o pacto de paz de Campo Formio, de 1797, entregou a margem esquerda do Reno. Mais uma vez as tropas francesas marcharam até Mainz e dessa vez ficaram.

Mainz, agora Mayence, tornou-se capital do novo distrito administrativo de Donnersberg. Em 1802 aconteceu a unificação definitiva com a França. Os habitantes de Mainz tornaram-se *citoyens*, tinham direitos civis, um prefeito francês e um novo imperador. A antiga cidade-residência do príncipe herdeiro tornou-se o novo baluarte, a vitrine da França e, ao lado de Antuérpia e de Alexandria, um dos portões do grande império de Napoleão.

Com o sol se pondo às costas, os companheiros alcançaram seu objetivo na tarde do dia seguinte. As sombras das árvores nuas marcavam a alameda Paris. Num ponto entre duas barricadas, desceram dos cavalos. Mainz estava ao fundo, como se fosse o palco no meio de um anfiteatro, e os terraços das elevações em volta eram os camarotes. O forte construído em semicírculo ficava às margens do Reno como um porco-espinho — os inúmeros espinhos grandes e pequenos dos bastiões apontados para fora — e, na outra margem, Kastel, outro porco-espinho em posição de defesa, embora menor, ligado a Mainz por uma ponte, como um filho ligado à mãe pelo cordão umbilical: a única possessão francesa do lado direito do Reno, o pé na porta do império alemão.

As torres da cidade sobrepunham-se aos telhados, muitos deles demolidos, as construções ocas como canecas vazias; entre elas, porém, havia andaimes de reconstrução e, no meio de tudo, a imensa catedral vermelha. A cidadela estava bem à frente e sobre uma de suas elevações ficava a lápide maciça do tempo dos romanos. Ao anoitecer, dava para ver o trabalho diligente dos habitantes de Mainz, que andavam pelas ruas como formigas no formigueiro. Mas uma em cada duas dessas formigas usava o casaco azul dos franceses e a bandeira tricolor tremulava sobre os parapeitos dos baluartes. Essa não era mais uma cidade alemã, essa era uma *garnison* francesa.

Goethe girou seu bigode fino entre os dedos. Eles tinham feito a barba, crescida na viagem, mas deixaram os pelos sobre os lábios para ficarem mais parecidos com os franceses.

— Mainz — disse Arnim, do banco do cocheiro, pois ninguém mais falou.

— Estamos vendo, meu coração — retrucou Bettine.

Humboldt esticou-se nos estribos.

— O berço da liberdade alemã.

— Ou o túmulo da liberdade alemã — disse Kleist, olhando para os soldados franceses à distância. Ele cuspiu. — Nem gafanhotos infestariam com tal intensidade um campo pronto para a colheita.

Goethe deu meia-volta com seu cavalo para ficar de frente para o grupo.

— Caros companheiros, chegou o momento em que cada um deve se perguntar se realmente está disposto a entrar nesse vespeiro. Há Deus sabe quantos caminhos mais confortáveis de volta, passando pelo Reno, do que atravessar Mainz com o preso mais valioso do imperador.

Madame de Rambaud, que tinha colocado a cabeça para fora da carruagem, fez uma careta de quem tinha mordido uma fruta azeda, mas Goethe lhe deu a entender com um aceno de cabeça que ela era a única a não ter nada com que se preocupar.

Schiller olhou de maneira encorajadora para os rostos dos companheiros disfarçados, mas apenas Kleist respondeu seu sorriso.

— Juntos, podemos muito — disse. — Vamos, companheiros, em frente!

Kleist desembainhou seu sabre.

— Veneno e armas aos franceses! Com seus ossos, tinjamos de branco todas as pastagens!

Goethe ergueu as mãos.

— Por favor, jovens, chega dessa mania de ficar puxando as facas, no final alguém ainda vai se machucar. E basta dessa conversa sedenta de sangue. Quando entrarmos em Mainz, o faremos de maneira educada, como a Guarda Nacional de sua majestade Napoleão I, que estamos representando. Dessa maneira, aprumem-se, meus senhores, e só falem quando perguntados, e se dominarem o francês. Por causa de meus cabelos grisalhos e de minha testa alta serei o líder e discutirei com os vigias. Se essa autorização de Fouché realmente tiver a força que promete, entraremos sem maiores dificuldades no forte. O que o senhor acha, Herr von Kleist?

— O senhor é o líder e eu o subalterno, excelência. Devo obedecer, e não questionar.

— Escutem, escutem, ele foi perfeito. Então: *allons, mes valeureux soldats*! Vamos salvar a valiosa castanha do fogo! — Em seguida, Goethe estalou com a língua e seu cavalo puxou a fila, subindo a elevação até Mainz.

Chegaram até o portão do distrito à sombra dos bastiões e dos muros da fortificação. O líder dos vigias cumprimentou Goethe, que respondeu no estilo militar e desceu do cavalo.

— Seus documentos de identificação — pediu o capitão.

— Os senhores não precisam ver nossos documentos — disse Goethe, entregando ao homem o passe de Fouché.

O homem ficou visivelmente impressionado com o papel. Depois de tê-lo lido, ergueu os olhos e perguntou:

— Quem está conduzindo, tenente?

— Uma senhora, cujo nome não vou revelar, e sua criada.

O capitão deu uma rápida olhada para as cortinas fechadas atrás das janelas quebradas da carruagem.

— Quando o senhor partiu de Paris?

— Em 19 de fevereiro.

O interlocutor de Goethe estremeceu, como se tivesse sido insultado.

— Quando? — perguntou de novo, sério.

— Em 19 de fevereiro. Por quê?

O vigia olhou para Goethe e em seguida para os seus homens, que estavam junto ao portão, e depois de novo para Goethe. Ninguém sabia o que fazer e algumas mãos se crisparam nos gatilhos. Os vigias cercaram seu líder, com os mosquetes na mão.

Kleist riu bem no meio desse silêncio mortal, e tão alto que seu riso ecoou entre os muros. Os outros olharam-no como se tivesse subitamente perdido a razão.

— *Mon Dieu*! Nosso tenente não é um *buffon* incomparável? — perguntou Kleist em francês perfeito, depois de ter secado uma lágrima entre as risadas. — Ele quer dizer 30 *pluviôse* e diz 19 de fevereiro. Essas brincadeiras ainda o levarão à guilhotina, *mon lieutnant*.

O capitão esboçou um sorriso e junto com seus colegas, riu da menção à data dos velhos tempos. Goethe fez uma mesura diante de seu público.

— E quando imagina voltar a Paris?

— Em... 10... *ventôse* — respondeu Goethe, com algum esforço.

— Ah, que pena. Vá apenas em *primidi* ou *doudi*, daí o senhor ainda pode festejar o *decadi* conosco.

— Uma ideia fantástica.

O capitão fez que sim com a cabeça, dobrou a autorização de Fouché e devolveu-a para Goethe.

— O senhor pode guardar seus cavalos e a carruagem no estábulo junto ao grande coradouro. Bem-vindos a Mayence! Vida longa ao imperador!

— *Vive l'Empereur*!

Depois que essa prova de fogo foi superada, cavalgaram através do portão até a cidade, passando por vinhedos e a caserna, em direção ao mercado de animais. As vielas eram tão estreitas e tão cheias de gente que Arnim, como cocheiro, teve dificuldade de manobrar a carruagem.

— *Primidi, duodi, decadi*. Esse maldito calendário republicano! — praguejou Goethe. — Quase não conseguimos e apenas porque eu, parvo, ainda penso no estilo real-gregoriano. Nunca paramos de aprender. Obrigado, Herr von Kleist, e tenha a gentileza de nos iniciar nessa alta aritmética dessa insensata maneira revolucionária de medir o tempo.

Os soldados da Guarda Nacional que haviam atacado à margem do rio Nahe tinham a incumbência de se instalar na antiga residência do príncipe-eleitor, mas os companheiros guiaram os cavalos mais para o centro da cidade, passando o mercado de animais em direção ao rio, até a Löhrgasse, perto da barreira do Reno. Lá, como Goethe havia depreendido dos documentos do conselheiro Voigt, ficava — não muito longe do Deutschhaus — a abandonada igreja do convento das carmelitas. No rastro da secularização, os franceses haviam expulsado os monges do bispado, leiloado a construção e transformado a igreja em um depósito. Até o resgate do delfim, essa igreja devia se tornar o esconderijo dos companheiros.

A noite chegara, e quando os companheiros alcançaram a finada igreja das carmelitas com suas janelas pretas, a rua defronte estava vazia. Um muro alto com uma porta de madeira separava a rua do pátio da igreja. Arnim queria quebrar o cadeado com um chute, mas Bettine o impediu. Ela queria primeiro tentar à sua maneira. Enquanto Kleist ajudava segurando uma lâmpada, ela cutucava com uma faca e um grampo de cabelo o buraco da chave e contou que, quando criança, as freiras a punham de castigo por causa de suas estrepulias — e que conseguira escapar algumas vezes de sua cela dessa forma. E, realmente, o cadeado logo se abriu e o caminho até o pátio da igreja ficou livre. Protegidos pela escuridão, retiraram suas bagagens. Enquanto Humboldt levava os cavalos e a carruagem até os estábulos do quartel em companhia de Kleist, que pediu para acompanhá-lo, os outros ficaram no pátio e fecharam atrás de si a porta de madeira.

Diante deles erguia-se a fachada alta e seca da igreja, a janela gótica ao centro com uma pedra tumular incrustada. A porta rangeu fantasmagoricamente quando Goethe a abriu. Apenas madame de Rambaud fez o sinal da cruz ao entrar, uma vez que o interior pouco lembrava uma igreja. A construção servia como depósito de madeira. No lugar no qual antes ficavam os bancos e onde altares e imagens entalhados cobriam as paredes, apoiavam-se apenas troncos de árvores, caibros e vigas. Mais ou menos a meia altura dos arcos das naves laterais havia sido montado um entrepiso, para aproveitar o pé-direito alto da igreja, de modo que a altura do depósito tornou impossível enxergar a abóbada. O coro também estava tapado por madeiras. As paredes foram caiadas de modo descuidado e apenas em alguns pontos as pinturas originais apareciam, pálidas, os rostos atormentados do Salvador e dos santos como que afogados em leite. Os azulejos do piso estavam cobertos por cacos e lascas de madeira. Teias de aranha, poeira e cheiro de lenha estavam em todo o lugar. Depois que a porta foi fechada novamente e algumas velas acesas, os invasores tiveram a impressão de não estar num templo religioso, mas, devido aos andaimes e aos caibros, no porão de um navio naufragado. Esse esconderijo podia ser conveniente, mas não era nada confortável.

Eles despiram seus uniformes e enquanto Arnim improvisava com madeiras e cobertores um reservado para as damas na nave lateral direita, em um ângulo escondido atrás de uma pilastra grande, Schiller procurava um lugar apropriado para a vigília noturna. Encontrou-o próximo a uma janela na nave lateral esquerda, da qual era possível observar a porta para a rua e o pequeno pátio diante da igreja. Humboldt e Kleist voltaram a tempo para comer com os outros um jantar simples e relataram como foram recebidos de maneira solícita nos estábulos.

Schiller assumiu o primeiro turno da vigília, a balestra a seus pés, no colo sua caderneta de anotações, um lápis, as cartas dos soldados da Guarda Nacional e a planta do Deutschhaus, no qual a prefeitura havia se instalado. À luz de uma vela, anotava como deveriam resgatar Luís Carlos de Bourbon. De vez em quando Schiller tossia, mas tentava sufocar o barulho para evitar ecos e não atrapalhar o sono dos outros.

Humboldt assumiu o posto no meio da noite. Depois de uma hora, ele começou a ouvir ruídos estranhos. Esses não vinham de fora, mas do lugar onde os homens dormiam. Quando foi checar, encontrou Kleist tremendo, deitado de costas, com gotas de suor na testa franzida, a coberta fora do lugar. Seus maxilares estavam tão tensionados que dava para ouvir os dentes rangerem e ele passou a se jogar de um lado para outro, fazendo até com que a pulseira de ferro que usava no pulso esquerdo rolasse pelo chão. Ainda que o jovem prussiano dormisse pesado como uma rocha, sonhava como um cão de caça e, por fim, começou a falar, dormindo.

— Ulrike, Ulrike — disse, em voz baixa.

Humboldt tocou as costas de Kleist. O contato lhe fez bem. Logo parou de tremer, seus maxilares relaxaram e com um gemido audível toda a tensão por fim deixou o seu corpo. Humboldt cobriu-o de novo, mas continuou sentado ao seu lado, com as mãos às suas costas, até que a respiração de Kleist tivesse se acalmado por completo. Quando Humboldt acordou Kleist duas horas mais tarde para a última vigília, ele não disse nada sobre o acontecido, mas perguntou sobre a pulseira.

— Fiz uma promessa — sussurrou Kleist. — Enquanto houver um indivíduo românico na Alemanha, usarei uma pulseira de ferro no braço. — Kleist esticou o braço, um convite para Humboldt olhar mais de perto a curiosa argola. Ele a rodou até o lugar onde ela tinha sido soldada. — Só vou arrancá-la quando as correntes da Germânia forem arrancadas.

Humboldt quis retrucar algo, mas não o fez e apenas desejou uma boa vigília a Kleist.

— Boa-noite, meu amigo — devolveu Kleist. — Descanse um pouco.

Ao amanhecer, Kleist deixara seu posto e a igreja, mas Goethe não podia repreendê-lo por violar suas obrigações, pois o tenente prussiano aproveitou o tempo para comprar no mercado da catedral duas garrafas de vinho branco, pão, ovos, manteiga fresca, linguiça de Branschweig, queijo de Limburg e pato defumado da Pomerânia, e se esgueirou de volta à igreja das carmelitas com essas comidas. Embora tivessem jantado como mendigos, agora tomariam café da manhã como o imperador. Humboldt acendeu um fogo para ferver a água para o chá e cozinhar os ovos e prestou atenção para que nenhuma faísca caísse sobre a madeira estocada, fazendo com que a igreja profanada pegasse fogo. À luz do dia, que entrava por uma das poucas janelas livres, o depósito não parecia mais tão claustrofóbico e o sono fizera bem aos viajantes.

Quando a fome havia sido aplacada e Goethe descascava um terceiro ovo, ele disse a Schiller:

— Bem, meu amigo, se conheço seu inquietante entusiasmo pelo trabalho, que não se assusta diante do cansaço nem da doença, o senhor criou nessa noite um plano para salvarmos o infeliz delfim.

— Tem razão. O plano está pronto, difícil e elaborado como nenhum outro. Não emprega violência, pois tal ousadia seria muito perigosa nesta cidade cheia de inimigos. Não, vamos vencer esta luta pela astúcia e pela razão aplicada com inteligência.

Em seguida, Schiller abriu a grande planta do Deutschhaus. Seu ânimo contagiou os outros, que logo deixaram a comida de lado para se concentrar totalmente na exposição.

— Como sabemos pelos guardas nacionais — disse Schiller —, é tarefa do prefeito descobrir, com a ajuda de madame de Rambaud, se o preso é realmente o filho do rei ou apenas um impostor. Cheguei à conclusão, pelas afirmações dos soldados, que ele não pode deixar Mainz de modo algum. Caso se trate de um impostor, o prefeito deve aplicar-lhe a pena mais alta possível e mantê-lo pelo tempo máximo na prisão daqui. Mas caso seja mesmo o delfim, é isso que está escrito neste documento do tenente morto, então ele deve ser assassinado de pronto e em segredo pela guarda, e seu cadáver deve ser levado imediatamente em segredo para Paris. A quintessência disso é que não podemos tirar Luís vivo de Mainz. Caso venhamos a tentar fazer isso, arriscamos que o prefeito, que supostamente tem as mesmas informações que nós, fique desconfiado e nos prenda. Nossa frágil camuflagem, que se limita a essas roupas francesas, será descoberta.

— Então? — perguntou Kleist.

— Então não nos resta outra alternativa senão assassinar o delfim. — Ao mesmo tempo, Schiller ergueu dois dedos e simulou aspas para seu comentário. — Para então retirar seu cadáver — repetiu o gesto — da cidade.

— O que significam esses movimentos? — perguntou Arnim, repetindo os gestos curiosos de Schiller.

— Eram aspas, que deviam mostrar que estava expressando as palavras assassinar e cadáver com ironia.

— Ironia romântica?

— Não... a ironia habitual, se você quiser. Pois não tenho intenção de assassinar Luís. Continue escutando: sua acareação com a antiga babá, interpretada pela valorosa madame Brentano, deve acontecer no Deutschhaus. Bettine vai avaliar o preso e procurar pelos sinais característicos que madame de Rambaud gentilmente nos confidenciou. Em seguida, Luís será sentenciado à morte. Nós, vestidos como soldados da Guarda Nacional, vamos puxá-lo para um muro próximo e jubilá-lo diante do prefeito com quatro tiros. Não haverá munição em nossos mosquetes, apenas pólvora e papel, que solta faíscas e faz barulho, mas não machuca. Luís, mesmo assim, cairá no chão como se tivesse sido atingido e fingirá que está expirando. Um de nós vai confirmar sua morte e, antes que os soldados daqui possam fazer o mesmo, deitaremos nosso cadáver vivo dentro do caixão que já teremos providenciado e o colocaremos dentro da carruagem. Deixaremos Mainz com essa carga na mesma hora, para, onde quer que achemos o primeiro bote, atravessar o Reno. E, de volta à Alemanha, abriremos a tampa do caixão e ajudaremos o príncipe a voltar à liberdade. Uma morte falsa como em *Romeu e Julieta*.

— Acho que essa peça é um mau exemplo — disse Bettine —, pois nela o plano não dá certo e todos morrem.

Schiller não aceitou a réplica e continuou sua exposição.

— Devemos arranjar o encontro para a noite, de modo que a escuridão proteja tanto nossa fuga quanto dificulte a comprovação do fuzilamento do delfim. Além disso, é indispensável que expliquemos nossos planos ao preso ainda antes desse encontro e que ele sabia que estamos do lado do bem. O plano é diabólico, mas verdadeiramente divino!

Embora ninguém tivesse mostrado o entusiasmo de Schiller, o plano foi aceito por todos. Goethe, que confiava no grande efeito da procuração de amplos poderes de Fouché, sugeriu deixar Mainz logo pela ponte em direção a Kassel, a fim de evitar o mais rapidamente possível eventuais postos de checagem. Kleist ofereceu-se para preparar as balas falsas para a execução teatral.

Arnim foi o único a expressar crítica:

— Para mim, esse método não é "inofensivo" — disse, pronunciando a última palavra acompanhada pelo gesto de Schiller.

— E realmente não é, Herr von Arnim — retrucou Schiller. — Se houver um melhor, ficaria feliz que alguém entre nós o descobrisse. Até lá não nos resta alternativa senão bater com os nós dos dedos três vezes na madeira. Aqui, por sorte, há suficiente.

Ficou combinado que tentariam pôr o plano em execução na noite seguinte. Agora era preciso fazer diversos preparativos e logo as tarefas estavam divididas: Kleist tinha de descobrir quais caminhos levavam do Deutschhaus até a ponte flutuante, como eram os portões e a ponte em si, se havia um posto de alfândega, quantos vigias era possível esperar em cada um dos postos e, por fim, como podiam deixar Kastel, para retornarem sobre solo alemão até o principado de Nassau e adiante, até Kostheim. Arnim e Bettine deveriam observar o Deutschhaus por diversas horas, a fim de contar os vigias e descobrir quando trocavam de turno. Humboldt, por sua vez, entraria na prefeitura. Vestido com o uniforme da Guarda Nacional e os respectivos documentos, falaria com o prefeito para combinar um horário para a acareação de Agathe-Rosalie de Rambaud com o preso. Além disso, deveria observar o número e o posicionamento dos soldados no interior do edifício e tentar desvendar o caráter do prefeito, que seria o primeiro a ser enganado com a armadilha que estavam planejando. A tarefa mais difícil coube a Schiller: ele devia descobrir como explicar, sem que ninguém percebesse, o plano ao delfim até a noite do dia seguinte, fosse na própria prisão ou no caminho até a prefeitura. Numa montanha de tralhas da época da expropriação da igreja, ele encontrara, entre móveis estragados, estátuas quebradas, velas e toalhas de altar, também o hábito de um monge carmelita. Assim vestido, usando um crucifixo de madeira, queria entrar na prisão na Weintorgasse.

Goethe ficou até o fim sem uma tarefa e, quando Humboldt lhe chamou a atenção sobre isso, ele explicou que iria tomar conta de madame de Rambaud, para que ela não tentasse fugir nas horas finais e estragasse o plano. Depois, se ainda sobrasse tempo, procuraria um barril de pólvora, para guardá-lo na carruagem.

— Mas estamos com falta de pólvora? — perguntou Schiller.

— Isso não, temos balas mais do que suficientes para nossos mosquetes. Mas se uma cidade como Mayence vai presenciar um ataque de hussardos como o nosso, então não fará mal algum ter à mão um carro com pólvora.

Kleist deu um salto e disse, gracejando:

— Vivas! Vamos explodi-los para longe da Terra!

— Devagar com o ardor, Herr von Kleist. Estou me referindo a uma situação de emergência, que espero nunca acontecer. Antes disso, ninguém vai explodir nada.

— E caso alguém lhe pergunte, meu amigo — disse Schiller, voltado para Goethe —, hoje é *octidi*, o oitavo *ventôse* do ano XII da liberdade.

Humboldt tinha vestido seu uniforme e, Schiller, o hábito de monge, e eles deixaram a igreja, um depois do outro, a fim de cumprir suas tarefas. Ao sair, Arnim bateu três vezes com os nós dos dedos na madeira, assim como Schiller havia lhe aconselhado.

Metido no hábito, com o capuz enfiado no rosto, Schiller andava pela Schustergasse em direção à catedral e passou pela Augustinergasse. Alguns moradores, mas principalmente os soldados franceses, apontavam-lhe o dedo e riam desse monge, uma relíquia dos tempos antes da Revolução e da secularização, figura que tinha se tornado tão rara em Mainz. Se Schiller pretendia se esconder, seu figurino provocava o efeito inverso.

Schiller caminhou pela cidade, cuja reconstrução depois do cerco dos últimos anos de guerra ainda não estava terminada: passou por andaimes, canteiros de obras, montes de tijolos, madeiras e vigas. Os furos nos muros das casas, resultado de balas prussianas, francesas e austríacas, eram onipresentes e às vezes apareciam nas paredes buracos imensos, provocados pelos morteiros. Alguns escudos e algumas imagens da Pietà haviam sido arrancados das molduras pelos republicanos, alguns nichos, que outrora abrigavam a Virgem Maria, estavam vazios.

Finalmente chegou a um pedaço da cidade com ruas de calçamento grosseiro e casas altas, sem graça, cujo térreo tão raramente recebia luz solar que o musgo recobria as pedras. Lá, entre hospitais e o orfanato, ficava a prisão. Schiller queria observar primeiro o prédio de todos os lados, e acabou parando sem querer na Kappelhofgasse, na qual as messalinas aguardavam a clientela, esforçando-se, apesar do frio, para revelar o máximo de seus encantos.

— Olhe, mamãe, olhe — disse uma delas a uma matrona, que observava por uma janela do andar de baixo —, um religioso lá embaixo! Ele vai pedir uma esmola.

A velha mariposa riu.

— Faça-o entrar para receber uma injeção de ânimo! — disse. — Ele sente que está chegando numa casa de prazeres.

A primeira puxou Schiller pelo hábito.

— Vamos, bom homem! A mamãe quer você.

Os outros clientes começaram a prestar atenção. Um deles disse:

— Vamos, descanse, e depois você segue revigorado!

Schiller ergueu seu crucifixo, murmurou algo em protesto e libertou seu hábito da mão da messalina. Ele se afastou rapidamente, com o riso das prostitutas o seguindo.

Ele imaginou como Goethe teria agido com mais leveza em relação às mulheres e isso quase o deixou mais irritado do que sua frieza. Por um momento ficou com calor, mas o vento de inverno, que entrava através das dobras de sua roupa, logo o resfriou.

Depois de ter circundado o prédio uma vez, encontrou, na frente do portão do presídio, um vigia que não era francês, mas alemão. Schiller cumprimentou-o e apresentou-se como monge da ordem de são Jerônimo, que tinha parado em Mainz durante sua peregrinação e que agora desejava — como era a intenção de sua ordem — escutar a confissão de almas bandidas e oferecer o consolo das Escrituras, principalmente às almas mais jovens, que tinham mais necessidade de voltar a tempo para o caminho do bem. O vigia, um sujeito de olheiras, com uma penugem sobre os lábios, ficou impressionado com a intenção do monge e prometeu, com seu dialeto de Mainz, conversar a respeito com o diretor da instituição. Mas depois aproveitou a visita inesperada de um religioso como um acontecimento bem-vindo para falar de suas próprias necessidades — um amor infeliz e desejos carnais. Schiller escutou com paciência os sofrimentos do jovem, oferecendo-lhe consolo e orientação, que caíram em solo fértil. Ele avisou que voltaria na noite do dia seguinte, na esperança de ajudar espiritualmente também os condenados, e se despediu do jovem com uma bênção qualquer.

Sua tarefa havia sido cumprida com louvor: no dia seguinte — já conhecido pelo vigia — poderia entrar na cela do delfim e, desse modo, contar-lhe do plano durante a confissão; ou esperaria na rua diante do presídio para dar ao prisioneiro uma bênção rápida, que conteria as informações principais, antes de o levarem à prefeitura. Schiller retornou pelas vielas, à sombra do muro do Reno, até o quartel-general na igreja abandonada, bem a tempo de enxergar as costas de Arnim e Bettine, que estavam a caminho do Deutschhaus.

A apenas três vielas distante da igreja das carmelitas, entre o depósito de armamentos e a igreja do palácio do príncipe-eleitor, ficava a antiga administração da Ordem Teutônica, um belo palácio de três andares, cujas insígnias do tempo passado foram expurgadas com violência. Nele ficara o grão-mestre dessa ordem, depois o parlamento da breve república de Mainz e em seguida militares de alta patente, franceses ou aliados — de acordo com a situação da guerra —, tinham se instalado ali. Agora era a sede da prefeitura do *departement* Donnersberg, e, com a estada de Napoleão no Vendémiaire do ano anterior, também *Palais Impérial*, o palácio do imperador junto ao Reno. A bandeira com a águia imperial balançava sobre o portão, com um feixe de raios em suas garras. À direita e à esquerda, duas pequenas construções davam para o pátio do Deutschhaus; atrás ficava apenas o muro da cidade e, alguns passos adiante, um dos portões para o Reno.

No pequeno pátio diante da igreja de São Pedro, Arnim e Bettine encontraram um banco de pedra, onde se sentaram. De lá tinham um ponto de observação privilegiado do Deutschhaus, que ficava em frente, e estavam protegidos o suficiente pela sombra da igreja e entre as árvores para não causar estranheza, pois o *Palais Impérial* parecia um formigueiro, tamanho era o número de soldados e oficiais franceses que perambulavam por lá. Arnim pegou uma folha de papel e um lápis, Bettine, o relógio de bolso que Goethe emprestara, e anotaram com cuidado o número de vigias e seu horário de movimentação.

O frio não era problema, pois estavam vestidos com roupas quentes, mas o tédio aborrecia Bettine. Enquanto Arnim escrevia vez ou outra, mesmo quando não acontecia nada diante da prefeitura, ela ficou inquieta depois de passadas duas horas.

— Preferiria estar em cima dessas árvores — disse, olhando para as copas nuas — do que estar parada aqui, esperando que meu traseiro congele sobre esta pedra.

— Que boca suja! — exclamou ele. — Uma dama não fala essas coisas.

— O que ela fala então, padre? Você vai lavar minha boca com sabão? — Bettine estocou-lhe o cotovelo na lateral do tronco. — Diga, que bobagem você fica escrevendo o tempo todo?

— É para o plano do Herr von Schiller.

— Planos se estragam rapidamente; é melhor nem fazê-los. Vivenciamos isso na estrada. — Ágil, ela agarrou o papel. Com uma intensidade surpreendente, ele quis impedi-la de ler os escritos, mas Bettine não conseguia decifrá-los. — Sua letra é bem horrível, meu Achim — disse, franzindo a testa. — Que garranchos! Isso é celta, hebraico ou apenas terrivelmente ilegível?

— Se você não consegue ler, me devolva.
— O que está escrito?
— Nada.
— Ora, me diga.
— Nada! — disse Arnim rudemente, arrancando-lhe o papel e dobrando-o sobre sua coxa.

Em seguida, ambos ficaram em silêncio durante um tempo. Uma troca de guarda devia estar ocorrendo neste instante diante do Deutschhaus e ambos registraram tudo, como era seu dever.

Por fim, Arnim falou.
— Como vai ser quando estivermos de volta a Frankfurt?
— Como vai ser? A primavera vai chegar. Não sei mais nada.
— Falo de nós — disse Arnim. — Você ainda gosta de mim, Bettine?
— Por que você está perguntando?
— Não sei.

Bettine colocou sua mão sobre a dele.
— Claro, querido. Gosto de você, assim como gosto do mundo, de todos nos quais Deus está refletido. Você é infinitamente valioso para mim e é muito especial.

— Por que então... não falamos em casamento?

Ela balançou a cabeça.
— Cedo demais. Vamos nos tornar filisteus apenas depois de termos viajado por todos os países e vivenciado todas as aventuras. Não antes.

— Então você pretende ser ainda mais feliz?
— Não posso ser mais feliz do que nasci para ser. Me deixe ser criança durante mais algum tempo, antes que eu venha a ser mãe de outras crianças. E nós, meu querido, nós nos conhecemos há tão pouco tempo! Precisamos ainda dançar muito para entrar no mesmo ritmo.

— E se você encontrar outra pessoa durante a dança — disse ele, depois de uma pausa —, me avise; com certeza vou entender.

Ela não respondeu e continuou observando os soldados diante do Deutschhaus. Arnim riscava a terra, dura pelo frio, com a ponta da bota.

— Espero que superemos esta aventura ilesos — disse, sem desviar o olhar da bota. — Me preocupo principalmente com Goethe, que se tornou um homem velho. Ele não me parece mais tão nobre quanto antes: sua pele está manchada, seu pescoço está inchado, seu cabelo está mais ralo. Ele não deveria mais se meter nessas confusões com a idade que tem; em vez disso, poderia aproveitar a paz e a dignidade que os anos lhe conferiram.

— Atenção! — falou ela de repente.

Antes de ele se dar conta, ela estava segurando a cabeça dele com as duas mãos e o beijava nos lábios gelados. Arnim, pego de surpresa, não sabia o que fazer, mas envolveu-a nos braços, puxou-a mais para perto e retribuiu o beijo. Sua respiração estava mais rápida e seu rosto tinha se afogueado quando ela se soltou dele.

— Bettine... — ele queria dizer, mas nesse instante ele viu que estavam bem na frente de dois soldados franceses.

Bettine fez de conta que estava surpresa. Arnim não precisou fingir.

— *Bonjour* — disse o mais velho deles, com um sorriso. — Será que não há um lugar mais confortável para o encontro de vocês dois do que um banco duro num cemitério?

— *Pardon, messieurs* — retrucou Bettine em voz baixa e escondendo o rosto, envergonhada. — Mas não podemos ficar com minha tia, pois ela me vigia com mais atenção do que um cão de guarda. E não seria elegante nos encontrarmos num estabelecimento público.

— Deve ser bonito, o começo do amor no frio do inverno. E nós achando que vocês eram espiões ingleses, de tanto vocês ficarem sentados aí, olhando para o *Palais Impérial*!

— Não, *messieurs*. Somos só namorados, não é, Ludwig?

Arnim fez que sim com a cabeça e pegou na sua mão.

— E o que é isso? — perguntou o segundo soldado com a voz séria. — Uma carta de amor?

Ele levantou o papel com as anotações que tinha caído do colo de Arnim durante o beijo e o desdobrou. Bettine soltou um gritinho assustado, mas Arnim apertou sua mão com tanta força que ela engoliu em seco. O soldado também estava com dificuldade para decifrar os garranchos de Arnim.

— Leia em voz alta — disse seu companheiro.

O soldado começou em alemão, com um forte sotaque:

> *Você ao meu lado flutua*
> *e sou feito sombra sua;*
> *ah, como um outro agora,*
> *outro tipo de hora.*
>
> *Nenhum futuro, nada perdido*
> *nenhum desejo descabido;*
> *meu quarto é um mundo*
> *e em tudo que faço me fecundo.*
>
> *Mesmo num doce ócio,*
> *o tempo é meu sócio;*
> *você só faz me olhar*
> *e o trabalho dá de aflorar.*

Quando o poema terminou, os soldados entreolharam-se.

— Deus os abençoe, crianças — disse o mais velho. — E que Deus dê compreensão à sua inflexível titia. Ou uma morte precoce e sossegada.

Sem ter olhado o verso, o outro devolveu o papel onde Arnim havia anotado os horários de trocas de guarda. Os soldados deixaram o pátio da igreja com uma saudação ao imperador e voltaram a seus postos.

Bettine respirou aliviada.

— Você compôs o poema para mim?

— Sim. Você gostou?

— Ele salvou nossas vidas.

— Certo. Mas você gostou?

— Muito. Em outra situação teria rido, pois é sempre engraçado escutar os franceses tentando pronunciar nosso duro alemão. Fica parecendo que quando as 72 línguas foram distribuídas em Babel, os franceses perderam e tiveram de se contentar com a mais lastimável.

Arnim não respondeu. Aguentaram em silêncio mais uma hora diante da igreja de São Pedro. Bettine falou apenas mais uma vez, para chamar a atenção de Arnim sobre Alexander von Humboldt, que reconhecera apenas num relance, passando com seu uniforme diante dos vigias e sumindo dentro do Deutschhaus.

Depois que Humboldt expôs seu assunto, foi levado dois andares acima até uma antecâmara. Não precisou esperar muito até o prefeito do *departement* recebê-lo pessoalmente em seu escritório, montado num cômodo grande, mas incrivelmente simples, com vista para o Reno. Jeanbon de Saint-André, o prefeito, era um homem da idade de Goethe, mas não tão alto, com uma testa proeminente e um nariz pontudo, de pele bronzeada e manchada, apesar da época do ano. Humboldt fez uma saudação militar, mas o prefeito estendeu-lhe a mão de modo fraternal e ofereceu-lhe um café quente. Enquanto ele passava os olhos nos papéis de Paris que Humboldt havia lhe apresentado, Saint-André queria saber de notícias e mexericos da capital. Humboldt tomou café, inventou algumas histórias e, ao mesmo tempo, esquadrinhou o lugar. Na ponta da mesa havia um mapa colorido da Europa: uma gravura da virada do século. Sobre ela, um pequeno pincel e um vidro de tinta azul. Saint-André tinha acabado de registrar as mais recentes conquistas da França na Holanda, Alemanha e Itália, mas a combinação entre o azul francês e as cores dos Estados conquistados não era bonita.

— É difícil deixar tudo atualizado — disse Saint-André, ao seguir o olhar de Humboldt. — Preciso conseguir um mapa novo, urgente. Uma época de ouro para os cartógrafos, não é?

— Se continuar assim, esse mapa não precisa mais de tinta. Então a França terá conquistado o mundo.

— Não é a França que terá conquistado o mundo, mas a República — corrigiu Saint-André. — São os valores da República, que só desagradam aos príncipes, mas que os povos saúdam. Apenas por causa disso o imperador segue com uma conquista depois da outra: porque combate soldados que não acreditam naquilo que estão defendendo.

— A França não é uma república, mas um império.

— Certo, mas isso é somente um nome. Napoleão é o representante da liberdade, o líder de uma monarquia republicana. O problema da França até agora foi que todo mundo queria governar e ninguém queria obedecer. Isso mudou com Napoleão: dá gosto obedecê-lo. Sou um velho amigo de Robespierre e não preciso me envergonhar de dizer isso: votei pela decapitação de Luís XVI. O senhor acha que alguém como eu serviria a um déspota? E o senhor acha que um déspota nomearia prefeito alguém como eu?

Saint-André ergueu-se e colocou o dedo onde o mapa indicava Mecklenburg.

— Quando tivermos alcançado o Elba, o reino francês do leste e o reino francês do oeste estarão novamente unidos depois de mil anos de separação. Napoleão seguirá Carlos Magno, os moradores de Aachen já o festejaram como carolíngio da Idade Moderna e o presentearam com um relicário em forma de braço que era de Carlos. Napoleão, o Grande, senhor da França e pai de um povo livre formado por irmãos, do Atlântico até o mar Báltico. Essa *réunion* não seria maravilhosa? — Ele piscou para Humboldt. — Desde que continuemos a lutar contra soldados que odeiam o próprio líder. — O prefeito voltou à carta. — Quando vamos reunir a babá com o suposto delfim?

— O tenente Bassompierre pede um horário amanhã por volta das 18 horas, se o *monsieur le préfet* estiver de acordo.

— *D'accord*, sou seu empregado. Nesta situação, quem manda é ele. Vou fazer com que o preso seja trazido até aqui a tempo.

— Além disso, meu tenente também pede que o menor número possível de pessoas esteja presente na hora, por medida de segurança.

— Entendo.

Humboldt olhou o Reno pela janela. Dois carros, alguns cavaleiros e inúmeros pedestres atravessavam a ponte flutuante. Entre eles, Humboldt reconheceu seu conterrâneo Kleist, que andava sobre as tábuas com passos decididos, voltando de Kastel. Depois Kleist ficou parado, encarando o rio. O tenente tinha uma postura muito vistosa quando não estava tomado, como tantas vezes, por raiva ou medo. Humboldt estava grato pela companhia de Kleist e também pelo fato de, há dois dias, Schiller ter dado seu apoio ao jovem de Brandemburgo.

— Estou achando isso tudo muito novelesco para ser verdade — rosnou o prefeito, de repente. — O que o senhor acha? Será que esse jovem realmente é o filho do rei da França?

— Por mais que me esforce, não sei lhe responder, *monsieur*. Para ele, seria melhor que não fosse.

Como ele estava se sentindo bem! Rio abaixo havia uma dúzia de barcos com rodas de pás ancorados entre os pilares afundados da velha ponte dos romanos, e ele olhava para as pás, que não paravam de girar. Na última vez em que estivera em Mainz, na mesma época no ano anterior, estava sofrendo de febre tifoide, e passou cinco meses alternando períodos na cama ou no quarto e só se alegrava com a expectativa de um túmulo suntuoso. A grande quantidade de soldados franceses na cidade alemã era totalmente prejudicial ao seu estado. Naquela época, era apenas um hóspede educado, mesmo que um hóspede no próprio país. Agora, porém, entrara na fortaleza num cavalo de troia e estava perto de aplicar um duro golpe nos franceses. Estava na área da ponte flutuante, que oscilava levemente a seus pés, e sentia o vento gelado soprar-lhe ao redor do nariz. O barulho do Reno correndo sob ele parecia transportá-lo para o alto-mar, rumo a novos portos. Um grupo de couraceiros passou cavalgando às suas costas e um deles escarrou uma bola de tabaco no rio da fronteira.

— Continue cuspindo, gaulês — disse Kleist, tão baixo que mal conseguiu ouvir. — Logo vamos jogar vocês aos peixes. Com seus cadáveres iremos represar o Reno e vocês terão de sair em busca de outro caminho para percorrer o Palatinado. Aí, sim, será novamente a fronteira natural da França.

Kleist tinha estudado o caminho da ponte passando por Kastel até o portão de Frankfurt. Agora estava voltando a Mainz para verificar os portões do Reno e checou dos dois lados o portão da chancelaria, o portão vermelho e o de ferro. A margem do Reno era feia, cheia de tralhas; entre guindastes grandões e depósitos primitivos jaziam pilhas de madeira e montes de carvão, casebres caindo aos pedaços se apoiavam nos muros da cidade e na beira do rio, onde cada metro livre estava ocupado por um barco, e era preciso tomar cuidado para não pisar nas redes de pesca esticadas ao chão. Quase não se viam cidadãos honrados e soldados por ali, apenas trabalhadores, pescadores e consertadores de redes, que não paravam de gritar para chamar mais atenção do que os concorrentes. Quase não havia espaço para aqueles que estavam a caminho de Kastel.

Depois de encerrar suas observações, Kleist voltou a entrar na cidade pelo portão dos pescadores. Na praça da Virgem Maria, à sombra da igreja danificada, várias pessoas haviam se reunido ao redor de um pequeno teatro de marionetes erguido no mercado e que fazia a alegria do populacho. Kleist juntou-se a elas e logo começou um novo número.

Napoleão enterra a Inglaterra

A cortina se abre. Vemos à esquerda a costa da Inglaterra,
à direita, a da França e, entre elas, indicado por algumas ondas,
o canal. Napoleão aparece em solo francês; por ser tão pequeno,
a princípio só se enxerga o chapéu de dois bicos.

Napoleão. *Allons enfants*! Sou eu, seu *Petit Caporal*. O dia de glória chegou: hoje marcharemos adentrando a Inglaterra. Quero salgar o chá dos britânicos que têm sangue de peixe para que nunca se esqueçam deste dia.

Joséphine. Meu imperador dos franceses!

Napoleão. Minha querida Joséphine.

Joséphine (*abraça-o e apoia-se nele*). Diga, querido, como você vai atravessar esta cova diabólica?

Napoleão. Esta cova pode ser atravessada se tivermos a audácia de tentar. Os barcos estão prontos, os remos na posição e as velas içadas — ataquem o oceano e ataquem a Inglaterra! Que Marinha!
(*Um barquinho passa sobre as ondas. O premier Pitt — magro e com um nariz de rato — aparece na Inglaterra empurrando um canhão. Esse solta um tiro e o navio afunda. Água espirra.*)

Napoleão (*irritado*). Que Marinha! Parece que os britânicos sentiram o cheiro da bagunça. Lá está o malvado ministro Pitt, o jovem.

Joséphine (*vira-se para falar*). Se esse é o Pitt jovem, que não quero ver o Pitt velho.

Pitt *God save the King*, seu cerbero corsa. É isso que acontece quando se resolve esticar o dedo na direção da minha ilha. Se não quer um funeral no mar, que fique onde está!

Napoleão. Alma de inseto! Vou lutar com você e vou vencer. Vou esmigalhar seu corpo e sua alma — e as manchas roxas ainda estarão lá na hora da ressurreição dos mortos!

Pitt. Ele está danado! Ele está cavando o próprio túmulo. Aqui, por favor. (*Pitt joga uma pá para o imperador sobre o canal.*)

Napoleão. Muito obrigado.
(*O imperador começa a cavar e nessa hora terra é jogada sobre o público.*)

Pitt. Tudo bem, seu bolorento. Faça largo e fundo o suficiente para que seu deslumbrante povo caiba ao seu lado. (*para Joséphine.*) Ela, esta belezinha, será minha amante e, se ela se comportar bem, poderá frequentar minha Câmara dos Lordes.

Joséphine. Jamais. Você não é Pitt, é *piteux*.*
Pitt. Vetusta.
Joséphine. Limpador de banheiros.
Pitt. *I'll be damned*, onde está Little Boney? (*para o público.*) O que vocês estão dizendo? Atrás de mim?
(*O imperador cavara um túnel debaixo do canal e apareceu atrás do ministro. Faz um sinal para as crianças ficarem quietas. Em seguida, bate com a pá na cachola do ministro.*)
Pitt. *Blimey.* (*Morre e cai no túnel.*) *Pity me, Pitt is in the pit.***
Napoleão. *Victoire!*
Joséphine. Meu imperador da Inglaterra!
Napoleão. Amorzinho, me dê um beijo.
Joséphine. É pra já.

Os dois entram rapidamente no túnel, mas Joséphine aparece na Inglaterra e Napoleão na França e os dois correm de volta, para os lados opostos. Essa brincadeira maluca continua durante um tempo até o público se cansar. Por fim, o imperador corre sobre a água em direção ao seu amorzinho.
A cortina desce sob o som de Veillons au Salut de l'Empire.

Embora Kleist tivesse se divertido com essa bobagem e também suportado que o pequeno fantoche imperador vencesse a Inglaterra, ficou incomodado pelo fato de não apenas os franceses presentes terem entoado o hino, como também muitos habitantes de Mainz. Achava medonho e incompreensível deixar-se dominar desse modo. Quando o teatro de marionetes terminou, ele partiu, mas de repente os sinais da submissão de Mainz estavam por todos os lados — na maneira gentil como os cidadãos cumprimentavam seus invasores, nas inúmeras imagens do robusto corso, no lema de nenhum valor estético "Se Deus tivesse mais

---
*Jogo de palavras, *piteux* em francês pode significar "lamentável". (N. do E.)
**Jogo de palavras: "Tenha piedade de mim, Pitt está na cova." (Tradução livre) (N. do E.)

um varão, seria com certeza Napoleão" na parede de uma casa. Por tudo isso, foi acometido por um mal-estar e quando uma negociante lhe ofereceu um peixe estripado, quase vomitou. Kleist sentiu-se aliviado assim que a pesada porta da igreja das carmelitas fechou-se atrás de si, quando o cheiro de carvalho o envolveu e Humboldt, Arnim e Schiller estavam próximos — pessoas que pensavam como ele, pois o mais insuportável de todos os pensamentos foi o de que os habitantes de Mainz não queriam ser libertados do jugo francês.

— Detesto os meio-franceses ainda mais do que os franceses — disse —, esses traidores, que viram o bico para o lado do vento, assim como o galo-dos-ventos. Primeiro servem ao príncipe-eleitor, depois a Robespierre, daí novamente ao príncipe-eleitor, daí a Napoleão; hoje ao alemão, amanhã ao francês; hoje à monarquia, amanhã à **república**, e nunca há um protesto.

— Na sua opinião, deveriam servir a quem? — perguntou Goethe.

Kleist refletiu por alguns instantes, depois falou:

— À república alemã.

— Ela não existe e nunca existirá.

— Certamente não com esses oportunistas.

Cada um expôs suas observações. Humboldt descreveu o prefeito como um indivíduo inteligente, não especialmente digno de ser odiado, que lhe transmitia a impressão de querer salvar a vida de seu prisioneiro. Schiller perguntou se o pobre administrador realmente se chamava "presunto" e Humboldt teve de lhe explicar a diferença entre Jeanbon e *jambon*.

Apenas Goethe não tivera sucesso na sua busca, pois só havia pólvora no quartel e no depósito de armamentos e não queria tentar invadir nenhum dos dois lugares.

— Vou sair da cidade a cavalo amanhã e espero encontrar alguma coisa.

— Por quê? A pólvora é cultivada nos campos?

— Não, mas é guardada por lá. Herr von Humboldt, ficaria contente caso me acompanhasse amanhã, pois iremos para o subterrâneo. Não,

Bettine, essa ação é para soldados, por isso você vai ficar aqui, pensando como podemos deixá-la alguns anos mais velha com as roupas e uma maquiagem que a desfavoreça.

Respondendo a um aceno quase imperceptível de Schiller, Goethe disse:

— Herr von Kleist também seria de grande valia para nós.

— E eu? — perguntou Arnim, um tanto irritado. — Tenho de ficar aqui com Bettine para comprar rouge?

— Nada disso; a não ser que senhor o queira. De outro modo, por favor acompanhe Herr von Schiller na compra do caixão para o supostamente fuzilado delfim.

Não havia mais nada a fazer naquela noite e, enquanto uma forte chuva desabava sobre o telhado da igreja, os seis jantaram acompanhados por madame de Rambaud. Em seguida, uma garrafa de vinho foi consumida pelo grupo e Schiller e Kleist acenderam seus cachimbos, sem dar ouvidos a Goethe, que afirmava que o tabaco emburrece e que já matou mais gente do que as guerras. Bettine — embora contrariando as orientações do pessoal de Weimar de levar à viagem apenas o necessário — tinha um baralho de cartas e logo ela, Arnim e Humboldt já tinham chegado ao consenso sobre as regras de l'hombre. Desse modo começou uma partida mais do que animada, durante a qual os companheiros esqueceram por algumas horas as temeridades do dia seguinte. Na primeira noite, a vitória foi de Humboldt.

A neblina estava tão baixa e parada sobre o vale do Reno que na manhã seguinte mal se enxergava a ponta da torre da igreja, uma circunstância muito bem-vinda para os três cavaleiros. Depois de terem buscado os animais no quartel, cavalgaram, devidamente paramentados com os uniformes da Guarda Nacional, pelo portão da catedral até o campo aberto. Antes de chegarem a Gonsenheim, Goethe conduziu seu cavalo para um terreno improdutivo e os outros o seguiram. Demorou alguns minutos até que ele conseguisse se orientar na neblina, mas acabou encontrando o que procurava: um salgueiro entre dois campos, aos pés do qual havia um pouco de entulho; pedras que os camponeses haviam afastado ao arar a terra. Elas estavam sozinhas no campo. Dava para adivinhar, pela sombra escura, os muros do forte Bingen.

Quando Goethe apeou, Kleist também pulou do cavalo.

— Não faça tanto suspense, conselheiro, fale logo! Por que o senhor nos trouxe até aqui?

— Junto às raízes desta árvore devem estar escondidos alguns tonéis de pólvora, isso, claro, se ninguém os descobriu antes. Tire sua jaqueta azul, meu filho, vamos cavar e procurá-los. E enquanto isso lhe contarei como sei deste esconderijo.

Eles amarraram as rédeas dos cavalos em um galho e tiraram as jaquetas. Então empurraram as pedras. Eram tão pesadas que o suor brilhava na testa dos três.

— Quando sitiamos esta cidade em 1793 — começou Goethe — lutamos contra uma das maiores fortalezas do mundo, se não a maior. Não apenas os muros, fossos e inúmeros bastiões dificultavam nosso ataque, como também alguns ardis, que os habitantes de Mainz tinham como trunfo. Um deles eram caminhos subterrâneos, cujo acesso ficava no interior de um forte. Esses caminhos estreitos, cavados logo abaixo da terra, eram preenchidos com pólvora. Quando a infantaria resolvia atacar um forte, o pavio era incendiado e logo a terra explodia bem embaixo dos agressores, que quase nunca entendiam que vulcão era esse que os pegava de surpresa. Uma modalidade muito certeira de ataque, caso o inimigo estivesse onde deveria estar. Apenas uma pequena parte dessa ferramenta de bombardeio foi efetivamente disparada, pois logo os defensores perceberam que cada montinho de pólvora era mais útil para seus mosquetes e canhões. O túnel sobre o qual estamos agora permaneceu não utilizado. O acesso a ele está localizado, suponho, no forte Bingen lá atrás, mas ainda não foi descoberto e ninguém que tem conhecimento dele está vivo ou quer dividir o que sabe. Este buraco aqui foi aberto por uma bala de canhão que se desviou de seu rumo. Numa ronda a cavalo, acompanhei um cavaleiro do duque e alguns de seus homens e notamos esta cratera, que levava ao túnel. Embora pudéssemos ter uma noção dos barris, a escuridão não nos deixou tempo suficiente para saquear o lugar, pois os franceses nos bombardeavam do alto. Dessa maneira, cobrimos este lugar de maneira precária com algumas tábuas grossas e pedras, às quais tudo indica que os camponeses acrescentaram outras com o passar dos anos, para esvaziá-lo depois. O cavaleiro acabou perdendo a vida dias mais tarde num ataque dos franceses, e por causa da agitação das semanas seguintes, me esqueci totalmente dos explosivos.

Tinham acabado de tirar as pedras de cima da velha tábua e, depois de tê-las afastado, surgiu realmente o procurado buraco. Humboldt pegou uma corda de sua mochila.

— É perigoso? — perguntou Kleist.

— Apenas se você descer com o cachimbo aceso.

Enquanto Humboldt segurava a corda, Kleist desceu pela pequena abertura. Quando seus olhos se acostumaram com a escuridão, seguiu o pavio podre no chão adentrando pelo túnel. Mesmo agachado, ainda encostava na terra. Depois de alguns passos, alcançou o lote de explosivos: uma quantidade apreciável de meia dúzia de pequenos barris. Alguns deles estavam abertos, outros molhados, mas Kleist encontrou alguns intactos, que levou — um após o outro — até a saída, e Humboldt os içou.

— Esta pólvora é suficiente para explodir toda a cidade — disse Kleist, ao seguir os barris —, inclusive cães e gatos.

— Muito obrigado pelo esforço — disse Goethe. — Agora vamos fechar rapidamente o buraco e voltar ao nosso esconderijo.

Depois de taparem a entrada com tábuas e pedras e amarrarem os barris nas selas, Humboldt ofereceu o cantil para os companheiros.

O olhar de Goethe se perdia ao longe.

— Quantas batalhas se desenrolaram por aqui! — disse, balançando a cabeça. — No lugar desses monótonos campos arados de hoje ficavam os cadáveres de nossos soldados, num contraste brutal com os maltrapilhos *sans-culottes*. A morte não fizera distinção entre eles e dias mais tarde as plantas ainda bebiam de seu sangue. Depois da capitulação, o populacho da alameda lá adiante queria enforcar um jacobino que, na verdade, havia sido alforriado pelo rei prussiano. O povo estava cego de fúria vingativa; xingamentos e ameaças brutais eram bradados. "Segura ele. Mata!" Antes que pudesse me dar conta da situação, estava gritando: "Parem!" Um silêncio dos mais absolutos se instalou. Continuei: o homem estava sob proteção e a infelicidade ou o ódio não conferia às pessoas o direito de cometer violência. A pena do ladrão devia ser deixada para Deus e seus religiosos. Quando o povo se dispersou, o jacobino quis me agradecer, mas lhe disse que havia apenas cumprido com meu dever e mantido a ordem.

— Que bicho o picou? — perguntou Kleist. — O senhor se meteu num trato que poderia ter um desfecho pior para o seu lado.

— Faz parte da minha natureza. Prefiro enfrentar a injustiça do que suportá-la.

— Querendo ou não, o senhor se apresentou como amigo da Revolução — disse Humboldt, hesitante.

— Nunca! Sou amigo da sua ordem, mas não posso ser amigo da Revolução; seus horrores me indignavam todos os dias. Já maldisse a Revolução Francesa muitas vezes, mas agora o faço com o dobro ou o triplo de fervor. O terror contínuo na França comprovou que o homem não nasceu para ser livre. Mesmo sob o governo desastrado de Luís o povo não estava tão infeliz quanto nos anos da Revolução. Acredite, um povo não fica mais velho nem mais inteligente; um povo sempre permanece infantil. E por isso é muito melhor governar os homens como se fossem crianças, para que sejam felizes.

— Daí o senhor simpatizar com o *status quo*.

— Isso, por outro lado, é um título que não quero. Um simpatizante do *status quo* muitas vezes não passa de um apoiador do que é envelhecido e ruim. Mas se o *status quo* é adequado, bom e justo, com certeza!

Daí não tenho nada contra ser chamado de simpatizante do sistema. E liberdade? Uma palavra bonita para quem a compreende de maneira correta! Não preciso dessa liberdade na qual os homens prejudicam a si mesmos e aos outros, atacando-se mutuamente como canibais.

Goethe tinha se tornado áspero. Ele soltou os cavalos.

— Onde no mundo o *status quo* é adequado, bom e justo? — perguntou Humboldt.

— Venha para Weimar, a Atenas da Alemanha — disse Goethe, montando o cavalo. Parecia que estava fazendo o convite para aquele mesmo instante. — Weimar tornou-se grande por causa de seus príncipes, e para mim não há felicidade maior do que servir aos príncipes que honro.

Ele estalou a língua e seu cavalo foi em direção à alameda. Humboldt e Kleist ficaram em silêncio. Mas quando Goethe tornou-se apenas um contorno na neblina, trocaram um olhar revelador de que não dividiam a opinião do velho.

— É que o príncipe dos poetas também é um poeta dos príncipes — disse Kleist.

Ele sorriu e com isso alisou por fim as rugas na testa de Humboldt. Kleist ofereceu-se para ajudá-lo a montar e o companheiro aceitou, agradecido.

Nesse meio-tempo, Schiller e Arnim tinham se tornado carpinteiros. Quando os três cavaleiros retornaram à igreja das carmelitas com a pólvora, o primeiro estava cortando um pedaço de madeira com um machado, enquanto o outro aplainava uma tora. Tinham espalhado ferramentas atrás de um monte de paus e conseguido construir um caixão razoável, do qual faltava apenas a tampa.

Arnim limpou o suor da testa.

— Estamos economizando o dinheiro e a suspeita que a compra de um caixão com certeza demandaria — explicou. — E onde seria melhor montá-lo do que na casa do maior dos carpinteiros? — Goethe aproximou-se da caixa mortuária e limpou algumas farpas. Arnim olhou por sobre o ombro dele. — Será que temos de montar alguns para nós também?

O velho repreendeu a piada com um olhar severo, mas não abriu a boca.

Bettine estava sentada perto do coro, onde comparava as saias, as toucas e os xales que havia comprado, a fim de escolher a combinação capaz de torná-la uma pessoa mais velha. Tinha empoado o cabelo de cinza e aplicado em excesso uma maquiagem vermelha nas maçãs do rosto e nos lábios, como mulheres de idade avançada costumam fazer na vã esperança de rejuvenescer.

O tempo continuava a passar e quanto mais a noite se aproximava, mais agitados ficavam os companheiros mais jovens, enquanto Goethe e Schiller eram tomados de uma calma quase melancólica. Os outros cavalos da carruagem foram levados do quartel para o pátio interno da igreja. Lá haviam guardado também, debaixo de um banco, ambos os barris de pólvora, agora com um pavio duplo. Assim que ficou pronto, o caixão foi colocado na parte de trás da carruagem. O restante da bagagem ficou em seu interior.

Os mosquetes foram limpos e carregados com pólvora e munição de papel inofensiva, sob orientação do tenente Kleist. Alguns dos companheiros ainda se lavaram uma última vez antes de vestir novamente as roupas da Guarda Nacional. Arnim ajoelhou-se atrás do amontoado de objetos sacros e orou em voz baixa. Schiller despediu-se de madame de Rambaud em nome de todos e agradeceu-lhe a conduta amável, apesar de sua oposição, prometendo proteger a vida de Luís Carlos. Na mesma noite, quando tudo tivesse passado, e para não ser incriminada, ela deveria aparecer na prefeitura e revelar às autoridades onde estavam os autênticos soldados da Guarda Nacional, em Soonwald.

Jantaram em silêncio ao cair da noite. O pão e o presunto não foram muito disputados, mas o vinho acabou logo. Schiller sorriu de maneira encorajadora para o grupo.

— Para o bem de nossa missão, é a coragem que deve nos guiar. E incentivarei quem estiver com medo de não a possuir em quantidade suficiente: ela cresce com o perigo e a força surge com a pressão! — Em seguida vestiu o hábito de monge sobre seu uniforme da Guarda Nacional. Tinha de ser o primeiro a partir para revelar seu plano ao prisioneiro real. O sabre estava guardado e o chapéu de dois bicos preso debaixo do cinto. — Antes de nos separar, vamos saudar nossa reunião de heróis com um abraço. — Com os braços entrelaçados, todos formaram uma roda em volta de Schiller. — Não vou me despedir de vocês, pois vamos nos rever daqui a duas horas: vocês com o delfim, bem vigiado, eu como guardião da carruagem, com a qual vamos fugir. E então deixaremos este país, onde o direito do povo é pisoteado. Antes da meia-noite teremos cruzado a fronteira. E a primeira rodada será por minha conta!

Schiller esticou o braço direito, com a palma da mão virada de maneira convidativa para cima. Um depois do outro, Kleist, Arnim, Bettine, Humboldt e, por fim, Goethe tocaram suas mãos na dele. Schiller estava então com as cinco mãos encostadas na sua. Olhou todos da roda e falou:

— Sinto um exército em minha mão.

Goethe acompanhou o amigo na saída da igreja até o pátio. A neblina ainda não se dissipara por completo.

— Foi uma fala curta, mas muito significativa, pela qual lhe agradeço, meu amigo. Até eu estou sentindo uma vitalidade pulsar em meus nervos e minhas veias. O senhor deveria se tornar general ou religioso.

— Na próxima encarnação, talvez.

— Que, espero, não aconteça tão cedo. Cuide-se.

— E você cuide desses jovens. Felicidades.

— Quantas vezes já não nos desejamos isso!

— E quantas vezes mais iremos repetir?

Em seguida, Schiller puxou o capuz sobre a cabeça e deixou o pátio por uma pequena porta no muro, no momento em que os sinos das torres das igrejas da vizinhança anunciavam as 5 horas da tarde. Meia hora depois os outros também saíram.

O coração de Schiller batia numa excitação agradável, quase tão rapidamente quanto os saltos de suas botas sobre o calçamento da rua. Uma multidão havia se reunido na frente de uma casa em reforma na Seilergasse. Schiller puxou o capuz de seu hábito um pouco mais para baixo e passou pelas pessoas ao lado do muro em frente, mas uma mulher saiu da confusão e bloqueou o caminho do apressado.

— Um monge! — disse ela. — O senhor foi enviado pelo céu, Vossa Reverendíssima! — Antes de Schiller se dar conta, ela o empurrava, gritando, para o centro da multidão. — Abram espaço para o monge!

Nessa hora, o escritor, duplamente disfarçado, descobriu o motivo para a aglomeração: ao pé de um andaime apoiado em uma casa em ruínas havia um homem deitado em seu próprio sangue e entre cacos de ardósia. Uma das pernas formava um ângulo grotesco com o quadril.

— O telhador caiu lá de cima! — disse a mulher. — É preciso ministrar-lhe os sacramentos, Vossa Reverendíssima! O senhor precisa ajudá-lo antes que seja tarde demais.

Schiller ajoelhou-se ao lado do infeliz. A coluna vertebral do telhador estava esmigalhada. Suas pálpebras abriam e fechavam sem parar, deixando à mostra as pupilas e o branco dos olhos. A mão direita, que estava sobre o peito, tremia como a de uma velhinha. A vida já havia se esvaído dos outros membros. Schiller sabia que nenhum médico do mundo poderia ajudar o homem e que a alma dele se apagaria em instantes.

— Vocês não foram atrás de nenhum padre?

— Fomos, Vossa Reverendíssima, faz tempo! — disse a mulher. — Só que ele não chega.

Um jovem colega do telhador não parava de xingar, ora rangendo os dentes de ódio, ora batendo-os de medo.

— Que absurdo! Graças ao imperador da França, que não acredita em Deus, não há padres o suficiente na cidade para abençoar um moribundo! Isso é uma... — Nessa hora engoliu em seco e ficou sem voz, desviando o olhar, desconsolado.

— Não posso ficar — disse Schiller, levantando-se. — Preciso resolver algo da maior urgência. Sinto muitíssimo, mas vocês têm de esperar pelo padre que chamaram.

Um homenzarrão mal-encarado, barbudo, segurou Schiller com ambos os braços.

— Frade, sou o mestre desta boa alma. Precisarei viver com a tristeza de ele ter subido ao Senhor antes do tempo enquanto estava sob minha responsabilidade. Não me acrescente a danação eterna de isso ter acontecido sem a extrema-unção. Quero pagá-lo com todo o ouro do mundo, mas, por Deus e pelos Seus que estão no céu, por favor não nos deixe.

Schiller olhou nos olhos do homem e todas as pessoas presentes o acompanhavam. O artesão não o soltava.

— Traga-me o óleo — disse Schiller, por fim.

Multiplicaram-se suspiros entre a multidão, até aquele momento em silêncio.

— Tragam óleo! — gritavam diversas vozes.

O mestre, por sua vez, não parava de dizer:

— Que Deus o abençoe. Que Deus o abençoe, Vossa Reverendíssima.

Embora fosse pecado não só estar usando o hábito de um clérigo sem o ser, como também estar prestes a ministrar um sacramento, Schiller não podia negar esse último consolo ao moribundo e aos enlutados. Como não conhecia as fórmulas da liturgia católica, começou a recitar termos técnicos de sua formação em medicina, na esperança de que o latim impressionaria os presentes. Mesmo depois desse evento, ainda disporia de tempo suficiente para organizar o transporte do preso ao Deutschhaus. Logo apareceram diversas garrafinhas de óleo. Schiller pediu que os curiosos lhe dessem espaço e logo os conhecidos do telhador estavam tão longe que ninguém mais conseguia ouvir o que ele dizia.

Quem o ouvia com atenção, porém, era o próprio moribundo, e por isso Schiller abandonou logo o latim e passou a consolá-lo em alemão.

Enquanto isso, untava com todo o cuidado a testa ensanguentada e a mão do homem. Schiller pediu às pessoas ao seu redor que rezassem pela alma do homem e logo um murmúrio piedoso tinha tomado conta da viela.

A respiração do telhador se acalmou e seu corpo parou de tremer. Mas ele não morreu e o religioso que havia sido chamado continuava sem aparecer. Minutos preciosos se passavam. O sino da torre marcou os 45 minutos de uma hora.

A alma preocupada de Schiller encontrava-se agora em um dilema de grandes dimensões, pois, por um lado, não podia deixar o moribundo sozinho nem torcer para que sua morte chegasse mais rapidamente e, por outro, sua demora possivelmente colocaria em jogo a vida de seus companheiros. Pouco antes Schiller tinha montado um caixão, agora ele dava a extrema-unção a um condenado, logo ajudaria a salvar outro do cadafalso — neste dia, a morte seria sua companheira constante.

Os lábios do infeliz se moveram inesperadamente. Ele formulava palavras com grande esforço. Schiller aproximou seu ouvido dele.

— O senhor não é monge — sussurrou o homem. — Quem é, afinal?

— Um amigo de verdade — Schiller sussurrou de volta.

— O que está acontecendo?

Schiller não sabia o que responder. O moribundo repetiu a pergunta:

— O que está acontecendo?

— Não sei — retrucou Schiller, mas como essa resposta trouxera um olhar de desapontamento no outro, por fim sussurrou: — O céu abre seus portões dourados e no coro dos anjos está a Virgem. Ela segura o Filho eterno no colo e, sorrindo, estica os braços em sua direção. Nuvens delicadas o levantam.

As pálpebras do homem se fecharam pela última vez numa lentidão infinita. A vida escapou de seu corpo com um suspiro.

— A dor é breve — disse Schiller um pouco mais alto, para que o homem também conseguisse ouvi-lo antes de deixar este mundo — e a vida é eterna. — Ele silenciou emocionado e finalizou: — Amém.

Todos estavam comovidos, em silêncio, quando Schiller se ergueu novamente. A mulher que o tinha parado cobriu delicadamente o morto com um pano de linho. Seus amigos deixavam as lágrimas correrem livres agora. Schiller aproveitou o momento de luto para sair despercebido entre a multidão, antes de receber um agradecimento ou até uma recompensa.

O medo deu asas aos pés de Schiller. Quase correndo retomou o caminho até a Weintorgasse e o peso saiu de seus ombros quando finalmente enxergou os pináculos da prisão na boca da noite. Quando o sol se pôs, estava junto ao portão.

Eles prenderam seus cavalos no pátio do Deutschhaus. Arnim desceu do banco do cocheiro e ajudou Bettine, agora vestida dos pés à cabeça como uma matrona, a descer da carruagem. Eles posicionaram suas armas e verificaram o caimento de suas roupas.

— Mais uma coisa, camaradas — disse Humboldt aos outros. — Caso eu me meta, por quaisquer motivos, em dificuldades, não esperem por mim. Saberei sair delas.

— O mesmo vale para mim — disse Kleist.

— E para mim — emendou Arnim.

— Mas certamente não para mim — disse Bettine. — Se eu me meter em dificuldades, façam o favor de me salvar ou morram comigo.

E Goethe:

— Palavras suficientes foram trocadas. Passemos à ação.

Entraram no palácio ao som da batida do sino, liderados pelo tenente Bassompierre, o conselheiro Goethe. Agora, à noite, o palácio estava bem mais vazio do que durante a última visita de Humboldt. Um contínuo levou-os até a sala do prefeito, onde o próprio e outros dois homens uniformizados os esperavam. Jean Saint-André cumprimentou primeiro Goethe e a suposta madame de Rambaud com extrema formalidade, depois apresentou os outros dois presentes: capitão Santing e seu ajudante de ordens. O prefeito relatou que foi Santing o responsável por achar o homem que se fazia passar pelo delfim em Hamburgo e também o trouxera até Mainz, onde seu destino seria decidido. O capitão era de estatura média, mas muito forte. Seus cabelos eram pretos e espessos; também seus olhos — com os quais perscrutava os companheiros, um depois do outro — pareciam também ser quase pretos. Uma ferida vermelha, mal cicatrizada, ia de seu pescoço até abaixo da orelha. Falava como Schiller, num francês muito cuidado, mas não da maneira suave dos suábios, e sim do modo duro dos bávaros.

— O senhor não parece ser um francês nativo, *mon capitaine* — disse Goethe, que, por sua vez, dominava o francês perfeitamente.

— Sou francês de coração, isso é que conta — retrucou o oficial.

— O capitão é de Ingolstadt — explicou Saint-André, não sem orgulho —, da Baviera, o vassalo mais fiel de Napoleão. Mas lá, infelizmente, ainda não é possível que um homem que não seja nobre alcance o oficialato. Apenas o exército francês recompensa o desempenho de seus soldados, e não os seus nomes, e mesmo aquele que faz vassouras pode chegar a general se não lhe faltarem coragem e sorte. O fato de o capitão Santing, como alemão, lutar pela causa de Napoleão comprova que as ideias do imperador são supranacionais.

— Meu maior respeito pela prisão do pretendente em Hamburgo — disse Goethe. — Mesmo assim, posso pedir-lhe, *mon capitaine*, para deixar a sala juntamente com seu ajudante de ordens durante a acareação?

— Permanecerei, tenente Bassompierre — retrucou o capitão Santing. — Não há mais segredos para mim; afinal, conheço esse homem.

Goethe hesitou por um momento, mas depois desistiu de contradizer o outro.

— Onde está o prisioneiro? — perguntou Goethe ao prefeito.

— No prédio. Pedirei que o tragam assim que os senhores o determinarem. Antes, gostaria de saber como será o processo.

— Vamos colocar o homem frente a frente com a honrada madame de Rambaud, que vai analisá-lo. Caso ela se sinta insegura em relação a seu julgamento, lhe fará algumas perguntas cujas respostas apenas o autêntico Luís Carlos poderia saber. Se ele não for o delfim, vamos prendê-lo segundo a ordem de *monsieur* Fouché. Mas se o for, o esperam três balas e um disparo mortal, para depois o levarmos a Paris.

Nessa hora ele apontou para as armas de Humboldt, Kleist e Arnim.

— Quatro balas — corrigiu o capitão. — Não quero deixar de participar com minha contribuição em chumbo para a morte do herdeiro do tirano.

— Impossível — disse Goethe mais rapidamente do que gostaria.

— Por que o senhor quer me privar desse prazer?

— A consumação da pena é tarefa exclusiva da Guarda Nacional.

— O senhor quer economizar a pólvora?

— Impossível, eu disse.

— *Contenance*, tenente. Sou o oficial mais graduado. Em caso de dúvida, simplesmente faço uso das prerrogativas do meu posto.

Santing não deixou de sorrir nem por um momento durante o debate. Goethe virou-se para Saint-André, à procura de ajuda.

— Por favor, *monsieur le préfet*, decida com imparcialidade o que acontecerá nesta situação: o cargo mais elevado ou este documento do ministro da Polícia.

Nessa hora tirou a procuração de seu colete e entregou-a a Saint-André, que se sentou à escrivaninha para passar os olhos por ela.

— Creio que o senhor deve se curvar às orientações do tenente, que por sua vez vêm de um oficial da mais alta hierarquia — disse ele, por fim, a Santing, que teve dificuldade de esconder seu desgosto.

Depois que o imprevisto foi contornado, Saint-André pediu que seu mensageiro fosse chamar o preso. Fez-se silêncio durante um tempo, no qual Saint-André arrumou uma cadeira para Bettine, colocando-a de frente para outra. O funcionário do prefeito voltou, seguido por dois homens que ladeavam o prisioneiro. O homem tinha correntes nos pés e nas mãos e a cabeça estava coberta por um saco de linho. Era magro, quase famélico, e as roupas, outrora decentes, estavam sujas e esfarrapadas pelo uso contínuo. Ambos os acompanhantes voltaram a deixar a sala, depois de sentarem o prisioneiro na cadeira. O mensageiro sumiu numa sala lateral, mas deixou as duas folhas da porta abertas.

— Você sabe por que estamos aqui? — perguntou Goethe.

O encapuzado virou a cabeça para o lado onde supunha estar seu interlocutor.

— Sim, *monsieur*. — Ele pigarreou.

— Madame de Rambaud?

Bettine assentiu.

Em seguida, Goethe tirou o saco da cabeça do prisioneiro, revelando um jovem de rosto encovado coberto por uma barba rala de duas semanas. Seus cabelos muito louros eram encaracolados e estavam malcuidados. Os dentes da arcada superior projetavam-se para a frente, fazendo com que se parecesse mais jovem. Dava para notar uma cicatriz branca no queixo. Ele olhava amedrontado para os presentes — Santing acenou-lhe provocativamente com a cabeça —, e acabou se fixando em Bettine.

Ela queria falar, mas, antes de proferir uma única sílaba, ele se adiantou:

— Esta não é Agathe de Rambaud.

A sala foi tomada pelo silêncio. Bettine foi a primeira a reagir.

— Mas meu Luís...

— Não me chame assim. Não conheço você.

— É claro que você me conhece! O monge não falou com você?

— Que monge?

Santing ficou inquieto e o prisioneiro procurou por sua ajuda.

— Capitão, esta não é madame de Rambaud, juro por tudo o que me é sagrado! Não me entregue às garras desta impostora!

Santing e Saint-André se viraram para Goethe.

— Compreensível — explicou. — Ele quer escapar do veredicto como um peixe da nassa.

— Não! Posso descrever a verdadeira madame de Rambaud! Esta não é ela!

Tentando tranquilizá-lo, Bettine colocou sua mão sobre a do prisioneiro, que a retirou tão rapidamente como se tivesse tocado num ferro em brasa.

— O que está acontecendo? — perguntou Saint-André.

— A agitação de uma alma perdida sobre o cadafalso — disse Goethe. — Por favor, não dê ouvidos aos seus gritos.

— Eles querem me matar! — gritou o prisioneiro a plenos pulmões. — Capitão Santing, me ajude! Eu lhe imploro! O senhor é um ser humano e entende meu desespero!

Infelizmente, o desesperado se fiava justamente no perdão de Santing, como um náufrago que se agarra na rocha que danificou seu navio.

— Uma encenação para os deuses — disse Goethe, aplaudindo o prisioneiro com desdém. — Vamos encerrar esta charada. Madame de Rambaud, esse é o filho do rei?

— Sim, é — respondeu Bettine.

— Eu sou! Mas a senhora não é quem afirma ser!

— Está terminado, *monsieur* Capeto. — Goethe acenou para Kleist e Arnim e ambos se aproximaram do prisioneiro.

— Assassinos! Por José e Maria!

— Deixe José e Maria fora disso — retrucou Kleist.

— Socorro!

— Cachorro, miserável, cale a boca agora... senão esse punho vai entrar em ação!

— Não, um momento — disse Saint-André, com as mãos erguidas. — Por favor, contenha seus homens. As objeções do prisioneiro me pareceram muito incisivas para serem ignoradas de pronto.

— *Monsieur le préfet*, minha procuração...!

— Quero que suas objeções sejam investigadas. Quero, ao menos, que madame lhe faça algumas perguntas, também para provar que é quem diz ser. Ela tem documentos? Assumo todas as consequências, caso meus cuidados venham de encontro às ordens do ministro.

— Não tolero nenhum adiamento — disse Goethe, com a testa salpicada por gotas de suor.

— Esta é minha prefeitura, tenente!

Em meio ao tumulto generalizado, Humboldt — que estava atrás de todos e perto da parede — não conseguiu impedir que o ajudante de ordens de Santing levasse a mão ao coldre e puxasse a pistola. Humboldt golpeou o homem na cabeça. O soldado cambaleou sobre o tapete e, ao cair, arrancou um retrato do imperador. Santing agarrou o sabre, mas Arnim, ágil como uma flecha, jogou-se sobre o forte capitão. Primeiro os dois voaram contra a parede e em seguida o capitão acertou com o cotovelo o estômago de Arnim. O jovem cambaleou para trás, mas ainda estava agarrado na jaqueta do outro, que acabou caindo sobre a escrivaninha. Sem se separar, os homens tombaram no chão, atrás do móvel; cartas e todos os papéis também foram junto. Nesse meio-tempo, Goethe tinha sacado sua pequena pistola para manter Saint-André imobilizado. Sem dúvida para pegar uma arma, uma das mãos do prefeito estava na gaveta da sua escrivaninha, atrás da qual os dois grandalhões continuavam atracados, mas Goethe ordenou que ele colocasse as mãos atrás da cabeça. Por fim, Bettine conseguira, com um movimento rápido, tirar o facão de caça que estava escondido dentro de sua bota, encostando a lâmina na garganta do assustado prisioneiro, a fim de mantê-lo imóvel.

A situação precária parecia sob controle — Humboldt e Kleist prendiam e amarravam o ajudante de ordens, atordoado, embora consciente — mas os companheiros não podiam ver que atrás da escrivaninha Santing dominava Arnim. Suas mãos apertavam cada vez com mais força o pescoço do jovem, como um anel de ferro. Independentemente de quantos golpes esse último conseguia desferir no capitão, não era possível escapar do enforcamento. Seus dedos tateavam ao redor à procura de uma arma e só encontraram um vidro de tinta derrubado, que quebrou sem sucesso na testa de Santing. Preto como o diabo, Santing o dominava. Arnim sentiu seu coração bater de maneira irregular. Estava perdendo as forças. De repente, o ar se encheu de estilhaços de vidro. O corpo pesado de Santing desabou sobre o de Arnim e por atrás apareceu Kleist, ainda segurando o espaldar da cadeira que tinha acabado de destroçar no crânio de Santing. Arnim empurrou o corpo inerte para longe de si. Kleist ajudou-o a se levantar. Gotas de tinta haviam tingido o casaco de Arnim e pareciam sangue. Juntos colocaram o corpo do inconsciente capitão ao lado de seu ajudante de ordens imobilizado.

Goethe pigarreou.

— Bem. Bem. Bem. Isso tudo não corresponde ao plano idealizado pelo senhor S., mas certamente terá um final feliz.

— Quem são vocês? — perguntou o prisioneiro, também em alemão e ainda muito exaltado.

— Quieto! Quieto! Estamos aqui para libertar Vossa Excelência! Aliados de seus pais nos enviaram.

— Mas vocês estão com o uniforme da Guarda Nacional!

— Disfarces — disse Goethe. — Mais um passo e Vossa Excelência estará livre.

— Então vocês não querem me matar?

— Se quiséssemos matar Vossa Excelência — disse Bettine — já o teríamos feito há tempos.

Agora era a vez de Kleist, muito irritado, se aproximar do jovem.

— Por que, diabos, Vossa Excelência não acatou as orientações do monge? Seu escândalo nos colocou numa situação de extremo perigo!

— De novo esse monge esquisito! Cristo, não vi monge nenhum!

Kleist balançou a cabeça.

— Procura-se um padreco em meio a essa confusão!*

— Como vamos sair daqui agora? — perguntou Arnim, com a voz fanhosa.

— Com compostura — respondeu Goethe. — Fomos vistos entrando, deveremos ser vistos saindo. O palácio está quase vazio. Ninguém vai nos parar.

---

*Fala de um dos personagens da obra *Die Familie Schroffenstein*, de Kleist, de 1803. (*N. do E.*)

— Ouso contradizê-lo — disse o prefeito, que tinha acompanhado com atenção a conversa. — Mayence é uma fortaleza. Ninguém entra, mas também ninguém sai.

— Deixe essa preocupação para nós, *monsieur le préfet*.

— Às suas ordens.

Enquanto Goethe refletia sobre o retorno do grupo, mexendo nervosamente no novo bigode, Bettine levantou de repente o facão de caça e atirou-o pela porta aberta até o quarto ao lado. A lâmina bateu na madeira da porta em frente — pela qual o mensageiro do prefeito, que tinha sido testemunha da confusão, queria sair sem ser visto. Impressionado com o lançamento, o homem colocou as mãos atrás da cabeça para se render ao agressor. Humboldt amarrou-o com o cordão da cortina.

— Uma autêntica amazona! — animou-se Kleist. — Dessa maneira, façam a mulher vestir o uniforme de soldado e me deem a saia!

Goethe guardou sua pistola.

— Vamos embora. Já que não esteve na prisão, tomara Deus que S. esteja esperando na charrete, pelo menos. Ainda temos corda para prender e amarrar o senhor prefeito ou não?

Kleist tinha pegado o pesado mata-borrão, que, apesar do tumulto, ainda continuava sobre a mesa, e espatifou-o por trás na cabeça de Jeanbon Saint-André. O prefeito caiu para a frente, no chão.

— Isso responde à minha pergunta — disse Goethe, e olhando para o mata-borrão: — As palavras são as armas do poeta.

Com dois homens caídos e dois presos, os companheiros deixaram a sala do prefeito com o prisioneiro acorrentado no meio. Pelo caminho até o andar de baixo, inúmeros soldados mostraram-se desconfiados, mas nenhum deles fez qualquer tentativa de detê-los.

— Este palácio é tranquilo — disse Humboldt. — Temo que a coisa vai ficar um pouco mais difícil nos portões da cidade.

— *Pas de problème*. Você saca a procuração e podemos passar.

— O senhor está com a procuração.

Goethe ficou parado no meio da escada e os outros seguiram seu exemplo.

— Como assim?

— O senhor está com a procuração, eu disse. Não está comigo.

— Diabo! — praguejou Goethe. — Ela estava sobre a escrivaninha. Achei que o senhor...

— Então abriremos nosso caminho a tiros! — exclamou Kleist.

— Droga! Alguém precisa voltar e pegar o documento. Sem ele, estamos perdidos.

— Eu vou — disse Arnim.

— Hã? — disse Goethe, e Bettine, ao mesmo tempo: — Você?

— Caí no chão com o sujeito de Ingolstadt e os papéis. Sou quem melhor pode saber onde está o documento.

— Esplêndido! Isso que chamo de ter sangue correndo nas veias. Boa sorte, senhor A. Vamos esperar fora do palácio, do lado do Reno!

Arnim lançou mais um olhar para Bettine e depois voltou a subir as escadas do palácio até a sala do prefeito, enquanto os outros deixavam o Deutschhaus e chegavam ao pátio.

A sala estava tão bagunçada como eles a haviam deixado. Ambos os presos tinham tentado se soltar ou chamar a atenção para si, até então sem sucesso. Seus olhos se arregalaram de susto quando Arnim voltou, como se temessem que ele iria terminar aquilo que os companheiros haviam iniciado. Arnim cruzou a sala e procurou a carta de Fouché no chão atrás da escrivaninha. Enquanto folheava os papéis, escutou a carruagem passando na viela debaixo da janela. Por fim, encontrou o documento. Ele se ergueu. Diante dele, do outro lado da escrivaninha, estava o capitão Santing apontando a pistola, o rosto cheio de tinta preta desfigurado de ódio.

— Quem são vocês, seus cachorros? — perguntou em alemão. Ele ainda estava abalado e precisava se apoiar com uma mão na mesa.

Arnim não respondeu.

— Me passe a carta!

Arnim não se mexeu. Lá fora na escuridão o som das patas dos cavalos batendo no calçamento se afastava.

— Me passe a carta!

Arnim olhou para o documento em sua mão.

— Me passe a carta, pilantra, ou você prefere a morte?

— Somente ela termina com tudo — disse Arnim por fim, dobrando a carta com calma e colocando-a em seu colete. Então virou as costas para o capitão e pulou através da janela fechada.

A bala acertou-o no meio do salto. Arnim atravessou a janela envolto numa nuvem de cacos de vidro e caiu dois andares. Bateu no teto da carruagem como uma rocha, até que finalmente o banco contivesse sua queda. O delfim, que estava sentado à sua frente, gritou, assustado.

Quando o capitão Santing, armado com a pistola de seu ajudante de ordens, olhou através da janela destruída, foi saudado por um disparo da balestra de Schiller. Santing esquivou-se e a flecha quebrou um pedaço de vidro que ainda estava intacto. No banco do cocheiro, Schiller agitou as rédeas e os cavalos galoparam para longe. Humboldt, Goethe, Kleist e Bettine seguiam em seus cavalos. Santing economizou sua pólvora e correu até as escadas.

Agora os companheiros tinham de achar a saída do labirinto formado pelas vielas de Mainz. Como que açoitados por espíritos invisíveis, os cavalos seguiam rapidamente, e a Schiller não restou outra alternativa senão segurar as rédeas com coragem e manobrar as rodas para afastá-las, ora à direita, ora à esquerda, das casas aqui, do muro da cidade acolá. Os eixos da carruagem estalavam com o esforço. O raio de uma das rodas quebrou. A carruagem derrubou o cavalete de um curtidor de peles e mais de um morador praguejou contra o desrespeito dos franceses.

Quando Kleist olhou através da janela para dentro da carruagem demolida, Arnim — que ainda não conseguira sentar direito — apontou com a mão trêmula a procuração no colete e entregou-lhe o documento. Kleist cavalgou mais para perto de Goethe e a passou.

— Como está Achim? — perguntou Bettine.

— O danado está bem. Um gato que cai assim quebra a espinha; ele, não!

— Calem a boca, estamos no portão vermelho.

Os companheiros seguiram as orientações de Goethe e o grupo aproximou-se do portão num trote insuspeito. Goethe cumprimentou com toda a calma o chefe dos vigias e entregou-lhe o documento. Ele o leu à luz de sua lamparina e passou os olhos pelos ofegantes soldados da guarda; Bettine e o teto destroçado da carruagem intrigaram-no especialmente, mas ele não fez perguntas. Fez um sinal para o grupo passar. Não havia taxas aduaneiras a serem pagas por aqueles uniformizados a serviço do imperador.

Eles seguiram Kleist, que conhecia o caminho até a ponte flutuante, por entre depósitos abandonados e botes retirados da água, e logo os cavalos estavam pisoteando madeira, e não mais pedras. Embaixo deles dava para ouvir o som do incansável Reno. As lamparinas sobre o banco do cocheiro iluminavam a ponte, que estava quase vazia àquela hora da noite. Tudo contribuía para acalmar o nervosismo dos companheiros depois do caos no Deutschhaus e o temerário salto de Arnim.

— Lá está Kastel! — disse Kleist, apontando para a outra margem.

— Muitas vezes o que é próximo está muito longe — disse Goethe.

— Por isso, não vamos contar vantagem antes do tempo.

Depois de terem cruzado cerca de três quartos da ponte, Schiller gritou do alto do banco do cocheiro:

— Alguém está nos seguindo!

Goethe puxou as rédeas com tamanha força que seu cavalo parou com um relincho. Meia dúzia de cavaleiros entrava na ponte pelo lado de Mainz.

— Por que você parou? — perguntou Bettine. — Faça os cavalos correrem!

— Não adianta. Eles nos alcançariam no mais tardar em Kastel. Schiller, coloque a carruagem atravessada! Meus senhores, agora vamos precisar da pólvora.

Schiller manobrou os cavalos, fazendo com que a carruagem ficasse perpendicular à ponte, bloqueando-a. Kleist e Humboldt saltaram das selas para ajudar o delfim e Arnim a saírem o mais rapidamente possível da carruagem.

— Minha respiração está tão ruidosa como uma orquestra — disse o último. Sua calça branca estava manchada de vermelho na altura da coxa direita e ele mancava.

Nesse ínterim, Schiller pegou uma das velas da lamparina para acender o pavio. A chama avançava crepitante no barbante cinza — até chegar aos barris de pólvora debaixo do banco ainda faltava 1 metro. Em seguida, colocou sua balestra em posição. Os outros haviam tirado de dentro do carro a bagagem indispensável. Como dispunham de apenas quatro cavalos, mas eram sete, Schiller soltou os arreios dos dois cavalos da carruagem. As fivelas e os cintos eram duros. Era uma luta contra o tempo, contra os oponentes que se aproximavam e o pavio que se consumia.

Um tiro acertou a água. Kleist tinha disparado uma bala com seu mosquete contra os perseguidores, que agora — depois de avançar 15 metros — paravam os cavalos e também pegavam as armas. Humboldt ajudou o ferido Arnim a montar.

— Todos nos cavalos! — gritou Humboldt.

Schiller tinha liberado o primeiro cavalo dos arreios e Humboldt montou nele. O delfim foi na sua garupa e eles saíram dali. Agora os tiros dos franceses atingiam também a ponte. Uma bala acertou o caixão.

Kleist tinha jogado o mosquete descarregado no chão e puxou suas duas pistolas. Protegido pela carruagem, ele atirou nos cavaleiros. O cavalo de um dos soldados foi atingido e morreu.

— Que todos os inimigos de Brandemburgo virem pó! — bradou.

— O pavio? — perguntou Schiller, que ainda estava ocupado com as rédeas.

Kleist olhou para a carruagem aberta. A chama havia consumido grande parte do pavio e subia agora de ambos os lados do barril.

— Menos de 1 metro!

— Deixe o maldito cavalo e vamos! — Goethe ordenou ao amigo.

Bettine, Arnim, Humboldt e o delfim já tinham colocado seus cavalos em marcha na direção de Kastel. Kleist reconheceu, enfim, o primeiro de seus perseguidores: era ninguém menos do que o capitão Santing, que parecia não ter medo das balas. Kleist mirou contra ele — e errou. Então também se afastou da carruagem e pulou na sela de seu cavalo.

— Adiante-se, logo o alcançarei — disse Schiller, soltando finalmente o último arreio. Ele pulou nas costas do animal.

Mas o capitão Santing já havia chegado à carruagem e a contornado. Schiller, que estava prestes a esporear o cavalo, olhou para cima e para o semblante furioso do capitão — e para o fim do cano da pistola dele. Santing apertou o gatilho.

A pólvora da carruagem explodiu num piscar de olhos antes de Santing disparar o tiro. O pavio havia atingido a munição de 1793. A detonação deixou a carruagem em pedaços. O clarão foi visível em ambas as margens e um relâmpago cortou a paisagem. Um buraco se abriu na ponte de madeira e as pranchas logo foram puxadas para o fundo pela corrente de sua âncora. O chão sob os pés de Santing, de Schiller e do cavalo sumiu e eles foram arremessados para dentro do rio, junto com os estilhaços da carruagem — uns para um lado, outros para o outro. A explosão foi tão forte que mesmo o cavalo de Kleist, que não conseguira tomar grande distância da carruagem, tropeçou e caiu de lado sobre a ponte, mas conseguiu se erguer. Na chuva de destroços, uma parte do caixão caiu sobre o chapéu de dois bicos de Goethe e voltou a abrir a ferida da época de Ossmannstedt. Foi com grande esforço que o conselheiro conseguiu dominar seu cavalo apavorado. Ele esquadrinhou a água à procura de Schiller, mas encontrou apenas pedaços da carruagem, que o Reno carregava diligentemente para longe. O amigo, porém, tinha sumido.

O que restou da ponte era intransponível e a turma de Santing ficou em posição de tiro. Quando o primeiro foi disparado, Kleist esporeou seu cavalo, agarrou as rédeas de Goethe — que olhava para baixo no Reno como paralisado e sem qualquer reação — e o puxou no galope. Kleist já supunha que eles não veriam cavalo e cavaleiro nunca mais.

O primeiro pensamento de Schiller, depois de recuperar os sentidos e tomar ar, foi para o ouro que caíra na correnteza por descuido na altura do castelo Rheinstein. Será que a maldição do rio realmente estava agindo sobre ele? E será que a corrente do Reno seria seu carrasco? Ele iria se afogar ou morreria de frio antes? Até aquele momento, a temperatura da água ainda era suportável. A balestra pesava em suas costas, mas mesmo assim ele não queria se separar dela. Ele se lembrou das palavras de consolo que havia dito ao telhador moribundo.

Enquanto tentava se orientar, o ruído de rodas de pás, que batiam no Reno, chegou aos seus ouvidos. Era sinal de que se aproximara dos moinhos com uma rapidez inesperada. Na mesma hora, passou a bater os pés e os braços para não ser tragado pelas pás. Seu esforço foi compensado: acabou chegando ao moinho que ficava mais à direita, que, como os outros, estava preso na base da ponte romana. Schiller conseguiu tocar a pedra gasta do pilar da ponte e agarrou-se nela, enquanto o Reno continuava a espumar em volta de seu corpo.

Os moinhos estavam abandonados. Uma tábua da ponte móvel danificada ficara presa nas pás e bloqueou a roda por tanto tempo que ela finalmente se quebrou. Schiller olhou para cima quando um tiro foi disparado da ponte, mas na escuridão não conseguia reconhecer se era amigo ou inimigo. Checou se o corpo estava ileso, esperou que o fôlego se recuperasse por completo e se jogou na água gelada. A margem francesa estava mais próxima do que a alemã, mas ele tinha de chegar nessa última.

Quanto mais se aproximava do centro do rio, mais forte ficava a correnteza e para cada *elle* que avançava, retrocedia quase quatro. Para não pensar no risco de vida e ao mesmo tempo dar um ritmo constante aos seus movimentos de natação, recitou silenciosamente o poema "O aprendiz de feiticeiro" de Goethe — mas o interrompeu de repente, quando o próprio herói estava por se afogar. Schiller continuou a nadar sem regularidade até que a força desapareceu de seus membros, exaurida pela forte resistência da água.

Ele alcançou a margem com muita dificuldade e o momento mais feliz de sua vida deve ter sido aquele em que seus pés tocaram pela primeira vez o solo lamacento. Deu os últimos passos pela água rasa mais se arrastando do que andando. E chegando à margem em si, tropeçou, metendo as mãos e o rosto na lama alemã.

— Bem-vindo, terra pátria! — murmurou. — Aqui preciso ficar deitado.

Mas não por muito tempo. Seus membros ardiam, mas seu corpo estava frio. Com muito esforço se levantou, sem prestar atenção na água que ainda estava nas suas botas, e olhou ao redor. Kastel estava distante. Rio abaixo conseguia distinguir as luzes de Wiesbaden e o contorno de um cavalo — seu cavalo, na verdade, que fora libertado da carruagem e que, depois de ter também cruzado o Reno a nado, não tinha nada melhor a fazer do que matar a sede no rio.

Schiller se aproximou vagarosamente do animal, dizendo palavras suaves. Mesmo quando ele foi sacudido por uma forte tosse, o cavalo não se incomodou e se manteve quieto. Schiller passou a mão sobre o flanco molhado do animal e depois saltou sobre seu dorso.

— Logo teremos conseguido e daí vou ganhar um sono merecido e você cinco baldes de aveia.

Os dois sobreviventes cruzaram os campos galopando em direção a Kostheim, mantendo boa distância da francesa Kastel.

Diante da hospedaria no vilarejo de Kostheim, onde o cocheiro russo de madame Botta havia se instalado, Schiller reencontrou seus companheiros, que haviam tirado os uniformes e vestiam suas roupas habituais. Kleist e Humboldt, que estavam prestes a sair cavalgando à procura de Schiller, foram os primeiros a cumprimentá-lo com um abraço apertado e olhos úmidos. Bettine chorava enquanto cobria o trêmulo Schiller com uma coberta e Arnim — que havia sido colocado na carruagem de Boris por causa do ferimento a bala na perna — esticou de tal maneira sua cabeça para fora da janela que quase tombou. Boris e o delfim observavam a cena silenciosamente. O filho do rei estava sem as correntes e havia recebido roupas novas e um pão. Sua fome era tanta que continuava a comer, envergonhado, mesmo durante essa cena tocante.

— Que triunfo! — disse Kleist. — Se Mainz é a vitrine da França, então digo que acabamos de jogar-lhe uma bela pedra no vidro.

O último a dar os parabéns a Schiller pela travessia do Reno foi Goethe. Ele esticou a mão e disse:

— Você estragou seu penteado.

Schiller passou a mão pela cabeleira úmida.

— Tem razão.

— Temia pelo pior. Você está se sentindo bem?

— Tão bem quanto um peixe n'água.

Goethe sorriu.

— Madame, *messieurs* — disse, dirigindo-se a todos —, a lágrima brota, o solo alemão nos tem de volta, mas vamos adiar a festa da vitória, pois agora a ordem é: reunir nossas forças e fugir! Não ficaremos. Embora estejamos de volta a Nassau, a fronteira de Napoleão está a uma pedrada de distância e talvez nossos bonapartistas sejam malucos o suficiente para nos perseguir no estrangeiro. Por isso, rápido aos cavalos e conversemos sobre nossas aventuras quando tivermos conseguido abrir alguns quilômetros de distância entre nós e os franceses.

— A noite vai nos proteger da perseguição — disse Schiller. — E se o inimigo não tiver asas, não temo um ataque.

Luís Carlos, segurando seu pão, subiu no banco do cocheiro com Boris, e Schiller se juntou a Arnim na carruagem. Enquanto o grupo se punha em marcha ao longo do Reno para deixar Kostheim, Schiller tirou o uniforme molhado e vestiu roupas secas.

Agora era a vez de Arnim relatar o que tinha acontecido no Deutschhaus e como tinham passado por Kastel, enrolando os vigias da cidade com uma história de um atentado britânico que acontecera em Mainz, de modo que o grupo — mais uma vez graças à bem-vinda autorização de Fouché — tinha conseguido deixar com facilidade a cidade, sem maiores contratempos. Schiller, por sua vez, contou sobre o acidente do infeliz telhador e sua inesperada função religiosa, que o impedira de chegar na hora certa à prisão e informar seu plano ao delfim — um acontecimento que por um fio quase pôs tudo a perder.

Por fim, Schiller deu uma olhada na coxa de Arnim. A bala de Santing tinha rasgado a carne do lado direito. A ferida era dolorosa, mas não muito grave.

— A cicatriz vai ficar bonita — disse Schiller.

— Ora! Ainda há espaço para outras trinta — retrucou o berlinense, jovialmente. — Por pouco aquele tratante bávaro não o perfurou também, Deus o livre!

— Por essa razão o diabo recebeu uma correspondência extra. A pólvora deve tê-lo arrebentado em pedacinhos. Aposto que seu cadáver está sendo levado agora rumo ao mar pelo pai Reno.

6

SPESSART

Quando o dia nasceu, eles descansaram numa colina que abrigava um moinho, diante de Hattersheim. As nuvens estavam tão densas que mal dava para notar o sol a leste. Quase não havia vento e as pás do moinho estavam paradas. Boris tinha acendido uma pequena fogueira, a fim de fazer um café para os cansados resgatadores do rei. O calado delfim ajudou-o a juntar alguma lenha. Quando o fogo estava ardendo, Kleist — apesar de ser tão cedo — catou uma acha das chamas para acender seu cachimbo e se afastou baforando com prazer. Schiller fez Arnim se sentar sobre uma pedra às margens do caminho. Em seguida, buscou agulhas e fios de sua mochila para fechar o ferimento com alguns pontos. Arnim cerrou os dentes com força e não se permitiu soltar nem um pio de dor. Bettine estava ao seu lado e segurava sua mão.

— Como você é corajoso — disse ela. — Existe algum homem mais corajoso? Quero beijar você por sua heroica coragem.

Goethe juntou-se aos três a fim de entregar a Arnim a primeira caneca de café fumegante.

— Herr von Arnim, você está em condições de cavalgar com esse ferimento?

— Eu poderia, sim, mas por que não deveria ficar na carruagem?

— Porque é agora que nossos caminhos vão se separar.

Bettine ergueu os olhos, assustada, e Arnim também se espantou com essas palavras.

— Não quero cavalgar com o príncipe até Frankfurt — explicou Goethe — pois causaria uma excitação inadequada. E o melhor caminho para se contornar a cidade fica no sul. Dessa maneira, vamos atravessar o Main em Okriftel; você, porém, pode voltar a cavalo até Frankfurt. Sinto que não haja mais tempo e nem um lugar melhor para nossa despedida.

— Devemos deixar o grupo? — perguntou Bettine. — Mas nossa tarefa ainda não foi concluída! Não quero perder o momento de nossa entrada triunfal em Eisenach, com o delfim. Não seja estraga-prazeres! — E enquanto Goethe ainda procurava pelas palavras, Bettine continuou: — Além disso, não quero voltar a Frankfurt! Passo mal quando penso em Frankfurt. Nos permita mais alguns dias na estrada livre junto a vocês, irmãos livres, antes que eu tenha de voltar aos pequeno-burgueses de Frankfurt.

— E o ferimento de Herr von Arnim?

— Vai sarar tão bem ao ar livre quanto na cama real com acolchoado de penas — disse o médico militar Schiller — se ele me prometer usar as portas para sair das casas, a partir de agora.

— Qual é a sua opinião? — perguntou Goethe a Arnim. — Afinal, você deu a Herr Brentano sua palavra de que cuidaria da irmã dele.

Kleist, que acompanhara a conversa, falou com o cachimbo no canto da boca:

— Fique conosco, amigo!

Arnim olhou de Kleist para Bettine e quando essa apertou sua mão ainda mais forte, ele respondeu:

— Vou continuar tomando conta de Bettine. Eu seria um cabeça-oca se afastasse, a ela e a mim, por um dia que fosse, dessa nobre companhia.

Feliz pela concordância de Arnim, Bettine apertou-o rapidamente contra o peito e beijou-lhe o cabelo louro.

— Vamos até Wartburg, fidalgo!

— Assim também não perderei a oportunidade de cumprir minha promessa feita na igreja, de pagar uma rodada para todos os heróis.

— Primeiro uma rodada de café e daí vamos cavalgar durante todo o dia — falou Goethe. — Vamos festejar quando os gauleses não aguentarem mais.

— Devo dar uma olhada na sua cabeça?

— Não é necessário. O ferimento é antigo, apenas renovado. Até Weimar espero que tenha voltado a cicatrizar.

Enquanto tomavam seu café em silêncio, Luís Carlos falou pela primeira vez.

— Ainda não estamos totalmente fora de perigo — disse em voz baixa, em um alemão corretíssimo —, mas mesmo assim quero aproveitar a oportunidade para agradecer a todos pelo ato heroico. Vocês me libertaram, sem se preocupar com suas vidas nem com a mais escura das prisões. Sou um nada, um rei sem terra, sem riquezas, sem família, mas caso consiga me reerguer, vou recompensá-los cem vezes e mais outras tantas. E caso vocês corram perigo, o que Deus não permita, prometo: darei meu sangue por vocês, até a última gota, assim como os senhores fizeram comigo. Deus os abençoe a todos. — Nessa hora, sua voz fraquejou e lágrimas surgiram em seus olhos. Ele se virou, envergonhado. — Perdoem a minha fraqueza, mas os últimos dias... — As palavras restantes foram sufocadas pelas lágrimas.

Schiller foi o primeiro dos companheiros que colocou uma mão consoladora sobre o ombro do delfim, até que este se acalmasse novamente. Os outros bebericavam o café, emocionados e constrangidos ao mesmo tempo por esse agradecimento desajeitado do jovem que, de barba por fazer, e com roupas simples, grandes demais, se parecia mais com um camponês do que com um rei. Bettine entregou um lenço ao delfim para que secasse as lágrimas. Em seguida, ele apertou a mão de todos, inclusive a do cocheiro.

Depois da pequena refeição, Goethe ordenou que Arnim se sentasse no banco do cocheiro e que o delfim e Schiller o acompanhassem dentro da carruagem, enquanto os outros montavam seus cavalos. Atravessaram o rio Main em Okriftel, para depois contornar Frankfurt de longe pelas florestas em Isenburg e Rodgau e atravessar o Main de novo em Seligenstadt para, finalmente, escapar em definitivo de seus perseguidores — caso os houvesse — nas montanhas do Spessart. Goethe aproveitou as longas horas da viagem para explicar a Luís Carlos todos os detalhes de sua missão e revelar a identidade daqueles que os haviam contratado e de seus aliados. Luís Carlos não conhecia nem o conde de Versay nem William Stanley, mas já tinha ouvido falar de Sophie Botta. Goethe explicou que o delfim deveria ser entregue aos cuidados de Sir William em Eisenach, para depois planejar no exílio prussiano ou russo sua restauração ao trono francês e o aniquilamento de Napoleão. Luís Carlos esforçou-se ao máximo para não perder o fio da meada da explanação de Goethe e suas perguntas inteligentes comprovaram que tinha entendido tudo.

— Quero pedir apenas uma coisa a Vossa Excelência — disse Goethe. — Não fale diante de nossos companheiros sobre seu retorno a Paris. A tarefa deles consistiu apenas em sua libertação e eles a cumpriram com perfeição... mas não queremos envolvê-los no desenrolar dos acontecimentos políticos. Pois o que acontecer após Eisenach é problema dos outros.

O príncipe assentiu com a cabeça. Goethe tirou um relógio prateado de seu colete.

— São cerca de 10 horas. Se Vossa Excelência precisar dormir, pode repousar neste banco.

Schiller pigarreou.

— Talvez fosse melhor nos desacostumar, nestes dias até Eisenach, a chamar Vossa Excelência de "Vossa Excelência", se não quisermos levantar suspeitas desnecessárias nas estações postais e nas hospedarias.

— Então me chamem apenas de Luís Carlos — disse o delfim. — Ou, melhor ainda, apenas de Luís.

— Mesmo isso já é bastante chamativo.

— E Carlos? Ou Karl?

— Melhor.

Goethe olhou para o relógio.

— Karl Wilhelm Naundorff.

— Perdão?

Com a unha do indicador Goethe bateu na parte de trás de seu relógio de bolso. Lá estava gravado o seguinte: K.W. Naundorff, Weimar.

— Karl Wilhelm Naundorff — repetiu Goethe —, relojoeiro de Weimar. O Naundorff autêntico deve estar morto há tempos, de modo que não vai reclamar por esse roubo do nome.

Luís Carlos pareceu estar mais do que satisfeito com esse pseudônimo. Repetiu seu novo nome durante algum tempo em voz baixa para si mesmo e ficou tão cansado depois que logo sua cabeça se recostou no vidro e ele dormiu mais de duas horas seguidas.

Em M..., um lugarejo insignificante no alto Spessart, encontraram uma hospedaria, afastada das ruas principais, que deveria lhes oferecer um teto para a noite. A casa era longa, baixa, com um anexo como estábulo e outro que servia de cercado para as galinhas. Ao redor havia a floresta cerrada; embora os sete tivessem chegado de tarde, o sol não mais apontava sobre os picos dos pinheiros e das faias. Havia alguns montes de neve velha, ainda intocados pela luz do sol, ao pé das árvores gigantes, sujos e cheios de folhas. Por essa razão, o nome da hospedaria, Sol, se tornava ainda mais curioso. Nessa hora, o dono saiu — uma figura arredondada, grande, de cabeça parecida com um repolho, onde os olhos e a boca pareciam estar gravados — e logo depois também sua mulher, para dar as boas-vindas aos clientes, inesperados e numerosos. A filha ajudou Boris a tirar os arreios dos cavalos, enquanto os outros seguiram o casal de proprietários para dentro da casa. Em algum momento as bicadas de um pica-pau anunciaram a primavera.

A sala de refeições era simples, mas, comparada com a floresta escura e fria, mais do que convidativa: havia três mesas com cadeiras descombinadas, além de uma poltrona de braços com um estofamento gasto de couro e um banco ao redor da grande lareira, na qual ardia um pequeno fogo, mas que o dono prometeu reavivar com mais lenha. Cebolas e ervas pendiam do teto, mas também linguiças picantes e alguns presuntos, que rescendiam a ambrosia para os viajantes. A sala estava vazia, com exceção de um cachorro weimaraner, que dormia diante da lareira e de duas galinhas, que ciscavam as migalhas da última refeição, até que a dona tocou cachorro e galinhas para fora, com a vassoura.

O dono da Sol guiou os companheiros escada acima até os quartos, que eram tão simples quanto a sala de refeições, mas cujas camas se pareciam infinitamente sedutoras após as noites na carruagem, na vidraria e na igreja abandonada. Bettine e Arnim dividiriam um quarto, o outro ficou para Humboldt e Kleist e o terceiro, para Schiller e Goethe, a fim de que Karl pudesse ter um quarto apenas para si. Apesar de todo o isolamento da hospedaria, Schiller não considerou prudente deixar o delfim dormir sozinho e ofereceu-se como companheiro de quarto, uma sugestão que o jovem aceitou com prazer. O cocheiro russo queria dormir no estábulo junto aos cavalos.

Os companheiros combinaram que, após dormir um pouco e tomar um banho — ambos igualmente imprescindíveis —, se reencontrariam na sala de refeições no fim da noite, para finalmente celebrar com classe, em meio a comida e bebida, a audaz ação de Mainz. O dono da hospedaria prometeu procurar pela melhor bebida em seu porão e mandar a mulher preparar porções generosas de comida.

— Estou tão exausto — disse Kleist, antes de fechar a porta de seu quarto — que acho que nem todas as camas nas quais o imperador descansa me fariam recobrar as forças.

Mesmo assim, Kleist foi o primeiro a aparecer na sala de refeições depois do repouso, de barba feita e usando roupa limpa. Lá fora tinha começado a soprar um vento incômodo, que fazia as faias baterem umas contra as outras e jogava para longe as pinhas, mas o fogo que lhes fora prometido ardia há muito. O cachorro weimaraner tinha voltado para dentro de casa e estava enrolado no seu lugar habitual diante da lareira. Kleist sentou-se na poltrona, encheu o cachimbo e, ao pitar, ficou observando a filha dos donos da casa. Sentada no banco, de costas para a lareira, ela fazia um trabalho de recortes com a tesoura. Sua mão habilidosa recortava um rosto na cartolina preta.

— Qual o seu nome, menina? — perguntou Kleist.
— Katharina, meu senhor.

— Bem, Katharina, de quem é a sombra que você está recortando com tanta seriedade desse papel?

— Dalberg, o chanceler do Reich, meu senhor.

Kleist deu uma risada, engasgou na fumaça do cachimbo e precisou tossir.

— Dalberg! Que Deus tenha piedade! Por que ele exatamente?

— Um comerciante em Aschaffenburg vende as silhuetas de grandes alemães e me dá duas moedas por cada recorte.

— Mas Dalberg não é um grande alemão, menina. Ele faz coisas mesquinhas com o espírito malvado de Napoleão.

Sem saber o que responder, a menina olhou para o papel preto que segurava na mão. Apenas a parte de trás da cabeça do chanceler estava recortada.

— Dê algo mais nobre para sua tesoura fazer — recomendou Kleist. — Jogue o Dalberg no fogo e recorte grandes alemães, que também são merecedores desse título.

— Quem então, meu senhor?

— Francisco da Áustria, talvez... Príncipe Luís Ferdinando, Luísa da Prússia... ou grandes pensadores, como Kant, Lessing ou Goethe.

Nesse mesmo instante a escada rangeu. Como se soubesse que falavam a seu respeito, o último a ser citado apareceu. Goethe também estava visivelmente recuperado pelo breve descanso e, excetuando-se o ferimento na cabeça, dava a impressão de estar descendo as escadas de sua casa no largo Frauenplan.

— O general *moustache*, agora sem ele? — perguntou Kleist, olhando para o lábio superior do conselheiro, totalmente raspado onde antes havia o bigode francês.

— Os jovens e os franceses podem ficar bem com um bigode desses, não eu.

— Nada estraga um belo rosto, Excelência.

— Agradeço essas palavras bem-intencionadas, mesmo que não tão verdadeiras.

Kleist ergueu-se da poltrona e fez questão de que Goethe ocupasse seu lugar. Quando Kleist puxou uma segunda cadeira, conversaram sobre a explosão da ponte flutuante de Mainz e Goethe agradeceu ao prussiano por tê-lo tirado do atordoamento depois da explosão e do desaparecimento de Schiller e por tê-lo incitado a fugir, antes que os franceses retomassem sua posição e abrissem fogo.

— Você inclusive ainda deu uma surra nos franceses! Por favor, me avise se puder agradecer-lhe de algum modo.

— Eu sabia... Com toda a humildade, se o senhor tiver um tempinho para minha peça...

— Nem uma palavra, Herr von Kleist, nem mais uma palavra sobre isso! — disse Goethe sorrindo. — Pois adivinhe o que eu trouxe, na expectativa de ser o primeiro na sala de refeições e não encontrar ninguém para conversar. — Ele puxou a pasta com a cópia de dentro do casaco. — Agora será minha leitura de cabeceira.

Essa afirmação deixou Kleist tão feliz que ele, para esconder seu estado de ânimo, deu fortes baforadas no seu cachimbo, embora o tabaco já tivesse apagado.

O terceiro do grupo foi Schiller e um pouco depois apareceu também o dono da hospedaria, pedindo "apenas por uma formalidade" que se registrassem no livro da casa. Goethe, que foi o primeiro a colocar o livro e a pena sobre o colo, hesitou um pouco e em seguida escreveu, ao lado do 1º de março, o nome Möller. Schiller seguiu seu exemplo como Doutor Ritter e Kleist finalmente assinou como Klingstedt, com tamanha segurança que parecia que se chamava assim desde sempre.

Agora chegavam os outros, por último Bettine, que tinha lavado o pó do cabelo e o ruge dos lábios, além de ter tirado as feias roupas de mulher idosa, nas quais se passara pela falsa madame de Rambaud. Ela ainda usava roupas de viagem, mas sua aparição nessa hospedaria humilde não era menos do que helênica. A maior mesa da sala de refeições tinha sido posta nesse meio-tempo e o dono, curvando-se em diversas reverências, pediu que as pessoas ocupassem seus lugares. Goethe sentou-se na ponta da mesa, à sua esquerda estavam Luís Carlos, Schiller e Humboldt, à sua direita estavam Bettine e Arnim e à sua frente, por fim, Kleist. Boris tinha se desculpado e não estava presente. A laboriosa dona da casa saiu da cozinha com uma caçarola fumegante, que colocou sobre a mesa, para servir nos pratos com uma concha a sopa de repolho com toucinho, à moda dos camponeses. O dono da hospedaria colocou um pão sobre a mesa.

— Bom apetite, então — disse Schiller, e os famintos pegaram as colheres imediatamente.

Bettine estava segurando o pão preto e cortava uma fatia para cada um de seus companheiros — a grossura da fatia era proporcional à fome de cada um; um jogo encantador, que ninguém percebeu, exceto Goethe, o único a tirar os olhos de seu prato de sopa.

O dono da hospedaria perguntou se a entrada estava condizente, apesar de sua simplicidade, e qual vinho gostariam de beber:

— Francês ou do Reno?

— Se eu tiver de escolher — disse Goethe —, quero o vinho do Reno.

— Isso mesmo! — disse Arnim. — As melhores dádivas vêm da pátria.

— O que nos leva novamente à questão de se um vinho do Reno ainda é um vinho alemão ou se passou a ser francês.

— De qual margem ele procede? — perguntou Bettine ao hospedeiro. — Da direita ou da esquerda?

— Não sei a margem, senhora. Ele é de Nierstein.

— Então é da margem esquerda. Estritamente falando, é um vinho francês.

— Mas não é da região do Main — disse Humboldt. — Isso nos ajudaria a sair dessa controvérsia nacional.

— Será que ele tem vinho francês dos franceses alemães?

O dono da hospedaria tinha ficado tão confuso com essa conversa que não ousou nem responder, apenas balançou a cabeça.

— Ora, deixem que ele sirva a bebida! — disse Goethe, com um sorriso. — Os franceses podem desprezar nossos corações, mas idolatram nosso paladar.

O hospedeiro serviu a todos e, em seguida, Goethe levantou seu copo:
— Gostaria de tomar este copo em homenagem à liberdade!
Kleist franziu a testa.
— Puxa vida! O senhor quer brindar com vinho francês a liberdade alemã?
— Não seja tão metido a herói nacionalista. Não estava me referindo à liberdade alemã, mas à de nosso jovem amigo. — E levantou seu copo na direção do delfim. — Viva a liberdade! Viva o vinho!

Os outros repetiram as frases de Goethe e beberam. O vinho de Nierstein, apesar de todos os questionamentos sobre sua origem, estava maravilhoso. Logo uma segunda e uma terceira garrafa tinham sido abertas. O brinde seguinte foi oferecido por Schiller a Bettine, "a virgem de Mainz, com o coração de um leão", e essa, por sua vez, levantou seu copo "contra os filisteus e os anos de chumbo". Quando a caçarola de sopa foi esvaziada, a mulher do dono serviu nabos e um assado de cordeiro e a comilança seguiu seu curso. Os companheiros não pouparam elogios à cozinheira, pois não comeriam melhor do que ali nem no banquete do pontífice. Entre as garfadas, os presentes faziam piadas e gracejos e, graças à companhia acolhedora e ao vinho, Luís Carlos logo ganhou confiança e passou a conversar também. Os talheres e os pratos com o assado de cordeiro foram retirados e, para encerrar, a dona trouxe maçãs assadas com mel. Alguns cintos foram afrouxados, a fim de que essa sobremesa também fosse saboreada.

Depois da refeição, Goethe pediu um conhaque para sua digestão e o hospedeiro ofereceu ao grupo uma garrafa de Wildsau, servindo a bebida local em pequenos copos de estanho. Luís Carlos acabou tossindo.

— Ah, isto é uma delícia, arde mesmo! — elogiou Schiller, com os olhos lacrimejando. — Meia dúzia de bons amigos ao redor de uma pequena mesa, uma lauta refeição, um copinho de conhaque e uma conversa boa. É assim que eu gosto.

Schiller pegou seu cachimbo, dividiu com Kleist seu tabaco e logo nuvens de fumaça subiam até as linguiças e os temperos pendurados nas vigas do salão. Foi como se um suspiro silencioso de bem-estar tivesse percorrido o lugar e por um longo tempo ninguém falou nada. Todos escutavam apenas o crepitar da lareira e o barulho da tesoura de Katharina.

— Caro Karl — disse Bettine para o delfim, que estava sentado à sua frente —, em 1795 ouvimos de Paris a história de sua morte e um grito de comoção soou através de Fritzlar, onde eu vivia na época. Ainda me lembro de que, com meus 10 anos, e você é apenas uma semana mais velho do que eu, chorei por você e orei por sua alma. E agora, 10 anos mais tarde, você está sentado à minha frente, em carne e osso e gozando de boa saúde. Você poderia e gostaria de nos contar o que aconteceu? Pois estou curiosíssima e certamente não sou a única que gostaria de ouvir essa história.

Luís Carlos olhou para seu vizinho Goethe, que tinha cruzado as mãos sobre a barriga cheia. Goethe fez um movimento afirmativo com a cabeça.

— Se sua história não abrir feridas antigas, então eu também estaria muito interessado nela.

Dessa maneira, o filho do rei de Bourbon transportou-os até a Paris revolucionária, enquanto a luz das velas refletia em seus copos de vinho e um vento gelado soprava do lado de fora.

A história de Luís Carlos de Bourbon

— A coragem e a disposição ao sacrifício de vocês lhes dá o direito, sem sombra de dúvida, de ouvir toda a minha história. Apenas poucas pessoas souberam o que saberão agora e menos ainda sobreviveram aos últimos anos de sangue e lágrimas. Conto-lhes minha história com a condição de os senhores não revelarem nem um detalhe a seu respeito, e peço isso não somente para proteger meus partidários e meus aliados, mas também os próprios senhores, que a partir de hoje pertencem ao pequeno círculo dos que sabem do sequestro do delfim do Templo de Paris.

"Não vou perturbá-los com descrições dos anos nos quais a tempestade surgiu na França, uma tempestade que meus pais, em toda a sua ignorância, consideraram a princípio como um vento sem importância, mas que no final os mataria e, com eles, a França que representavam. Pois os senhores devem saber mais a respeito do que eu, que tinha apenas 4 anos na tomada da Bastilha, em 1789. O primeiro acontecimento de que consigo me lembrar foi a morte de meu irmão mais velho, um mês antes. Não porque fiquei triste por Luís José, pois era pequeno demais para isso, e também não porque me tornei o herdeiro do trono de meu pai, no lugar de meu irmão, mas simplesmente porque Moufflet, o cachorrinho de Luís José, passou a ser meu, o que me deixou feliz, enquanto minha família chorava pelo falecido.

"A morte de meu irmão foi o primeiro elo na cadeia de acontecimentos infelizes que se seguiram à criação da assembleia nacional e à queda da Bastilha. Independentemente de quanto meu pai se esforçasse para acalmar o mar bravio da Revolução ou pelo menos ficar na crista de suas ondas ou tormentas, ele não conseguiu, pois o inebriado movimento dos cidadãos passou a lhe confiscar um privilégio após o outro, até que acabou sendo rei apenas no nome. Ele não foi derrubado porque era um tirano, mas, muito pelo contrário, porque não foi tirânico o suficiente no momento decisivo. Foi justamente seu amor pelo povo que fez com que este o levasse à guilhotina.

"Depois de entrar no castelo de Versalhes e matar inúmeros vigias, um grupo de mulheres feirantes conseguiu obrigar a mudança da família real para o palácio das Tulherias, em Paris, e já esse único evento deixa claro a força dos cidadãos, em contraste com a fraqueza de meu pai. As exigências dos parisienses se tornaram cada vez mais radicais, a situação no país cada vez mais tumultuada, de maneira que meu pai não viu outra solução senão proteger sua família da violência da população, fugindo de Paris e da França. As Tulherias haviam se transformado em nossa prisão, muitos ataques eram dirigidos contra nós, principalmente sobre minha infeliz mãe, que muitos de meus compatriotas odiavam de maneira injusta. Não me compreendam mal: não amaldiçoo os *sans-culottes* por seus objetivos — pois esses, por mais improvável que possa parecer, são semelhantes aos do meu pai —, mas por seus meios bárbaros, que não podiam ser a base para a criação de um Estado que dignificasse o homem.

"A fuga, então, foi resolvida e em junho de 1791 entramos numa carruagem que deveria nos levar até o solo dos Habsburgos, terra de minha mãe. Éramos, além de meus pais e minha irmã Maria Teresa Carlota, a irmã de meu pai, Madame Élisabeth, nossa governanta, um conde sueco e favorito de minha mãe e três guarda-costas. Usando nomes falsos, fingíamos ser um grupo em viagem. Fui vestido de menina e achei tudo uma brincadeira muito divertida.

"Fatalmente, meu pai deu muita importância ao conforto na viagem para o leste, sem se importar muito com a pressa. E uma sequência de intercorrências infelizes fez com que a viagem demorasse ainda mais. Nosso destino foi selado quando meu pai olhou para fora da janela da carruagem na parada Sainte-Menehould e o esperto filho do vagomestre reconheceu sua feição, que ainda estava estampada na moeda de ouro. O vagomestre, a cavalo, seguiu nossa carruagem até Varennes-en-Argonne, onde informou as autoridades a tempo de impedir a continuação de nossa jornada. Apesar dos protestos do rei, fomos escoltados no dia seguinte de volta a Paris; um verdadeiro corredor polonês para meus pais, entregues aos xingamentos hostis e às agressões das pessoas na beira do caminho.

"Ou seja: a fuga, que deveria nos livrar da prisão e dos ataques, no final apenas acirrou ambos ainda mais. Nem mais as Tulherias eram adequadas para nós. Em agosto de 1792 o palácio foi invadido e incendiado pelos *sans-culottes* e nós quatro, junto com minha tia Élisabeth, fomos alojados na torre do Templo. Não, a palavra não descreve bem a situação: nós fomos presos. Apenas nesse momento meus pais entenderam de verdade a que os revolucionários estavam dispostos. Mas já era tarde demais.

"O antigo castelo da Ordem dos Cavaleiros do Templo, em Paris, não podia ser chamado de castelo, antes era uma torre de defesa. Uma construção alta de pedra escura, com pináculos e telhados pontudos, além de um pequeno jardim não cercado. As janelas, antigas aberturas de tiro, eram tão estreitas que a luz mal entrava. Apesar da estação quente do ano, o interior era agradavelmente fresco; uma circunstância que pareceu favorável de princípio, mas que nos meses de inverno levou a algumas gripes muito fortes. Numa das fachadas da grande torre tinha sido anexada uma torre menor, na qual ficamos alojados até que a torre grande tivesse sido arrumada para nos receber, com quartos ridiculamente pequenos, e não só em comparação com as Tulherias.

"Nos deixaram ficar com dois empregados, mas 25 homens foram destacados para nos vigiar; 25 guardas que nos observavam dia e noite, mesmo em momentos privados — um tratamento desonroso principalmente para minha mãe e minha irmã —, e todo contato com o mundo exterior foi cortado. Nossos passeios eventuais aconteciam atrás de muros altos e, antes de nos deixarem percorrer os caminhos da grande torre, os buracos entre os pináculos eram fechados com tábuas, impedindo-nos de olhar para Paris e de os parisienses olharem para nós.

"Espantosa foi a serenidade de meu pai, que passou a ser chamado apenas com seu nome burguês de Luís Capeto. Ele aguentou todas as desonras com galhardia e tinha respeito inclusive por quem o atormentava, enquanto a convenção do outro lado do muro do Templo decidia seu destino. Ele mantinha uma rotina estrita no dia a dia: acordar cedo, barbear-se, a toalete matinal, a oração, o café da manhã em família e depois minha aula, que ele próprio ministrava, visto que não havia professores. Logo, porém, tivemos de abandonar a aritmética, pois os vigias incultos achavam que ela era um tipo de linguagem secreta. Certo dia, quando um carpinteiro veio reforçar nossas portas, meu pai me ensinou a mexer com martelo e alicate e o homem disse: "Quando o senhor for solto, poderá contar que trabalhou inclusive na prisão!" Meu pai respondeu, sem notar que eu o ouvia: "Duvido que me soltem algum dia." Nesse momento, deixei cair as ferramentas e me joguei chorando nos seus braços, pois finalmente tinha compreendido que tínhamos perdido.

"Em 17 de janeiro do ano seguinte, sua sentença de morte foi decida por 361 votos a favor e 360 contra. Quando o rodeamos, desmanchados em lágrimas, ele me pegou no colo e me fez jurar, pelo que era mais sagrado, que nunca vingaria sua morte nem a de nossos amigos e aliados. Então ele fez um carinho na minha cabeça e disse: "Meu pequeno Luís Carlos, que você nunca tenha a infelicidade de ser rei." Quatro dias mais tarde ele foi decapitado na praça da Concórdia e eu era o novo rei da França, de direito, mesmo que não coroado —, Luís XVII.

"Me tiraram meu pai, me tiraram também o resto da família, ao me separarem da minha mãe, minha irmã e minha tia e me colocarem sob os cuidados de uma família republicana, os sapateiros Antoine Simon e sua mulher Maire-Jeanne; pessoas grossas, barulhentas e vulgares, que não tinham filhos e que deviam fazer do filho de Luís, o Decapitado, pois assim meu pai era chamado de maneira desdenhosa, um filho do povo. Eles me ensinaram a língua das ruas, tive de deixar de seguir a etiqueta à mesa, cantávamos juntos a marcha da Marselhesa e o *Ça ira* e antes que me desse conta, eu mesmo, garoto deplorável, já estava xingando das piores coisas a casa dos Bourbons e os autrichienne, sem entender direito que estava magoando mamãe. Tive muitas doenças durante essa época. Não sei se foi por causa do pouco ar fresco, de que uma criança tanto necessita, ou pela saudade da minha família, os senhores que decidam.

"Logo minha mãe foi também levada ao banco dos réus e como não havia delitos que pudessem lhe ser imputados, os jacobinos inventaram o seguinte: minha mãe teria violado os próprios filhos, uma acusação tão terrível quanto improcedente, que só encontrou seu caminho até os tribunais porque tive de assinar um protocolo falso, no qual a acusava dos crimes mais absurdos. Deus há de perdoar um garoto de 8 anos, que na época não sabia avaliar o peso de sua assinatura desajeitada debaixo de um texto que não tinha lido, pelas consequências de seu ato; eu, porém, nunca me perdoarei. Vi minha querida irmã durante esse processo espetaculoso e depois nunca mais. Minha tia Élisabeth seguiu minha mãe na guilhotina seis meses mais tarde.

"Depois de ter participado com minha parcela de culpa dessa farsa jurídica, fui totalmente isolado: perdi também meus pais adotivos e me vi preso numa solitária escura, gradeada, quase uma jaula, onde minha comida era empurrada para dentro da porta semiaberta pelas mãos de desconhecidos. Logo minha solidão se tornou tão insuportável, que passei a sentir saudade até dos broncos Simon, mas os vigias não permitiam que mantivesse contato com eles. Talvez meu sofrimento tenha sido uma pena adequada para a traição que cometi contra minha mãe.

"Minha vida também estava cada vez mais ameaçada, dia após dia. Muitos jacobinos queriam exterminar o último descendente da raça impura dos tiranos, como me chamavam, soterrando quaisquer esperanças de todas as forças leais ao rei, seja na França, seja no exterior, de que um Bourbon algum dia voltaria a ser coroado. Meus dias também pareciam estar contados no verão de 1794, quando a vida humana na França nunca tivera tão pouco valor; a Revolução devorava os próprios filhos; os patíbulos somavam cada vez mais novas vítimas, mesmo Robespierre foi guilhotinado, junto com seu discípulo, Antoine Simon.

"Mas um dia depois da decapitação de Robespierre uma nova personagem entrou na história e na minha cela, em pessoa: o visconde de Barras. Naquela época não podia supor que precisamente aquele homem, tão ambicioso, que tinha sido uma das forças decisivas tanto na condenação de meu pai quanto na de Robespierre, queria me ajudar a recobrar a liberdade. Muito oportuno: Barras achava que a vitória da coalizão contra a França revolucionária era muito provável e, nesse caso, para ter um trunfo na mão contra os irmãos de meu pai — o conde de Provença e o conde d'Artois —, decidiu me sequestrar do Templo. Para esse movimento, Barras aliou-se com uma antiga amante e monarquista ferrenha, a viúva do visconde de Beauharnais, Joséphine, que, como os senhores naturalmente sabem, mais tarde se tornaria, por conta de tratativas de Barras, a mulher e a imperatriz ao lado de Napoleão.

"Dessa maneira, Barras me procurou na Grande Torre e depois fez um relato à Comissão de Bem-Estar. Descreveu minha situação como de abandono e deplorável. Teria me encontrado deitado, já que eu mal podia me movimentar por causa de meus joelhos inchados, e meu corpo estaria pálido e intumescido — todas afirmações falsas, cujos objetivos os senhores irão decifrar no transcorrer da história. Pois um outro garoto apresentava todos esses sintomas: o filho de uma viúva, raquítico no mais alto grau e que não viveria muito mais. O menino, provavelmente um pouco mais velho do que eu, tinha a mesma altura, os mesmos cachos louros e a mesma pele pálida. Seu destino era morrer no meu lugar. O secretário de Barras comprou o filho moribundo da mulher.

"Um pouco mais tarde, um *créole* chamado Laurent, um conterrâneo de Joséphine vindo diretamente da Martinica, que ela colocou para trabalhar para Barras, assumiu a direção da prisão do Templo. Agora, por fim, o plano podia ser colocado em prática: Laurent tinha uma irmã, que o visitava de tempos em tempos no Templo, para levar-lhe roupas novas. Nenhum dos vigias estranhava sua presença. No dia decisivo, porém, ela não veio sozinha, mas acompanhada por uma sobrinha, e essa sobrinha não era ninguém mais senão o filho desenganado da viúva. Seu rosto, pescoço e suas mãos estavam tingidos, o cabelo tinha sido escondido debaixo de uma touca e o corpo estava disfarçado com roupas de menina. Os dois passaram sem dificuldades pelo porteiro e, juntamente com Laurent, chegaram à minha cela. Lá, troquei de roupa com a suposta menina, tingi meu rosto, assim como o mudo havia feito, e deixei com a irmã de Laurent o Templo que havia sido minha prisão durante dois anos. O oficial de guarda até acenou para mim na despedida, sorrindo.

"Na rue Portefoin, fui apanhado por uma carruagem e levado por um certo *monsieur* Petival, um monarquista dissimulado, até suas terras em Vitry-sur-Seine, onde passei as semanas seguintes ainda usando roupas de menina, a fim de manter minha fuga em segredo o maior tempo possível. Exigi saber de imediato por que minha irmã não tinha sido libertada também. Disseram-me que seria arriscado demais sequestrar ambos ao mesmo tempo e que Maria Teresa Carlota tinha menos a temer em relação ao convento em que estava do que eu, já que como mulher nunca poderia reclamar o trono. Minha irmã foi solta mais tarde, pelos caminhos da diplomacia; fez-se um acordo com a Áustria e ela foi libertada na Basileia, em troca de 12 prisioneiros de guerra franceses, dos quais um, ironicamente, era um cavaleiro chamado Drouet, aquele vagomestre que havia interrompido nossa fuga em Varennes. Mas o destino da madame real é outra história. Espero apenas que nossos caminhos voltem a se cruzar em algum momento depois de todos esses anos de separação.

"O mudo acabou vivendo mais tempo na Grande Torre do que Barras esperava. Os visitantes posteriores realmente foram enganados pela nossa semelhança e as indicações erradas de Barras; apenas o súbito emudecimento do suposto delfim levantou as suspeitas de alguns. Por fim, o tratamento grosseiro do casal Simon foi dado como causa para a mudez do garoto. Laurent, que logo mais tarde foi dispensado do trabalho no Templo, chegou a explicar que eu teria feito um voto de silêncio depois do falso testemunho contra minha mãe. Um médico que examinara o garoto doente e que jurara não se tratar do delfim foi convidado um pouco depois para um jantar com membros da Convenção: a última refeição de um desavisado que morreu na mesma noite sofrendo das mais terríveis dores abdominais.

"O anúncio da morte desse médico agitou a casa Petival; todos imaginavam que eu não estaria mais seguro em Vitry por muito tempo. Em concordância com Barras, resolveram me levar a Vendeia, aos rebeldes, fora do alcance do braço da Convenção e do serviço de segurança. O infortunado *monsieur* Petival recebeu o destino de tantos que havia me ajudado durante o caminho: como testemunha de meu sequestro, foi morto a estocadas no jardim de seu palácio e o mandante desse crime chamava-se, sem dúvida, Barras, que queria se livrar de mais alguém implicado na história.

"O falso delfim morreu em 8 de junho de 1795, queira Deus garantir a paz eterna para sua alma. Quatro médicos autopsiaram o morto e encontraram, além dos sinais das doenças descritas por Barras, um grande número de tumores que cobriam os intestinos e o estômago. O garoto morreu supostamente de escrófula. É curioso que ele, representando o rei da França, tenha morrido justamente do mal que se dizia que os reis da França conseguiam curar com um toque no dia de sua coroação! Quando o anúncio de minha suposta morte chegou ao meu tio, o conde de Provença, ele se nomeou Luís XVIII.

"Tenham mais um pouco de paciência; estou me aproximando do final de minha história e não vou mais abusar de sua valorosa atenção.

"Na Vendeia, junto aos monarquistas, passei um tempo relativamente calmo e agradável para as circunstâncias. Lá recebi aulas como um garoto normal, entre elas de língua alemã, a língua de minha mãe. Mas quando o levante monarquista foi definitivamente derrotado na Vendeia em 1796, com a execução de seus líderes, eu estava com 11 anos e tive de fugir de novo, na companhia de três simpatizantes. Fomos para Veneza, depois seguimos para Trieste e por fim para Roma, onde esperávamos pela ajuda do papa.

"Por que não fui procurar meus tios? De um lado teria arriscado revelar minha identidade, pois certamente os dois não manteriam minha milagrosa ressurreição em segredo, e me tornaria alvo de novos atentados. De outro, porém, meus protetores consideravam o conde de Provença, Luís XVIII, e o conde d'Artois não como meus amigos, mas como inimigos, pois enquanto eu vivesse eles nunca seriam reis. Os senhores estão arrepiados por causa disso e não acreditam que o tio deseje a morte do próprio sobrinho? Parece que Napoleão disse certa vez que os Bourbon eram apenas paixões e sentimentos de ódio cobertos com roupas. Talvez esse julgamento não seja totalmente errado.

"Depois da prisão do papa pelos franceses, Roma também não era mais um lugar seguro: dois de meus acompanhantes morreram envenenados e o fato de eu nunca ter sido atingido é uma dádiva ou uma maldição. Parti imediatamente com o terceiro para a Inglaterra, a fim de viajar de lá para a América. Tinha abandonado totalmente a esperança de que pudesse ser ajudado na Europa e por isso queria ir para o mais longe possível da França assassina. Passamos a morar num pequeno vilarejo nas proximidades de Boston e vivíamos de maneira modesta e reclusa, até que recebemos certo dia, por caminhos tortuosos, a oferta de madame Botta de voltar sob a proteção dos émigrés e dos Estados antinapoleônicos.

"Contrariando o conselho do último acompanhante que me restou, viajamos de Boston para Hamburgo e os senhores podem imaginar minha decepção quando não fui recepcionado no porto por amigos, mas por soldados bonapartistas. Não sei dizer o que aconteceu com meu amigo em Hamburgo; de todo modo, fui levado numa verdadeira cavalgada para o inferno até Mainz, sempre exposto ao desdém do capitaine Santing, chamado a boca pequena pelos próprios homens de 'cão sanguinário', pois sua ambição passa sobre cadáveres e a compaixão cristã lhe parece ser desconhecida. Não preciso lhes contar o que aconteceu depois em Mainz.

"Minha odisseia já dura 10 anos e espero, fiel ao exemplo grego, que chegue ao fim e que Karl Wilhelm Naundorff encontre um lar. Por enquanto, devo fingir que sou relojoeiro: não conseguiria imaginar profissão melhor, já que meu pai era um verdadeiro maníaco por relógios e havia instalado uma oficina em Versalhes, na qual passava cada minuto livre mexendo com muita habilidade em relógios e máquinas. Não havia nenhum mecanismo de relógio, independentemente de sua complexidade, que não dominasse, com uma única exceção: o grande mecanismo da política, cujas engrenagens o trituraram no final."

Com essas palavras, Schiller fechou as páginas do livrinho no qual havia feito alguns apontamentos enquanto Luís Carlos falava. O dono da hospedaria, que tinha se afastado de maneira respeitosa, voltou com uma nova garrafa de vinho e encheu os copos vazios.

— Essa viagem ao passado me deixou exausto — disse o príncipe, depois de longa pausa. — Por isso, permitam que me recolha, depois do meu brinde pela sua coragem sem igual.

Eles beberam num silêncio festivo. Em seguida, Luís Carlos deixou o refeitório desejando boa-noite a todos.

— Esperemos apenas que o destino dos seus inúmeros acompanhantes e protetores não se repita conosco — disse Arnim, quando o delfim não conseguia ouvi-lo, e bateu três vezes no tampo da mesa. — Uma coleção abominável de envenenados e gente esfaqueada pelas costas. Como se ele fosse amaldiçoado.

— Toda sua família estava sob uma estrela ruim — disse Goethe. — Quando eu ainda estudava em Estrasburgo, em 1770, sua mãe passou pela cidade, vindo de Viena para Paris. Como era de costume, numa das ilhas do Reno, antes de pisar em solo francês ela devia se separar de tudo o que a ligava à sua antiga pátria. Por causa disso, ergueu-se na ilha uma construção que poderia servir como casa de prazeres de pessoas importantes. Eu e alguns colegas conseguimos convencer o porteiro, mediante uma moeda de prata, a nos deixar entrar alguns dias antes da chegada de Maria Antonieta. A sala principal da casa tinha sido ornamentada com tapetes grandes, brilhantes, que se pareciam com trabalhos de jovens pintores franceses. Mas que mau gosto era aquele! Ao redor do trono da futura rainha havia a representação de Jason e Medeia, ou seja, o exemplo do casamento mais infeliz de todos! À esquerda do trono via-se a noiva lutando com a morte mais cruel de todas; à direita, o pai deplorava os filhos mortos aos seus pés, enquanto a fúria partia no dragão. E essas imagens, imaginem só, deveriam dar as boas-vindas à delfina de 14 anos à sua nova pátria! Na minha opinião, essa decoração era um mau presságio. Quando dias mais tarde Maria Antonieta finalmente chegou a Paris, surgiu mais um sinal: durante a queima de fogos de artifício em sua honra, aconteceu um incêndio que custou dúzias de vidas e deixou centenas de feridos. O terrível destino da família na qual Karl nasceu parecia estar realmente predestinado.

Bettine suspirou.

— Pobre coitado. Ele já passou por poucas e boas suficientes para duas vidas!

— A maldição sobre ele é um motivo a mais para se odiar Napoleão — disse Arnim.

Kleist assentiu com a cabeça, sério.

— Napoleão... Esse nome parece veneno. Que ele evapore!

— Um desejo casto! Como competir com um Napoleão? — perguntou Humboldt. — O homem é imortal, parece.

— Eu queria fazê-lo.

— O quê?

— Matar Napoleão. — Os outros estavam torcendo para que fosse uma piada, mas Kleist disse: — Estou falando sério.

— O quê? Diabos! — Schiller empurrou sua cadeira mais para perto da mesa. — Você está querendo superar a inacreditável história de Karl? É o que parece!

Kleist olhou em volta e começou.

— Era outono do ano 3, quando o imperador ainda era primeiro-cônsul vitalício, mas naquela época seu exército já ficava em Bologne-sur-Mer, onde ele formava seus soldados e mandava fazer inúmeros botes de atracagem, para cruzar o canal e invadir a Inglaterra. Sou soldado e venho de uma família de soldados, meu avô morreu em Kunersdorf, e naquela época meu ódio em relação a Bonaparte não era menor do que é hoje. Quando o atentado de Malmaison foi descoberto e fracassou, pensei: "Por que não há ninguém que meta uma bala na cabeça desse patife?" Se os franceses não conseguem, um prussiano tem de encarar a tarefa. Então arquitetei o plano nada modesto de matar Bonaparte com minhas próprias mãos num golpe furioso. Como que animado por um monstro, fui até Boulogne, passando por Genebra e Paris. Lá, na costa norte da França, queria me alistar no exército invasor, para me aproximar, disfarçado com o uniforme gaulês, do cônsul e meter-lhe uma bala mortal juntamente com meus mais sinceros cumprimentos. Os céus tinham de me conceder esse desejo e daí eles podiam fazer o que quisessem comigo.

— Mãe de Deus! Isso teria sido o seu fim!

— O fim de nós dois, certamente, mas não é possível querer uma morte mais heróica do que exterminar o maior de todos os tiranos, sem temer pela própria vida? Companheiros: dez mil sóis, mesclados numa única bola de fogo, não brilham mais do que uma vitória, uma vitória sobre ele. Eu teria montado minha própria coroa da imortalidade, mas a teria legado a todos os bandos enfurecidos, que ficam nos portões do Inferno balançando suas lanças vermelhas!

— E o que se passou?

— Deus tinha outros planos para mim... e para Napoleão. Antes de conseguir viabilizar meu plano, fui derrubado por uma séria febre tifoide, que prejudicou todas as minhas ações. Muito doente, a dois passos do túmulo, deixei a costa, não ornado com os louros da minha atitude, mas delirando de febre, e me desloquei até Mainz, exatamente Mainz!, onde fui curado com muito esforço. Até agora não sou capaz de dar maiores detalhes sobre essa estranha viagem. Desde que sofri dessa doença, não entendo mais como algumas coisas puderam se suceder a outras.

— Você detesta muito Napoleão — disse Humboldt, e um tom talvez de pergunta.

— Mais do que todas as torturas da vida — respondeu Kleist, inspirando profundamente, como se uma pedra apertasse seu peito. — Um espírito parricida surgido do inferno, que se esgueira no templo da natureza e que sacode todas as colunas sobre a qual esse é construído.

— Você não consegue ver nada de bom nele?

— Como não? Ele é um grande general, talvez o maior desde Frederico II. Mas admirá-lo por causa disso seria como se um lutador admirasse outro no momento em que esse o está jogando na merda e pisoteando seu rosto. Podemos agradecer a Napoleão apenas quando os mesquinhos germanos se unirem contra ele numa grande nação, como uma nação titânica como antes, não sob os Césares.

Goethe, que tinha ficado em silêncio por um longo tempo, algo que não era habitual, aproveitou a pequena pausa no discurso para voltar a temas mais amistosos.

— Eu, de minha parte, agradeço a Deus, ou à sua deusa protetora, Herr von Kleist, pelo seu plano em Boulogne-sur-Mer ter fracassado. Pois senão você não estaria nesta cara mesa, festejando e bebendo conosco. Já que toquei no assunto: anfitrião! Mais um copo de conhaque, servido com generosidade!

O dono da hospedaria chegou atencioso com a jarra e novamente voltou a encher os copos até a borda.

— Pois tenho uma pequena *récompense* para vocês in petto — Goethe continuou, quando o dono da hospedaria se afastou. — Sei que todos vocês acompanharam Schiller e mim até Mainz para o bem do rei. Nunca se falou de um pagamento. Mesmo assim, o duque me entregou uma soma em dinheiro pela libertação, da qual não usei nem a metade até agora. Mas como não quero de modo algum voltar a cavalo até Mainz com os bolsos cheios, peço-lhes que aceitem parte desse dinheiro como agradecimento pela sua bondade.

Por um instante os outros ficaram em silêncio, espantados. Humboldt foi o primeiro a protestar e logo em seguida foi a vez de Bettine. Goethe reprimiu suas objeções.

— Imaginei que vocês reagiriam dessa maneira, mesmo assim faço questão de que aceitem o dinheiro. Gastem tudo em bebida ainda hoje à noite, comprem uma roupa nova ou doem a um convento, mas esse troco certamente não voltará para Weimar. Tá-tá-ra-tá! Tá-tá-ra-tá! — Imitando um trompete, ele tirou de um bolso interno de seu casaco as moedas, que já tinha dividido em pacotinhos de mesmo tamanho, com a ajuda de tiras de papel. — Aqui há 150 táleres do Reich para cada um e quem protestar mais uma vez receberá mais ainda, como castigo.

— Deus o abençoe, Vossa Excelência — disse Kleist.

— Que ele o faça, sim, mas este dinheiro não é meu, e por isso também não mereço a gratidão.

Goethe queria entregar os pacotinhos, mas foi combinado que deveria guardar o dinheiro até a despedida na Wartburg, para o caso de que fosse preciso usá-lo. Quando ele escondeu novamente as moedas, Schiller ergueu sua caneca.

— Meus caros amigos... pois assim posso e quero chamar cada um de vocês depois desta semana turbulenta, deste e do outro lado do Reno... meus amigos, depois que vimos a morte saindo de milhares de canos de armas, não me satisfaço mais com um tratamento tão obsequioso. Permitam-me que beba a uma fraternidade entre nós e permitam-me, como o mais velho dos presentes, depois de Herr von Goethe, a quem... com permissão, conselheiro... não faria tal sugestão nem em cem anos, é mais fácil ver o Reno fluir ao contrário; então permitam-me oferecer-lhes que me tratem pelo prenome. Isso me é mais importante do que todos os táleres do mundo. Sintam-se abraçados. Sou o Friedrich.

Essa oferta literalmente fez estremecer os presentes. Era como se o papa Pio VII tivesse pedido a eles em Roma que o tratassem por Gregório. Apenas Goethe sorria com discrição.

— Heinrich — Kleist acabou dizendo, visivelmente emocionado.

— Bettine — disse Bettine.

— Achim — disse Arnim.

— Goethe — disse Goethe, acrescentando: — Ao contrário de Herr von Schiller, realmente não quero colocar nenhum de vocês na situação constrangedora de chamar o grisalho aqui como um jovem da sua idade.

Todos brindaram com o conhaque. Tão rapidamente quanto esvaziaram, os copos foram enchidos de novo.

— Que momento maravilhoso — disse Arnim.

Schiller deu uma baforada no seu cachimbo.

— Pena que não há ninguém entre nós que possa retratar nossa pequena festa e depois imortalizá-la em óleo.

— Ora, entre nós pode não haver ninguém — disse Kleist —, mas temos algo melhor. Pequena Käthe!

A filha do dono da hospedaria, que tinha ficado o tempo todo junto à lareira, levantou os olhos de seus recortes.

— Sim, meu senhor?

— Pequena Käthe, garota, deixe os grandes alemães por um instante e recorte como lembrança a nós seis na cartolina. Dou-lhe um táler por isso.

Katharina deixou seus recortes de lado, pegou uma nova cartolina grande e arrastou seu banquinho até o meio do refeitório, a fim de poder observar melhor os seis modelos. Sem constrangimento, organizou as pessoas sentadas de tal modo que ninguém ficasse na frente de ninguém e pediu que alguns se levantassem. E logo começou a passar a tesoura pelo papel preto como uma faca pela manteiga.

— Viu só, pequena Käthe — disse Kleist —, nossos contornos com certeza são mais fáceis de reproduzir do que o queixo duplo ou triplo de Dalberg, certo?

— Sim, meu nobre senhor.

— Dalberg? — perguntou Schiller.

— O outro Dalberg.

— O senhor, mais de perfil — pediu Katharina.

— Eu?

— Não, o marrom. Ah, perdão.

— Tudo bem — disse Humboldt sorrindo, virando a cabeça como havia sido solicitado.

— Um recorte desse grupo — falou Bettine. — O que virá em seguida? Um livro de imagens com nossas aventuras?

— Antes uma peça de teatro — disse Humboldt. — A avidez com que o Herr von Sch... desculpe... com que Friedrich toma notas em seu caderno faz crer que ele está colecionando personagens e aventuras para seu próximo drama.

Schiller sorriu e ficou em silêncio, mas Bettine ergueu a mão:

— Então quero ficar famosa como sua próxima Johanna.

— O que vale é a ação, não a fama — lembrou Goethe.

— E que ação!

Os companheiros relembraram mais uma vez suas aventuras, da travessia secreta do Reno até a surpresa do comboio francês, dos preparativos em Mainz até o ataque ao *Palais Impérial* e a fuga temerária sobre a ponte. Arnim teve de contar várias vezes seu encontro com o capitaine bávaro e Schiller repetiu como atravessara o Reno a nado depois da explosão da carruagem. Assim as histórias continuaram sendo desenroladas por algum tempo, sempre entremeadas por gracejos animados pelo conhaque, e os copos eram esvaziados e não permaneciam muito tempo vazios — até que a menina completou seu trabalho e limpou do avental as tiras e os pedacinhos de papel preto.

— Vou colar o recorte numa cartolina branca. Devo dar um título à silhueta?

— Doutor Cavaleiro junto aos amigos — sugeriu Schiller.

— Os brilhantes seis — opinou Kleist.

E Arnim:

— Os heróis de Mainz.

— Por favor, meus amigos — disse Goethe. — Um pouco mais de humildade. Lugar e data são mais que suficientes; pequena Käthe, escreva Mainz e a data.

Em seguida, Katharina voltou para seu lugar junto à lareira a fim de terminar o trabalho. Ela mais do que merecera seu táler, pois o recorte, colocado sobre uma cartolina branca, ficara maravilhoso: representava os seis companheiros — à esquerda do observador, Kleist com um copo de vinho na mão erguida; atrás da mesa, Humboldt, Bettine e Arnim, que estava de pé, com uma mão sobre o ombro de Bettine; à direita na cadeira ficava Goethe; atrás dele, também de pé, com sua caderneta de anotações na mão, Schiller. Embaixo, a garota havia escrito, a tinta e com uma bela letra, Mainz 05. Todos se consideraram muito bem retratados e parabenizaram em profusão a filha do dono da hospedaria.

Depois de ter observado o recorte e passado o trabalho aos vizinhos, Schiller disse:

— Não estamos parecendo feitos da mesma liga? Fechados contra o inimigo, como que grudados, fundidos até, uns aos outros. Uma boa equipe!

Arnim precisou arrotar. Ele bateu com o punho contra o peito e disse:

— Deveríamos pensar em criar um bando de salteadores aqui nas florestas do Spessart, caso a literatura não garanta mais nosso sustento.

— Não garanta mais? — riu Kleist. — Até hoje a malvada nunca me sustentou!

— Então! Vamos nos juntar num bando de salteadores!

— Uma ideia engraçada — disse Goethe.

— Melhor ainda: a ideia merece ser festejada! — disse Kleist, derrubando seu copo semicheio ao se levantar. — E o senhor precisa ser nosso capitão!

— Tudo bem, sou o capitão de vocês — disse Goethe.

— Viva nosso capitão! — ecoou de diversas gargantas. — Juramos obediência e lealdade até a morte!

Com conhaque no sangue e para grande satisfação dos outros, Goethe mergulhou de corpo e alma nessa bufonaria e ameaçou transformar em cadáver qualquer um dos salteadores que se opusesse aos seus comandos.

Agora era preciso um brinde, que foi levantado por Kleist desta vez:

— Que não falte ao nosso muito honrado senhor capitão nem a pólvora da saúde perfeita, nem as balas de um prazer contínuo, nem as bombas da satisfação, nem as carcaças da paz de espírito, nem o rastilho de uma longa vida!

Os outros davam tapas nas coxas de tanta risada sobre essa declaração de improviso, que Kleist recitou com a expressão séria e que Goethe ouviu com igual seriedade.

Esse também foi o último momento de que todos os envolvidos ainda conseguiram se recordar na manhã do dia seguinte, pois às 12 badaladas — a mulher do dono da hospedaria e a filha já tinham se deitado há tempos — a bacanal assumiu ares totalmente canibais. Uma rolha depois da outra voava pelos ares e logo até Goethe tinha bebido tanto vinho e conhaque que a língua não queria mais lhe obedecer e nasciam involuntariamente os neologismos mais cômicos, sobre as quais ele ria em seu íntimo. Como o vento soprava de modo tão sinistro ao redor da casa, Arnim contou uma história de terror, à qual Humboldt acrescentou a história verdadeira do espírito de sua mãe morta, que não queria descansar, e das ações escandalosas do mesmo no castelo dos Humboldt em Tegel. Na sequência, algumas canções foram assassinadas, entre elas mais uma vez, como reminiscência da árvore da liberdade em Stromberg, a Marselhesa, mas depois também, seguindo uma sugestão de Kleist, *Deus salve o imperador Francisco*. Bettine tirou Arnim para dançar da melhor maneira que os ferimentos dele permitiam, enquanto os outros marcavam o ritmo com palmas. Kleist batia a jarra vazia de conhaque no tampo da mesa, até que ela se quebrou e ele ficou apenas com a alça na mão. Arnim rodopiou sua parceira com tamanha intensidade que a mão dela escapou da sua, ela caiu e bateu a cabeça no canto da mesa. Apesar de toda a dor, ela só fazia rir sobre seu jeito desengonçado, enquanto passava os dedos pelo inchaço. Quando todos estavam já sem fôlego, o concerto no refeitório enfumaçado chegou ao fim. Arnim chamou os caros companheiros para se reunirem numa "mesa alemã",* em oposição aos franceses, os ateus e os insípidos filisteus, mas fracassou na sua tentativa de criar um estatuto ex tempore. Bettine protestou, já que ela podia tolerar bastante bem os franceses. Por causa dessa afirmação belicosa, Arnim saiu correndo atrás dela por todo o refeitório e quando finalmente a tinha agarrado, colocou-a no colo e castigou-a com alguns beijos. Uma nova jarra foi trazida pelo atencioso estalajadeiro, que pressentia estar em meio ao negócio da sua vida, e apenas Humboldt colocou a mão sobre o caneco de estanho para indicar que não queria ser servido.

— Estou cheio — disse.

Kleist revidou:

— Eu sou poeta** — e esse jogo de palavras acabou sendo o mais bem-sucedido de toda a noite.

---

*Em 1811, o poeta Achim von Arnim criou um grupo, em Berlim, que se reunia para um almoço e posterior discussão de temas, todos eram patriotas prussianos e de firmes convicções políticas. (*N. do T.*)

**Ich bin dicht / Ich bin Dichter. Dicht*, adjetivo, passa a noção de impermeável, fechado; *Dichter*, substantivo, significa poeta, autor. (*N. do T.*)

Schiller bebeu as duas doses, a sua e a de Humboldt, uma decisão que tingiu seu rosto de uma cor indefinível.

— Você está pálido, Friedrich — disse Bettine, e o rei da bebida explicou ter de se aliviar diante da porta.

Ao se levantar, ele quase caiu no chão e teve de ser amparado por Humboldt.

— Não consigo — disse — ficar de pé! A cabeça está fresca, o estômago está saudável, mas as pernas não querem mais me carregar.

Ele se dirigiu com passos trôpegos até a porta da hospedaria; mal chegou lá fora, escutaram-se ruídos nada elegantes, entremeados por xingamentos.

— O javali acabou com ele! — gracejou Kleist.

Mas o momento de se recolher tinha chegado também para os outros beberrões. Humboldt puxou a fila; um pouco depois, seguiram Kleist, Arnim e Bettine, que andavam aos cutucões e beijos. Arnim tropeçou nos degraus da escada.

Goethe observou o desequilíbrio dos outros. Ele ficou para trás, a fim de acertar a conta com o dono da hospedaria. Embora já fosse bem tarde da noite, a embriaguês e o cansaço haviam sumido de repente. Por isso, pediu uma caneca de leite morno ao dono, antes de esse apagar as luzes e também ir dormir, e com a peça de Kleist foi se sentar na poltrona junto à lareira.

Ao abrir a pasta de couro e ler a primeira página, sem maiores ornamentações — *A bilha quebrada* — Schiller voltou. Sentia-se melhor, mas tossia e reclamava do frio.

— Arre! Está geladíssimo — disse, esfregando cuidadosamente os braços. — Maldição, desde Ossmannstedt não consigo me aquecer direito... Mas foi uma despedida calorosa, não é?

— Realmente. Seu passeio na água do Reno acabou valendo a pena, velho amigo. O gáudio de hoje me era desconhecido.

Schiller apontou para a caneca de leite na mão de Goethe.

— Mais uma saideira?

— Pode-se dizer.

— O senhor ainda não vai se deitar?

— Não. Meu sono se foi. Vou continuar olhando para A bilha.

— Mas não olhe fundo demais! — disse Schiller, piscando um olho. Daí ele se dirigiu à escada, a qual Arnim quase não conseguira subir, e desapareceu.

Mal Bettine e Arnim fecharam a porta atrás de si, eles se beijaram e trocaram carinhos, tontos pela bebida e pelo desejo, e o frio do quarto não os incomodou.

— Você é meu tesouro — disse Arnim entre dois beijos, quase sem respirar.

Ela pegou a cabeça dele e apertou-a contra seu cabelo e pescoço. Sua pulsação batia cada vez mais rapidamente debaixo da pele. Ela quis tirar o casaco dele, mas as mangas ficaram presas no meio do caminho, nos braços.

— Amo você — disse Arnim, mas Bettine fechou seus lábios com um beijo.

Seu hálito estava quente, sua língua tinha gosto de vinho. Ela se soltou dele e começou a abrir as fitas do vestido. Arnim olhou para ela sem se mexer, o casaco ainda meio vestido na altura dos cotovelos. Parecia que ele não conseguia acreditar no que estava acontecendo ou a escuridão do quarto fazia com que pensasse tratar-se de uma miragem. Ele apertou os olhos para certificar-se.

— O que foi? — perguntou Bettine.

Arnim apenas balançou a cabeça num sinal de aprovação e tentou se despir. Já que seus braços continuavam presos nas mangas, mal podia se mexer. Durante a luta com o casaco, bambeou, deu um passo para trás, bateu no estrado da cama, desequilibrou-se e caiu de costas no edredom macio. E lá ficou deitado.

— Este é um estado que não pode ser favorável à paixão — disse, mas de modo tão pouco claro que nem mesmo ele entendeu.

Arnim se levantou. Bettine parou.

— O que foi? — ela perguntou. — Você quer dormir?

Arnim esforçou-se para ajeitar o tronco, balançando a cabeça.

— Estou desperto demais para dormir.

Em seguida, seus olhos se fecharam, um depois do outro, e, contrariando suas palavras, ele se deixou cair novamente na cama. Desta vez, permaneceu deitado. Sua respiração, que há pouco ainda estava ofegante, logo se acalmou e entrou num ritmo regular.

Semivestida, Bettine curvou-se sobre o dorminhoco, que mesmo nessa condição desonrosa ainda se parecia com um discípulo grego de algum deus. Com a mão aberta, ela deu tapas nos dois lados do rosto dele, mas a resposta que recebeu veio na forma de ronco. Ela se sentou ao seu lado no canto da cama.

Bettine permaneceu sentada assim durante algum tempo. Depois foi até a cômoda, para molhar o rosto e as mãos com a água fria da bacia. Ela fez uma tentativa infrutífera de livrar Arnim de seu casaco, mas ele estava deitado feito chumbo sobre a roupa. Então, apenas lhe descalçou as botas, ergueu as pernas até a cama e cobriu-o com o cobertor. Voltou a fechar o vestido e saiu do quarto. Depois de se certificar de que o corredor estava vazio, retornou ao refeitório.

Goethe estava sentado numa poltrona à luz de duas velas. Quando viu Bettine, abaixou devagar o original — do qual tinha conseguido ler apenas poucas páginas. Ela ficou parada no meio do caminho e, sem dizer nada, foi rapidamente em sua direção, sentou-se nos seus joelhos, enlaçou-o com os braços delicados e ficou sentada com a cabeça apoiada no coração dele. Goethe aceitou tudo e passou os dedos pelo cabelo solto dela. Estava silêncio, muito silêncio, e Bettine acabou adormecendo sobre o peito de Goethe. Goethe ergueu-se com ela nos braços e carregou-a como um bebê dormindo de volta até o quarto, para deitá-la na cama e cobri-la, assim como ela havia acabado de fazer com Arnim.

7

FRIEDLOS

Em toda a história dos homens, nenhum capítulo ensina mais ao coração e ao espírito do que os anais de suas confusões. Em Friedlos, um vilarejo com estação de correios à esquerda do rio Fulda, a 22,5 quilômetros de Hessen-Kassel e a 45 de Eisenach, os companheiros se achavam tão inalcançáveis e seguros como se estivessem no pátio de Wartburg. Boris trocara os cavalos que deviam levar a carruagem até a noite para Eisenach uma última vez e, logo depois de um lanche na estação de correios, todos já estavam montados de novo. Apenas Schiller faltava. Quando ele colocou o pé no estribo da carruagem, a palavra Wartburg chegou aos seus ouvidos.

Schiller se virou em direção ao interlocutor. Era um viajante da Suécia, um jovem de cabelo louro-palha e rosto vermelho, que, com o auxílio de muitos gestos, relatava um acontecimento a três homens, sentados num banco defronte à estação.

— Por favor, um momento — disse Schiller para dentro da carruagem, onde Bettine e o delfim já estavam instalados. — Quero escutar o que o sueco tem a dizer. — Ele desceu e se juntou aos homens. — Senhor sueco!

O nórdico voltou-se em direção a Schiller, certamente feliz por ter arregimentado outro ouvinte. Depois das apresentações mútuas, o sueco explicou que estava em meio a uma *grand tour* até a Itália e que no dia anterior, na continuação de sua viagem até Fulda, tinha chegado ali vindo de Eisenach.

— Também está de viagem para Eisenach? — perguntou o sueco, lançando um olhar para o grupo de Schiller. — Entre os senhores não há nenhum britânico, espero!

— Por quê?

— Porque na noite de ontem eles se envolveram numa terrível confusão em Wartburg: dois visitantes britânicos foram esfaqueados e não sobreviveram até o amanhecer e dois estão sendo remendados agora no hospital. A notícia não vem a público porque as autoridades de Eisenach, suponho, estão fazendo o possível para manter o assassinato sob sigilo, um tempo em que as nações europeias monitoram umas às outras com tamanha suspeita.

— E como o senhor tem ciência disso?

— Só sei porque tinha a intenção de visitar no mesmo dia o esconderijo de Lutero e dei com as portas fechadas. Na confusão geral, consegui que uma empregada, pálida feito uma mortalha, me contasse sobre esse banho de sangue. Terrível, não é verdade? Na mesma casa onde o diabo apareceu para o grande reformador. Dá para acreditar que ele voltou a visitar Wartburg nessa noite. Herren må beskydda os alla!

— Sabe-se algo sobre os criminosos?

O sueco balançou a cabeça, negando.

— Tanto quanto sobre sua motivação: nada. Na minha opinião, eles já estão longe. Eu também não tinha mais motivos para ficar na cidade. — Um calafrio fez o corpo do sueco tremer. — O que o senhor dizia, doutor cavaleiro... que está indo para Eisenach?

— Não. Nosso destino é Hannover.

Depois de se despedir dos outros viajantes, Schiller voltou para a berlinda. Mas em vez de subir, se juntou a Boris no assento do cocheiro e disse para ele:

— Vamos pegar a estrada para Göttingen. Faça o que estou dizendo. Explico mais tarde.

Um quilômetro e meio depois, no cruzamento das estradas, os quatro que estavam a cavalo se espantaram quando a carruagem não foi no sentido leste, mas norte. Um único olhar de Schiller foi o suficiente para que o seguissem sem fazer perguntas. Depois de 15 minutos, ele pediu para Boris conduzir os cavalos até uma trilha de um pedaço de floresta, que terminava numa ponte de madeira caída sobre um riacho.

— Sir William está morto — disse Schiller, pulando do assento. — Os homens a quem deveríamos confiar Karl estão feridos ou mortos.

Essa notícia deixou os outros literalmente paralisados e eles ficaram sentados sobre seus cavalos como estátuas de antigos combatentes.

— Sinto não poder lhes transmitir mais novidades. O sueco com quem falei também não sabia de mais nada.

— Será que fomos seguidos desde Mainz e ultrapassados? — perguntou Humboldt. — Ou será que há adversários da nossa campanha na própria cidade de Eisenach?

— A única certeza é que hoje não viajaremos a Eisenach — disse Goethe. — Sugiro que fiquemos escondidos aqui enquanto alguém vai galopando até lá para descobrir o que realmente se sucedeu em Wartburg.

Kleist se apresentou de imediato para essa tarefa, mas a escolha de Goethe recaiu sobre Humboldt, porque esse último era conhecido de Sir William e de seus oficiais. Sem perder tempo e com o pedido expresso de Goethe para que tomasse cuidado, Humboldt se pôs a caminho de Eisenach. Os outros não tinham alternativa senão esperar na floresta pelo seu regresso. As selas dos cavalos foram retiradas e os animais conduzidos até o riacho para beber. Goethe pediu a Arnim e a Kleist para enterrar a alguma distância os uniformes da Guarda Nacional, guardados até então, para que não levantassem suspeitas entre os guardas fronteiriços alemães ou franceses. Os mosquetes, porém, permaneceram na carruagem. Goethe cortou um botão de uma das jaquetas azuis para, nas suas palavras, guardá-lo como lembrança entre sua coleção de moedas.

Humboldt voltou logo após anoitecer. Sua montaria espumava pela boca, os olhos estavam vítreos e parecia não aguentar nem mais um quilômetro. Boris foi logo cuidar do animal. Mas Humboldt também estava mais que exausto e quase não conseguia ficar de pé; ao tirar as luvas de couro, seus dedos ardiam, vermelhos, de tanto segurar as rédeas. Bettine trouxe-lhe água, o delfim enrolou-o numa coberta e Kleist massageou-lhe os ombros enrijecidos. Todos estavam impacientes para ouvir seu relato, pois caso não houvesse motivo para preocupação, Humboldt certamente não teria cavalgado tão depressa.

— Quebre logo seu silêncio, Alexander — pediu Schiller. — Deixe-nos saber o que temos a infelicidade de temer, o que temos a felicidade de esperar!

— Muito do primeiro, pouco do segundo.

— Fale com mais clareza! Você esteve em Wartburg?

— Não precisei ir até Wartburg para confirmar nossas piores suspeitas. Ainda na cidade cruzei com o *capitaine* bávaro de Mainz.

— Não! Não é possível! — exclamou Schiller. — Impossível, você não está falando sério! Santing, o cão sanguinário, em Eisenach e com vida!

— Tão vivo quanto você e eu.

— Maldição! Não pode ser, não quero e não vou acreditar! O homem explodiu e se afogou!

— Nada disso. Parece que ele perdeu uma vista, pois estava usando um tampão sobre o olho direito e embaixo havia uma crosta marrom espessa.

Um silêncio perplexo tomou conta do grupo. Apenas o ofegar do cavalo fatigado e o barulho do rio quebravam o silêncio.

Goethe disse:

— É assim com os miseráveis: antes de virarmos as costas, já estão de pé novamente.

Humboldt passou a relatar como tinha chegado a Eisenach e como a cidade aparentemente desconhecia a notícia dos acontecimentos em Wartburg, pois a vida parecia andar no ritmo normal. Com as rédeas de seu cavalo nas mãos, ele estava prestes a cruzar o mercado quando notou Santing, que estava vindo na sua direção em companhia de outro homem. Ambos estavam usando roupas discretas e não havia sinal de armas. Certamente o capitaine teria reconhecido Humboldt, mas o tampão do olho deve ter dificultado sua visão. Humboldt escondeu-se rapidamente atrás de seu cavalo e, quando eles o passaram, os seguiu a uma distância segura até uma hospedaria na Gergenstrasse, diante da qual conversaram com um terceiro — se em francês ou alemão, Humboldt não soube decifrar de longe.

— E isso não é tudo — Humboldt prosseguiu. — Pois Santing carregava uma bengala na mão, que completava seu disfarce de burguês honrado. Uma bengala... com um punho de marfim na forma de uma cabeça de leão.

— Santa misericórdia! Quem tinha uma bengala assim...

E Goethe terminou a frase que Schiller tinha começado:

— ... era Sir William Stanley.

— Veneno, peste e putrescência! — praguejou Kleist, quebrando um galho em dois de tanta raiva. — Ninguém consegue acreditar nisso!

Enquanto Humboldt matava sua sede e Kleist continuava na floresta a dar vazão à sua raiva, Arnim quis pegar a mão de Bettine, mas ela se esquivou, cruzando os braços na frente do peito. Luís Carlos lançava um olhar vazio para o grupo.

Tossindo, Schiller sentou-se sobre uma rocha coberta por musgo e, com a voz fraca, disse:

— Tudo indica que essa é a peripécia de nossa aventura.

— Como Santing pôde saber para onde estávamos indo? — perguntou Arnim, mas ninguém soube responder. — Quem o colocou no encalço dos ingleses e como conseguiu assassinar Sir William e se safar?

— Desta vez você não se sentiu perseguido — disse Goethe para Schiller. — Será que sua boa intuição o deixou, meu caro amigo?

— Para ser muito honesto, Herr von Goethe, senti-me tão perseguido até Mainz como antes, em Cisrhenan. Apenas essa ideia me pareceu absurda até hoje de manhã e não queria estragar a boa atmosfera geral com alarmes falsos. Tenha certeza, não ocultarei mais nenhuma intuição.

Goethe assentiu.

— Bem, meus amigos; não entremos em pânico por causa dessa dificuldade. Herr von Kleist, permita à madeira um pouco de descanso e volte a nos fazer companhia.

Kleist fez o que lhe foi pedido, depois de quebrar com o pé mais um galho.

— Não podemos ir para Eisenach no momento, isso é certo — explicou Goethe. — Poderíamos esperar aqui até que o duque chegue à cidade. Pois ele o fará com certeza, a fim de aproveitar a oportunidade.

— O príncipe não pode ficar por aqui — Schiller replicou. — Não aqui, de modo algum. Se não cairmos na teia deles, a aranha Santing vai deixá-la em breve e sair à nossa procura.

— Sou da mesma opinião, meu amigo. Karl e nós só estaremos totalmente seguros da perseguição dos franceses em Weimar.

— Mas se quisermos ir até Weimar, temos de passar por Eisenach. Não há outro caminho até lá.

Agora era Kleist quem se manifestava.

— É preciso ação, não conluios! O que impede uma batalha aberta? Realmente não temo o poderio bélico da França! A vantagem da surpresa está do nosso lado, temos armas e munição suficientes e em Mainz vencemos uma guarnição inteira! Agora ou nunca é o momento de escorraçar os salteadores da Alemanha ou irrigar nossas sementes com seu sangue! Já tiramos um olho desse biltre... vamos tirar o resto!

— Não restam dúvidas sobre seu arrojo, Herr von Kleist, mas sua vontade não desencadeia as ações e não há dúvida de que sua coragem transporta a batalha para um cenário mais fácil. Não devemos nos esquecer que nosso vaudevile em Mainz por um triz não se transformou numa catástrofe. Quem sabe se a fortuna estará nos velando novamente? E quem pode dizer quantos soldados Santing conseguiu infiltrar na Alemanha? Só temos uma vida neste mundo, não a coloquemos em jogo.

— Não podemos prosseguir, não podemos ficar, o que faremos?

Goethe trouxe da carruagem um dos mapas que Voigt tinha lhe dado, abrindo-o no chão da floresta.

— Pegaremos um desvio para Weimar — disse. — A volta é tão grande que extrapola a teia de Santing. Ou no sul, à sombra da floresta da Turíngia, através da Baviera...

— Longe dos degenerados bávaros! Longe do mais avaro entre todos os príncipes alemães! Então é melhor voltar logo para a França!

— Heinrich tem razão — disse Schiller. — O maior aliado de Bonaparte entre os alemães é o príncipe-eleitor. Se considerarmos o fato de o próprio Santing ser da Baviera.

— Então continuamos mais para frente, sobre a Prússia e a Saxônia, de volta até a Turíngia e depois para Weimar pelo norte.

O semicírculo desenhado pelo dedo de Goethe no mapa, de sua localização atual até Weimar, foi aprovado por todos do grupo e eles concordaram também em atravessar a noite viajando, já que os cavalos estavam descansados pela longa parada.

Ao jogarem as selas, um depois do outro, sobre as costas de seus cavalos, Arnim disse:

— Conselheiro, vou retomar sua oferta de nos deixar dois cavalos para a viagem de volta a Frankfurt. Por razões compreensíveis, Bettine e eu temos de nos separar do grupo aqui.

Bettine, que estava amarrando sua sela, ficou tão espantada quanto os outros com essa notícia. Sem dizer uma palavra, pegou na mão de Arnim e foi com ele até o rio, à sombra da madeira preta, coberta de musgo, da ponte de outrora.

Mas antes de ela falar, ele começou:

— Basta, Bettine. Desenrugue a testa, você não fica mais bonita assim e também não me fará mudar de opinião. Você está assoprando um fogo apagado. Vamos para Frankfurt, está decidido. Você me deu sua palavra. Já estou com medo dos riscos que o punhal de Clemens fará no meu rosto por todas as travessuras das quais não a protegi. Mas certamente não permitirei que você ande como uma foragida pela Alemanha num passo de caranguejo, perseguida por franceses sedentos de sangue, cujo maior desejo é nossa morte. Já tive minha cota — disse, colocando a mão sobre a coxa perfurada pela bala. — Estou satisfeito e não quero repetir o prato.

— Então você quer deixar os outros sozinhos e expostos ao perigo? Goethe e Schiller não são mais jovens.

— Velhos têm de morrer, jovens podem morrer. Essa é a diferença. Ninguém os obrigou a este périplo. E não devo protegê-los, mas a você. Voltaremos para Frankfurt. — Com essas palavras pegou Bettine pelo braço, a fim de levá-la de volta aos cavalos, mas ela se soltou e saiu correndo ao longo do rio. — Bettine!

Os companheiros junto à carruagem ouviram esse chamado.

— Achim? Está tudo bem? — ouviu-se uma voz pela floresta.

— Daqui a pouco estaremos aí de novo — retrucou Arnim, e foi atrás de Bettine.

Para sua grande surpresa a encontrou tentando subir num olmo. Arnim deu um pulo para frente, a fim de agarrar um de seus pés, mas ela o puxou a tempo. Sobre um galho a três passos do chão, ela olhava de maneira ostentativa para longe, com as costas apoiadas no tronco.

Arnim reprimiu aquilo que iria dizer e acabou perguntando:

— Como está o ar aí em cima?

— Livre.

— Posso olhar debaixo de sua saia.

— Parabéns.

— Bettine, os outros estão esperando por nós. Você não é nenhum esquilo, desça antes que caia.

Bettine não respondeu e, em vez de olhar para Arnim, encarou as copas das árvores peladas sobre si.

— Você está cega — disse Arnim. — Parece que não sabe mais o que é melhor para você.

— Sei o que é melhor para mim! Preciso manter minha liberdade!

Perplexo, Arnim arrancava um pouco da casca da árvore.

— O que posso fazer? Devo pegar um machado para trazer você de volta ao chão?

— Achim, compreenda — ela disse com a voz suave. — Minha maior preocupação não é com o delfim ou com Schiller ou Goethe, mas com você. Estes dias estão sendo os melhores que passei ao seu lado, apesar de todos os perigos, e não quero que terminem. Em Frankfurt, tudo vai voltar ao seu ritmo convencional e inocente; nunca ficaríamos a sós, nunca sem alguém nos observando. Lembre-se de nossa noite na hospedaria.

— Não gosto de pensar nisso. Adormeci vergonhosamente no limiar do paraíso.

— Mas da próxima vez você ficará acordado, e haverá uma próxima vez, não em Frankfurt, mas aqui, se permanecermos livres — ela sussurrou, e olhou para ele com seus olhos castanho-escuros —, e prometo a você, Achim, será paradisíaco.

Quinze minutos depois, Achim von Arnim, Bettine Brentano e seus companheiros estavam cavalgando na estrada de Göttingen, em direção ao norte.

Muito antes do amanhecer, Schiller — que estava no banco do cocheiro — percebeu uma pequena luz bruxuleante atrás de si. Acordou Goethe, que dormia com Luís Carlos na carruagem, com uma batida no teto e apontou para sua descoberta.

— Talvez um fogo-fátuo? — perguntou Schiller.

— Eles costumam andar em zigue-zague. Não é um fogo-fátuo. — Goethe procurou o telescópio na bagagem de Humboldt e o passou pela janela, para que o amigo pudesse descobrir o mistério da luz, na medida em que os sacolejos da carruagem o permitissem.

— Um azar atrás do outro — disse Schiller, ao baixar o telescópio do olho. — Boris, apague as lanternas. São cavaleiros.

— Quantos?

— Não sei dizer. Meia dúzia, pelo menos.

— Que absurdo. Não será...

— Quem mais poderia ser, galopando à toda durante a noite profunda? O rei dos elfos e as filhas?*

---

*"A filha do rei dos elfos" é uma balada do folclore dinamarquês, traduzida para o alemão por Herder, em seu livro de canções populares. Goethe se baseou nela para escrever seu famoso poema "O rei dos elfos" (1782). "Quem cavalga tão tarde pela noite e pelo vento?" é a primeira linha do poema de Goethe. (*N. do T.*)

— Acho que os preferiria a esse demoníaco cão sanguinário de Ingolstadt. Isso é impossível! Ou, ao menos, incompreensível! Como ele sabe que estamos aqui e como chegou tão rapidamente de Eisenach até aqui?

Schiller orientou Boris a acelerar os cavalos. Luís Carlos, que também acabara de acordar, sugeriu entregar-se em Eschwege para a polícia ou numa caserna, mas Goethe retrucou que o perigo de cair nas mãos napoleônicas ou ser simplesmente considerado um maluco era grande demais. E se os cavaleiros ingleses, os melhores de sua majestade, não estavam seguros numa fortaleza como Wartburg, por que o delfim estaria seguro em Eschwege?

Em vez disso, a ideia era usar a carruagem, que retardava o avanço do grupo, como uma isca para levar os perseguidores — caso realmente fossem perseguidores — a um caminho errado, ou seja, à estrada para Göttingen, enquanto os companheiros continuavam no rumo leste, em direção à Prússia, inimiga dos franceses. A bagagem essencial foi distribuída entre as bolsas das selas e as mochilas e as armas francesas foram amarradas numa coberta, com exceção de uma, que ficaria com o cocheiro russo.

Eles chegaram a Eschwege de manhã. Não havia sinal dos cavaleiros estranhos. Mesmo assim, a despedida de Boris foi rápida e eles lhe recomendaram salvar sua valiosa vida caso fosse pego. Na estação postal, sem regatear o dinheiro de Weimar, foram adquiridos os três animais mais robustos: um cor de canela com uma estrela, um castanho e um malhado com manchas pretas e amarelas; cavalos que se pareciam com cervos, que davam a impressão de chegar até a Polônia, se necessário. Montados, os cavaleiros tomaram um café da manhã frugal. Pouco tempo depois chegaram à fronteira entre a Prússia e Hessen e, com uma meticulosidade prussiana, foram interrogados pelos funcionários da aduana e os passaportes checados. Sua pouca bagagem foi vistoriada à procura de produtos franceses. Foi apenas graças aos passes da chancelaria de Carl August que os sete conseguiram carregar suas inúmeras armas para dentro do reino. Depois de 15 minutos o tronco que fazia as vezes de cancela foi erguido e baixado após sua passagem e era de se esperar que se mantivesse fechado para seus perseguidores, caso os tivessem seguido, e não à carruagem — e assim a caçada estaria encerrada.

Por volta da hora do almoço, em Eichsfeld, o cavalo de Kleist, um dos franceses, que estava em marcha contínua desde a noite anterior, caiu, jogando o cavaleiro de maneira rude no chão. Kleist escapou ileso, à exceção de uma ferida, mas o animal tinha torcido a pata dianteira de tal modo que só conseguia mancar. Apesar de toda a infelicidade dessa ocorrência, ela motivou uma pausa mais de que necessária para cavalos e cavaleiros. Os companheiros beberam água, relaxaram os membros doloridos e deixaram os animais pastarem. Schiller voltou a fazer uso do telescópio de latão de Humboldt, perscrutando o horizonte. Arnim aproximou-se dele.

— Acho que os despistamos. Você também não concorda?

— Não.

— Ironia?

— Não. Muito sério. — Schiller apontou uma nuvem de poeira atrás de uma sequência de montanhas, que podia ser o sinal de alguns cavaleiros. — Ela está nos seguindo impávida por todos os caminhos de nossa fuga.

— Deus do céu! — exclamou Kleist. — Nem uma loba persegue sua presa com tamanha ganância! Quantos troncos teremos de jogar no caminho desses cães miseráveis, quantas pontes teremos de explodir sob suas bundas! Basta eu me virar para enxergar duas coisas: minha sombra e eles!

Goethe também balançou a cabeça, atônito.

— Será que estamos deixando um rastro de sangue? Como é possível que esse indivíduo se mantenha em nosso encalço como um perdigueiro? Gostaria de saber a qual satã ele empenhou sua alma!

Arnim e Bettine trocaram de montaria, agora no mais robusto dos três cavalos novos, enquanto Kleist ficou com o cavalo de Bettine e o seu, machucado, foi espantado por Humboldt com uma chicotada.

Galopando, eles gritavam entre si, a fim de superar o barulho dos cascos, tentando encontrar uma saída dessa situação complicada. Kleist queria abrir fogo contra os franceses de um ponto estratégico na beira da estrada. Humboldt sugeriu dividir o grupo em dois, na esperança de que Santing perseguisse o errado. No fim das contas, concordaram em continuar cavalgando sem paradas e descansos, até a exaustão total dos animais, pelo menos até a chegada da noite, para depois continuar a pé, evitando as estradas. Enquanto isso, um deles continuaria na estrada com os cavalos, a fim de chamar a atenção do teimoso *capitaine* com as pegadas — uma cilada que todos torciam para dar certo na segunda tentativa.

O sol baixou a sua volta, mas quando um deles lançava um olhar sobre o ombro não era para se regozijar no crepúsculo, mas para checar se a distância de seus caçadores tinha aumentado ou diminuído. Apesar da fome e da sede, do cansaço e das dores no corpo dos viajantes, ninguém se permitiu a fraqueza de reclamar de nada. Eles atravessaram o rio Unstrut no escuro e finalmente apearam numa floresta mais à frente. Luís Carlos caiu no chão, porque suas pernas não queriam mais carregá-lo depois da longa cavalgada, e lá ficou. Mas Bettine e Humboldt também se deitaram de costas na grama ao lado da estrada. O sono os transformou em pedra.

— Quem deixou vocês dormirem? — perguntou Schiller. — Mais um pouco de esforço, senão vocês serão mortos durante o sono.

A água dos cantis tinha acabado e não havia nenhum rio por perto; a poeira da estrada, que grudava nas suas gargantas, doía ao ser engolida. Os companheiros colocaram o que ainda havia nos bolsos das selas em suas mochilas e os mosquetes franceses, mais as baionetas, foram divididos entre os homens. Kleist carregou suas duas pistolas, pois ficara com a tarefa de criar a pista falsa com os cavalos e depois, na medida do possível, voltar até os outros. As rédeas dos cavalos foram amarradas para que Kleist pudesse guiar todos com uma mão. Ele montou o malhado, fez uma saudação breve e partiu. Os outros colocaram suas bagagens, as cobertas e as armas nos ombros e seguiram Humboldt na floresta à esquerda da estrada, cada vez mais longe de Weimar, seu real objetivo. Embora Humboldt logo encontrasse uma trilha, na qual era mais fácil caminhar, o trajeto do grupo, enfrentando a noite e o vento, foi torturante. Os galhos não paravam de bater nos seus rostos, já que não podiam antevê-los na escuridão, e como o cansaço lhes impedia de erguer os pés, mais de um tropeçou sobre uma raiz ou sobre pedras. Os animais da floresta organizaram um concerto desafinado, pois os caminhantes atrapalhavam seu descanso. No lugar de uma fonte, deram com uma poça, cuja água barrenta não matou sua sede. Humboldt se fez de surdo várias vezes ao pedido de parar; por fim, porém, acabou confessando que também não aguentava mais, mesmo se o inferno tivesse mandado sua legião de espíritos danados atrás dele.

Passariam a noite ali mesmo, mas ninguém se deu ao trabalho de arrumar o lugar de dormir. Embora a noite prometesse geada, apenas se enrolaram nos cobertores, o mais rapidamente possível, e o cansaço tomou conta deles. Arnim se ofereceu para o primeiro turno da guarda da noite, mas depois de checar se todos os adormecidos estavam bem protegidos e tendo se enrolado na própria coberta e encostado numa árvore, adormeceu antes de a coruja dar o terceiro pio.

A manhã seguinte prosseguiu, sem café da manhã, em direção noroeste. Eles se afastaram da estrada e quando ousavam sair da proteção da floresta, a fim de atravessar um campo ou uma pradaria, então o faziam como antes em Hunsrück ocupado pelos franceses: com cuidado e com pressa. Evitavam todos os povoados; apenas uma vez pediram que Arnim fosse a uma fazenda comprar um pão e um queijo. Na volta, ele lamentou que mesmo na própria Prússia era preciso se esconder dos inimigos.

De acordo com as instruções passadas por Humboldt, Kleist juntou-se a eles durante a tarde. Tinha cavalgado até Langensalza e lá deixou os cavalos à beira da estrada junto com outro bando, cujo proprietário certamente iria se alegrar pelo acréscimo. Tinha ficado com um cavalo, a fim de seguir até os companheiros. O infeliz animal estava tão exausto do percurso infernal de dois dias e duas noites que tombou inconsciente mal Kleist descera da sela. Seguindo uma inspiração, Kleist havia se escondido perto da estrada e depois de uma hora realmente passaram por ele alguns cavaleiros galopando — mas eram apenas dois e, com certeza, Santing não estava entre eles. Mas quando Kleist os descreveu que segundo sua imagem estavam armados até os dentes, Humboldt reconheceu um deles como o homem com o qual o capitaine havia conversado diante da hospedaria em Eisenach. Então, havia pouca dúvida de que seus perseguidores também haviam se dividido e apenas dois tinham seguido a trilha errada. Mas era um mistério onde estavam os outros e, principalmente, onde estava Santing. A única coisa possível de se afirmar com certeza é que eles ainda não estavam em segurança.

Já que não queriam ficar fugindo para sempre e como não havia nenhuma cidade mais importante nesse lugar solitário, na qual poderiam pedir ajuda, Goethe sugeriu ir até um lugar intransitável, deserto, e, até mesmo subir a montanha, para escapar de Santing de vez, ou caso ele continuasse os perseguindo, aguardá-lo com pólvora e chumbo. Abriu mais uma vez o mapa tão usado. Ele se desmanchou em suas mãos em quatro pedaços e Goethe teve primeiro de organizar os quartos no chão. Tudo indicava que três cadeias de montanhas serviriam para suas intenções: Hainleite, Harz e Kyffhäuser. A decisão recaiu sobre a última, que ficava entre as outras duas. Goethe tinha viajado pela montanha Kyffhäuser com o duque há 30 anos e era possível que Carl August se lembrasse disso e o procurasse pela região. Mas a maior expectativa era não encontrar os franceses por lá e, como não podiam se esconder para sempre no reinado prussiano — ou melhor, no principado de Schwarzburg, onde ficava a Kyffhäuser —, voltar com as mãos abanando. Se fosse necessário, sempre seria possível mandar alguém do grupo como mensageiro até o duque em Weimar.

Até a montanha Kyffhäuser era mais um bom dia de caminhada e os companheiros tinham de passar outra noite no chão congelado da floresta, que não só tinha piorado a tosse de Schiller como entupido o nariz de Goethe e o de Bettine. Kleist tinha se deitado de maneira desconfortável sobre uma pedra rugosa e na manhã seguinte, por causa do torcicolo, só podia virar a cabeça para um dos lados. Arnim torceu o pé de tal maneira que seu calcanhar inchou e os outros tiveram de cortar a bota para tirá-la de seu pé vermelho e intumescido. Ele não censurou Bettine ao manquitolar de meias, mas a bronca estava estampada em seu rosto.

Mas, como a sorte quis, encontraram alguém à sombra da montanha Hainleite que levantou o humor de todos: cruzaram o caminho de um caixeiro-viajante, que ia de vilarejo em vilarejo com seu carro puxado por um só animal. Por causa da quantidade de armamentos dos companheiros, o comerciante achou, a princípio, ter topado com um covil de ladrões. Maior então foi sua alegria ao saber que lidava com fregueses endinheirados. Sem delongas, abriu as portas de seu carro e desfilou o inventário das suas mercadorias. Eles pegaram aquilo que cabia em suas mochilas e o que lhes seria útil nos próximos dias na floresta: duas barracas de lona grossa, cobertas de feltro, detonadores, velas, lamparinas, archotes, um machado, sabonete, algumas panelas, pratos e talheres; pão, farinha, semolina, batatas, presunto, salames, queijo, maçãs e muito café de chicória, além de inúmeras garrafas de vinho e conhaque; além disso, roupas novas para o delfim e botas novas para Arnim. Bettine também insistiu em finalmente trocar por uma calça sua pobre saia, que de tanto se enganchar nas raízes estava toda desfiada na barra. Ela comprou um modelo cinza, mais um colete amarelo e um casaco marrom; atrás do carro, trocou de roupa. Mas, devido a sua baixa estatura, todas as peças estavam muito grandes e largas, como se as tivesse conseguido no mercado de trocas. O comerciante riu de Bettine e disse que ela se parecia com um pastor da Savoia e que poderia muito bem trabalhar no ramo. Humboldt lhe deu de presente um gorro de pele de raposa, com o rabo do bicho pendurado atrás, e jurou que ela estava equipada não só para as florestas alemãs como para o oeste americano. Na despedida, o grato comerciante queria ofertar-lhes mais algumas quinquilharias como brindes, mas Schiller recusou, agradecido, e pediu-lhe apenas que se mantivesse em silêncio.

No crepúsculo, a gigante Kyffhäuser se postou à frente deles; envolta pela neblina noturna do vale, ela se parecia com um gato preto que tinha se enrolado numa coberta branca para dormir. A montanha era mais baixa do que a Hunsrück e bem menor do que a floresta da Turíngia, embora mais assustadora que ambas; uma elevação tediosa, pouco amistosa, que só suportava os seres humanos aos seus pés. Os sete caminhantes pararam e a observaram. Eles ainda não sabiam disso, mas esse era o lugar que seria seu abrigo e lar pelos próximos 24 dias e do qual não partiriam como tinham chegado. Ninguém disse nada, mas alguns sentiram um calafrio e puseram a culpa no frio da noite.

Um bando de aves de rapina voou sobre suas cabeças em direção a Kyffhäuser e os companheiros as seguiram.

8

KYFFHÄUSER

O porco selvagem revirava o chão com o focinho à procura de sua refeição matinal. Depois de o animal achar algumas bolotas do ano anterior e levantar a cabeça para olhar ao redor, mastigando, Bettine disparou a balestra. A flecha acertou a cabeça e ficou espetada atrás da orelha. Um tremor perpassou pelo corpo do javali e ele guinchou. Olhou para os lados, consternado, mas, embora revirasse os olhos como doido, não conseguia enxergar a flecha; em seguida, passou a correr em pequenos círculos, balançando a cabeça loucamente, como se quisesse se livrar de um inseto incômodo que estava em seu pescoço. Bettine ficou tão enfeitiçada por essa visão que Schiller teve de arrancar a balestra de sua mão para rapidamente esticar a corda para um segundo tiro.

Mas dessa vez o javali escutou o barulho da arma e num instante correu para o arbusto onde Schiller, Bettine e Karl tinham se escondido, com ódio nos olhos e as presas prontas para o ataque. Schiller jogou a balestra e pegou seu cajado, a fim de se defender do animal. Bettine saltou para o lado. Schiller bateu com a extremidade mais grossa na cabeça do javali, mas a pancada não surtiu efeito. Schiller fugiu para trás do tronco de um carvalho. O animal furioso o seguiu, circundando a árvore uma vez pela direita, uma vez pela esquerda, mas sem conseguir pegar Schiller. Bettine tinha apanhado o facão de caça e o jogou, rente ao chão, para Schiller; tinha armado também uma pistola, se bem que o combinado era só atirar em caso de extrema necessidade.

Durante a cruel dança de roda ao redor do carvalho, Karl aproximou-se com uma lança de bétula feita por ele mesmo e, com um grito de ataque, enfiou-a no flanco do javali. Esse se voltou para seu novo adversário, mas Karl ficou com a lança nas mãos e o javali manteve a distância, enquanto a ferida aumentava cada vez mais. Porém, a força do animal era tão grande que a lança acabou quebrando. A parte mais longa ficou presa no corpo do javali, como tinha acontecido também com a flecha. O animal derrubou Karl, mas ele felizmente se levantou com rapidez e correu. Para sua sorte, foi fácil agarrar um galho baixo e se içar para o alto de uma árvore, fora do alcance da besta, que soltava bufadas de morte.

Schiller tinha apanhado o facão de Bettine. Com um pulo, ele se postou atrás do animal, colocou a lâmina debaixo do pescoço dele e puxou-a para cima. As presas do javali pegaram Schiller no braço, furaram sua camisa e tiraram o facão de sua mão, mas a batalha estava ganha: quando Schiller; se afastou de novo, o animal selvagem não mais o seguiu. O sangue quente que jorrava do pescoço do javali caía no chão congelado, envolvendo-o em vapor. Resfolegando, seu olhar ia e voltava entre Bettine e Schiller; ele deu mais uns passos trôpegos para frente e para trás e, com a alma se esvaindo, desabou sobre as folhas secas.

Bettine ficou até o final com a arma apontada para o animal. Em seguida, desarmou o gatilho e baixou a guarda. Karl desceu de seu galho salvador. Schiller inspecionou o rasgo na sua camisa e o hematoma no cotovelo.

— Da próxima vez, vamos caçar um coelho — disse. — Um javali, mesmo alvejado, é muito resistente! Este porco tem mais carne do que conseguimos comer.

Karl aproximou-se do animal. No crepúsculo que tingia tudo de cinza, a poça de sangue tinha um brilho púrpura, irreal. Com algum esforço, Karl tirou da cabeça do animal a flecha da balestra.

— O tiro foi bom.

— Bom? Você disse *bom*? — perguntou Schiller, rindo. — Foi *magistral*! Ainda será assunto de conversas no futuro! Meus parabéns, Bettine. Você realmente é uma Atalanta moderna. — Com essas palavras, ele lhe deu umas batidinhas nas costas. — E como Atalanta você receberá a cabeça e a pele deste animal, assim que acabarmos com ele. Onde está meu cajado?

Eles recolheram tudo aquilo que tinham perdido durante a luta no campo de batalha — o cajado de Schiller, a balestra, o facão ensanguentado e o gorro de pele de raposa de Bettine — e prenderam as patas dianteiras e traseiras do javali num galho para transportá-lo. Em seguida, se colocaram em marcha de volta ao acampamento. No começo, Schiller ainda assobiava uma canção de caçadores, mas logo ficou sem fôlego: mesmo dividido em dois ombros, o javali exangue ainda era tão pesado que tiveram de fazer várias pausas durante a marcha; a última na subida para o acampamento, com uma vista panorâmica estonteante da montanha e do vale.

— Meus cumprimentos, montanha com o cume que brilha em vermelho! — exclamou Schiller, diante da aurora. — Meus cumprimentos, sol, que o ilumina com tanto amor!

— Nunca vi nada tão bonito na minha vida. — Bettine tirou o gorro de pele e inspirou profundamente. — Que maravilha de ar! Quando bebemos a neblina da manhã e o orvalho está sobre a grama e o aroma das ervas frescas invade nosso peito este ar é inexplicável.

— E que não queremos trocar por perfume nenhum do mundo, mesmo da mais refinada composição — completou Karl.

Schiller assentiu com a cabeça.

— De volta a seus braços, a seu coração, natureza! Ah, isso me deixa feliz.

— E faminta.

— Certo. Vamos, sem delongas, surpreender nosso bando com esse *petit déjeuner* capital.

O acampamento dos bandidos do rei ficava na encosta sul da Kyffhäuser, a meio caminho entre o vale e o cume, numa pequena depressão. Como um anfiteatro, três de seus lados eram formados pela encosta, que era tão íngreme e pedregosa que o lugar só podia ser acessado por uma única trilha, que vinha do alto. Em direção ao vale, porém, a montanha descia com suavidade e era preciso dar apenas poucos passos para se chegar a uma vista imponente sobre o vale e a Hainleite atrás — e, é claro, a estrada no meio. Se seus perseguidores se aproximassem dela, seria fácil para os companheiros atacá-los a tempo. Inversamente, o acampamento não era visível a partir do vale e quanto mais a primavera se aproximava, mais denso ficaria o telhado botânico protetor da rica natureza. Ao chegarem, havia apenas brotos nos galhos nus; uma semana mais tarde, aqui e ali surgiam os primeiros pontos verdes.

Eles montaram suas duas barracas no meio do anfiteatro, onde não havia árvores. Numa delas, dormiam Bettine e Arnim, na outra, Schiller, o delfim e Goethe. Embora houvesse espaço nas barracas, Kleist e Humboldt fizeram questão de dormir ao ar livre, ou pelo menos debaixo do avanço de uma rocha próxima, que oferecia proteção contra a chuva. Esse avanço da rocha ficava à esquerda do acampamento. Estava a um metro de altura e tinha o dobro de largura; quase podia ser considerado uma caverna, caso a parede de trás não fosse alcançada depois de dez passos na semiescuridão. Um animal poderia se esgueirar entre alguns corredores e frestas, mas nenhum homem. Por causa de sua pedra calcária branca, Goethe chamou a caverna jocosamente de "Templo das musas", nome que logo todos adotaram. Eles guardaram por lá as armas e a maior parte de seus alimentos, a fim de proteger da chuva a munição e a lenha. Além disso, num tempo de calmaria, alguma fumaça na clareira seria percebida a quilômetros de distância, mas debaixo do telhado de pedra ela entrava pelas frestas do calcário e por lá sumia, restando apenas a fuligem no teto branco. Humboldt, que investigara o "Templo das musas" minuciosamente, desaconselhou permanecer lá mais tempo do que o necessário, pois a pedra estava porosa e solta; alguns pedaços pelo chão e muito detrito eram sinais de desmoronamentos passados.

Quando o trio de caçadores voltou, Arnim estava sentado junto ao fogo, preparando café e alguns ovos que tinha roubado numa expedição matinal. Seu controle de tempo para tirar os ovos da água fervente consistia em rezar um número fixo de pais-nossos. Algumas achas novas foram acrescentadas para o javali, que Humboldt pelou, destripou e trinchou com habilidade. Até o fim ele estava um pouco zangado por causa da leviandade dos três caçadores, principalmente de seu líder, Schiller.

— Parece que vocês não sabiam com quem foram se meter — ralhou. — Um javali crescido! Um adversário desses é grande demais para vocês e podem dizer que tiveram sorte por ter escapado dessa apenas com algumas manchas roxas.

E Arnim não parava de sacudir a cabeça.

— Bettine espetada por um javali selvagem! Deus do céu, Clemens teria me esquartejado.

No mais tardar na primeira mordida da carne, porém, os outros eram só elogios pela ousada caça ao javali, na qual Bettine e o jovem príncipe tinham se saído tão bem. Eles estavam sentados sobre dois troncos caídos, que lhes serviam de bancos, e Arnim trazia constantemente do fogo novos pedaços assados. Como acompanhamento, comeram pão e beberam café e a água que escorria por uma rocha e que tinham recolhido.

Finalmente o sol começou a aquecê-los e Goethe esticou todos membros, satisfeito.

— Gosto de estar aqui e aqui gosto de ficar — disse. — Aqui é tão difícil de nos pegarem como um rato num celeiro e me sinto bem como um deles. As óperas, os teatros, as reuniões sociais, os banquetes... o que é tudo isso contra um único dia divertido a céu aberto em nossas montanhas?

Todos concordaram que não havia um lugar melhor para se esconder. Principalmente Bettine e Arnim aproveitavam a vida na natureza, mas também Schiller não sentia nem um pingo de saudade de seu edredom de plumas em casa. Tinha até deixado de se barbear, assim como Arnim e Karl. E com suas barbas — a de Arnim, preta, a de Schiller, ruiva, e a de Karl, loura — eram os perfeitos salteadores. Schiller prometeu deixar o cabelo crescer como penas de águia e as unhas como garras de pássaros, para se adequar totalmente à vida selvagem. Kleist já se via vivendo no agreste nobre: aquele de seus ascendentes bárbaros, heroicos, dos tempos de Tácito.

Sem dúvida era de se imaginar que o *capitaine* Santing havia interrompido a procura há tempos e que tinha voltado para a França — mas também era possível que ainda cruzasse os principados em sua busca. Por essa razão, os sete estavam de acordo em ficar por um tempo indeterminado nesse agradável refúgio na Kyffhäuser.

Depois do desjejum, Schiller e Karl se recolheram, como haviam feito na manhã anterior. Uma rocha escura, à beira da estrada, distava apenas uma curta marcha a pé a partir da depressão do terreno. A pedra esquentava com a luz do sol e oferecia uma linda visão do vale até Frankenhausen. Ali, por meio de conversas diárias, Schiller tentava preparar o delfim para seu reinado na França. A perspectiva de formar o futuro governante do reinado mais poderoso do mundo foi determinante para Schiller juntar-se à viagem de Goethe até Mainz e finalmente ele podia plantar a semente de um Estado progressista segundo seus ideais. Luís Carlos era um aluno aplicado e mais ainda: o jovem venerava Schiller, amava-o e o seguia como um cachorro segue o dono, como um filho segue o pai. Karl era o rei da França, mas o rei de Karl era Schiller.

Depois do infeliz primeiro encontro, os sentimentos dos outros em relação a Karl se mantiveram numa distância cortês e mesmo a convivência mais próxima na floresta não conseguia superá-la, pois Karl não era um deles: não era burguês, não era literato e não era alemão. Por trás das costas dos dois eles debochavam de leve sobre o rei sem coroa e seu padrasto Schiller, embora soubessem que sua influência sobre Karl só poderia ser positiva e que depois de todas as dificuldades que passara, o delfim merecia toda a atenção do mundo.

Enquanto Schiller se entusiasmava, na rocha já aquecida, pelas teorias de Kant e Fichte e pela monarquia parlamentarista na Inglaterra ou pela democracia nos estados americanos, Karl perguntou de repente:

— Como vou chegar ao trono francês? Quem me quer por lá?
— Sua pergunta me espanta. Todos os povos da Europa o querem lá.
— Com exceção dos franceses.
— Com exceção de *alguns* franceses, talvez.
— A maioria me rejeitaria.
— A *maioria*? O que é a maioria? A maioria é uma bobagem. Só alguns dispõem sempre da razão. Não superestime o apoio que Napoleão tem do povo! A maioria está do lado dele porque é sempre a favor do governante. A maioria estava do lado de seu pai, quando ele reinava, e do lado de Robespierre; ela está do lado de Napoleão e estará do seu lado.

— Não posso comandar outro reino mais receptivo além da França? Schiller sorriu.

— Tem razão: é muito mais fácil achar um rei para um Estado do que um Estado para um rei. Mas precisa ser a França, Karl. Apenas a França pode superar a França. Apenas Luís XVII pode derrotar Napoleão I.

— Mas como vou derrotá-lo? Devo iniciar uma guerra contra meu próprio povo, derrubá-los com armas estrangeiras na sua terra natal?

— Vai jorrar pouco sangue, talvez apenas o de um único homem, o de um carniceiro que, Deus me perdoe o julgamento, não merece coisa melhor. Seus amigos em Weimar e nos outros lugares vão se ocupar disso. — Schiller tocou o pescoço do delfim. — Karl, eles vão amá-lo. Está em suas mãos ser o maior rei de um grande país. Se você aprender com os sucessos e insucessos de seus antecessores, se conciliar o melhor da monarquia e da república, se reunir a felicidade burguesa com a grandeza principesca, se montar um Estado esclarecido, uma nação grande de verdade, em relação à qual mesmo a Inglaterra, o povo mais livre do mundo, se pareça uma ditadura despótica... se o nome França levantar admiração e inveja, e não medo e inimizade. Torne-se um rei de milhões de reis, pois se você tratar seus súditos como reis, como eles não irão amá-lo? Daí a França só reconhecerá um único rei.

— Temo que suas ideias maravilhosas estejam à frente de nosso tempo.

— O último século não estava maduro para meu ideal. Mas o novo o será.

— Você é um otimista.

— Sem dúvida — disse Schiller —, e meu otimismo não para nem diante da fronteira da França. Nunca um homem teve tanto para usar de maneira tão divina como você. Todos os reis da Europa homenageiam o nome francês. Seja um exemplo para os reis franceses e o mundo será recriado à sua imagem!

— Friedrich, seu entusiasmo me dá medo. Sou um jovem de 20 anos, sem experiência de governar, perito apenas em fugir... e devo recriar o mundo?

— Por favor, me perdoe. Estou, como tantas vezes, alguns passos à frente.

Karl pegou algumas pedrinhas que estavam sobre a rocha e jogou-as na direção de um corvo que os tinha observado.

— Não sou pequeno demais para essa tarefa? — Karl perguntou, depois de um tempo, sem tirar os olhos do corvo.

— Ah, Karl! Karl! Fazendo uma pergunta dessas, você apenas comprova que não o é — Schiller retrucou com suavidade. — Você quer sê-lo? Você quer organizar e comandar o reino da França?

— De todo o coração.

— Então nada tema. O homem domina seus desejos.

Os dois voltaram a ficar em silêncio. Por fim, Karl disse:

— Você é muito bom para mim. Espero poder mostrar meu reconhecimento um dia.

— O reino é sua profissão. Lutar por você é a minha, no momento.

— Mas por que você faz todo esse esforço e enfrenta os perigos? Apenas para ver a França num tempo melhor? Você nem é francês... Ou você está querendo proteger a Alemanha de Napoleão.

— Os dois e mais — disse Schiller. — Existe mais um motivo que não revelei nem a Goethe. Sim, devo confessá-lo a você, Karl? Bem, você deve saber. Em 1793 quis ir a Paris, pois embora festejasse a Revolução no princípio, fiquei chocado com os *sans-culotte* processando o próprio rei. Já havia redigido um texto de defesa para Luís e, como cidadão honorário francês, esperava que os franceses me dessem ouvidos nesse assunto. E daí recebi a má notícia de sua execução. Não fui rápido o suficiente naquela época e sou grato por poder tentar recuperar com sua salvação aquilo que não consegui com seu pai.

Saindo das sombras e das copas agitadas do arvoredo, uma figura apareceu perto da rocha escura. Era Goethe, mas ele não estava olhando para os dois: prestava atenção à relva, com as mãos cruzadas atrás das costas. Ele se parecia com uma das inúmeras cegonhas que voltavam do sul nesta época, à procura de rãs na grama alta.

— Vamos continuar nossa conversa amanhã? — perguntou Karl.

— Com prazer. E vou ajudar o honrado conselheiro em sua busca. Talvez ele esteja atrás de pedrinhas para a coleção que mantém em casa.

Ambos desceram da pedra e, enquanto Karl voltava ao acampamento, Schiller foi até Goethe, no momento em que esse se agachava para arrancar um açafrão. Ele parecia estar juntando flores para um pequeno ramalhete.

— O que isso? — perguntou Schiller. — Para quem é o buquê?

— Por que a pergunta? Para Humboldt.

Schiller franziu a testa.

— Para ele afogar tudo em álcool? Ou ele vai usar a planta para fazer um remédio indiano para nós?

— Foi uma brincadeira, meu amigo. Claro que as flores *não* são para Humboldt, mas para a única dama da nossa *société*.

— Para Bettine? Maravilhoso. Mesmo no agreste o senhor continua um *gentilhomme*.

— Seria mais grato por uma ajuda efetiva do que por seu comentário não solicitado. Seja tão gentil e me traga algumas flores bonitas. É mais difícil encontrá-las em março do que toucinho na cozinha de um judeu.

Desse modo, passaram a vistoriar a relva lado a lado, arrancando as flores que conseguiam encontrar.

— Como anda a educação política do príncipe? — perguntou Goethe.

— Muito promissora. Ele ainda não está familiarizado com muito de nossa maneira de pensar e às vezes se sente desestimulado com seu próprio futuro como governante, afinal vai herdar o maior reino da cristandade, mas é interessado como ninguém.

— Bem... *governar* é fácil de aprender; *reinar* é difícil.

— Se ele não fosse príncipe, então mereceria sê-lo. Caso eu possa ter metade da influência que o senhor teve sobre Carl August, então a Europa vai acordar para um amanhã novo e mais bonito com esse jovem. Este narciso singelo é bom o suficiente para seu ramalhete?

— Passe para cá, só tire as raízes antes — respondeu Goethe, pegando a florzinha. — Se lembrarmos que Luís Carlos recebeu aulas do pai na prisão do Templo, então o senhor, com suas lições nestes dias, está seguindo os passos de Luís XVI. Surpreendente, não?

— Sim. Minha vida se parece com um romance. Mas não estou reclamando.

No final da colheita, tinham juntado três açafrões, uma estrela-azul, quatro narcisos e algumas anêmonas. Com esse resultado em mãos, voltaram para o acampamento pela trilha estreita. Pisaram em pedras pretas para atravessar um pequeno riacho, impulsionado alegremente vale abaixo pela neve derretida da altitude. As copas das árvores estavam preenchidas pelo canto dos pássaros.

Quando Goethe acrescentou mais uma prímula da beira do caminho a seu buquê, Schiller disse:

— E da mesma maneira como procuro avançar na política, o senhor parece tentar nas coisas do coração.

— Do que você está falando?

— Embora eu seja da Suábia, não sou nenhum mentecapto — disse Schiller, sorrindo. — Todo aquele com dois olhos saudáveis na cara pode ver que Bettine está apaixonada pelo senhor, exceto Achim, claro, o pobre coitado, pois ele não quer enxergar, e até agora o senhor nada fez para desestimular os rodeios e as adulações constantes de Bettine.

— Mas também não a incentivo.

— De modo inconsciente, sim.

— Eu saberia.

— O senhor não sabe. Por isso que é *inconsciente*, meu caro amigo.

— Por favor, me dê um exemplo, conhecedor de almas.

— Ah, o senhor o tem em mãos: o cumprimento da primavera. *C'est l'amour qui a fait ça.*

— Você está falando quase como um francês.

— Está querendo depreciar meu argumento?

— Não. Mas não sou casado, caso deva lembrar-lhe disso.

— E eu não quero fazer as vezes de guardião da moral. Serei eu a afastar dois corações que se encontraram? Peço-lhe apenas que pense que o senhor von Arnim faz parte deste grupo e que não quero ver o que vai acontecer quando o sonhador descobrir que tem um concorrente. E agora fico em silêncio.

— Mas por quê? Continue falando.

— Não, pois sua favorita está passando pelo arvoredo e vem em nossa direção.

Sem o casaco e o gorro de pelo de raposa, Bettine parecia menos uma caçadora e mais uma dama e ambos os senhores cumprimentaram-na de maneira cortês, como se cumprimentaria uma dama no bulevar. Goethe ocultou a mão com o buquê às costas, até que Schiller se pôs a caminho, a sós, para o acampamento, com a desculpa de checar pessoalmente se o javali era tão bom no almoço quanto o fora no café da manhã. Bettine ficou mais do que encantada pela coleção multicolorida de flores da primavera.

— As flores são os pensamentos mais queridos da natureza — disse, erguendo o olhar.

Goethe ofereceu-lhe o braço.

— Minha bela senhorita, posso ter a ousadia?

Obediente, Bettine enganchou seu braço no dele e juntos foram passeando até o acampamento. Enquanto Goethe observava a floresta com a alma em festa, Bettine olhava ora para seu buquê ora para cima, até seu acompanhante, mais alto. Pararam junto ao riacho. Sentaram-se numa pedra coberta por musgo e jogaram pedrinhas e folhas secas na água, apostando qual delas seria carregada para longe mais rapidamente sobre as ondas.

Em meio ao seu jogo, Goethe riu alto.

— Como é bom ser criança!

— Você não se sente muito jovem de novo ao meu lado?

— Sim. Mas devo repreender ou elogiar você por me tornar uma criança novamente?

Bettine retirou a estrela-azul do buquê e, murmurando, começou a puxar suas pétalas.

— O que é isso?

— Um jogo — disse Bettine, continuando a puxar e a murmurar.

— O que você está murmurando?

Em voz baixa, Bettine disse:

— Ele me ama... ele não me ama... — Goethe deu um sorriso brando e Bettine continuou seu jogo até a última pétala, que arrancou com graciosa alegria do cabo, olhando para ela: — Ele me ama.

Goethe não retrucou, mas pegou as mãos dela entre as suas. Elas estavam frias.

— Bonequinha, você está com frio!

Com essas palavras, colocou seu casaco nos ombros dela. Ela se aninhou nele e continuou segurando as mãos quentes dele, e assim o tempo passou. Por fim, ambos se levantaram ao mesmo tempo e voltaram, em silêncio, até os outros.

Arnim tinha criado o hábito de registrar por escrito os acontecimentos mais importantes de cada dia que passavam em sua solidão na floresta. Aproveitava as longas horas de ócio no acampamento e algumas folhas do caderninho de Schiller, que lhe foram gentilmente cedidas.

Depois do jantar, lia os artigos desse jornal de eremitas para seus companheiros — uma leitura muito apreciada e que rendia várias risadas pelo exagero ilimitado e pelas brincadeiras simpáticas. Os temas do dia foram os conhecimentos de Humboldt sobre o surgimento de seu local de esconderijo no decorrer da formação da Terra e o repúdio de Goethe a essa teoria, além da caçada heroica do javali de Kyffhäuser por Atalanta, Anfiarus e Meleagro, aliás Bettine, Schiller e Karl, e, por último, outro insulto a Napoleão proferido por Kleist; nesse último, xingou o primeiro como — e aqui Arnim citou-o literalmente — "uma pessoa abominável; o começo de todo o mal e o fim de todo o bem; um pecador, a língua dos homens não é suficiente para acusá-lo e, no Dia do Juízo Final, a respiração dos anjos vai cessar".*

Goethe considerou esse impropério um tanto exagerado. Queria conversar com Kleist a respeito, mas aquele era o único que não estava presente na roda. Dava para vê-lo sentado sob um carvalho, meio acordado, meio dormindo, montando uma coroa com folhas.

— Ei! — chamou Bettine. — Heinrich, seu sonhador amalucado! Venha até aqui!

Kleist acordou de seu devaneio, deixou seu lugar e se juntou aos outros.

— Apenas seu corpo parece estar presente durante toda esta noite — disse Goethe. — O que é aquilo?

— Uma coroa de louros, de folhas de carvalho, para o extermínio destemido da besta — disse Kleist, colocando a coroa em Bettine.

— Uma coroa de louros alemã como presente! — Schiller exclamou.

Kleist observou com satisfação a cabeça decorada de Bettine.

— Ela não se parece com Germânia em pessoa? — perguntou. — Você é a Alemanha!

— Herr von Kleist — Goethe apartou —, você reservou impropérios muito duros para o imperador dos franceses no jornal de Kyffhäuser.

---

*Trecho de "Katechismus der Deutsche" [Catecismo dos alemães], escrito por Kleist em 1809. Nele, na forma de perguntas e respostas, o pai explica ao filho o que acha de Napoleão. (*N. do T.*)

— Não é? Meu objetivo é subir o tom a cada dia, de modo que minha rubrica permaneça sendo a locomotiva da esplêndida gazeta de Arnim, embora de fraca circulação. Aliás, usei a caçada ao javali para cometer um poema irônico sobre os franceses. Escutem. — Kleist pigarreou e, com grande eloquência, interpretou seu poema:

>Javali morreu na sujeira,
>sangue tinge o mato;
>e sua carne prazenteira
>cobre nosso prato.
>
>Urso peludo e pantera
>a flecha dominou;
>só por dinheiro, na galera
>os filhotes se mostrou
>
>Pelo lobo, tenho que afirmar
>existe uma recompensa;
>onde faminto se aproximar
>a perseguição será sua sentença
>
>Cobra é algo improvável,
>assim como animais ferozes
>e o exército abominável
>de barrigões dos algozes
>
>Apenas o francês ainda aparece
>no reino alemão;
>Irmãos, sua garganta apetece
>para sua decapitação

— Bah! Uma composição desagradável — disse Goethe, abafando o aplauso dos outros. — Uma composição política!

— Com certeza! E queria que minha voz soasse como um carrilhão, para entoá-la da montanha até os alemães! Digo: morte ao verdugo de Germânia e, enquanto ele for seu imperador, morte aos franceses!

— Almas servis também podem odiar um tirano. Apenas quem odeia a tirania é nobre e grande. — Goethe serviu um pouco de vinho tinto a Kleist num copo. — Aqui está o verdadeiro sangue do tirano. É melhor se regozijar nele do que em seus pensamentos de morte.

Kleist pegou o copo, pensativo.

— Vossa Excelência não odeia os franceses?

— Como poderia odiar uma nação que é uma das mais cultas do mundo e a qual devo metade de minha formação? Mesmo que agradeça a Deus quando estivermos livres deles, os franceses são a nação mais inteligente entre todas.

— Seus cultuados franceses subjugam a Terra... é possível compatibilizar inteligência e violência?

— Ah, Herr von Kleist, os franceses já haviam dominado o mundo bem antes de Napoleão: a língua, a cultura, a culinária, os comerciantes e assim por diante... Nós, alemães, já somos muito mais franceses do que queremos admitir. E, perdão, isso não me incomoda em nada.

— Então o senhor não ama a Alemanha!

— Não é esse o ponto — disse Goethe, sorrindo. — Claro que a Alemanha mora em meu coração. Quero apenas dizer que posso amar a Alemanha sem odiar a França.

— Isso eu não consigo; talvez por ser prussiano ou jovem. Então, falemos novamente sobre os francos apenas quando tivermos conseguido expulsá-los.

Agora era a vez de Arnim se manifestar nessa disputa confusa com um bom humor esfuziante.

— Talvez este seja o lugar certo para expulsar os franceses. Vocês conhecem a lenda do imperador barba-ruiva?

O vinho foi servido mais uma vez e Arnim contou aos companheiros a lenda de Barbarossa.

— Dizem que, na verdade, o imperador Frederico não morreu nas Cruzadas na Terra Santa quando caiu no rio Saleph, mas foi levado por uma magia secreta até um castelo subterrâneo... um castelo subterrâneo que se encontra exatamente aqui, no interior da montanha Kyffhäuser. Aqui descansa o maior dos imperadores alemães; ele está dormindo junto a uma mesa de mármore, sobre um trono de marfim, com a coroa dourada na cabeça. Sua barba vermelha feito fogo cresceu tanto durante os séculos que ultrapassa o tampo da mesa até os pés e quase dá a volta na mesa toda. Barbarossa acorda uma vez a cada cem anos e acena para um jovem que o serve. O jovem deve escalar o topo e ver se os corvos ainda circundam a montanha. Se os pássaros pretos estão dando voltas no céu sobre a montanha Kyffhäuser, o triste imperador tem de dormir mais cem anos. Mas quando sua barba vermelha tiver dado três voltas pela mesa, dizem que a espera terá chegado ao fim, porque uma orgulhosa águia espantará os corvos. Barbarossa vai se levantar, seus partidários, que também estavam encantados durante os séculos, se aproximarão dele e todos os cavaleiros esvaziarão os depósitos de armamentos; equipados com capacetes, escudos e espadas, sairão do interior da montanha para a maior batalha que a Europa já viu. Os povos vão se curvar diante do velho imperador no seu castelo em Aachen e ele conduzirá o Sacro Império a uma nova glória, sem igual. E quem sabe? — perguntou Arnim, que estava parecido com um fantasma por causa da luz da lamparina que o iluminava por baixo. — Talvez ele esteja dormindo bem embaixo do nosso acampamento e o ruído misterioso, que não deixou algum de nós descansar na última noite, não seriam dois troncos de árvore que o vento fazia colidir, como afirma Alexander, mas o ronco do imperador romano-alemão.

Nessa hora, um corvo grasnou na escuridão e os companheiros, que se recolheram aos seus lugares de descanso um pouco depois, estavam tranquilos — pois pelo menos nesta noite Barbarossa não iria se levantar.

No dia seguinte, Arnim, Humboldt e Kleist decidiram partir para uma excursão pela montanha, pois era desejo de Arnim ficar algumas horas em companhia apenas de seus colegas prussianos. O dialeto suábio de Schiller, assim dizia Arnim, doía nos ouvidos com o tempo, mas o pior era Goethe com seu balbucio de Frankfurt, um som de pudim de semolina morno, que infelizmente impregnava Bettine cada vez mais, por conta do mau exemplo, e ambos até incentivavam um ao outro no uso da pronúncia materna. Mas enquanto os três prussianos arrumavam seu farnel, Bettine pediu a Arnim para acompanhá-lo num passeio e ele concordou de boa vontade. Dessa maneira, os outros dois partiram sem ele.

Havia uma trilha do acampamento no "Templo das musas" que os levava pelos desfiladeiros e sobre os picos na direção noroeste. Seu caminho era todo sombreado por árvores altas e a primavera aparecia em cada broto e em cada botão. Em vez de conversarem, os dois se deliciavam com a natureza — Kleist por sua beleza, Humboldt por sua perfeição. Seguindo a bússola, fizeram uma parada sobre a cumeada, que dividia a montanha Kyffhäuser entre oeste e leste, e seguiram um outro caminho de volta.

Nisso acabaram encontrando a paisagem mais encantadora possível: uma cachoeira espumava entre rochas e formava, dois passos adiante, um laguinho tão claro que dava para ver seu fundo de pedras. Bem perto havia uma pequena relva, que agora estava sendo iluminada pelo sol de março, e o verde aparecia tanto ali quanto em todos os outros lugares: na ribanceira, sobre as rochas — sim, mesmo nas pequenas frestas das pedras as plantas haviam criado raízes e essa imagem delicada estava emoldurada pelos altos pinheiros em volta. Kleist suspirou involuntariamente.

Como seu último banho havia acontecido há mais de duas semanas na hospedaria Sol, de pronto decidiram se lavar nesse pequeno lago. Ambos tiraram todas as roupas e entraram nele. A água geladíssima não permitia mais do que um mergulho e uma rápida esfregada, ofegante, mas depois de ter se enxugado com as camisas eles se sentiram tão aquecidos por dentro que não havia mais pressa de se vestir.

Na relva, Humboldt pisou em um espinho com o pé esquerdo e ele — ainda nu — sentou-se numa pedra, com a perna esquerda sobre a coxa direita, para tirar o corpo estranho da sola do pé. Kleist, que fechava sua calça, ficou parado observando essa apresentação silenciosa de graciosidade natural. Apenas quando Humboldt levantou novamente o olhar, apresentando-lhe entre as pontas de dois dedos o espinho retirado, Kleist acordou de seu devaneio e continuou a se vestir. O coração batia mais rapidamente em seu peito, mas isso também já tinha acontecido depois do banho revigorante.

Ambos estavam exaustos da caminhada e do mergulho. Humboldt deitou-se na relva, Kleist sentou-se com as costas numa rocha coberta por musgo seco. A cachoeira entoava sua canção e o ar os envolvia como plumas. Humboldt fechou os olhos.

— Os carvalhos espalhados pelas montanhas estão tão silenciosos... — murmurou Kleist.

> — *"Silêncio nos galhos*
> *Não se escuta ruído*
> *de nenhuma copada.*
> *Os passarinhos dormem na floresta.*
> *Espere, logo*
> *também você estará dormindo"*

— este é de Goethe.

— Nada de Goethe, não, eu lhe peço — retrucou Humboldt, sem abrir os olhos. — Não aqui.

— O quê? Você não gosta dele?

— Gosto dele como se gosta de um avô esquisitão, que algum dia fez algo de especial. Mas não o desculpo por maldizer três vezes a revolução na França, o fim do sistema feudal e de todos os preconceitos aristocráticos, sob os quais as classes mais pobres e mais nobres sofreram. E sem falar nas suas insustentáveis teses netunistas.

— Barbaridade! E por que não escutamos você expressar essa crítica?

— Porque nesse grupo já há suficientes opiniões circulando.

— E eu achava que era o único que não me orientava segundo os ventos de Goethe.

— Você não o faz. Você nunca o fez. Mas agora basta de Goethe, amigo, e principalmente nada dos corsos.

Kleist deitou a cabeça para trás. Sem se deter nos pinheiros, olhou para o céu e disse:

— Então me conte da América.

E Humboldt lhe contou de sua viagem de Cabo Verde até a América do Sul, passando pelo Orinoco e o Amazonas até os Andes, para Cuba, México e os Estados Unidos, dos perigos, dos fracassos e dos sucessos, das rochas, plantas e dos animais que tinha estudado, das estrelas que tinha observado e das pessoas que tinha encontrado, de seus instrumentos e de Bonpland, seu fiel companheiro francês. Depois de uma hora, porém, ele conduziu a conversa para as viagens de Kleist pela Europa e, por fim, às obras desse último. Kleist relatava com animação e fervor seu trabalho. Durante a conversa, Kleist tirou novamente o casaco.

— O que você está fazendo? — perguntou Humboldt.

— Está muito quente.

— De modo algum. Estamos em março e um vento boreal sopra pela floresta. Você vai se resfriar.

— Acho que vem de dentro.

— Você não está se sentindo bem?

— Sim, sim. Sinto-me muito bem. Apenas minha boca está seca.

Humboldt encheu seu cantil na cascata e entregou-o a Kleist, que agradeceu.

— Quando você partir para sua próxima viagem ao redor do mundo — disse, depois de beber — quero ser seu Bonpland.

Humboldt sorriu e estendeu a mão para Kleist, para ajudá-lo a se erguer. Uma hora depois, estavam de volta ao acampamento.

Kleist não conseguiu dormir nessa noite. Não parou de mexer na sua pulseira de ferro. Sua barriga roncava. Humboldt tinha levantado a hipótese de ele ter ingerido um verme juntamente com as comidas da natureza. Agora Humboldt dormia não longe dele e os abetos estalavam sobre o avanço das rochas, como Arnim havia contado. No céu, a lua aparecia cheia e límpida, lançando sombras nítidas sobre o chão da floresta, e tudo estava pintado na cor azul, exceto as últimas brasas da fogueira.

Ele escutou um ruído no acampamento e levantou-se para olhar. Bettine tinha acabado de abrir uma das paredes de lona de sua barraca e dava alguns passos, com uma coberta envolvendo os ombros. Kleist desviou o olhar, mas escutou-a se aliviando à sombra de alguns arbustos. Mas ela não voltou à barraca. Kleist esquadrinhou a escuridão à sua procura, até finalmente encontrá-la. Lá, onde a baixada terminava e começava o despenhadeiro, havia uma árvore morta, meio caída, meio de pé, cuja queda havia sido impedida por uma rocha. Uma grande parte de suas raízes estava para fora da terra. Bettine estava ao lado dessa árvore, uma sombra escura diante da lua.

Também envolto por sua coberta, Kleist se juntou a ela.

— Você não consegue dormir, Atalanta?

— É uma certa lua — ela respondeu, em voz baixa.

Kleist olhou para cima, até as estrelas, de pontas tão nítidas como se tivessem sido gravadas em cobre.

— O que aconteceu? — perguntou. — Parece que você está perturbado por alguma coisa.

Kleist sorriu.

— Sou um livro tão aberto assim?

— O que o perturbou? Você dormiu mal?

— Perturbado? Estou feliz! Estou tão animado quanto um esquilo nos abetos — respondeu Kleist, e acrescentou com a voz mais baixa: — E apaixonado como uma joaninha.

— Ah! E quem é a felizarda?

— Não posso revelar para você. E mal consigo assumir isso para mim mesmo.

Kleist sentou-se numa raiz saliente e Bettine imitou-o. Ele abraçou-a, de modo a ficarem aquecidos. Ambos não conseguiam tirar os olhos da lua que brilhava sobre eles.

— É o Alexander, não é? — perguntou ela.

— Vá se...! Mocinha, como você pode saber disso?

— Eu estudo as pessoas e conheço, de experiência própria, o brilho de um olho que fala de amor. Mas não tenha medo; sei ficar calada.

Kleist assentiu.

— Sim, é Alexander. Embora isso possa soar curioso ou ridículo, nunca amei assim antes.

— O amor é sempre raro, nunca ridículo.

— Fomos nos banhar hoje e observei seu corpo bonito com sentimentos verdadeiramente *femininos*: sua pequena cabeça com os cabelos cacheados, dois ombros largos, seu torso musculoso... um conjunto exemplar de força. Ele realmente poderia servir de modelo para algum artista. Deus do céu, ele transporta o tempo dos gregos de volta ao meu coração! A sensação que despertou em mim finalmente me aclarou o conceito de amor dos discípulos.

— Alexander é muito bonito, verdade.

— E é inteligente e conhece o mundo e não tem medo de nada; tem uma verdadeira alma de herói... num corpo de homem. Se ele fosse uma mulher, ah, como eu desejaria isso!, se ele fosse uma mulher, ou eu, daí eu não precisaria atormentar minha razão.

Bettine balançou a cabeça.

— Qual é o papel da razão aqui? Ela parece saber de tudo, mas mesmo assim não consegue ser de nenhuma ajuda; ela desiste.

— Então me ajude você, cara amiga, irmã, Bettine: o que posso fazer, o que devo fazer?

— Como ajudar alguém que já abriu seus olhos para a vida? O desejo com certeza tem razão. Descubra se ele pensa como você. Se sim, anime-se; se não, que seu próprio fervor seja suficiente. O amor pode alegrar um coração desinteressado mesmo sem ser correspondido.

Kleist pensou nessas palavras e falou:

— Obrigado por seu conselho. E estou feliz porque não preciso temer sua concorrência em relação a Alexander, embora você o considere tão bonito. — Ele abraçou Bettine como a uma irmãzinha e sorriu. — Para você é fácil, minha garota: você ama seu fiel Achim e sabe que é correspondida com uma intensidade duas, três, quatro vezes maior.

— Sim — ecoou Bettine —, para mim é fácil.

Tudo estava monótono, um vento noturno úmido e frio vinha do lado das montanhas e as nuvens de chuva cinzentas avançavam para o vale, mas o tempo feio não estragou o humor dos companheiros. Bem próximos uns dos outros, os sete estavam sentados no "Templo das musas" ao redor do fogo. Protegidos da garoa pelo avanço da rocha, contavam historietas, entoavam canções e dividiam uma garrafa de vinho. Foi quando um comentário impensado do delfim rachou o grupo e essa cisão foi aumentando dia após dia até o final do período na montanha — até que, por fim, ele havia se dividido.

Karl, embriagado pelo vinho e animado pela sagacidade de seus acompanhantes, disse:

— Quando eu estiver de volta a Versalhes, amigos, nomearei todos vocês meus ministros.

Kleist soltou uma gargalhada, como os outros, mas ao mesmo tempo percebeu nas expressões constrangidas de Goethe e Schiller que havia algo desagradável escondido por trás dessa brincadeira.

— O que você quer dizer com isso, Karl? — perguntou.

— Ah, nada — respondeu Karl, escondendo o rosto atrás da caneca.

— Vossa Excelência — perguntou Kleist agora a Goethe —, o que Karl quer dizer com "quando eu estiver de volta a Versalhes"?

Goethe trocou um rápido olhar com Schiller e suspirou.

— Que sejamos honestos entre nós — disse. — Ele quer dizer que existe a intenção de Karl reconquistar algum dia seu cargo de direito como rei da França.

O grupo fez silêncio e todos os olhos estavam dirigidos ao conselheiro.

— Como isso será possível? O que vai acontecer com Napoleão?

— Se tudo correr como planejado, por essa época ele não estará mais entre os vivos.

— Então a libertação do delfim em Mainz foi apenas o começo da operação, cujo final é sua colocação no trono francês?

— Sim. Mas essa segunda parte, de outro grau de dificuldade, não é mais nossa tarefa, e sim a daqueles que nos engajaram.

— Você sabia disso, Friedrich? — perguntou Humboldt, e quando Schiller fez que sim com a cabeça, Arnim comentou:

— Por isso as conversas sobre a rocha... Aulas de administração pública para o tempo depois da usurpação!

Agora era Bettine quem resolvia falar.

— Há quanto tempo vocês três estavam pretendendo nos ocultar esse detalhe?

— Não sei — disse Goethe.

— *Que sejamos honestos entre nós.*

— Bem, nunca teríamos revelado. E para dizer toda a verdade, também incentivamos Karl a ficar em silêncio.

— Sinto muito — disse Karl, pesaroso. — Não queria provocar discórdia.

Schiller colocou a mão sobre as costas de seu discípulo.

— Você não tem culpa de nada, garoto.

— Estou sem palavras — disse Bettine.

— Mas o que teria mudado, caso não tivéssemos ocultado isso? — perguntou Goethe.

— O que teria mudado? Nada menos do que tudo! Vim aqui para libertar o órfão do Templo... e não o rei da França! Estou lutando pelo *Ancien Régime* sem o saber e arrisquei minha vida para ser um degrau ao trono para o descendente de uma raça de opressores medievais. Perdoe-me, Karl! E só agora compreendo por que estamos sendo perseguidos por meio reino: porque Napoleão antecipa os planos de vocês e quer ver o delfim e seus ajudantes mortos!

— Então vocês preferem que esse tirano continue imperador da França e consiga se alçar a imperador da Europa?

— Não preferimos nem uma nem outra coisa — explicou Arnim.

— Nenhum primeiro imperador Napoleão nem o sei-lá-que-número rei Luís, mas um governo do povo pelo povo! O povo como um todo precisa ser retirado de seu estado de opressão.

Goethe balançou a cabeça para esse sonho temerário.

— Se Napoleão for derrubado, então outro alguém tem de pegar seu lugar, pois assim que a tirania cessa, o conflito entre a aristocracia e a democracia começa imediatamente. O país precisa de um rei para guiá-lo.

— Todos os cidadãos devem ser reis! — falou Bettine.

— Certamente, só que esse é um desejo inocente, que nunca será concretizado. Pois se todos os cidadãos forem reis, logo todos os cidadãos também serão tiranos. Quem viveu muito tem muitas experiências: você é jovem demais para ter vivenciado os atos cruéis de uma nação embrutecida e ao mesmo tempo enlevada pela vitória; as mortes de setembro, o massacre na Vendeia, a guilhotina incessante. E quando eu tinha a sua idade, dei vivas à Revolução Francesa assim como você está fazendo agora, mas acredite em mim... Sem um líder, a França logo se tornaria um pandemônio sangrento novamente. Toda revolução acaba caindo numa situação primitiva de falta de leis e decência, e os revolucionários, que prometem igualdade e liberdade, ao mesmo tempo são malucos ou charlatães. Em nenhum país deste globo, nem sequer na velha Atenas, houve uma democracia que não se fundou no sofrimento de outros.

— O senhor se esquece da América — Arnim argumentou irritado, em voz alta.

— Que deve sua riqueza aos escravos africanos. Pergunte a Herr von Humboldt.

— Tenha a gentileza de me deixar fora desse debate — Humboldt retrucou, frio.

— Não serei dobrado tão facilmente por sua sabedoria de ancião, Herr von Goethe — disse Arnim. — E se eu tivesse de escolher entre um tirano medieval e um moderno, então minha escolha recairia sobre Napoleão, embora eu o odeie. — Nesse ponto, Kleist ergueu o olhar, mas Arnim continuou, impassível: — Estou falando sério. Desde Frederico, o Único, não houve nenhum governante mais esclarecido do que ele, um defensor da liberdade e da igualdade. E, como o grande Frederico, Napoleão tem o único erro de perseguir seus objetivos usando a força em vez de argumentos, e mesmo em países que não lhe são subordinados. Mas Napoleão pegou o espírito da Revolução Francesa e enquanto ele o perseguir, vai vencer. Além disso, não sei dizer com qual magia negra seus amigos monarquistas em Weimar imaginam matar Napoleão. Eles não vão conseguir, e mesmo se conseguissem: um novo Napoleão sucederá Napoleão.

Depois dessa réplica dura, Bettine pegou involuntariamente na mão de Arnim e Humboldt assentiu de maneira quase imperceptível, com o olhar preso no fogo.

— Já que eles não vão conseguir — respondeu Goethe, despreocupado —, então também não vejo motivo para sua irritação. Então tudo ficará como está na França.

— O senhor não está realmente preocupado com o futuro da França. A pedido do príncipe a quem é subordinado, o senhor quer mesmo é impedir que Napoleão chegue até a Turíngia. Não estou certo?

Goethe ficou devendo a resposta e desviou do olhar severo de Arnim. Sentado abatido entre Humboldt e Bettine estava Luís Carlos, o pomo da discórdia.

Em meio ao silêncio geral, Schiller tomou a palavra e falou com a voz serena para acalmar a situação:

— Permitam que eu tente ser uma espécie de mediador. Você, caro Achim, está bravo com razão sobre a ideia de uma majestade da velha estirpe retomar a coroa. Mas nosso Karl não é desses. Ele carrega o nome de seu finado pai e seu sangue, mas não seus ideais. Karl vai derrubar os tiranos, isso é certo. O príncipe tem um pensamento nobre e bom, e não há por que ele levar a França de volta ao século passado. Depois de ter eliminado o jugo do despotismo e livrado o país da tirania, não irá abrir mão daquilo que era bom e progressista das ideias de Napoleão, mas, sim, vai contribuir com outras. Todos que estão aqui sentados estão cordialmente convidados a participar de nossas conversas, pois são *conversas* entre iguais, de modo algum lembram *aulas* sobre administração pública. Conversas nas quais ambos projetamos uma imagem de sonho; e prometo para vocês, caso Karl não o faça por si só, que ele vai tornar essa imagem realidade. A imagem audaciosa de um novo Estado: uma monarquia corrigida pela revolução, se preferirmos assim; uma monarquia que fará o mundo invejar a França e tentar imitá-la.

— Peço licença para dizer que essa imagem de sonho continuará assim para sempre — disse Arnim, erguendo-se. — Boa-noite. Boa-noite, alteza.

Com o olhar, eles seguiram Arnim saindo do "Templo das musas" e caminhando debaixo da garoa até sua barraca. Goethe chutou um pedaço de madeira em brasa e as fagulhas subiram até o teto da caverna. O delfim olhava ao redor como um pecador penitente.

— Prometo solenemente — disse, com a voz fina — ser um bom regente, a exemplo de outros bons regentes e de acordo com os grandes ideais de Herr von Schiller.

— Este é o meu rei! — exclamou Schiller com orgulho, e Goethe falou em seguida para o grupo:

— Uma nova época na história do mundo está surgindo aqui e agora e vocês podem dizer que presenciaram esse nascimento!

— Mas só o tempo vai mostrar — retrucou Kleist, quando ficou sozinho com Humboldt e Goethe tinha voltado há tempos para sua barraca — se de fato vamos *querer* dizer isso.

Na manhã seguinte, quando ainda estava escuro, Arnim, de botas e sobretudo, acordou Bettine com um beijo na testa, sussurrando:

— Acorde, Bettine. Vamos arrumar nossas coisas e dizer adeus.

— O que aconteceu? — Bettine perguntou, meio dormindo, meio acordada.

— Vamos embora. Não vamos continuar colaborando com os monarquistas.

— Achim, do que você está falando?

— Você quer continuar sendo instrumento dos planos retrógrados dos partidários dos Bourbon e arriscar sua cabeça e seu pescoço por isso? Eu não, e você também não, e por isso hoje é o dia no qual a dama e seu cavalheiro vão deixar esse jogo podre, no qual não há nada de bom.

Bettine ergueu-se sobre a pele do javali que lhe servia de proteção e coçou o rosto com ambas as mãos. Seus cachos pretos, despenteados, estavam armados.

— E os franceses?

— Já voltaram faz tempo para a França, se você me perguntar. Além disso, esse *capitaine* Santing não está à nossa procura, ele quer o delfim.

— E nossos amigos? E Goethe, e Schiller?

— Fausto e seu assistente? Manteiga rançosa sobre pão embolorado! Os dois já não são mais nossos amigos, Bettine, pois mentiram para nós desde Frankfurt. Certamente que perguntarei a Heinrich e Alexander se querem nos acompanhar, embora suponha que o último seguiria Goethe até o reino do inferno, caso houvesse minerais desconhecidos a serem descobertos por lá. Levante-se, dorminhoca!

— Achim, eu não vou.

— O quê?

— Não posso ir. A montanha Kyffhäuser se tornou um ímã para mim. Deixá-la significaria deixar o Olimpo. Só vou conseguir me desligar dela quando os outros também o fizerem.

Arnim baixou a mochila que havia arrumado com seus pertences.

— Você ouviu o que acabei de dizer? E você também ouviu ontem, junto à fogueira?

— Claro. Mas nada do que fizermos ou deixarmos de fazer poderá impedir o transcorrer das coisas e me manterei fiel aos meus amigos.

Sem forças, Arnim se deixou cair sobre sua coberta e, nela sentado, começou a puxar, desanimado, os fios de lã soltos para juntá-los em montinhos sobre a grama.

— Explique do jeito que quiser — disse, depois de um tempo. — Você se manterá fiel a *ele*.

— A ele também, sim.
— Às vezes penso que ele é uma espécie de divindade para você.
— Mas claro! Afinal, Goethe não está contido entre os deuses?*
Arnim encarou Bettine. Lágrimas escorriam pelo rosto dele.
— Então estou perdido. Como poderia expulsar um *deus* do seu coração?
— Você não pode fazer isso, não deve fazer isso! Ah, Achim! Ah, Goethe! Vocês dois me são caros e a vontade de querer estar com você é irmã gêmea da vontade de estar com Goethe. Você, Arnim, não pode dispor da minha vontade, da mesma maneira como também não posso. Mas não o encare como um concorrente: porque você nunca alcançará Goethe como um deus, mas você também nunca precisa temer Goethe como um deus. Nele, amo o deus; em você, a pessoa.
— Suas palavras me machucam.
Bettine colocou sua mão, que ainda estava quente do sono, sobre a face gelada de Arnim.
— Posso aliviar as dores com beijos?
Ele balançou a cabeça, negando. Então se levantou, pegou a mochila por baixo e deixou cair tudo aquilo que tinha acabado de guardar com cuidado. Depois, deixou a própria mochila cair e saiu da barraca.
— Caso alguém me procure, estou na floresta — disse, sem se virar.
— Lá também estarei caso ninguém me procure, o que é muito mais provável.
Sem bússola, sem cantil nem comida, e sem prestar a mínima atenção à direção, Arnim entrou na floresta e andou até seus pés começarem a doer. No começo ainda seguia a trilha, mas depois de tê-la perdido em sua pressa, não se esforçou em achá-la, mas continuou em frente. Quanto mais os galhos batiam em seu rosto, quanto mais teias de aranha ele arrebentava, quanto mais arbustos e espinhos rasgavam suas calças e quanto mais os galhos secos faziam barulho sob seus pés, melhor para ele. Aves de todos os tipos voavam à sua frente onde ele se

---

*Jogo de palavras: Goethe e *Goettern* (deuses). (*N. do T.*)

metia com alvoroço na floresta. Ele se levantava imediatamente quando tropeçava; e quando encontrava barrancos inclinados, escorregava sentado e usando as mãos como apoio, sem maior preocupação com as roupas. Logo seu corpo estava enxarcado de suor e o cabelo louro grudava na testa molhada.

Depois de mais de uma hora, subitamente parou, inspirou fundo e gritou feito um animal agonizante na floresta escura, de tal modo que seus gritos ecoaram nas paredes da montanha. No acampamento, havia ficado em silêncio diante de todos, mas ali, na orgulhosa solidão, abria a alma. Arnim ajoelhou-se diante de uma árvore caída. No desespero, ele se agarrou ao tronco como uma parreira selvagem e nesse abraço com a madeira morta a dor rompeu suas barreiras. Enquanto Arnim chorava, desejava estar fundido à árvore como um cogumelo ou criar raízes próprias ou simplesmente apodrecer por lá, como uma planta morta. Nisso, escorregou devagar, de maneira quase imperceptível, pelo tronco. Cascas podres caíram sobre seu rosto. Por fim, estava deitado na folhagem seca à sombra do tronco; remexendo-se no lugar, o som era de uma tempestade, até seu casaco e seu rosto molhado pelas lágrimas e pelo suor estarem cobertos, aos poucos, por torrões de terra úmida. O cheiro consolador do mofo o envolveu. Com os membros exaustos, esticados, permaneceu deitado no chão da floresta olhando para cima, encarando os troncos pretos diante do céu claro da manhã. A movimentação lá em cima, o vaivém das copas das árvores contra o fluxo constante das nuvens e o voo em parafuso, sem direção, das folhas mortas até o chão nublavam seus sentidos e ele achou que ia desmaiar. Mas de repente sua respiração ficou mais lenta e seu coração se acalmou. Em algum lugar, uma pomba arrulhava.

Algo subia pelos seus dedos. Quando levou a mão diante do rosto, viu uma pequena joaninha caminhando sobre a pele. Arnim sorriu. Afinal, não estava sozinho com sua dor. Continuou virando a mão de tal maneira que a joaninha, que imaginava estar subindo, nunca alcançava seu objetivo e, em vez disso, completava círculos contínuos entre a palma e o dorso da mão.

— Eu deveria ficar feliz pelo fato de Maria Stuart, Helena e Cleópatra estarem mortas — sussurrou Arnim para o inseto —, pois assim não corro o risco de me apaixonar por elas também.

Ele queria afagar as costas pretas da joaninha, que reagiu de maneira malcriada à gentileza e picou uma veia nas costas da sua mão. Arnim bateu-a contra o tronco caído atrás de si, a fim de esmagar o inseto. Ao limpar a mão nas folhas secas, ele se deu conta de que essa joaninha era ele e a mão gigante era Bettine, pois ele podia tomar qualquer direção, mas nunca chegava a lugar nenhum, e Bettine podia brincar com ele e segurá-lo a seu bel prazer, simplesmente girando a mão e iludindo a joaninha míope e deplorável chamada Arnim com a promessa de chegar logo a seu objetivo.

Ele se agitou com o som que anunciava um carro de correio a distância. Arnim ergueu-se, esperou até que o sangramento de sua cabeça diminuísse e rezou a Deus pedindo forças para não sentir a dor e não se desesperar ou curá-lo do amor por Bettine Brentano. Arnim não confessou o desejo de que o velho de Weimar morresse logo, pelo menos antes dele.

De pé, limpou a sujeira da roupa da melhor maneira possível. Numa fonte, lavou a barba e o rosto e tirou a resina das mãos. No caminho de volta, recolheu tanta lenha quanto era possível carregar, alimentando mais do que seria necessário a fogueira do acampamento. No "Templo das musas", encontrou apenas Schiller.

— Um fogo desses é fascinante — Arnim observou. — A chama crepitante parece entrelaçada com a folhagem verde e as folhas meio em fogo, meio verdes ainda, se parecem com corações apaixonados.

Arnim passou o resto do dia junto ao fogo e, com uma animação estranha, colocou mais lenha nas chamas do que ele próprio havia recolhido.

Arnim passou também os dias seguintes basicamente sozinho na floresta; em suas palavras, à procura de lenha para a fogueira. Voltou sem madeira de uma de suas excursões, mas estava muito eufórico.

Logo informou Bettine, Kleist e Goethe, que encontrara diante de suas barracas, o que havia acontecido: topara, a oeste do acampamento, com os restos de um castelo medieval de cavaleiros salteadores: alguns muros, porão e um buraco de poço, há muito cobertos por musgo, heras e bétulas. Quando ele estava próximo ao velho poço, um casal de andorinhas apaixonadas tinha, bem, *voado através* dele, e isso bem no dia de hoje, o da Anunciação a Maria. Arnim jurou nunca antes ter se sentido tão próximo à natureza, história e religião. Bettine bateu palmas, deliciada, mas Kleist perguntou o que Arnim queria dizer quando contou que as andorinhas haviam *voado através dele*. Arnim demorou um longo tempo para responder, até que finalmente confessou que as andorinhas não haviam voado através dele, mas que ele estava cumprindo uma necessidade demasiadamente humana num dos muros da ruína e que as mansas andorinhas tinham voado debaixo do jato d'água que se formava — uma limitação que não diminuía em nada o acontecimento.

Teria sido melhor ele ter se calado em relação a esse detalhe, pois Goethe soltou sonoras gargalhadas.

— Se esse é seu romantismo, encontrar-se num feriado cristão num castelo alemão em ruínas e com pássaros apaixonados sob um jato de urina, eu não saberia imaginar uma imagem melhor.

— Não esperava nenhum aplauso de sua parte — Arnim retrucou, secamente. — E seu escárnio também não me atinge. Mas esteja certo: por nada neste mundo trocaria esse momento na ruína por uma eternidade nos templos de mármore gregos, lisos e frios, que caracterizam sua obra. Pois aquilo que o senhor nunca vai entender é que seu classicismo é totalmente mental. Nosso romantismo, porém, é de coração.

— Coração? É mais provável que seja de *fígado*, caso eu me lembre das quantidades imensas de vinho que o senhor e seus companheiros românticos despejam goela abaixo, para invocar suas fantasmagorias bizarras, careteiras. Ele seria mais do que suficiente para fazer girar todas as pás de moinho do Sacro Império Romano.

— É assim que ofende um ancião, que inveja o sangue quente da juventude.

— Devo invejar esse sangue doente de febre, superaquecido? Não, obrigado. É como sua poesia sem forma nem peculiaridade: um tonel, no qual o tanoeiro se esqueceu de fixar as cintas e que vaza de todos os lados. E não confunda minha idade com a idade de minha poesia: é a ferrugem que dá valor a uma moeda! O que é velho não é clássico porque é velho, mas porque é forte, fresco, alegre e saudável, e a maior parte do que é novo não é romântico porque é novo, mas porque é fraco e doente. Chamo o saudável de clássico e de romântico o doente. Se diferenciarmos o clássico e o romântico a partir dessas qualidades, logo nos entenderemos.

— O senhor sai ralhando, a todo vapor, e nem percebe que se contradiz. O senhor fez os maiores elogios ao meu *Des Knaben Wunderhorn*.

— Tem razão, pois também era clássico: uma seleção de canções populares, que irão sobreviver ao tempo. Canções que o senhor não escreveu, mas apenas organizou em antologia, bem explicado. Desde *Des Knaben Wunderhorn* não li nada de sua pena de que gostasse.

— E sinto o mesmo desde o seu *Werther*. Eu não agrado há um ano... O senhor, por sua vez, não agrada há trinta.

— Não posso me queixar da venda da minha literatura.

— Ah, suas vendas certamente são excelentes entre os círculos bem-situados para os quais o senhor escreve. Os perfumados príncipes-herdeiros com perucas velhas, que desejam o retorno do Rei-Sol, cuja secura se espelha constrangedoramente fiel na sua obra e que, sem dúvida, lhe são gratos pelo senhor escrever sobre as preocupações insignificantes da filha de um príncipe-herdeiro à beira-mar de uma ilha grega, bem antes de nosso tempo e das desagradáveis revoluções, e não das verdadeiras preocupações de nosso povo. Goethe, ourives de versos de Sua Majestade, ele escreve o que os altos senhores querem ler entre o chá das 5 e o baile de máscaras nos salões de suas torres de marfim.

— E você se considera representante do povo? Mostre-me um camponês, uma mulher do mercado, um artesão que conheça suas doidices... ou, melhor ainda, que as *aprecie* e que não apenas faça uso de seus versos para matar um peixe com eles. Não encontrará ninguém. No máximo alguns estudantes alienados, que sonham com suas histórias de cavaleiros, salteadores e fantasmas, pois não têm coragem de vivenciá-las na realidade. Prefiro muito mais ser membro de minha sociedade da torre, sem idade nem nacionalidade, do que da sua turma, demasiadamente perecível.

— Seus dias também estão contados. O senhor não pode oprimir eternamente o futuro na literatura.

— Ah! Não há mais consolo para a mediocridade do que o fato de o gênio não ser imortal. Certamente irei morrer, Herr von Arnim, mas minhas obras sobreviverão a seu despeito, como o mármore grego do qual o senhor reclamava há pouco. Mas a poesia estudantil de seus românticos, cristãos ávidos e patriotas entusiastas acabará apodrecendo, será coberta por mato e esquecida como o castelo no qual você teve seu extravagante tête-à-tête com as andorinhas. Será que não entravam corvos na sua lenda?

— Ouso contradizer sua profecia. Mas felizmente não estamos sozinhos. — Assim Arnim se voltou para o grupo pela primeira vez na discussão. Bettine e Kleist tinham desistido de suas cartas de jogo há um bom tempo, a fim de acompanhar o duelo retórico. — Não seria honesto perguntar para Bettine, pois sei que ela defende a opinião dos românticos. Mas Kleist não está ligado a nenhuma escola. Então, Heinrich, diga sua opinião: o mármore ou o muro de pedras vai vencer?

Kleist, que não costumava economizar juízos de valor, tinha se colocado na posição de observador durante essa disputa. Ele piscou, olhou para Bettine e precisou de um tempo para a resposta a essa pergunta tão inesperada.

— Wieland diz que eu reuniria em mim o espírito de Ésquilo, de Sófocles e de Shakespeare — falou, por fim. — Nesse sentido, concordo com Herr von Goethe quando diz que a poesia deve ser atemporal. Por outro lado, meu coração é profundamente alemão e lamento quando Herr von Goethe se mostre inflexível como a Antiguidade. Pois nisso realmente não há coração.

Nenhum dos contendores sabia o que dizer. Bettine perguntou, afinal:

— E então?

— Não posso dar um veredicto. Posso apenas dizer que aprecio ambas as obras e o que não aprecio nelas: Herr von Goethe busca sua felicidade na Antiguidade, Achim a busca na Idade Média. Por que, pergunto eu, nenhum de vocês dois a busca no presente?

Nem o clássico nem o romântico tinham resposta e Kleist pôde se vangloriar com os louros do terceiro, que sorria; essa alegria, entretanto, acabou durando somente um dia.

Nos primeiros dias depois de sua chegada à montanha Kyffhäuser, a saúde de Schiller ainda estava excelente e a tosse e os acessos de calafrios, que haviam acontecido algumas vezes desde que ele caíra no Reno, pareciam ter sido esquecidos. Mas o acampamento úmido na depressão do terreno e as noites friíssimas tinham exigido tanto de suas forças que ele acordou no dia seguinte tremendo e com a testa suada. Foi assim que Karl o achou. Em seu desespero, o jovem jogou todos os cobertores que encontrara sobre o doente e saiu correndo para procurar por ajuda. Kleist e Humboldt tinham ido caçar e Arnim queria mostrar a Bettine o lugar de sua comunhão com a natureza. Apenas Goethe estava presente.

Quando o conselheiro colocou os olhos no amigo doente, sua testa foi tomada por tamanhas rugas de preocupação que Karl quase começou a chorar de medo pela vida de seu mestre.

— Precisamos de um fogo próximo a ele — disse Goethe.

O delfim saiu correndo imediatamente até o "Templo das musas" para trazer lenha. Ele empilhava as madeiras diante da barraca como se sua pressa fosse de alguma ajuda na recuperação de Schiller.

Nesse meio tempo, Goethe segurou a mão do amigo e falou com ele em voz baixa.

— Se você morrer, não vou me perdoar por isso. E nem a você.

— Isso é apenas um ataque — retrucou Schiller. Mas ele tremia tanto que seus dentes batiam uns contra os outros. — Não vou morrer.

— Se visse seu corpo, talvez dissesse outra coisa. Ele parece bastante abalado.

— É o espírito que constrói o corpo.

— Então seu espírito está debilitado.

Schiller riu, o que acabou se transformando em uma tosse.

Karl chamou do lado de fora:

— Está pronto, conselheiro.

Os dois homens carregaram Schiller para a frente da barraca junto com todas as cobertas e o que lhe servia de lençol. O fogo ainda não ardia, pois a brasa da fogueira debaixo da rocha calcária havia se apagado durante a noite e, embora Karl tivesse uma lata com uma pedra de fogo, uma peça de ferro e estopim, não havia cavacos secos sobre os quais o fogo pudesse se desenvolver.

— Procure na barraca por papel — Goethe lhe ordenou.

Karl vasculhou o recinto, jogou o conteúdo de todas as mochilas no chão, virou todas as roupas do avesso e, no final, tinha dois livros na mão: as anotações de Schiller e a peça de Kleist.

— Nada mais?

Karl balançou a cabeça. Goethe pegou a comédia.

— A asneira vai diretamente ao fogo — balbuciou Schiller.

Goethe abriu a pasta e, apressado, arrancou as primeiras oito páginas, uma por uma. Então amassou os iambos de cinco pés e empurrou-os debaixo da pilha de madeira. Karl imediatamente atritou a pederneira com a peça de metal e pouco depois os diálogos de Kleist ardiam em chamas e, junto com eles, a madeira. O papel era de má qualidade, mas ardia bem.

Logo o calafrio de Schiller passou. Ele não tremia mais e o rosto ficou seco depois de o suor ser enxugado com um pano. Goethe fez um chá e mandou Schiller tomar bastante. Karl só saía do lado de Schiller para alimentar o fogo com mais lenha e ficou o tempo todo segurando a mão do mestre. A cor voltava aos poucos também ao seu jovem rosto pálido.

Goethe só riu de novo quando Schiller pediu seu cachimbo e o tabaco.

— Você nos passou um susto daqueles, caro amigo.

— Espero não morrer antes e nem de outra maneira a não ser com 80 invernos nas costas e no campo de batalha, e mesmo então quero estar saudável o suficiente para ser adubo de primeira qualidade para as frutas silvestres. Quero dar mais alguns saltos nesse caminho irregular e que deles se tenha notícia mais tarde.

— Que Deus ouça suas palavras — disse Goethe, pegando a mão de Schiller.

Schiller apertou a mão dos dois que estavam ao seu lado e deu um sorriso brando.

— Meus caros amigos. Não se preocupem.

Humboldt e Kleist voltavam da floresta. Um coelho havia caído numa das armadilhas de Humboldt e esse carregava o animal morto pelas orelhas. Abalados, ouviram o relato do suor frio de Schiller; Humboldt, logo depois de guardar a balestra, saiu novamente à procura de ervas para acelerar a recuperação do doente. Kleist sentou-se junto ao fogo e começou a destripar o coelho, para — nas suas palavras — ajudar no bem-estar de Friedrich com um suculento assado. Ficou trabalhando em silêncio durante um tempo com a faca e a carne, mas então seu olhar encontrou o canto queimado de uma página, que o ar quente das chamas havia carregado para longe. Com os dedos ensanguentados, levantou o pedacinho de papel e levou um susto ao ler próprias palavras semicrestadas. Pegou a pasta e abriu-a, antes de Goethe conseguir se explicar. Quando Kleist olhou para o resto das páginas arrancadas, a faca caiu de sua mão e ele ficou petrificado, como se tivesse visto uma górgone.

Goethe ergueu as mãos, de maneira tranquilizadora.

— Posso lhe explicar essa situação. Precisávamos combater rapidamente o calafrio de Herr von Schiller, o fogo estava apagado e não tínhamos cavacos. Na busca apressada, seu livro caiu em nossas mãos e, com o maior constrangimento e de coração pesado, por favor, acredite em nós, decidimos sacrificar algumas páginas dele em favor da saúde de Herr von Schiller. Não tenho mais do que palavras para me desculpar com o senhor e espero que o senhor aceite meu pedido de desculpas.

— O senhor queimou meu trabalho! — gritou Kleist.

— Nada disso! Não, são as primeiras oito páginas... A primeira cena e o começo da segunda, que já li.

— Que o diabo o carregue! O senhor transformou minha comédia em cinzas, maldição!

— Acalme-se por favor, Herr von Kleist; o senhor está dramatizando. Trata-se apenas de oito páginas de uma *cópia*.

— O senhor o queimou!

— Sim, pelo amor de Deus, porque não encontramos outra coisa.

— E isto aqui? — exclamou Kleist, que se levantou num pulo e ergueu no ar por uma das capas o livrinho de anotações de Schiller, mostrando as páginas preenchidas com letras miúdas e esquemas de pessoas e cavalos. — E o que é isso? E por que não as anotações *dele*? Afinal, é o fogo dele!

— Por favor: o senhor não vai comparar as anotações, as ideias para poemas futuros, de um Friedrich Schiller com a cópia de sua comédia. Alegre-se muito mais pelo fato de que sua obra talvez tenha salvado a vida de Herr von Schiller.

— O senhor está querendo dizer que a obra de Friedrich é superior à minha?

— Deus do céu, não se trata disso...

— É superior? Diga!

— Herr von Kleist, acalme-se, não dá para comparar as coisas.

— Então vou perguntar de outra maneira: o senhor gostou da minha *bilha*? A leitura lhe foi agradável?

— Sim, bem, por vezes. Não o terminei ainda.

— O quê?

— Faltam algumas páginas ainda.

— Há mais de um mês o senhor está de posse desse livro; sabe o quanto ele é importante para mim e não está nem com ele aqui... — Kleist interrompeu a frase no meio, puxou a pistola do cinto e apontou-a para Goethe. Os três homens que estavam sentados levaram um susto.
— Que Deus me ajude... Vou assassiná-lo por causa disso!
— Heinrich! — exclamou Goethe. — Eu lhe peço, contenha-se!
— Senhor conselheiro, onde as outras pessoas tem um coração no peito o senhor tem... uma *linguiça*! Mas não vou permitir que um velho sabido continue a me fazer de bobo. Sou velho demais para me curvar diante de supostas divindades como o senhor e velho o suficiente para castigá-lo por suas ofensas constantes.
Karl queria se esgueirar entre os dois, mas Kleist apontou o cano para ele e sibilou:
— Você vai comer chumbo, Capeto, se não se sentar agorinha mesmo.
Karl obedeceu e Schiller reuniu forças para se erguer:
— Por misericórdia, Heinrich — disse —, você já é infeliz, precisa ainda merecer essa infelicidade?
— Não serei por mais muito tempo, por Júpiter — disse Kleist, e sacou sua segunda pistola. — A outra bala é para mim.
— O que o jovem está delirando? — perguntou Goethe a seus colegas. — Asseguro-lhe, Herr von Kleist, ninguém lhe quer mal. Em vez de escrever para a alegria dos outros, você está escrevendo o enredo de sua própria infelicidade. Realmente só me interessava pelo papel, Pai do céu e todas suas santidades
— Se é assim, então me diga realmente o que acha da minha comédia!
Goethe soltou um gemido. Ele olhou para Schiller, que assentiu com a cabeça.
— Bem, essa *bilha* é muito promissora; mas é um tipo de teatro invisível, quase um drama para ser lido, que, segundo minha opinião, será difícil de ser encenado no palco. E a história de um pilantra que luta para não ser descoberto, sem apoio e sem esperança de ter sucesso, parece-me, com seu perdão, previsível.

— Então o senhor não vai entregá-lo ao teatro de Weimar?

— Creio que não. Sinto muito, mas a primeira ingratidão é melhor do que a última, não é?

— Agora esta também se tornará a sua última — disse Kleist, armando a pistola.

— Você quer mesmo matá-lo?

— Sem dúvida, estou muito decidido.

Goethe balançou a cabeça, incrédulo.

— Heinrich, estou com medo de você.

— O mundo é pequeno demais para nós dois — disse Kleist, e jogou a segunda arma no colo de Goethe. O cabo estava vermelho de sangue do coelho. — Aí, pegue a pistola.

— Por quê?

— Decidiremos no duelo quem não merece mais vaguear por esta Terra.

— Está delirando.

— Pegue a pistola, estou dizendo!

— Ah, Deus, não seja tão sensível como Tasso quando seus argumentos não encontram eco.*

— Devo ruminar-lhe isso dez vezes e depois mais dez vezes? Pegue a pistola, seu incendiário!

— Quando sofro, componho um poema. Droga! Se atirasse em todos aqueles que me criticam, logo Weimar não teria mais habitantes.

Kleist levantou a pistola mais uma vez, fazendo com que Goethe conseguisse enxergar diretamente seu cano.

— Engatilhe e vá em frente, caso contrário irei desprezá-lo para sempre, assim como o odeio!

Goethe pegou a arma. Ele puxou o gatilho e atirou em seguida para o alto. O estouro ecoou pelas montanhas e espantou os corvos. Enquanto o cabo ainda soltava fumaça, Goethe jogou a pistola no chão atrás de

---

*Referência à peça *Torquato Tasso*, de Goethe, que tem o poeta italiano como protagonista. (*N. do T.*)

si, na grama, e cruzou os braços diante do peito. Kleist estava atônito, mas não abaixou sua arma. Karl e Schiller permaneceram em silêncio.

Alarmado pelo tiro, Humboldt chegou correndo pela floresta. Um único olhar bastou para ele decifrar toda a cena. Ele se aproximou de Kleist com um salto e tirou a pistola ensanguentada da sua mão.

— Teria sido legítima defesa — murmurou Kleist.

Humboldt assentiu com a cabeça e levou o dócil companheiro pela mão para longe do acampamento. Eles andaram um tempo sem destino pela floresta, até finalmente encontrar uma pequena clareira. Lá Humboldt soltou a mão de Kleist e virou-se para ele. Ele o olhava com uma fúria desconhecida e respirava com dificuldade.

— Odeio Goethe desde que o conheci — choramingou Kleist —, mas somente hoje descobri o porquê.

Nessa hora, Humboldt deu-lhe um tapa com a mão direita, tão forte que os olhos de Kleist ficaram cheios de lágrimas. Atônito, este segurava o lado do rosto machucado.

— Alexander! O que você está fazendo? — perguntou.

— Você pergunta o que estou fazendo? Pergunte para você mesmo, seu três vezes paspalho! Quem além de você queria acabar de meter chumbo e pólvora na cabeça do criador de *Werther*, de *Wilhelm Meister*, de *Egmont*? Esperava que você fosse mais razoável.

— Você não estava presente... ele queimou meu...

— Ainda bem que não estava presente! Não me importo com o que ele fez; não é preciso muito para deixar você ensandecido! Fiquei quieto quando o conheci, mas como seu amigo não posso mais ficar calado.

Inúmeras lágrimas escorreram pelo rosto de Kleist.

— Você o está protegendo.

— Não ele, estou protegendo você, Heinrich, protegendo de você mesmo! Enxergue-se, terrível figura ensanguentada.

Kleist olhou para baixo. O sangue seco de coelho ainda estava grudado nas suas mãos e agora também no seu rosto, onde ele tinha tocado. Agora pressentia a dimensão de seu ato monstruoso e caiu no chão como um saco de farinha.

— Você tem razão — exclamou, com o corpo tremendo de tanto soluçar. Ao esconder o rosto entre as mãos, Kleist disse ainda: — Minha aparência cospe chamas! Meu espírito oscila à beira do precipício da loucura. Sou o mais infeliz entre os homens. É como se um conjunto de sinos dobrasse dentro do meu cérebro. Deus Todo-Poderoso... estou enlouquecendo!

Humboldt sentou-se ao seu lado na grama, colocou uma mão sobre o ombro de Kleist e disse, com suavidade:

— Vou ajudá-lo, se você me permitir.

Kleist balançou a cabeça.

— Temo que eu seja um caso perdido.

Humboldt deixou o amigo chorar. Sua mão ficou no ombro de Kleist, consoladora. Quando ele não tinha mais lágrimas para derramar, Humboldt afastou-lhe as mechas de cabelo da testa. Kleist ergueu o olhar e sorriu com os olhos inchados. Humboldt passou o dorso da mão pela face machucada. Kleist deixou as mãos penderem. Então Humboldt se curvou para frente a fim de fazer sarar a pele com um beijo fraternal. Kleist fechou os olhos. Mas quando Humboldt voltava à posição original, Kleist seguiu seu movimento e colocou seus lábios sobre os do outro. Humboldt ficou impassível. Apenas quando as mãos de Kleist envolveram seu pescoço e ombro é que ele devolveu o beijo. Beijando-se, ambos caíram na grama e com as mãos ansiavam por roupas e corpos, para se saberem ainda mais próximos um do outro. Kleist tomou fôlego, pois achava que ia desmaiar, e quando estava debaixo do corpo de Humboldt, com o rosto lindo daquele contra o céu sobre si, sussurrou com o olhar ainda nublado pelas lágrimas:

— Estou ligado a você com todos os meus sentidos por um amor indizível, eterno — e beijou seu cabelo e pescoço. Queria mesmo era ter mordido, tamanho seu desejo. — Meu coração juvenil foi atingido pela flecha mais venenosa de Amor. Eu o amo mais do que tudo e estou disposto a submeter toda minha vida aos grilhões do seu olhar.

Ele queria proferir outras juras de amor, mas falar e beijar ao mesmo tempo era impossível. Por isso, se calou e deixou seus beijos falarem.

* * *

As divergências no grupo, que haviam aumentado nos últimos dias e tinham culminado com a ameaça de morte por parte de Kleist, fizeram com que Goethe e Schiller convocassem ainda no mesmo dia um plenário para discutir os próximos passos. Com exceção de Kleist, que mandou suas desculpas por Humboldt, todos os companheiros estavam presentes. Goethe resumiu que desde sua chegada à montanha Kyffhäuser haviam se passado duas semanas e meia e que era possível partir do pressuposto que nem o *capitaine* Santing nem o duque de Weimar os encontraria por ali. Ele, Goethe, não queria passar nem um dia além do necessário nesse lugar e citou gentilmente outros motivos além dos óbvios, como o tempo horrível, o desconforto geral e, claro, a saúde frágil de Schiller. Mas como a maioria ainda era contra uma retirada em conjunto, desprotegida, chegou-se à conclusão de que no dia seguinte um grupo iria até o duque Carl August com um pedido de escolta para conseguir, sob sua proteção e a salvo dos bonapartistas, deixar a montanha. Como tantas vezes antes, a escolha recaiu sobre Humboldt, que era tido como o mais rápido e o mais confiável de todos. Os companheiros ficaram assustados com a decisão súbita de encerrar sua estada nas montanhas, depois de inúmeros dias de espera.

Um jantar desanimado, ao qual Kleist se juntou, encerrou a reunião. Diante dos olhos e ouvidos de todos, Kleist pediu perdão a Goethe por tê-lo desafiado para um duelo e desculpou-se dizendo que costumava agir antes de terminar de refletir e que o ambiente selvagem onde estavam parecia tê-lo tornado selvagem também. Goethe escutou essa explicação bem-comportada, mesmo que um tanto fria, e assentiu com a cabeça; por seu lado, também pediu perdão por ter queimado os versos sem pensar. Os outros sabiam, então, que tudo — e nada — estava acertado.

À noite, Kleist e Humboldt não precisaram de fogo para se esquentar, pois se aqueciam bem encostados um no outro. Protegido pelo "Templo das musas", Humboldt prometeu a Kleist levá-lo na sua próxima viagem; esse, por sua vez, prometeu solenemente nunca se casar e que Humboldt seria sua mulher, seus filhos e netos ao mesmo tempo, invocando a imagem do compatriota mais destacado, o grande Frederico, em cujo coração nenhuma mulher tinha mais espaço do que seu amigo íntimo e confidente, o tenente Katte. Como recordação, Kleist cortou um cacho do cabelo de Humboldt. Depois de preso com uma fita, escondeu-o no bolso de seu colete, sobre o coração, e Humboldt teve de prometer que voltaria a salvo de Weimar com os homens do duque.

— Pois se você não fizer isso, menino de meus olhos, meu querido, meu coração — sussurrou Kleist —, vou achar que ninguém me ama neste mundo.

Humboldt deu sua palavra e selou-a com muitos beijos apaixonados. Na manhã do dia seguinte, com os melhores votos de todos, ele se colocou a caminho de Weimar.

9

SUBMUNDO

A data da partida de Humboldt, 27 de março, era também o vigésimo aniversário de Luís Carlos de Bourbon, embora ele próprio houvesse esquecido disso durante os muitos anos nos quais seu jubileu não foi comemorado. Schiller precisou lembrá-lo da data e, para festejar, organizou um passeio com o aniversariante até a piscina natural tão famosa de Humboldt e Kleist. Precavidos, carregaram um pedaço de sabonete e, embora a água estivesse fria e soprasse um vento gelado, Karl se lavou demoradamente. Nessa hora, enquanto o delfim secava o corpo, aconteceu de o olhar de Schiller cair sem querer sobre a coxa do rapaz, lá onde deveria haver uma pinta no formato de uma pomba, como descrita por madame de Rambaud. Mas a pele era branca e lisa e também o resto da coxa não tinha quaisquer pintas. Schiller levou um susto, mas controlou o impulso de imediatamente questionar Karl a respeito. Em vez disso, um pouco mais tarde, quando sobre as pedras lavavam com o sabonete as roupas sujas, disse:

— Agathe de Rambaud contou-me de uma *mademoiselle* Dunois, que costumava banhá-lo quando você era pequeno, e que sua brincadeira favorita era ver o sabonete escorregar pelos azulejos molhados.

Karl sorriu e retrucou:

— Sim, me lembro bem. Era engraçado.

Essa resposta deixou Schiller ainda mais agitado, mas ele reuniu todas as suas forças para não deixar transparecer nada. No caminho de volta ao acampamento, quase não falou. Mais tarde, releu suas anotações de Hunsrück e na primeira oportunidade pediu a Goethe uma conversa a sós. Eles deram alguns passos até o lugar onde o riacho cruzava a trilha para a rocha escura.

— Fale logo — disse Goethe —, quais são as pulgas atrás de sua orelha?

Schiller apoiou seu cajado numa árvore antes de começar a falar.

— Como organizar essas contradições? Eu próprio não sei. Escute: há uma hora e meia, vi Karl no banho e *não encontrei* a pinta que a babá me descreveu com tantos detalhes. Sumiu, como se nunca houvesse existido. Fui verificar minhas anotações mais uma vez, mas a descrição da senhora de Rambaud era inconfundível: *uma pinta na coxa, na forma de uma pomba*. E isso depois de *eu* ter avisado a Karl que hoje era seu aniversário. O jovem está começando a me assustar.

— Ele deve ter se esquecido. Pronto! Depois de tanto tempo assim longe de tudo, eu também não saberia qual dia da semana é hoje.

— Continue a escutar: por fim, conversei com ele sobre um acontecimento de sua infância... no banho, com uma tal *mademoiselle* Dunois. Ele falou: *Sim, lembro-me bem*.

— E daí?

— Não existe nenhuma *mademoiselle* Dunois! — disse Schiller, enfático. — Inventei-a, assim como inventei aquilo que aconteceu no banho, de que ele se lembra tão bem!

Goethe piscou.

— E você está querendo dizer...

— ... que se a Rambaud não mentiu para nós, *Karl não é o delfim*!

Durante muito tempo depois disso, o único a emitir som foi o riacho ao lado de ambos. Então o olhar fixo de Goethe se transformou num suspiro profundo.

— O que foi? — perguntou Schiller. — Diga!

— Bem... suspeitei disso o tempo todo.

— O senhor sabia...?

— Suspeitava. Desde o começo, confesso.

— Desde Mainz?

Goethe balançou a cabeça.

— Desde Weimar.

— Desde Weimar? Mas como...

— Noto quando Karl não me diz a verdade. Deve haver algo numa amizade que desmascara todas as mentiras.

— Pelo nono círculo do inferno, homem! Não vá me dizer, pelo amor de Deus, que fizemos esta viagem insana e perigosa enquanto o senhor suspeitava há muito de que estávamos colocando nossas vidas em risco por um impostor! O senhor já nos recrutou com a suspeita de lutar por uma mentira!

A cena tornou-se um tribunal e caso Goethe fosse outro homem, sem dúvida as mãos de Schiller, que gesticulavam freneticamente, já teriam agarrado a aba do casaco de Goethe para conferir mais ênfase à sua reprimenda.

— Mas Karl é uma boa pessoa — afirmou o conselheiro. — Era você quem devia tê-lo desmascarado.

— Em primeiro lugar, ele é um bom ator! E quem pode dizer o que de seu caráter humano não é encenado também? Ele é o cabeça desta charada. Ou não?

— Na avaliação que faço da madame Botta, toda envolta por véus, ele é apenas o seu instrumento.

— Então eles são todos farinha do mesmo saco? Karl, Sophie, o holandês, o britânico morto? E quem de verdade é esse Karl, que de repente se tornou tão estranho para mim?

— Não sei quem é e nem de onde vem, mas sem dúvida está aqui porque é muitíssimo parecido com o delfim.

— Ah, Deus, o delfim — gemeu Schiller, lembrando-se do verdadeiro Luís Carlos, e caminhando para lá e para cá pela trilha estreita como um animal encurralado, enquanto passava a mão pela barba ruiva. — Morreu, virou pó faz tempo, morreu solitário na torre com seu sofrimento, essa pobre jovem alma infeliz.

— Mas Karl está salvo! — disse Goethe. — E o fim não justifica os meios? O principal não é derrubar o tirano Napoleão e impedir que a colcha de retalhos do império alemão seja definitivamente rasgada por ele? E que um rei esclarecido, progressista, assuma o cetro da França?

— Progressista, sim. Progressista e falso.

— Não é você quem diz que é preciso olhar para o conteúdo, e não para a embalagem? Karl não é e não será tudo aquilo que desejamos? Talvez o progresso também consista em alguém sem nome e sem sangue azul se tornar rei, contribuindo para a igualdade entre as pessoas.

Nessa hora, Schiller ficou parado.

— Basta, basta de seus sofismas, o senhor se baseia num motivo equivocado, pois supondo que Karl salve a França e a Alemanha, ele o fará ao preço de uma mentira. Como uma era da verdade poderia começar com uma mentira? *Se ele não for príncipe, merece sê-lo?* E se nossos companheiros soubessem disso, iriam largar as armas de pronto. — No olhar de Goethe havia uma pergunta, que Schiller respondeu em seguida: — Ah, eu ficarei em silêncio, pois o senhor é meu amigo. Que adiantaria mais confusão? Sim, ficarei em silêncio; mentir é que não... eu, o enganador enganado.

— Obrigado. Fico-lhe devendo o que quiser, meu caro amigo. Mas o que teria mudado se, naquela época, na minha sala de estudos, eu o...

— Já basta, eu lhe peço, pois quanto mais o senhor fala, mais revela que sua suspeita pela verdadeira identidade de Karl desde o começo não era uma *suspeita*, mas um *fato conhecido*. Eu, incrível entusiasta! — disse, sorrindo de uma maneira curiosamente amarga. — Será que fui tão vaidoso para imaginar que iria educar um rei de verdade?

Sem parar de balançar a cabeça, Schiller olhou para dentro da floresta, em silêncio, como se observasse um sonho que estava voando para longe. Então cobriu a boca com a mão para tossir.

— Você está se sentindo bem? — perguntou Goethe. — Vamos retornar?

— Se estou me sentindo bem? Eu? Não estou nada bem... eu, não — disse Schiller, sem se virar para Goethe. — Se ontem um anjo do

Senhor tivesse descido dos céus e me avisasse que entre essas sete pessoas há duas às quais eu poderia desejar toda a felicidade do mundo, toda saúde e uma vida longa, então não teria me escolhido, mas ao senhor e Karl, as duas pessoas de quem mais gosto. E agora descubro que, entre todos, apenas esses dois me enganaram. Não, Herr von Goethe, não estou me sentindo bem.

Ele encarou Goethe por mais um momento. Então baixou o olhar e voltou, com passos arrastados, curtos, como os de um velho.

Goethe não ousou segui-lo, principalmente porque não sabia de mais ninguém no acampamento que não estivesse ressentido com ele. Schiller tinha esquecido seu cajado. Goethe pegou-o, atravessou o riacho e tomou a direção da rocha escura.

Lá, na beira da floresta, no alto, ele se postou sobre a pedra com a mão direita apoiada sobre o cajado. O vento, mensageiro do temporal que se aproximava, soprava com força e revolvia seus cabelos, as dobras de seu casaco e as folhas dos pinheiros. No vale, embaixo, nuvens e neblina passavam correndo e os campos verdes e telhados vermelhos das aldeias escondiam-se por elas num piscar de olhos e com a mesma rapidez eram novamente revelados. E se uma tempestade ou um aguaceiro estivesse por começar, pensou Goethe, ele não sairia dessa pedra tão rapidamente.

Bettine encontrou-o assim, firme e tranquilo feito uma coluna sobre o mar de nuvens, quando ela saiu do bosque depois de uma meia eternidade, sem ser chamada, inesperadamente. Ficou parada até que a pulsação nas têmporas e a face aquecida tivessem suavizado e se aproximou, em silêncio, olhando junto com ele o vale coberto pelas nuvens.

— Não consigo enxergar o mundo desta altura — disse, quando não suportou mais o silêncio.

Ele não tirou os olhos do vale.

— Como você me encontrou?

— Como um cão fiel encontra seu dono — ela respondeu, sorrindo.

— E como um cãozinho quero me enrolar aos seus pés para lhe afastar os pensamentos ruins ou ficar o tempo que for necessário até eles sumirem. Não gosto de vê-lo sofrer. Você brigou com Friedrich?

Goethe assentiu com a cabeça. Bettine colocou a mão sobre o peito dele e a outra sobre o braço. Goethe finalmente olhou para ela.

— Um cãozinho? Não, você chegou feito a trepadeira do lúpulo. Você lança suas raízes onde quer que eu esteja, sobe em mim, me enrola todo e no final só dá para reconhecer o lúpulo.

Bettine tirou as mãos, constrangida, pois as palavras dele não soaram como gracejos, mas como censura, porém, Goethe a segurou, manteve-a junto ao peito e colocou o casaco ao redor dela. Tinha começado a chuviscar e eles voltaram a ficar em silêncio.

— Goethe — ela suspirou —, para mim basta o que seu olhar diz, mesmo quando não se dirige a mim. Fale com os olhos, eu entendo tudo.

— É, minha menina comportada? E o que ele diz, o meu olhar?

— Que você também me ama, porque sou melhor e mais adorável do que todo o comitê feminino de seus romances. Não nasci para outro homem senão para você.

Mas ela não conseguiu afastar os pensamentos ruins dele com essas palavras, pois as rugas de sua testa ficavam cada vez mais fundas.

— Não é para se falar de amor? — ela perguntou, continuando sem esperar pela resposta: — Quero juntar sua querida mão com as minhas no meu coração e dizer-lhe como o amarei para sempre, como um sentimento de paz e de completude me assolou desde que o conheço. Nenhuma árvore dá tanta sombra com folhas tão frescas, nenhuma fonte sacia tanto o sedento, a luz do sol e da lua e de mil estrelas não iluminam tanto a escuridão da Terra quanto você ilumina meu coração!

— Coração! Meu coração! — Goethe falou, assustado. — E como continua? Por favor, mantenha os pés no chão.

— Supremo desejo! — exclamou Bettine. — Se penso em você, não quero ficar no chão! Não consigo! Ah, Goethe, o que você acha do meu amor? Você vai correspondê-lo?

— Corresponder? Na verdade, não é possível dar nada para você, pois você cria ou agarra tudo do que precisa.

— Certíssimo, eu seguro você! — ela sussurrou, envolvendo totalmente o corpo dele e falando contra o tecido de sua roupa, enquanto o cheiro de Goethe a impregnava inteiramente. — Você teria de se debater bem fortemente se quisesse se soltar!

Ele sentiu o calor e os seios dela contra seu peito e fechou os olhos. Schiller tinha sido esquecido de repente; ele queria esquecê-lo, além de Karl, Napoleão, Kleist, Arnim e a chuva, e colocou sua mão sobre as costas de Bettine. Ela, quando sentiu o toque dele, levantou o olhar e, com lágrimas nos olhos, desejou:

— Me beije, pois logo teremos de deixar este paraíso e então tudo será diferente, e você vai partir; me beije e me abrace; daí vou beijá-lo, claro, e sucumbir de felicidade.

Ele não beijou seus lábios, mas o pescoço e as orelhas, suspirando fundo e mantendo os olhos bem fechados, para não acordar deste sonho totalmente proibido — e pelo mesmo motivo Bettine manteve os olhos abertos. Gotas de chuva escorriam sobre a testa dele e ela as beijava e ficava com mais sede, os lábios dela bebiam a chuva de suas sobrancelhas, de seus olhos e de sua boca fechada. Ela estava faminta e, impetuosa, lhe mordeu os lábios de leve, e quando ele a apertou contra sua face, as lágrimas escorriam pelo rosto dele e se multiplicavam com a chuva. Em seguida, ele tirou o casaco e a despiu, esforçando-se para nunca abrir as pálpebras. Ele puxava o corpete dela quase com raiva, até que seus seios estivessem livres e nesses encostou, triste, a testa e distribuiu por eles vários beijos apaixonados. Bettine segurava a cabeça dele com uma felicidade muda por essa divindade curvada à sua frente, pelo maior de todos os homens beijando seus seios como um recém-nascido.

Porém, para Achim von Arnim, que se tornara involuntariamente testemunha dessa união, parecia que um raio havia atingido diretamente seu cérebro, carbonizando de repente seu corpo. Seguindo o exemplo de Goethe, havia colhido um buquê das mais bonitas flores azuis nos gramados da cadeia de montanhas, quatro vezes maior do que o de Goethe. Por causa disso, teve de andar alguns quilômetros e suas mãos estavam machucadas por espinhos, urtigas e picadas de insetos. Agora ele estava à procura de sua amada para entregar-lhe esse buquê azul, a fim de pôr um ponto final nas pequenas desavenças dos últimos dias. O infeliz acabou encontrando Bettine, mas semidespida, a cabeça do concorrente entre os seios dela, as costas nuas viradas para ele. Para Arnim, a cena dos dois sobre um grande platô de rocha escura, quase imóveis, pareceu-lhe quase uma antiga estátua obscena; uma variante torta do Caritas Romanas sobre a rocha da montanha alemã.

Primeiro a mão de Arnim cerrou-se feito um punho de pedra ao redor das flores, quebrando os talos e pressionando a seiva para fora; então, abriu-a como num sonho e as flores azuis choveram sobre o solo, uma depois da outra. Na palma da mão restou apenas o suco verde, grudento, das plantas. Nenhum dos dois amantes notou sua presença e ao partir novamente apenas as flores machucadas na sujeira lembravam que ele testemunhara a cena.

Com o firme propósito de não deixar suas lágrimas escorrerem antes de dizer adeus ao grupo e à montanha, Arnim voltou ao acampamento, onde Kleist, Karl e Schiller estavam reunidos ao redor do fogo, protegidos pelo "Templo das musas", jogando uma partida de *l'hombre*. Arnim respondeu de maneira breve, mas sem ser antipática, às saudações deles e em seguida seguiu diretamente até sua barraca, a fim de aprontar seus pertences e voltar para casa. Se tocava em objetos de Bettine, ele os deixava cair como se estivessem recobertos por um ácido.

Seus companheiros ficaram surpresos quando Arnim — de chapéu na cabeça, mochila nas costas e decisão no olhar — saiu da barraca e despediu-se deles sob o avanço da rocha.

— Bem, adeus, meus irmãos em armas — disse, com uma suave melancolia. — Me vou.

— Caramba! Achim! — exclamou Kleist. — Para onde você quer ir tão tarde ainda hoje? Quando você estará de volta?

— Não vou mais voltar. É mais fácil um disparo refazer sua trajetória do que eu voltar para esta montanha maldita. Regressarei a Heidelberg e os guardarei no coração; mesmo você, amigo Karl. Foi uma honra lutar com vocês, mas é humanamente impossível eu continuar por aqui. Não perguntem pelos motivos.

Os três imediatamente se levantaram, Karl ainda com as cartas de baralho na mão, e cercaram Arnim sem atender ao seu pedido de não fazer perguntas, tentando de todas as maneiras fazê-lo ficar, pois logo Humboldt chegaria com o duque e o fim triunfal de sua aventura estaria muito próximo. Arnim, porém, se fez de surdo frente a seus argumentos e quando pressentiu a água acumulando-se em seus olhos, ele se soltou deles e deu os primeiros passos da viagem de volta. Mas ao seu encontro vinha, justamente, Goethe.

— Salve — cumprimentou o conselheiro, tão tranquilo como se o acontecimento sobre a rocha escura nunca tivesse ocorrido. E quando notou a inquietação, perguntou: — O que está havendo?

Embora todos os olhares estivessem voltados para ele, ninguém lhe respondeu; Arnim queria, os outros não. As mãos de Arnim agarraram com mais força as alças da mochila.

— Para onde você quer... — Goethe começou a perguntar, mas não conseguiu terminar a frase pois alguém atirou.

As cartas que Karl estava segurando até aquele momento lhe foram arrancadas por uma mão invisível e jogadas no ar. Karl olhou espantado para sua mão vazia e depois para os outros, como se tivesse acabado de ser vítima de um truque de ilusionismo. Uma das cartas no chão tinha sido furada e a bala por pouco não atingiu o jovem montado a cavalo desenhado nela. Mas ninguém reagiu... exceto Kleist.

— Protejam-se! — exclamou, pulando atrás de uma das grandes rochas que ficavam espalhadas diante da entrada do "Templo das musas".

Os outros seguiram seu exemplo, Schiller à frente, e tão logo Karl havia se jogado numa depressão atrás de uma pedra, aconteceu um segundo disparo.

— Ei! — gritou Schiller. — Para quem foi esse?

— Para mim... acho — retrucou Karl, se apertando ainda mais contra o solo.

Nesse meio-tempo, Kleist pegou suas duas pistolas. Ele se ergueu e atirou — primeiro com a esquerda, depois com a direita — em direção à floresta que ficava em frente, mirando um alvo oculto. Um dos disparos acertou um agressor invisível. Madeira estilhaçou-se quando um corpo caiu de uma árvore, de uma altura de dois a quatro metros. Só depois ouviu-se um grito.

— Suma daqui! E que o esquecimento eterno recaia sobre seu túmulo — vituperou Kleist.

— Você o acertou? — perguntou Goethe.

Kleist negou com a cabeça, enquanto recarregava as armas na velocidade do vento.

— São vários.

— O pessoal de Ingolstadt?

Como se fosse uma confirmação, mais um disparo atingiu a rocha.

— Como, em nome da Santíssima Trindade, depois de tantas semanas ele nos ...

— Tanto faz! Ele não sairá do campo sem sangue — rosnou Schiller. — Crianças! Agora é sério! Temos de lutar como javalis feridos ou estavamos perdidos!

Imitando uma salamandra, rastejou pelo chão, onde estavam suas pistolas e os mosquetes franceses, e dividiu as armas junto com cartuchos, polvarinhos e saquinhos de chumbo. Havia armas o suficiente, cada homem dispunha de duas, uma vantagem inestimável, pois um cano poderia resfriar enquanto o outro era carregado. Schiller ficou com a balestra e uma pistola. Logo cada um estava com um cartucho nas mãos e rasgava o saquinho de papel, colocava pólvora no cano e papel e chumbo por cima, apertando tudo com força. Schiller, por sua vez, esticava como um raio o arco da balestra. Arnim tirou a mochila e o chapéu. Seguindo o conselho de Schiller, Karl usou areia para apagar o fogo. Todos procuraram por um anteparo que os protegesse das balas dos outros, sem atrapalhar o próprio campo de tiro. O abrigo seguro do "Templo das musas" era seu trunfo nesta batalha.

Não houve mais tiros, mas de acordo com os ruídos do chão da floresta, dos combinados em voz sussurrada e dos estalos de galhos secos, seus oponentes estavam se juntando do outro lado da depressão do terreno.

Arnim arregalou os olhos em meio a uma breve oração:

— Bettine! — exclamou ele. — Ela continua lá fora!

— Você não pode mudar a situação — disse Schiller. — É impossível sair daqui.

— Eu preciso! Ela está totalmente desprotegida! Clemens vai me...

— Ao diabo com seu Clemens, Bettine sabe tomar conta de si mesma!

Sem obedecer às palavras de Schiller, Arnim colocou a alça de um mosquete sobre o ombro, pegou outro na mão e levantou-se.

— Preciso achá-la. Morte, venha até mim, não a temo.

— Que a chuva de enxofre de Sodoma...! Desça!

Não foi a ordem de Schiller, mas outro disparo, que obrigou Arnim a voltar para trás do anteparo. Em seguida, houve uma verdadeira tempestade de tiros e uma mortal chuva de ferro caiu sobre eles. A maioria das balas atingiu a cobertura do abrigo e o arenito branco partiu-se com os disparos, precipitando-se sobre eles como neve. Logo as roupas de todos estavam cobertas por uma fina camada de pó branco. Mas agora eles reconheceram o clarão produzido pelas armas de seus adversários e sabiam onde os alvos estavam escondidos atrás das folhagens.

— Os chifres denunciam o cervo — disse Kleist, depois de ter contado os diferentes disparos. — Eles são oito ou nove homens. — Por rasgar a embalagem dos cartuchos com os dentes, papel e pólvora ainda estavam grudados no canto de sua boca.

Schiller aprontou sua balestra.

— Marte está no comando! — gritou aos companheiros. — Se ainda houver uma gota de sangue alemão correndo nas suas veias, atirem!

Schiller ergueu-se, soltou sua flecha e os outros seguiram o seu exemplo. Agora a artilharia tinha se transformado num diálogo mortal e as balas cruzavam a depressão do terreno em todas as direções, atingiam aqui uma pedra, ali a madeira, mas raramente o alvo. Os movimentos de atirar e carregar as armas aconteciam de maneira ininterrupta; pólvora, balas de chumbo e varetas de carregar estavam espalhadas por todo o chão do "Templo das musas" e o pó subia ao teto da caverna. O ar fedia tanto a enxofre como se todo o armário do Moloch tivesse sido arejado sob o firmamento.

Schiller observou o fogo dos adversários e concluiu que o inimigo estava postado numa longa linha ao redor da caverna, da parede de rocha de um lado até a beirada da depressão do outro.

— Assassinato e morte! Estamos presos — avisou aos outros.

— Temos de sair daqui! — exclamou Karl, cujas mãos nervosas mal conseguiam meter a vareta de carregar no cano da arma.

— A situação está periclitante. Eles estão mantendo os buracos de ar fechados.

— Estamos cercados — Kleist concordou.

— E que o inferno nos cerque nove vezes! Vamos enxotar esses diabos de volta para de onde vieram!

Kleist seguiu essa ordem com grande disposição e com um tiro duplo apagou a energia vital de mais um de seus inimigos.

Aos poucos, porém, os disparos dos opositores foram cessando e finalmente as armas silenciaram de todo. Os companheiros também pararam de atirar, gratos pela pausa, quando o ferro superaquecido de suas armas podia esfriar de novo. Karl serviu uma garrafa de água para a roda, da qual todos tomaram diretamente do gargalo, com sofreguidão.

De repente, uma voz soou da floresta.

— Ei, vocês aí! Queremos uma trégua e a negociação!

— Vire recheio de torta, seu tabaréu! — retrucou Kleist. — Lute ou suma, mas se você está querendo conversar, volte para sua mulher em casa!

— Palavras que impressionam para alguém que está na armadilha como um lobo na toca. Mas não tenha medo; vamos deixar que partam sem machucá-los. Queremos apenas o filho do Capeto.

Karl estremeceu. Ele agarrou seu mosquete com um pouco mais de força e lançou um olhar de súplica a Schiller. Este balançou a cabeça.

— Vamos responder com chumbo a esse sabichão traidor da pátria? — perguntou Kleist, que tinha engatilhado novamente suas pistolas. Mas Goethe ergueu a mão.

— Entreguem o Capeto — a exigência foi repetida — e poderão sair livres. Não vai acontecer nada a vocês, juro pela vida do imperador e pela minha honra como oficial.

— Vá para o inferno, seu porco francês!

Goethe ergueu novamente a mão, a fim de interromper a fala de Kleist e respondeu:

— Não vamos entregá-lo nem qualquer outro integrante de nosso grupo. Eu lhe aconselho: suma daqui com seus comparsas, e rapidamente, antes que apliquemos nosso golpe de misericórdia.

— Ora só! O senhor e qual exército?

— O do duque da Saxônia-Weimar-Eisenach.

Depois disso, houve um instante de silêncio, até chegar a resposta:

— Aquele que este homem aqui teria de chamar?

Dois homens saíram de dentro da floresta. O de trás era *capitaine* Santing, em roupas simples de viagem, com o olho direito coberto por um tampão preto, mas o homem da frente era Alexander von Humboldt, que tinha um pano na boca, as mãos amarradas atrás das costas, os pés algemados e a pistola de Santing na têmpora. O xingamento desaforado de Kleist ficou parado em sua garganta. Ele ficou branco como o arenito ao seu redor. Os outros também se ergueram de seus esconderijos a fim de se certificar que seus olhos não os estavam enganando nesse lusco-fusco.

— Misericórdia — murmurou Arnim.

O *capitaine* levou seu prisioneiro até o centro da depressão do terreno, diante das tendas do acampamento, com um sorriso maldoso nos lábios. Ninguém conseguiu decifrar o que diziam os olhos de Humboldt.

— Ninguém escapa do grande Napoleão — disse Santing — nem no seu reino nem em lugar nenhum. Os senhores empreenderam uma tentativa de fuga auspiciosa, mas inútil, que agora fracassou. Confesso que nesse meio-tempo senti um pouco de medo por meu posto, pois sem o delfim eu certamente não poderia aparecer de novo na França. Mas basta: me dê o Capeto e, em troca, o senhor recebe seu amigo. E mais rapidamente poderemos voltar para casa.

O golpe foi certeiro. Nenhum dos cinco sabia o que dizer. Goethe tentou várias vezes começar a falar, mas desistiu. Dava para ouvir Kleist rangendo os dentes. O suor escorria da testa de Karl em bicas e se misturava ao pó da caverna, que parecia farinha. Ele tremia e o mosquete na sua mão tremia com ele. Schiller desviou o olhar. Arnim rezava agora pelos dois, por Bettine e Humboldt.

— O que aconteceu? — perguntou o *capitaine*. — O gato mordeu sua língua?

— Um momento de paciência — exclamou Goethe.

— Não tenho mais paciência. Estou caçando o senhor há quase um mês e acabei perdendo um olho nisso. Estou sendo esperado em Mayence com o Capeto. Cinco minutos, não mais, então vou meter uma bala na cabeça de seu infeliz mensageiro.

Kleist soltou seu olhar, que estava preso em Humboldt, e virou-se para Schiller e Karl.

— Bem, Karl — disse, não sem esforço —, só você pode salvar a vida de Alexander.

— Nada de precipitação — disse Schiller, e Goethe falou ao mesmo tempo:

— Um instante.

— Não temos um instante — exclamou Kleist, colando uma mão sobre o ombro de Karl. — Karl jurou às margens do Main dar sua última gota de sangue por nós caso estivéssemos em perigo. Hoje você pode cumprir seu corajoso juramento.

— Eles vão me matar caso eu me entregue — queixou-se Karl.

— Você não sabe. Mas sabe que eles vão matar Alexander caso não se entregue.

— E nós, na sequência — Arnim completou, e Kleist fez um gesto de confirmação.

Goethe deixou seu esconderijo.

— Permitam-me que eu troque uma palavra *en privée* com o senhor Schiller.

Schiller seguiu-o e juntos passaram pelo fogo apagado e alcançaram a parte de trás do "Templo das musas", a fim de conversar sem ser ouvidos.

— Maldição! — resmungou Schiller. — Esta viagem está três vezes amaldiçoada.

— Ele *não* é o delfim — Goethe constatou.

— Delfim ou não, pouco me importa. Mesmo se ele for um impostor, amo-o como a um filho e quero que ele viva.

— Meu coração está se revolvendo dentro do corpo com esse pensamento! Mas, no começo dessa viagem, decidi colocar a vida daqueles que vieram salvar acima da daquele que seria salvo. Não quero que a morte do senhor von Humboldt atormente minha consciência. E nem ao preço da França. Nem mesmo ao preço de toda a Europa. O duque entenderá, ele *terá* de entender.

Schiller assentiu.

— Karl irá. Heinrich falou a verdade: eles não vão matá-lo. Pelo menos, não aqui. Mas gostaria que Karl fosse voluntariamente. Não quero que se entregue por obrigação com Alexander.

— Ele irá voluntariamente?

— Irá. Assim como o conheço, e assim como eu o eduquei, ele tem a grandeza para esse enorme sacrifício.

Goethe apertou os braços de Schiller com ambas as mãos e depois voltou até os outros. Pediu que Karl fosse falar com Schiller. Do acampamento, Santing informava já terem passado dois dos cinco minutos.

— Vocês querem fazer o trato — disse Karl, com um fio de voz. — Vejo nos seus olhos, Friedrich. Você quer que eu vá.

— Não. Eu quero que você queira. Mas vamos deixar a decisão em suas mãos, independentemente de quanto Heinrich esperneie. Se você quiser ficar, então fique, e nós vamos lutar com você, vamos morrer com você.

Karl tocou o rosto com as mãos e esfregou-o. Seus soluços ecoavam nas palmas das mãos.

— Eles o levarão são e salvo até Mainz. Já o libertamos uma vez e vamos conseguir mais uma vez. Sua trajetória é um catálogo de fugas bem-sucedidas. Prometo que não desistirei de você.

— Tenho medo.

— Eu também. Mas o homem cresce com seus objetivos maiores. Pense em seus pais, que deram seu passo mais difícil com a cabeça erguida. Um bom pensamento blinda o coração do homem.

Karl tirou as mãos do rosto e olhou para Schiller, como se quisesse contradizê-lo. Poeira branca e pó preto grudavam em seu rosto numa padronagem curiosa.

— Qual é sua decisão?

Karl não respondeu, mas apenas assentiu.

— Este é o meu rei! — exclamou Schiller, e abraçou-o sorrindo. — Estou orgulhoso de você, meu Karl. Que eles reconheçam o filho de Luís nas suas ações!

— Posso juntar meus pertences? — perguntou Karl, olhando para sua mochila e alguns de seus objetos, que estavam desordenados ao redor do fogo.

— Certamente. Não há mais pressa.

Schiller deixou seu discípulo sozinho, consciente de que ele iria usar esses preciosos minutos para escutar sua voz interior e se preparar para o difícil tempo vindouro. Os outros três leram na expressão de Schiller que ele tinha conseguido convencer Karl. Kleist deu um suspiro de alívio.

— Estamos entrando no último minuto — exclamou o *capitaine* caolho.

— Certo, o senhor receberá seu homem — retrucou Goethe. — Ele logo descerá até aí. — E aos companheiros, Goethe disse: — Carreguem todas as armas e fiquem com elas à mão. Se esse finório quiser nos enrolar, pagará caro por isso. Herr von Kleist, seu objetivo é...

— ... o vassalo de Ingolstadt? Com o maior prazer. Um cano está mirando seu coração, o outro o olho saudável.

Os quatro se posicionaram atrás de seus anteparos para a troca que aconteceria dali a pouco, quando Arnim subitamente perguntou:

— Onde está Karl?

Todos se viraram. Realmente não havia sinal de Karl e mesmo a mochila que ele queria preparar tinha sumido. Schiller chamou por ele.

— Inferno, morte e diabo! — praguejou Kleist. — Onde está o cachorro?

Como uma fera perseguida, Kleist esquadrinhou o "Templo das musas" na penumbra e, em seguida, a floresta ao lado, mas não havia possibilidade de ele ter deixado o avanço da rocha sem ter sido visto pelos quatro, sem falar que os franceses teriam aberto fogo contra qualquer fugitivo. Era simplesmente como se Karl nunca tivesse existido. Schiller chamou mais uma vez e uma terceira, mais e mais alto, mas em vão.

— Santa Madre de Deus — disse Arnim. — Ele se dissipou no ar.

— Brincadeira!

— O tempo acabou — exclamou Santing.

— Escute — respondeu Goethe, gaguejando —, o delfim... foi embora, não podemos entregá-lo... embora tivéssemos decidido; tudo indica que, a princípio, ele não se entregará.

Espantado pela afirmação, Santing baixou por um instante a arma.

— Foi embora? Como assim, foi embora? O senhor está me achando com cara de palhaço? Embora para onde?

— Também não sabemos.

— Bem, vou ajudá-los a saber — disse, engatilhando sua pistola e encostando a arma na têmpora de Humboldt.

Kleist não conseguiu ver a cena por mais tempo. Ele se ergueu, com as duas pistolas apontadas para Santing, e disse:

— Tente, cão sanguinário, e você dançará uma quadrilha com a morte.

Humboldt tentou falar, mas a mordaça o impedia. O *capitaine* se postou atrás dele, a fim de não ser alvo para Kleist, e dessa maneira puxou Humboldt de volta para a floresta.

Para decepção de seus companheiros, Kleist saiu da segurança do "Templo das musas" para segui-lo.

— Vamos! O sangue do melhor alemão molhará o pó! — Ele queria animar os outros, mas na floresta ouviu-se o alarme de Santing e em seguida foi como se todas as armas descarregassem sua munição de uma só vez.

Kleist abaixou-se, desviando da saraivada mortal, e foi difícil se levantar, mas imediatamente estava de novo atrás de seu anteparo para revidar, multiplicando por três ou quatro os tiros dos franceses. Todos os seus disparos eram acompanhados pelos impropérios mais desdenhosos e logo lágrimas de raiva e desespero corriam por sua face.

— Esta será uma noite sangrenta — gemeu Schiller, atirando flechas e mais flechas para o ponto onde ele via o fogo dos disparos iluminar o terreno. No crepúsculo, não era mais possível distinguir as pessoas.

Esse segundo ataque foi notadamente mais intenso do que o primeiro. Na proteção da noite e do fogo de seus camaradas, os franceses avançavam, apertando cada vez mais o cerco ao redor do "Templo das musas". Quanto mais próximo encontrava-se o inimigo, mais vulnerável ele se tornava e desse modo uma das flechas de Schiller atingiu a perna de um homem, enquanto Arnim e Kleist continuavam atirando em dupla.

Goethe, que havia se postado na parte mais exterior da caverna, estava colocando a pólvora em sua arma quando um francês apareceu bem perto, com o mosquete em posição. Goethe atirou imediatamente, de modo que não foi chumbo que explodiu, mas a vareta de carregar, que atravessou o polegar e fincou-se na mão direita do agressor. A bala do espantado francês atingiu somente rochas e antes que o ferido pudesse iniciar sua fuga, Kleist alvejou-lhe a cabeça. O corpo do agressor ficou estendido bem na frente do templo e não poucas balas francesas acabaram sendo cravadas na carne inerte ao longo da luta. Depois desse avanço fracassado de seu camarada, os soldados inimigos não ousaram mais sair de seus abrigos. Goethe, porém, ficou tão abalado que parou de atirar e, na retaguarda, passou a apenas carregar as armas dos outros.

Logo seus cartuchos tinham terminado e eles tinham de carregar as armas com a pólvora do polvarilho, uma tarefa bem mais trabalhosa. Também faltava o papel que usavam para colocar o pó nos canos. Agora Kleist sacrificava por livre vontade o resto de sua comédia: os companheiros rasgavam as folhas, metiam suas palavras nas armas com a vara de carregar e atiravam-nas com pólvora e chumbo sobre seus adversários.

Quando a noite havia tomado o lugar do crepúsculo, as saraivadas dos franceses emudeceram. Amigos e inimigos não eram mais reconhecíveis no escuro e cada bala atirada era um desperdício. Mal os disparos haviam parado, alguns corvos instalaram-se nas árvores do acampamento, onde a quente batalha havia lhes servido uma suntuosa refeição. Os companheiros beberam água e limparam o suor da testa, enquanto Kleist fez um inventário de seu arsenal. Ninguém falou dos três desaparecidos, Bettine, Humboldt e Karl, mas todos se perguntavam, intimamente, quem seria o próximo a deixar o grupo e sob quais circunstâncias.

— Como está calmo lá fora... — disse Arnim.

— A calma de um pátio de igreja — retrucou Schiller. — Eles estão planejando um novo ataque.

— Não vamos resistir a eles uma terceira vez — disse Kleist, depois de ter analisado as armas. — O destino amaldiçoou este meu dia!

— Ainda temos pólvora suficiente?

— O suficiente para explodir a Terra contra a Lua. É o chumbo que está acabando. Duas dúzias de tiros *tout au plus* e daí nossas armas passarão fome.

Goethe olhou em direção ao escuro.

— E lá fora os franceses estão nos cercando como os lobos cercam uma árvore onde um viajante se refugiou.

Os companheiros ficaram em silêncio. Arnim encontrou uma linguiça entre os víveres, que passou a mastigar sem vontade. Kleist limpava o pó de suas pistolas.

— Estraçalhado por cães franceses na Germânia. Essa será a inscrição do meu túmulo.

— Caros — Goethe falou —, por favor me escutem, pois quero fazer uma sugestão: vamos seguir Herr von Arnim e jantemos. Daí cingiremos os sabres, armaremos os gatilhos, aprontaremos as baionetas, rezaremos um Pai-Nosso e rumaremos, prontos para a próxima!, para um ataque, protegidos pela noite.

Os outros não responderam de pronto. Então falou Schiller, desembainhando seu sabre:

— O fim será rápido e sangrento. Vamos enfiar nossas armas em seus corpos e tiremos a tinta vermelha das barricas. Morte ou liberdade! Eles ao menos não terão nenhum de nós com vida.

— Morte ou liberdade! — repetiu Arnim. — Não há morte mais bem-aventurada sobre a Terra do que aquela imposta pelo inimigo. Vamos, meus irmãos alemães!

De repente, uma pedra soltou-se do avanço da rocha e caiu no chão bem diante do "Templo das musas". Os companheiros seguraram a respiração. Outras pequenas pedras e pedregulhos seguiram a primeira e era possível escutar ruídos sobre o teto da caverna.

— Eles estão sobre a rocha — sussurrou Schiller.

Nesse momento, os quatro pegaram suas armas, o dedo no gatilho, a coronha nos ombros, esperando que seus agressores descessem da rocha a qualquer momento. Mas a entrada permaneceu vazia. Um pouco depois ouviram-se batidas de martelo.

— Que diabos, será que essa víbora está dando uma de telhador? — chispou Schiller.

Imóveis, continuaram a escutar as batidas e os estalos e não conseguiam imaginar o que estava acontecendo. Um pouco mais tarde, o misterioso trabalho cessou novamente e passos se distanciaram.

— O que será... — começou Goethe, mas Schiller, com um gesto, pediu-lhe que fizesse silêncio.

Agora era possível distinguir outro som: um chiado, que a princípio mal dava para diferenciar do vento passando entre as árvores. Mas ao contrário do barulho das folhas, esse era contínuo, como o vapor que escapa de uma chaleira.

Mais uma vez foi Kleist o primeiro a compreender.

— Para trás! — gritou a plenos pulmões, e deu um pulo para o fundo do "Templo das musas". — Pelo amor de Deus vivo, venham até aqui!

Com alguma indolência, resultado da incompreensão, os três o seguiram até a parede do fundo da caverna, contra a qual Kleist se pressionava com toda a força. Mal chegaram lá, aconteceu uma explosão tão ensurdecedora como se alguém tivesse jogado no depósito de pólvora do imperador um cavaco de pinheiro aceso. A terra tremeu tanto que Goethe não conseguiu se manter de pé. O arenito sobre sua cabeça mostrava agora uma rachadura preta e de repente todo o restante do avanço da rocha quebrou, estilhaçando-se na queda, gritando como um animal selvagem e caindo numa nuvem de pó e pedra. Os corvos famintos levantaram voo novamente e distanciaram-se. Outros pedaços de rocha caíram e rolaram até a depressão do terreno por onde havia antes o avanço, e as árvores, cujo solo debaixo das raízes lhes fora arrancado, tombaram. Até o fim chuviscavam pedriscos sobre os escombros na entrada da caverna. Em seguida, o silêncio retornou e enquanto o vapor da pólvora subia numa nuvem em direção ao céu da noite, a poeira baixava como uma neblina espessa sobre o acampamento abandonado.

A princípio, Schiller não teve coragem nem de tossir, temendo que qualquer abalo pudesse levar a mais um desmoronamento. Mas não conseguiu segurar a comichão por muito tempo. Quando finalmente cedeu, mais alguém tossiu ao seu lado, mas ele não conseguiu nem ouvir muito menos ver quem era, pois estava escuro como breu. Ele se ajoelhou e, apalpando o chão, passou a engatinhar em direção aonde supunha que ficara o fogo. Debaixo de pedregulhos e poeira, acabou pegando um pedaço carbonizado de madeira e com ele remexeu no lugar do fogo até encontrar uma brasa vermelha, na extremidade de um galho seco. Schiller assoprou a brasa até o fogo voltar a consumir a madeira e com outros pedaços de lenha não usados logo conseguiu realimentar a fogueira.

Os quatro companheiros, não exatamente ilesos, mas ao menos com vida, estavam reunidos nos destroços do "Templo das musas" reduzido a uma pequena câmara pela explosão dos franceses. Arnim estava apoiado contra a parede e checava com uma mão o estado do nariz, cujas duas narinas pingavam sangue. Kleist cuspiu tanto arenito pulverizado que sua saliva parecia leite talhado. Goethe, por fim, estava mais deitado do que sentado e apertava um pano sobre sua cabeça, onde uma pedra reabrira a mesma ferida de sempre. Kleist ajudou-o a se erguer.

Juntos observaram os estragos, mas não era preciso muito tempo nem perícia para entender que seus oponentes não tinham conseguido matá-los, mas poderiam enterrá-los vivos. O avanço da rocha tinha sido tão separado do restante da montanha que não era possível pensar em escapar. Para cada pedaço de pedra que retiravam caíam outros dois no lugar e um desabamento total do resto da câmara parecia cada vez mais provável.

A detonação não deixou marcas apenas diante da caverna, mas também atrás dela, e dessa maneira Goethe logo descobriu que uma fenda estreita, que Humboldt já tinha encontrado antes na parede dos fundos da caverna, tinha se tornado mais larga pelo tremor e uma corrente de ar gelado, rico em arenito, vinha de lá até sua prisão abafada. Ninguém sabia dizer onde essa fenda daria e mesmo assim houve uma silenciosa concordância em desistir do "Templo das musas" e, em vez disso, procurar por uma saída nas entranhas da montanha.

Os detritos haviam destruído e soterrado a maior parte de seus equipamentos, mas ainda encontraram uma linguiça e carne de caça um pouco empoeirada, uma panela amassada, as cobertas de Humboldt e Kleist, uma garrafa de conhaque, que felizmente havia sobrevivido a uma pedrada, um mosquete francês e, por fim, as armas que carregavam junto ao corpo. Assim como às vezes o sol aparece entre a chuva de granizo, os companheiros estavam passando por uma grande felicidade em sua infelicidade ao conseguir retirar de debaixo de algumas pedras também o saco com os archotes, que eram imprescindíveis na sua caminhada de reconhecimento. Schiller acendeu de imediato o primeiro de uma dúzia e liderou o caminho pela fenda na rocha.

Os primeiros passos foram mais dos que difíceis, pois a fresta era estreita, o chão raramente era regular e a rocha áspera rasgava suas roupas. Goethe ficou preso de uma maneira tão infeliz entre duas paredes de pedra que só conseguiu sair quando Arnim o puxou do abraço da montanha, enquanto Kleist o empurrava por trás. A trilha estreita os levava cada vez mais para baixo, sempre mais fundo no maciço da montanha, mas finalmente o corredor se alargou e, como os companheiros esperavam, apareceu uma caverna logo em seguida. Debaixo de suas botas o chão se partia feito troncos secos, pois estava coberto por uma grande quantidade de cacos cinza, e com um olhar para cima ficou claro de onde vinha: de todas as trincas e frestas do teto brotavam trapos com gesso, alguns minúsculos, outros tão grandes quanto um lenço aberto. O lugar se parecia com um curtume, no qual inúmeras peles recém-curtidas tinham sido penduradas para secar. Goethe tocou um desses trapos petrificados, que durante séculos tinham se formado, parecidos com estalactites, e a formação quebradiça logo estava em sua mão. Ele desejou secretamente que Humboldt estivesse com ele para que pudessem discutir esse fenômeno da natureza. Os outros continuaram em frente.

O corredor levou-os por outras duas cavernas menores, até que alcançaram, depois de uma curva, um espaço que era bem baixo — e totalmente recoberto por gesso — mas que entrava tanto na montanha que Schiller não quis apagar seu archote. No lado esquerdo da caverna havia uma bacia com água, a superfície lisa feito um espelho, e grandes rochas e placas de argila recobriam o chão. Numa dessas placas estava sentado... Karl, com uma vela presa ao seu lado na pedra, a mochila aos seus pés, enrolado em si mesmo como um anão de antigos contos de fadas. Foi a imagem *dele* — e não a da caverna — que fez com que os quatro prendessem a respiração.

Schiller foi o primeiro a recobrar a fala:

— Então nos encontramos novamente. — E acrescentou: — No reino das sombras.

E Karl observava o grupo como se realmente estivesse vindo do Hades.

Kleist deixou cair no chão o mosquete que carregava.

— Que você seja engolido pelas entranhas da Terra! — protestou contra Karl. — Covarde! Você... sujeitinho... nem tenho fôlego para dizer o quanto você me decepcionou.

Kleist aproximou-se de Karl com um pulo, dando-lhe um tapa tão forte no rosto que fez o jovem cair no chão. Kleist ergueu-o novamente pelo colarinho, jogou-o de costas contra a pedra, deu outro tapa no rosto e mais um por entre os braços de Karl, que tentavam proteger o corpo. Agora, porém, Goethe e Arnim estavam atrás de Kleist e cada um imobilizou um dos seus braços, afastando o furioso de sua vítima. Kleist tentou se soltar, mas os outros eram mais fortes e quando eles o puxaram para longe, seus saltos abriram sulcos no gesso e jogaram pedrinhas do chão.

— Escute, Capeto, vou quebrar todos os seus ossos! — Seu grito ecoou pelas paredes da caverna. — E mesmo se fosse cinco vezes rei, você teria de morrer por causa disso! Seu hálito é a peste e sua proximidade é a podridão! Cobra, cobra venenosa! Perto de você tudo fede como entre os assassinos!

De repente, toda raiva e toda força deixaram seu corpo e ele desabou nos braços dos outros dois como uma boneca sem vida.

— Alexander! — Kleist soluçou.

Com cuidado, eles o fizeram sentar e ficaram ao seu lado quando ele começou a se lamentar. Kleist escondeu seu rosto no casaco de Arnim e chorava feito criança. Arnim abraçou o corpo trêmulo do companheiro; as lágrimas de Kleist o emocionaram e ele começou a chorar também.

Agora Karl também estava chorando, mas ninguém o consolava. Schiller ainda estava diante dele, o archote pingando na mão, imóvel, como se o ar gelado da montanha tivesse congelado seu sangue nas veias.

— Estou tão aliviado por vocês estarem vivos — disse Karl, tentando dar um sorriso —, por você estar vivo! Eu temia tanto por você.

Desajeitado, Karl levantou-se e abraçou Schiller. Ele ficou impassível por um instante, mas depois apertou-o contra si com a mão livre.

— Heinrich está dizendo a verdade — disse. — Você cheira a morte. Não consigo abraçá-lo.

Karl ficou surpreso com essa rejeição.

— Perdoe-me, Friedrich — retrucou, por fim. — Perdoe minha fuga, perdoe meu medo, mas eu...

— Basta. Nem mais uma palavra. Não continue a falar. Sou surdo para suas palavras ocas — rebateu Schiller. — Alexander arriscou a própria vida por você e apesar de suas verbosidades você desperdiça a primeira e melhor oportunidade de retribuir-lhe, de salvá-lo e a todos nós, para... sim, para quê? Que diabos, para fugir rumo a uma outra morte, inútil, para se enterrar como um... um coelho covarde, que afronta o sexto dia da Criação. Como você empobreceu, como ficou miserável! O que aconteceu para que você perdesse seu espírito magnânimo de rei?

— Não, Friedrich, você está muito enganado — gemeu Karl. — Não sou tão digno quanto você quer me fazer acreditar. Não sou rei.

Schiller ficou calado. Karl retribuiu seu olhar até não conseguir mais mantê-lo. Então, jogou-se no chão da caverna e agarrou os calcanhares de seu mestre.

— Me perdoe! Eu imploro!

— Levante-se.

— Sei que você não me considera mais, mas não suporto sua rejeição!

— Levante-se e não me irrite ainda mais!

Mas Karl não obedeceu e Schiller se soltou ao dar um passo para trás. O jovem desprezado ficou deitado, choramingando, estraçalhado como os cacos embaixo dele.

Quando todas as lágrimas haviam secado, eles avançaram para investigar a caverna à procura de uma saída. No final do longo corredor havia um lago que ia de parede a parede, que eles tinham necessariamente de atravessar. De tão límpida, a água com brilho verde tornou possível enxergar as pedras no fundo como se através de uma lente. Arnim foi o primeiro a atravessá-lo e supreendeu-se ao perceber que o lago subterrâneo era mais fundo do que parecia. A água bateu na cintura deles e Schiller achou a água ainda mais fria que a de seu banho involuntário no Ilm e no Reno.

Na outra margem, a caverna abria-se dos dois lados e o teto era bem mais alto, como um salão de um castelo subterrâneo. Também ali havia retalhos de gesso pendurados sobre suas cabeças, os maiores tinham quase dois metros de comprimento, mesmo assim bem finos, como um pedaço de papel petrificado; velhas crostas de livros de um gigante, atrás das quais a luz bruxuleante do archote pintava imagens extravagantes. Eles faziam bem em não se demorar debaixo das formações de gesso, pois se essas se partissem, o golpe seria fatal.

A caverna à esquerda era um semicírculo, cujas altas paredes não sugeriam nenhuma passagem. Por isso, os cinco concentraram suas buscas na caverna da direita, maior. Essa, por sua vez, dava passagem a outras duas cavernas: uma conduzia encosta acima, sobre cascalhos grossos, cujo final não era possível enxergar. A outra era baixa e coberta por água, até onde a visão alcançava. Depois de 25 passos, ela se contorcia à direita e o que havia depois da curva era motivo de especulação.

No grande salão do meio as placas de xisto formavam um monte e sobre este os companheiros organizaram uma fogueira. Um segundo archote foi aceso no primeiro e eles se dividiram em dois grupos, a fim de investigar a saída dessa câmara escura. Os outros se comportavam em relação a Karl como ele tivesse sumido no ar, da maneira como Arnim havia vaticinado: ninguém mais falava com ele e quando os outros entravam em ação, ele ficava sozinho à luz de sua vela.

Kleist e Arnim ficaram com a tarefa aborrecida de checar a gruta com o lago. Dessa maneira, depois de tirar as roupas, tiveram de entrar diversas vezes na água. Meio patinhando, meio nadando, entraram cada vez mais fundo na gruta, sempre cuidando para que o archote, insubstituível, ficasse longe d'água. Depois da curva voltaram a sentir chão firme debaixo dos pés e agora a gruta dava num corredor que parecia promissor a ambos, porque levava ao alto — mas diferentemente da sua entrada, a fenda em que eles tinham de passar agora, depois de muitas curvas e elevações, se tornava cada vez mais estreita, até não dar mais passagem. Por esse motivo, a busca foi dada por fracassada. No caminho de volta, descobriram o esqueleto de um animal, que supostamente conseguira entrar na caverna, mas não sair dela. Arnim achou tratar-se de um filhote de corça e Kleist lamentou não ter Humboldt ao seu lado, pois ele sem dúvida saberia classificar os ossos, assim como seria um companheiro de valor incalculável no esquadrinhamento dessa caverna. O mero pensamento no ausente deixava Kleist numa triste melancolia.

A excursão de Goethe e Schiller era menos gelada, porém, mais perigosa do ponto de vista de eventuais fraturas. A elevação de pedregulhos que escalavam era qualquer coisa, menos segura: as placas de xisto tinham se tornado escorregadias por causa do ar úmido e tremiam na base, e não era seguro pisar nas placas de gesso caídas, pois seria fácil quebrar a perna caso não se prestasse atenção. Quando finalmente conseguiram subir, passaram a investigar o teto. O jogo de sombras do lugar, que se parecia com um mil-folhas, enganava-os constantemente imitando aberturas inexistentes. No final, apenas uma coisa era certa: em algum momento tinha havido sobre eles, à distância de seus braços, uma abertura por entre as placas, mas essa tinha se fechado por conta das pedras que caíram. Ninguém podia precisar o tamanho dessa camada, mas essas pedras iriam soterrar qualquer um que quisesse abrir um caminho por ali, como se estivesse na parte de baixo de uma imensa ampulheta.

— Maldito bolorento buraco de muro! — Goethe bateu com o pulso contra o teto. — Presos na terra fria, tão apertado! Tão escuro! Aqui não há saída, não há jeito, não há fuga.

— Vamos nos sentar — disse Schiller. — Estou me sentindo exausto e mole.

Sentaram-se nas rochas e ficaram em silêncio, com o inexprimível entre eles. Embaixo, ao pé da ladeira, dava para ver a luz minúscula da vela de Karl, um buraco de agulha na escuridão da caverna.

— Nunca mais vamos enxergar a luz do sol — disse Schiller, depois de um bom tempo. — Estamos destinados à morte.

— Você exprime algo extraordinário com muita tranquilidade — retrucou Goethe. — Trancado numa caverna com Heinrich von Kleist: é assim que imagino o inferno. — Ele deu uma risada amarga. — Ele não havia desejado, lá em Weimar, que eu nunca voltasse de minha viagem? Parece que seu desejo se tornará uma macabra realidade.

— Vamos acreditar até o fim na nossa salvação.

— Temos motivos para tanto?

— Nenhum. Mas temos de facilitar as coisas para o jovem lá embaixo.

Então começaram a difícil descida. De volta ao grande salão, usaram as mãos para beber água do lago da gruta, que estava deliciosa. Pelo menos, não iam morrer de sede. Um pouco depois retornaram também Arnim e Kleist e as esperanças mútuas de que o outro grupo pudesse ter achado um ponto de saída foram desfeitas. Ambos os archotes foram apagados novamente, a fim de economizar luz, e Goethe decidiu que podiam comer o assado. Cada dois homens dividiram um cobertor e à luz da vela comeram o que havia restado da caça; para beber, água servida na panela amassada.

Essa situação durou muito tempo. Se não fosse pelo fogo, que consumia um archote depois do outro devagar e de maneira contínua, não seria possível dizer se tinham se passado dias ou horas ou se o tempo parara;

porque o dia só dava lugar à noite onde havia dia e noite. O único ritmo era a tosse constante, sempre igual, de Schiller. Eles tomavam muita água para enganar a fome, mas a água logo provocava roncos no estômago de cada um. Finalmente Goethe também liberou o consumo da linguiça. Com seu sabre, Arnim partiu-a em cinco pedaços iguais e depois limpou até a gordura da lâmina, para não desperdiçar nem um grama do alimento. Depois da primeira mordida na sua ração, Karl ofereceu a quem lhe desse seu pedaço — e no caso de eles se libertarem e ele se tornar rei — um principado na França, além de um título de nobreza, e deu como exemplo Poitou, mas Arnim mandou que ele metesse seu Poitou num lugar ainda mais escuro do que a caverna. E Kleist observou, mastigando, que preferia ser conde de uma poça fedorenta do que de algo dado pelas mãos de Karl, e que era difícil de acreditar que ele fosse neto de uma Maria Teresa e de um Frederico I. Schiller e Goethe se mantiveram calados.

Arnim empreendeu uma segunda expedição para procurar por uma saída, enquanto os outros dormiam sobre as placas de xisto geladas. De tempos em tempos dava para escutar ruídos multiplicados pelas paredes das cavernas que podiam vir de uma saída ou não — água caindo, gesso rangendo. Quando Arnim voltou, porque seu archote tinha queimado até o toco, seus olhos diziam que tinha chorado. Ele censurou Schiller por não ter enterrado o maldito táler em Rheinstein, como o barqueiro havia explicado. Schiller não respondeu e, como não queria ficar mais tempo deitado, acabou sentando-se sobre um bloco de lâminas, que, por sua vez, estava colocado diante de um maior como um banquinho junto a uma mesa, e deitou sua cabeça nessa mesa.

Por fim, todas as velas e archotes tinham sido consumidos, exceto um, e quando eles o acenderam, Goethe consultou seu relógio de bolso. Era quase a décima hora, mas há tempos ninguém mais sabia responder se era dia ou noite, ainda em março ou já em abril. A única certeza era que depois de poucas horas esse último archote seria carvão e que estariam totalmente imersos na escuridão.

Kleist quebrou o silêncio de algumas horas para falar:

— Vamos morrer.

Schiller retrucou com um suspiro prolongado:

— Infelizmente é sabido que os poetas fenecem primeiro. Resolvam suas contas com o céu.

— Veremos quem vai saborear primeiro o trago amargo do anjo da morte — falou Arnim, mas acabou olhando desajeitadamente para Goethe.

— Eu — respondeu Kleist, tirando suas duas pistolas. — Assim que esta luz apagar, vou apagar a minha também. Pois não esperarei neste porão mortal a loucura me pegar na noite escura feito um túmulo.

— Você está querendo se suicidar?

— Tenho outra arma para quem quiser me acompanhar para o lado de lá. Que tal, Sua Alteza? A vida vale bem mais quando a desprezamos!

— Kleist ofereceu a arma a Karl, que levou um susto.

— Não faça isso, Heinrich, peço-lhe de joelhos. É pecado.

Mas Kleist estava surdo para o pedido de Arnim e com muita calma checou mais uma vez o gatilho e o cano, quase como se estivesse se preparando simplesmente para caçar faisões. Como a pólvora nas pistolas ainda era aquela do calor da batalha, Kleist esvaziou ambas as armas atirando na escuridão da caverna, para recarregar para o último disparo.

Nesse ínterim, Schiller puxou Goethe para o lado.

— Nos vemos no outro mundo — disse em voz baixa, e estendeu a mão. — A despedida de uma longa amizade é breve.

— O senhor me desculpa pelos meus erros?

— Sim, amigo de minha alma. Todos.

— Sinto-me consolado. E também que seremos enterrados na mesma sepultura.

Schiller assentiu com a cabeça, puxou a coberta mais para cima dos ombros e voltou a se sentar à mesa de pedra.

Restava de suas reservas apenas uma garrafa de conhaque, que havia sobrevivido à explosão do "Templo das musas" como por milagre. Arnim tirou a rolha da garrafa e ofereceu-a a todos, mas ninguém quis tomar esse álcool forte com o estômago vazio e Arnim foi o único a beber. Ele ficou bêbado logo depois dos primeiros goles e logo os espíritos do álcool se debatiam no seu sangue fraco, mas anestesiavam o medo e a fome, e secretamente Arnim desejava, caso tivesse mesmo de morrer, que apagasse totalmente chumbado. O conhaque levou-lhe lágrimas aos olhos e para isso acontecer não foi preciso nem mais a lembrança da infidelidade de Bettine.

Arnim tomou dois terços da garrafa. Então seu olhar fixou-se em Schiller, que — mais dormindo do que acordado, com a cabeça apoiada em ambas as mãos — estava sentado junto à mesa de pedra. À luz vermelha do archote, a coberta ao redor de seus ombros parecia um manto púrpura. E sua barba ruiva, que se espalhava por entre seus dedos abertos, brilhava feito brasa. Arnim prendeu a respiração. E orou em silêncio. Ele observou os companheiros, mas todos estavam com os olhos fechados e não notavam a quimera.

— O imperador Frederico — sussurrou Arnim. — Bem, imperador barba ruiva, não é verdade que o trono é confortável? — O rosto do seu interlocutor estava sério e tranquilo, e ele fez um movimento com a cabeça, quase imperceptível. Arnim tomou mais um gole. — Você deve viver, Friedrich! — Neste momento, a barba de Friedrich começou a crescer diante de seus olhos, tão rapidamente que dava para notar; o pelo ruivo enrolava-se entre os dedos como línguas de chamas e logo recobriu as mãos, cresceu em direção à mesa, passou pelo interior da pedra como por mágica e continuou sempre em frente, sobre o chão e ao redor da rocha, sem que Friedrich piscasse ao menos uma vez. O sabre ao seu lado tinha se tornado uma espada e uma coroa havia aparecido sobre sua cabeça.

Ao tentar se aproximar de Schiller para acordá-lo, Arnim caiu, quebrou a garrafa e sua testa começou a sangrar. Ele ficou no chão, inconsciente. Goethe esticou seu cobertor sobre o visionário de fantasmas.

A chama do archote ficava menor e menor e, por fim, acabou por completo. Ainda dava para reconhecer sombras à luz da brasa, mas quando essa se tornou carvão, Kleist afagou uma última vez o cacho de Humboldt no bolso de seu colete. Então engatilhou sua pistola e disse:

— Bem, ah, imortalidade, você é toda minha.

Goethe tapou ambos os ouvidos, mas o barulho que se seguiu às palavras de Kleist era bem mais abafado do que um disparo de pistola e um tanto longínquo, como um trovão distante. Parecia que um acesso à caverna tinha sido aberto. Goethe escutou como Kleist desengatilhou sua pistola novamente. Arnim gritou algo desconexo durante o sono.

De repente, surgiu uma luz. Na extremidade superior da ladeira, lá onde Goethe e Schiller tinham procurado por uma saída, havia um archote aceso sobre a pedra caída, sua luz distante escurecida por nuvens de poeira, mas, mesmo assim, infinitamente mais claro do que as trevas de antes. Com o sangue pulsando nas têmporas, os companheiros observaram como lá do alto, por um buraco no teto que havia se aberto pelo desabamento, a extremidade de uma corda caiu para dentro da caverna, aterrissando bem ao lado do archote, e por essa corda vinha descendo...

— Bettine.

— Posso confiar em meus olhos?

De pé no topo da ladeira — tão alto sobre eles todos e no meio de uma nuvem de poeira, os cachos pretos parecendo revoltos por uma ventania, o facão de caça no cinto e o archote aceso nas mãos — ela parecia uma semideusa para os companheiros, como a primeira das parcas, que desceu até eles seguindo a linha de seu destino, como uma alegoria da liberdade, que traz a luz na escuridão úmida do cárcere.

Kleist foi o último a deixar a caverna escalando a corda. Os outros ajudaram-no a sair do buraco. Depois de alguns instantes, seus olhos conseguiram resistir ao sol do meio-dia e ele reconheceu que estava no pátio de um pequeno castelo, abandonado há tempos, e que o buraco através do qual eles foram libertados tinha sido o poço. Essa era a ruína que não ficava distante do acampamento que Arnim havia mencionado. No chão estavam a mochila de Bettine e alguns archotes. Ela tinha prendido a corda, que foi suficiente para dez metros de profundidade numa vicejante bétula.

— Existe algum sonho mais feliz do que este? — perguntou Kleist, quando recuperou o fôlego.

Bettine, que não parecia menos exausta e esfarrapada do que os homens, ofereceu-lhes pão e queijo, que tinha conseguido salvar do acampamento. Ela contou que na noite do ataque, voltando da rocha escura, tinha ouvido os disparos a tempo. Em vez de fugir imediatamente ou pelo menos se esconder, ela se esgueirou o mais perto possível dos agressores. Ao contar nove deles, entre os quais o infame *capitaine*, percebeu que — desarmada e sozinha — não conseguiria ajudar seus companheiros no "Templo das musas". Num esconderijo seguro, rezou pelo bem-estar dos amigos e se manteve confiante até o ataque com explosivos balançar a montanha Kyffhäuser. Depois de uma noite insone, na manhã seguinte arriscou-se a voltar ao acampamento. Santing tinha partido e apenas os franceses mortos estavam por lá. Equipada com o que conseguira encontrar no acampamento devastado, Bettine se pôs a procurar os soterrados, pois até o olhar de um leigo reconhecia que era impossível passar pela rocha detonada. Ela vistoriou a montanha sem parar e só dormia quando a noite impedia sua visão. Mas no terceiro dia depois da batalha — que era este —, quando topou com a ruína que Arnim havia elogiado tanto, deu os companheiros finalmente por perdidos. Entre os muros estropiados, chorou lágrimas amargas pelos mortos — mas, de repente, ouviu um disparo debaixo da terra e mais um segundo, um pouco depois, cujo eco passou pelo poço da fonte. Feliz pelo sinal, mas ao mesmo tempo tomada pelo medo de que pudesse chegar tarde demais, desceu ao poço abandonado com uma corda e um archote e encontrou no fundo pedras soltas que o tapavam. Ela só conhecia uma maneira de superar essa barreira: voltar à superfície, rolar até o buraco do poço a mais pesada entre todas as pedras do muro que estavam jogadas pelo gramado e lançá-la para dentro, onde ela iria — dez metros mais fundo e com estrondo — abrir caminho entre as outras, liberando-o até a gruta.

Antes de alguém conseguir agradecer à salvadora, Kleist perguntou o que tinha acontecido com Humboldt, mas Bettine não soube dizer nada. Como ela não tinha topado com nenhuma pista dele nos três dias em que ficara à procura dos companheiros, Deus o livre, supunha que o *capitaine* de Ingolstadt tivesse levado seu refém; Kleist não sabia se devia agradecer a Deus ou amaldiçoá-lo pela notícia.

Arnim estava afastado do grupo desde que saíra do buraco. A água ainda pingava de sua barba e do topete, pois, a fim de acordá-lo de sua embriaguês, os outros haviam-no mergulhado no gélido lago da gruta. Seu estômago roncava por uma refeição, mas ele era orgulhoso demais para aceitar um pão das mãos de Bettine. De um muro destroçado, um corvo o observava — essa era uma prova de que sua experiência na caverna realmente não tinha passado de uma alucinação.

Quando Goethe passou os braços mais uma vez ao redor de Bettine para agradecer-lhe por sua heroica ação de salvamento, Arnim deixou o pátio do velho castelo, desceu até a floresta por uma escada coberta por vegetação e seguiu até o vale por uma trilha. Ninguém parecia ter notado sua despedida silenciosa, mas depois de ter andado por um minuto, escutou ruídos vindos de trás, e logo Bettine estava diante dele.

— Por tudo neste mundo, aonde você vai? — perguntou ela e, com o rosto muito vermelho, fez um esforço para tomar ar.

— Embora, para Heidelberg. Cuide-se, Bettine, e obrigado por sua ajuda.

— Você está maluco? Não, está bêbado!

— O vinho que irá entorpecer minha dor ainda está por ser produzido — disse, com tal ênfase que Bettine, envergonhada, baixou os olhos. — Seu coração é como um pardieiro: um pombo entra voando, sai o outro.

— Achim...

— Quando engulo a comida, sinto ânsia de vômito só de pensar que não devo esperar nada de você, não devo exigir nada de você, sou, a seus olhos, igual aos outros e outras coisas mais. Mas agora tive de jejuar por três dias e vomitar não vale a pena.

— Não quero que você se vá! Por favor, fique comigo!

— Prefiro voltar a essa caverna para sempre do que ser seu crédulo fantoche. Nossas forças nos repelem. Desejo-lhe tudo de bom com o ancião.

Ele deu um passo para a frente, mas ela pegou seu braço com as mãos.

— O que aconteceu com seu amor, Achim?

— Meu amor? Meu amor morreu hoje para mim, quando ele se uniu ao inimigo.

Ele esperou até ela soltar-lhe o braço e em seguida continuou seu caminho até Heidelberg, sem carregar nada além das roupas do corpo.

O estado do acampamento espelhava como alguns deles se sentiam internamente. As barracas estavam rasgadas, derrubadas e, além disso, perfuradas por inúmeras balas e tudo de útil tinha sido furtado ou destruído. O belo trabalho com a tesoura da filha do hospedeiro do Spessart tinha sido queimado, como a maioria dos papéis. O "Templo das musas", explodido, tinha a aparência de uma ferida aberta, branca, no corpo da montanha. Os franceses enterraram seus mortos à beira da depressão do terreno; quatro cruzes simples de madeira tinham sido fincadas no chão, sobre o mesmo número de montes de terra, e os primeiros nomes dos mortos, gravados nelas, tornava a visão ainda mais insuportável. Os companheiros quase não acharam comida que não tivesse sido revolvida na sujeira ou roubada pelos corvos. Seus inimigos haviam levado inclusive o tabaco.

— Talvez este seja um bom momento para parar de fumar — disse Schiller, ao encontrar seu cachimbo entre os escombros, quebrado. E ao tirar o que restara de sua valiosa balestra dos destroços do "Templo das musas", acrescentou: — Talvez este seja também um bom momento para parar de atirar.

Nem 15 minutos depois, Kleist havia juntado tudo o que ainda estava em condições de uso e incitou o grupo a partir. Goethe achava que a pressa não era necessária, pois o quanto mais distante estivesse o cão sanguinário, mais seguros eles estariam em seu caminho até Weimar. Kleist retrucou, verdadeiramente espantado, que ele não tinha nenhuma intenção de levar Karl até Weimar, mas sim libertar Humboldt de seus sequestradores. Karl encontraria o caminho, mesmo a sós, mas Kleist queria comprar ou roubar cavalos no vale — para perseguir Santing de volta a Mainz ou, se necessário, até Paris. Goethe lembrou-o de que o próprio Humboldt havia pedido aos outros para que não se preocupassem com ele caso fosse preso, mas Kleist não lhe deu ouvidos. Ele ficou furioso ao notar que ninguém o acompanharia em sua caça ao *capitaine* Santing e xingou os outros de desleais e infames, como havia feito com o príncipe francês, caso tivessem o coração tão pequeno de lançar Humboldt à própria sorte — justamente ele, que tinha feito mais do que todos pela causa. Por fim, exigiu de Goethe os 150 táleres combinados, mas os franceses também haviam descoberto e saqueado o caixa de guerra. O conselheiro pôde apenas prometer pagar-lhe em Weimar a soma exigida. Kleist prometeu também voltar ao assunto.

— E mesmo se tiver de colocar o senhor de ponta-cabeça e sacudir o dinheiro de seus bolsos!

Kleist despediu-se de maneira afetuosa apenas de Bettine; Schiller e Karl não receberam sequer mais um olhar. A Goethe, entretanto, ele reservou uma desdita que chegava a superar seus xingamentos usuais. Então partiu a fim de tirar seu amigo e companheiro das garras do inimigo.

— Meu coração está todo machucado — disse Bettine, quando Kleist foi embora. — O que vai acontecer com Achim e Heinrich?

— Cá entre nós, estou feliz por termos nos livrado dos dementes — retrucou Goethe. — E Heinrich — ele literalmente cuspiu o nome, e ao pisar numa garrafa de vinho trincada, quebrou-a de vez — Heinrich pode lamber-me a bunda.

10

WEIMAR

Os caminhantes puderam poupar os pés de Krautheim a Buttelstedt, pois um camponês educado, que estava indo com seu carro de boi para Buttelstedt, deixou-os viajar na carroça vazia. Eles estavam sentados um diante do outro sobre uma crosta de palha velha e fezes secas e olhavam para os campos verdes. Nas suas cabeças passavam, feito fantasmas, Humboldt, que tinha sido traído, Arnim, que tinha sido enganado, e Kleist, que tinha sido abandonado — e o fato de estarem prestes a concluir sua campanha com sucesso e de que Weimar não distava mais de meio dia a pé não animava nenhum dos quatro.

A estrada fazia uma bifurcação depois de Buttelstedt, para Weimar de um lado, para Ossmannstedt do outro, e uma marcação indicava que seu objetivo ficava a 11 quilômetros.

— Imaginem só — disse Bettine —, Weimar me parecia sempre tão longe, como se estivesse do outro lado do mundo... e agora está diante da porta.

Seguindo um olhar de Goethe, Schiller pediu a Karl que se adiantasse alguns passos em sua companhia. Quando os dois estavam a uma distância segura, Goethe falou:

— Bettine, quero que você vá até o tio Wieland. Diga-lhe que fui eu que a mandei. Em Ossmannstedt você pode recuperar suas forças e descansar o tempo que lhe apetecer. Assim que você quiser voltar para Frankfurt, mande-me um bilhete e vou pedir que um cocheiro a leve imediatamente de volta à sua avó e ao seu irmão.

Demorou um tempo para Bettine entender suas palavras. Com seus olhos castanhos, ela olhou para ele com um animal agonizante.

— É mais razoável assim — replicou Goethe.

— A razão é cruel, o coração é melhor. Você vai para Weimar, me leve junto.

— Não posso levá-la. A agitação seria impensável e ambos sairíamos prejudicados. Nas florestas estávamos sozinhos, apenas os pinheiros eram testemunhas, mas em Weimar é diferente.

— Não! — ela exclamou, e de pronto as lágrimas escorriam por seu rosto e, por onde passavam, limpavam a pele da sujeira das montanhas e das estradas. — Você não pode ser como está sendo agora: duro e frio como pedra! A mão que eu queria beijar me empurra para longe! — Ela agarrou-o com ambas as mãos e puxou suas mangas, como se quisesse puxá-lo para perto.

— Você diz que sou Wilhelm Meister e você, minha Mignon. Mas há tempos já não sou Wilhelm. Escute, sou muito mais o velho harpista! Sou velho demais para só brincar. — Goethe amparou-a para que ela não acabasse desabando sobre ele. — Pense em Arnim: não é suficiente ele me odiar? Ele também deve expulsá-la do seu coração? Não, um de nós três tem de sair e quero ser esse alguém.

— Não posso ficar com os dois? Por que tenho de me decidir, dar a prioridade para um em vez do outro? Não quero, não consigo; uma metade do meu coração é sua, a outra é dele, e se vocês se separam, meu coração se despedaça. Vamos voltar à montanha, querido, lá eu tinha os dois por perto e não precisava dividi-los com ninguém.

— Foram bons tempos, Bettine, que passaram. Nós iremos nos rever. Acredite em mim, porém, e escute a palavra de um homem: melhor que não seja em Weimar.

— Me sinto insaciável depois de tantos milhares de beijos seus...

— ... e, no final, você precisa se contentar com *um* — disse Goethe.

Mas justamente quando ele queria colocar seus lábios sobre os dela como despedida, ela se desvencilhou dele e ficou a alguns passos de distância.

— Não — disse ela, brava. As lágrimas tinham sido vencidas. — Longe de mim. Não tolero que você se despeça de mim. Serei eu que vou me separar de você. Não sou tão submissa quanto você imagina. E para me afastar, será preciso se esforçar mais. E o beijo, você fica me devendo esse beijo, até que eu o exija de você!

Antes de Goethe conseguir retrucar alguma coisa, ela deu meia-volta e iniciou o caminho para Ossmannstedt com passos decididos, sem olhar para trás. Com as calças largas e o colete amarelo de Savoia, ela se parecia como um garoto que está voltando para casa depois de brincar.

Quando Goethe se juntou novamente ao amigo, Karl seguia à frente, e ele disse:

— Foi errado da minha parte.

— O quê?

— Tudo. Principalmente trazer Bettine nesta empreitada. Mas a idade devia ter uma vantagem, ou seja, mesmo quando não conseguimos escapar do erro, pelo menos devíamos conseguir compreendê-lo de algum modo. Qual diabo me guiou? O que embaçou minha visão?

— O eterno feminino?

Goethe deu um sorriso triste.

— Talvez. Ah, Deus, estou me sentindo melancólico.

— Fique tranquilo. Ela não é a primeira garota a ser dispensada.

— E nem a primeira que se consolou. Com certeza. O senhor tem razão.

Em Obringen começou a chover e logo a água tinha subido tanto nas ruas que não fazia mais sentido prestar atenção por onde se pisava. Sem se importar, os três marchavam pela tempestade e o ritmo forte os mantinha aquecidos. A água molhava suas roupas, seus cabelos e as barbas, enchia os estojos dos sabres e caía feito uma catarata do chapéu de três bicos de Schiller, até que o feltro acabou não resistindo e se dobrou. Ele jogou o chapéu na valeta. Quando tinham sede, não viam inconveniente em recolher com as mãos a água das poças. Outros caminhantes os teriam tomado por salteadores da pior espécie, mas nesse tempo horrível ninguém estava em trânsito. Depois de passarem pelo Ettersberg e iniciarem a descida até Weimar, a água rodilhava seus tornozelos e abria caminho até o rio Ilm.

Sem terem uma combinação prévia — pois, na realidade, desde Buttelstedt não haviam mais conversado entre si —, seus passos não os levavam nem à Esplanada nem ao largo Frauenplan, mas diretamente ao castelo. Eles queriam resolver o assunto Karl sem demora. Em Brühl, Goethe foi reconhecido por um cidadão. Embora sua barba fosse a mais curta de todas, a saudação ficou presa na garganta, tão desgrenhado era o aspecto do conselheiro.

Os vigias no portão da residência oficial não permitiram o acesso dos três homens. Goethe pediu para avisar sua presença ao conselheiro Voigt, que quase caiu quando desceu as escadas, apressado, logo em seguida. Em sua última visita ao castelo, Goethe estava ferido, mas isso não era nada em comparação com sua aparência atual. Voigt ficou parado no último degrau e levou a mão à boca.

— Deus do céu — sussurrou. — Goethe! Não acredito em meus olhos. Já o dávamos por morto! Ao que tudo indica, porém, você não esteve muito longe disso. E Herr von Schiller... está se escondendo por trás dessa barba de pirata? Deus seja louvado, que alegria! Vocês estão parecendo eremitas que foram libertados de sua caverna após anos... E esse jovem é, meu Deus, o senhor conseguiu? Aproxime-se, por favor, sua majestade, sou seu fiel servo de nome Voigt, sereníssimo conselheiro. Lacaio! — Ele bateu palmas, chamando um empregado. — Traga-lhes roupas limpas, os senhores estão molhados feito peixes, e cobertores. Seja rápido. E avise a Vossa Alteza Sereníssima que Goethe e o rei chegaram, *vite, vite*!

— E algo para comer — acrescentou Goethe.

— Ouviu? Comida e vinho para nossos heróis, já. Não fique aí parado feito um palerma!

Mais tarde, os três se reuniram novamente na sala de audiências, onde há seis semanas a aventura tinha se iniciado. Goethe sentou-se num divã, Karl e Schiller em poltronas. Eles estavam sem as armas e os casacos molhados e comiam o que lhes estavam sendo oferecido, no momento um caldo quente. Um pouco mais tarde, Voigt avisou que não apenas Carl August, mas também a estimada madame Botta, que estava em Weimar no momento, mais acompanhante, chegariam em instantes. E, até lá, que tal um barbeiro...? Mas os outros não estavam interessados em higiene pessoal, ainda não. Como comiam e não podiam conversar, Voigt relatou o que tinha acontecido no ducado nesse meio-tempo; que tinham escutado falar de um acidente na ponte Mainz-Kastel e que o relacionaram com a empreitada de Goethe; como a notícia das mortes terríveis em Wartburg chegou até Weimar e o duque enviou tropas para procurar pelos assassinos e pelo pequeno grupo de Goethe; como haviam esquadrinhado, sem sucesso, a floresta da Turíngia e a do Hainich, passando pela fronteira de Hessen, até a Baviera; por fim, quando receberam a notícia — vinda do ducado de Hannover — da morte do cocheiro russo Boris, achado apunhalado em sua berlinda no meio-fio, como tiveram de suspender as buscas e quanto o duque se recriminou por seu ministro e amigo ser dado como perdido, quiçá morto. Quando Schiller, entre duas colheradas do caldo, disse apenas a palavra Kyffhäuser, Voigt bateu com a palma da mão na testa, repetiu a palavra e passou o resto da noite reclamando de como tinham sido idiotas, pois não deixaram pedra sobre pedra na floresta da Turíngia, mas nem por um instante tiveram a ideia de procurar mais ao norte.

Acompanhado pela francesa e pelo holandês, agora Carl August se juntava a eles. Apesar de todo o cerimonial, deu um forte abraço em Goethe e depois teve de secar as lágrimas com as mangas. Assim como no último encontro, madame Botta estava usando um vestido preto e um véu verde-escuro. Schiller pediu à mulher que o dispensasse de beijar sua mão, pois as suas ainda estavam sujas da viagem. Por fim, chegou a vez de Karl, que durante a apresentação havia ficado sentado, tímido.

— O rei está em suas mãos — anunciou Schiller.

Neste momento, Karl ergueu-se. O conde de Versay curvou-se diante do jovem.

— Luís — disse madame Botta, e dava para escutar que ela sorria ao dizer seu nome.

Seja por conta das privações e do medo dos últimos dias, ou da sensação de finalmente estar fora de perigo, ou pelo copo de vinho que Karl havia tomado, de maneira pouco prudente, antes da refeição... de repente, o jovem perdeu os sentidos. Revirou os olhos, as pernas bambearam e ele caiu inconsciente de volta na poltrona de onde tinha acabado de se levantar. Dois lacaios carregaram Karl para o dormitório mais próximo e o instalaram. Schiller examinou o doente e, em seguida, explicou que o remédio mais eficaz contra esse ataque de fraqueza era um longo sono. Aliviados, todos — exceto o conselheiro Voigt, que devia velar o príncipe herdeiro — voltaram à sala de audiências.

Atendendo a um desejo do conde holandês, Goethe teve de imediatamente fazer um relato sobre os acontecimentos das últimas seis semanas. O literato levou seus ouvintes para a viagem de Frankfurt, passando pelo Reno, até bem no interior da montanha Hunsrück, da Mayence fortificada através de Hessen até — e finalmente adentrando — a montanha Kyffhäuser, onde a empreitada terminou de maneira tão trágica. Goethe falou da perseguição implacável levada a cabo pelo *capitaine* Santing, que parecia ser o responsável não apenas pela morte de Sir William, mas também pela de Boris, o cocheiro, e que supostamente Santing conseguira torturar Alexander von Humboldt, a coluna-mestra da expedição, e assim conseguir a informação sobre o lugar onde o grupo estava reunido na montanha. As exclamações e os contorcionismos variados do duque deixavam claro que ele acompanhava todo o relato com muita vibração. O conde de Versay e a madame, por sua vez, se mantiveram tão impassíveis quanto Schiller. Goethe encerrou pedindo expressamente ao duque para salvar Humboldt das garras de Santing, caso ele ainda se mantivesse refém. Carl August prometeu movimentar céu e inferno na procura de Humboldt, e se fosse necessário, também na de Kleist, e reforçou seu compromisso com um aperto de mão na coxa do amigo.

Finalmente Sophie Botta também se manifestou.

— O senhor esteve à altura da confiança de seu duque, *monsieur* Goethe. Mesmo se isso for um consolo muito pequeno, asseguro-lhe que os mortos tombaram em nome da justiça. E que o tributo de sangue está bem abaixo daquele que seria de se esperar caso Bonaparte ficasse no poder. Agradeço-lhe e, claro, também ao Herr von Schiller, pela salvação do rei.

Schiller, que estava com os braços cruzados diante do peito, respondeu com um sorriso nos lábios.

— Não estou atrás desse agradecimento, madame.

Seu inesperado comentário rabugento irritou a mulher com o véu.

— O senhor é muito modesto.

— Não sou nada modesto. Mas a senhora não precisa me agradecer pelo salvamento do rei, porque não salvei o rei. Nem eu nem ninguém mais poderia salvar o rei. *Louis Dix-sept* morreu há dez anos.

Schiller manteve inabalado seu sorriso. Goethe apertou o estofado do divã com a mão e Carl August olhou para o chão. De Versay inspirou profundamente.

— *Pardon*? — perguntou madame Botta.

— O jovem no quarto ao lado, que acabamos batizando de Karl, não é Luís Carlos de Bourbon, mas alguém que é tão semelhante ao rei como um pingo d'água a um outro pingo d'água, e com a impressionante, mas não perfeita, acribia direcionada a mimetizá-lo. Por medo da resposta, não ousei perguntar-lhe qual seu papel nessa charada, se ele é seu próprio criador ou apenas um instrumento. Mas a senhora, madame, sabe com certeza.

Madame Botta negou com a cabeça.

— Um sósia do rei? O senhor está apresentando uma história monstruosa. E, além do mais, inacreditável.

— Mais inacreditável do que a libertação do delfim, mortalmente doente, do templo, como num conto de fadas, pela imperatriz Josephine e mais inacreditável do que sua fuga de 10 anos pela França, Europa e América? Nos últimos dias, olhamos para os olhos da morte em suas centenas de formas para salvar o seu *dauphin*. Por isso, em reconhecimento ao nosso desempenho, a senhora nos deve responder a verdade.

Sophie Botta ficou calada. Todos ficaram calados. Schiller descruzou os braços e serviu-se de um gole de vinho.

A porta se abriu, aparecendo a cabeça de Voigt.

— Sua Excelência, o rei acordou. Às suas ordens, Sua Excelência... — com um movimento da mão Carl August fez seu ministro ficar em silêncio e depois de outro gesto Voigt voltou a fechar a porta.

— Depois que ele for entronizado em Notre-Dame — falou madame Botta — ninguém mais vai perguntar sobre sua identidade.

— E quem o fizer será morto por isso?

Ao ouvir essa afronta, Vavel de Versay levantou-se de sua poltrona, mas Sophie Botta o deteve.

— Não o compreendo — ela falou. — Assim como nós, o senhor não quer ver um novo rei no trono da França, um governante prudente, sábio e amante da paz, independentemente de sua ascendência, ou será que o senhor realmente deseja o tirano Bonaparte, que resolve empapar de sangue os países da Europa, inclusive o seu?

— Não finja que se preocupa com o bem-estar dos franceses ou com a paz na Europa. A senhora quer alcançar o poder. Se seu novo rei tivesse as mesmas qualidades e os mesmos objetivos que Napoleão tem agora, a senhora não hesitaria em apoiar suas guerras.

— Mas ele não é assim! Ele seria um bom rei!

— E mesmo sendo o melhor rei, continuaria sendo um falso rei. Um jogo de aparências desse não engana o mundo.

Sophie Botta suspirou como alguém que é incapaz de convencer seu interlocutor de que ele está enganado.

— Sua moral está impedindo seu caminho, Herr von Schiller.

Em vez de replicar, Schiller tomou o vinho que tinha se servido. A francesa olhou para Goethe, como se esse tivesse o dever de chamar o amigo à consciência. Mas como ele também nada disse, ela se ergueu e falou com uma frieza surpreendente:

— Nós lhe somos gratos pela ajuda, Herr von Schiller, mesmo se não aceitar esse agradecimento mais uma vez. Mas se depois dessa tarefa para a casa dos Bourbon o senhor se tornar um inimigo dos Bourbon, teremos de tratá-lo como tal. Espero que tenha me expressado da maneira mais clara possível.

Schiller deixou a última gota de vinho escorrer pela garganta, descansou o copo e também se ergueu.

— Com uma clareza quase constrangedora, madame Botta. Mas estive no inferno e regressei. Não temo mais a ira dos homens. Aos diabos com os salteadores e piratas — Schiller falou, animado, quando eles voltavam do castelo para casa. — Minha nova peça vai tratar de um falso rei!

— Você não pode estar falando sério — retrucou Goethe.

— Claro que não estou me referindo ao nosso falso Luís. Mas, se não me falha a memória, houve na história da Rússia um homem que disse ser filho de Ivan e que se tornou czar. Uma matéria incrível para minha fantasia, o senhor não acha? Aconteceu algo semelhante na Inglaterra, há alguns séculos...

— Por mais fascinante que seja, eu lhe imploro, meu amigo: não se meta, sob quaisquer circunstâncias, com madame Botta e os monarquistas.

— Não posso ser um bajulador de autoridades. Não o era no passado. Me fez mal? Essa víbora não vai me meter medo. É incrível quanto uma mulher pode ser infernal! — Schiller balançou a cabeça. — Quero escrever uma peça que esses algozes realmente venham a detestar e colocar sua política decadente nos palcos. Se o senhor acha que vou ter alguma participação no seu jogo, enganou-se comigo. Será que o senhor pensa em silêncio em esquecer as peripécias das últimas semanas, como se nunca tivessem acontecido?

— Sim. Vou retornar para minha casa como Diógenes no barril e, daqui por diante, vou ficar alheio a tudo e a todos. Nossa aventura apenas mostrou, mais uma vez, que os poetas não têm o que procurar na política. Os países estrangeiros precisam se entender sozinhos e vou olhar para a constelação política apenas aos domingos e feriados.

— Interessante. Pois tirei conclusões exatamente opostas.

Essa divergência fez com que os amigos ficassem em silêncio pelo restante do caminho. No mercado, Schiller comprou, com as poucas moedas de que ainda dispunha, um buquê para Charlotte, a fim de suavizar sua ira sobre seu retorno tardio e desleixado. Na esquina da Frauentorstrasse com a Esplanada, os dois se despediram. Schiller expressou sua tristeza por não ter podido se despedir de nenhum de seus companheiros, nem de Humboldt, que tinha sido arrancado deles, nem de Arnim, Kleist ou Bettine, que tinham partido sem dizer nada — e nem a Karl, pois, embora ele tivesse mentido ao grupo e fugido, Schiller ainda não conseguia odiá-lo. Por um instante ele se lembrou da possibilidade de ser padrasto de um esclarecido rei da França e disse:

— O sonho foi divino. Mas acabou.

— Agora você me despreza por eu ser, nas suas palavras, um bajulador de autoridades?

Schiller balançou a cabeça, negando.

— Sei distinguir o homem de seu cargo.

Sorridente, Goethe estendeu-lhe a mão.

— Passe bem. Adeus.

— Quantas vezes já não nos dissemos isso.

— E quantas vezes ainda não iremos nos dizer... E, por favor, me desculpe, pois o barril, ou melhor, o tanque está à minha espera. Estou fedendo como um furão.

— E eu penso em dar uma longa dormida — disse Schiller. — A tortura destes últimos dias foi grande. Vou dar um jeito de Lolo tão cedo não me acordar.

Com o olhar, Goethe seguiu Schiller, barbado e com um buquê nas mãos, até que esse tivesse sumido dentro de casa e também se pôs a caminho da sua. Quando Christiane lhe abriu a porta e reconheceu o marido, debaixo da barba e dos farrapos, começou a chorar. Uma hora mais tarde um banho quente estava preparado para Goethe.

11

ESPLANADA

Ainda antes de Goethe partir para Bad Tennstedt, como era sua intenção, a fim de se recuperar da estafa dos últimos dias nos banhos termais sulfurosos, foi tomado por uma severa dor nos rins e teve de ficar acamado. O doutor Stark mostrou-se muito preocupado com ele. Quando a dor se tornava insuportável, às vezes desejava que uma bala dos bonapartistas o tivesse atingido, pois então teria tido uma morte do tipo rápida e indolor — como Kleist e Arnim tinham sempre sonhado — e não essa desgraçada morte burguesa. Lá fora, a vida em Weimar e no mundo seguia seu curso. Ele soube, por intermédio do conselheiro Voigt, que lhe fez uma visita, que a mulher que se chamava de Sophie Botta tinha deixado Weimar com o homem que tinham chamado de Karl Wilhelm Naundorff — na companhia do conde de Versay, cujo verdadeiro nome certamente seria outro. Goethe não soube nada de Bettine, então supunha que ela estava morando em Ossmannstedt, com a anuência de Wieland, ou tinha voltado para Frankfurt sem sua ajuda. Mas logo recebeu uma carta que ajudou tremendamente na sua recuperação, pois Alexander von Humboldt anunciava em poucas linhas que tinha escapado dos franceses e de Santing e que se encontrava bem e em segurança, e que, por sua vez, tinha escutado com prazer a notícia do regresso dos companheiros. A carta não trazia data nem endereço. Goethe não cabia em si de contente e fez um bilhete com uma mensagem mais do que alegre chegar até Schiller.

Lá pelo fim do mês, as cólicas diminuíram. Quando chegou maio, Goethe sentia-se novamente com forças suficientes para dar um passeio pela cidade com Christiane, que tinha rezado dia após dia por sua recuperação. Caminharam através do parque do rio Ilm até a Casa Romana e atravessaram o rio na ponte seguinte. Na Casa de Jardim, os empregados haviam preparado café e bolos e Goethe pediu para levarem uma cadeira de braços até o jardim, onde tirou uma soneca. Goethe logo afastou a coberta que seu empregado puxara sobre seu colo, pois fazia tempo que a primavera havia dado lugar ao verão e o sopro balsâmico do vento oeste satisfazia os sentidos. Ao acordar, queria pedir por um alazão e cavalgar pelas montanhas — mas ainda estava tão enfraquecido pela doença que Christine teve de segurá-lo nas escadas junto ao portão de pedra, quando voltavam à noite para casa.

Ao passar pela Esplanada, Schiller e sua Charlotte estavam saindo de casa, com a intenção de assistir a uma comédia no teatro. A alegria do reencontro foi grande e Schiller ficou mais tranquilo com a notícia de que Goethe estava a caminho da recuperação. E mesmo a dolorosa ferida na cabeça do amigo tinha sarado — enfim e para sempre —, como notou Schiller. Restava apenas uma cicatriz branca. Enquanto as mulheres conversavam sobre seus próprios assuntos, Schiller afastou-se um passo, para ouvir sobre os companheiros de Mainz, dos quais sentia tanta falta quanto do tempo glorioso da arcádia da montanha Kyffhäuser. Infelizmente, porém, Goethe não sabia nada de suas antigas afinidades eletivas e nada sobre o desfecho da intenção da madame envolta em véus e seus emigrantes em relação à entronização de Karl na França. Quando Goethe perguntou sobre a decisão audaz de Schiller de escrever uma peça sobre o falso czar, esse contou que o trabalho avançava bem e que todas as paredes de seu escritório estava cobertas com mapas de Cracóvia até o Ural e com imagens de bispos cinzentos e tártaros coléricos, que o observavam trabalhar através de sobrancelhas peludas. Mas seu falso filho do czar era diferente de Karl porque ele próprio *não* sabia ser o filho do czar e, por isso, era um herói moral. Em meio a seu relato, Schiller foi acometido por uma tosse feia. Charlotte olhou para trás, séria.

— Um dos dois suvenires de nossa viagem — explicou. — Tomei tantos banhos frios durante esse tempo que nunca vou me livrar desse catarro. Mas as grandes almas suportam com paciência.

— Qual é o outro suvenir?

— Ainda o medo ridículo de que estou sendo seguido.

Goethe riu e Schiller concordou.

— Acompanhem-nos até o teatro! Depois tomamos uma garrafa de Málaga, mostro meu trabalho e o sequestro até a Rússia de 200 anos atrás.

Goethe recusou.

— Você superestima minha saúde fraca, jovem. A touca de dormir está chamando; preciso me deitar. Será um prazer numa próxima vez.

Ambos os casais se despediram e tomaram seus caminhos. Antes que as cortinas se abrissem no teatro, Goethe tinha adormecido.

Na noite de 10 de maio, Goethe foi acometido novamente por cólicas e num pesadelo febril previu a própria morte, entre as ruínas de um convento, e nem os pintores melancólicos alemães poderiam retratar a cena de modo mais preciso, em meio a um cenário de floresta, à luz do crepúsculo. Ao acordar, no fim da manhã, estava mais exausto do que ao se deitar na noite anterior. Christiane lhe trouxe um chá de ervas e um pano, que havia embebido em água quente, para que ele pudesse limpar o suor do rosto. Então relatou a ela, da melhor maneira possível, suas românticas cenas noturnas e quando falou da própria morte, lágrimas difíceis de serem disfarçadas começaram a escorrer pelo rosto da mulher.

— Não fique assim, minha querida — Goethe falou de maneira amistosa e puxou-a para si. — Foi apenas um sonho bobo.

Ainda que ele acariciasse seu cabelo, ela começou a soluçar com força e quando finalmente conseguiu recuperar a voz, disse:

— É Schiller.

Foi o suficiente. Goethe entendeu na hora.

— Ele está morto.

Christiane assentiu e suas lágrimas não paravam de rolar. O olhar de Goethe ficou fixo. No mesmo instante, todas as dores de seu corpo sumiram e deram meia-volta, e se até há pouco era o corpo quem sofria, agora era a vez da alma. Mas se essas dores incomparáveis fossem comparadas, a última seria cem vezes mais excruciante. Ele não conseguia chorar. Christiane contou o que sabia da súbita morte, mas Goethe escutava sua voz apenas ao longe, como se ela estivesse a três cômodos de distância.

Uma hora mais tarde, barbeado e vestido, ele se dirigiu à Esplanada. Parecia que grande parte de Weimar ainda não sabia que tinha perdido um de seus maiores cidadãos e a visão das crianças brincando e das mulheres do mercado, conversando sob o sol de maio, repugnava Goethe. Ele desejava a barba e os farrapos de volta, para passar incógnito pelas ruas até a casa de Schiller.

Seus moradores pareciam anestesiados. Os três filhos estavam sentados bem perto uns dos outros na sala, incapazes de brincar; em silêncio e com os olhos arregalados, encaravam os adultos à sua volta, como se tivessem culpa pela atmosfera de luto. Até o bebê estava quieto. Os empregados tentavam consolar-se com tarefas inúteis. Charlotte von Schiller recebeu as condolências de Goethe quase apática e sua irmã Karoline sentia-se até obrigada a se desculpar pelo mutismo da viúva, enquanto ela segurava a mão dele, tremendo. Apenas Voss, o professor das crianças, estava equilibrado. No corredor que dava para a cozinha, com a voz abafada, ele relatava a Goethe os últimos dias de Schiller, da súbita e intensa tuberculose, que se manifestou em falta de ar, febre e perdas temporárias de consciência, do diagnóstico implacável do doutor Huschke e das últimas horas de vida, nas quais ele pediu, por fim, para ser distraído com histórias românticas — até que no início da noite morreu aquilo que era mortal em Schiller. Voss ofereceu-se a Goethe para acompanhá-lo até o quarto do morto, sugestão que o último aceitou, hesitante. Na companhia de Georg, o empregado, seguiram para o último andar, até o quarto de estudos de Schiller.

Como o corpo já havia sido retirado, o cômodo estava vazio. Voss e Goethe movimentavam-se em silêncio pelo quarto, como se pudessem acordar alguém. Apenas uma das venezianas estava aberta e a semiescuridão e o cheiro de doença, medo e morte enfraqueceram Goethe de tal maneira que ele teve de se segurar na soleira da porta para não cair.

— Abram a segunda veneziana, para que entre mais luz — pediu Goethe.

Apenas quando a veneziana foi aberta e o sol do meio-dia tinha afastado as sombras, ele também entrou no quarto. Seus olhares evitaram a cama na qual a alma de Schiller havia se apagado. Em vez disso, observou os mapas do leste, que estavam presos nas tapeçarias verdes ao redor da escrivaninha, as gravuras dos czares, bispos e patriarcas, de oficiais e soldados da velha Rússia, além de um desenho do Kremlin e um mapa de Moscou.

— Fique o tempo que quiser — falou Voss, que fez um sinal para o empregado acompanhá-lo para fora do quarto. A porta se fechou atrás dos dois.

Goethe sentiu um calafrio, pois não queria ficar sozinho com o espírito do amigo, mas o ambiente era tudo menos fantasmagórico, e então foi se acalmando aos poucos. Puxou a cadeira e sentou-se à mesa, mesmo se isso significasse ter a cama do morto às costas. À sua esquerda havia um pequeno globo; também esse mostrava a Rússia ao observador. Alguns livros de história apoiavam-se na mesa. Entre duas luminárias, um relógio tiquetaqueava animado, até que Goethe o desligou. Ao lado de algumas penas de caneta, uma lata para polvilhar areia, um mata-borrão e um vidrinho de tinta, a mesa estava coberta por papéis todos escritos com letra miúda. Os olhos de Goethe vaguearam pelas anotações da nova peça de Schiller, pararam aqui numa formulação estranha, alegraram-se ali numa sentença bem-feita. Ele leu com prazer as passagens que Schiller havia riscado, hachurado e comentado. Às vezes ele se pegava sentindo vontade de que o amigo entrasse no quarto e, acompanhado pelos risos da família, anunciasse a morte como uma brincadeira.

A metade de uma hora passou dessa maneira, até que Goethe se perguntou pela primeira vez onde estava a peça do czar. Pois pelas anotações esparsas era fácil notar que Schiller há tempos já havia começado a escrevê-la, sim, que talvez estivesse até prestes a concluir o manuscrito — mesmo assim, não se viam versos em nenhum lugar. Sem permissão, Goethe vistoriou primeiro a gaveta da escrivaninha — encontrando nela somente uma maçã podre — depois a da segunda mesa do quarto e, finalmente, a estante de livros. Ele decidiu perguntar a Voss a respeito. Antes de deixar do escritório, quis fechar novamente as venezianas, mas o trinco estava quebrado e uma delas sempre voltava a abrir para o lado.

Perguntado sobre a última obra de Schiller, Voss assegurou-lhe que iria procurar pelos versos ao arrumar os papéis do falecido e que os entregaria a Goethe — com a anuência da viúva, claro. Goethe, por sua vez, ofereceu à família do amigo todo e qualquer apoio humanamente possível.

Já tinha ficado mais escuro quando Goethe voltou a pisar na Esplanada. Zeus tinha coberto seu céu. Goethe estava com a impressão de que um crepe preto havia sido sobreposto ao céu e estava tão caído que era preciso se curvar para não tocá-lo. No caminho para casa, manteve a cabeça para baixo e o olhar dirigido aos pés, que se arrastavam como os de um velho, com passinhos pequenos sobre o calçamento. Metade de seu corpo parecia estar paralisada. Queria ter trazido uma bengala, a fim de se apoiar nela, mas queria ainda mais desabar no exato lugar onde se encontrava; simplesmente cair no chão e ficar deitado por lá, com a cabeça apoiada no braço, sem chamar a atenção dos passantes, nesse ar maravilhoso.

Ele levantou a cabeça de novo apenas no largo Frauenplan e então viu que diante da porta de sua casa havia quatro senhores vestidos com roupas simples. Quando Goethe aproximou-se deles, reconheceu os homens: eram os camponeses da hospedaria de Ossmannstedt, com os quais Schiller e ele haviam brigado quase até tirar sangue e de cuja vingança tinham conseguido escapar com a fuga sobre o congelado rio Ilm.

— Lembra-se de nós, senhor conselheiro? — perguntou o mais forte dos quatro, que era também seu porta-voz.

Goethe assentiu, cansado.

— Certamente, meus senhores. Apenas os senhores escolheram a hora menos apropriada de todas para sua desforra. Mas, por favor: sovem minha pele, não vou me defender. Porém duvido que poderão aumentar minha dor.

O homem apressou-se em tirar seu gorro e os outros seguiram o seu exemplo.

— Soubemos, senhor conselheiro — disse com o rosto franzido, balançando o gorro entre as mãos. — Por isso é que estamos aqui. Bem, falando a verdade, já estávamos anteontem na cidade, comprando sementes, e nessa ocasião queríamos mesmo retribuir, ao senhor e a seu amigo, bem, na mesma moeda com a qual os senhores nos trataram daquela vez, mas então, bem, o *incidente* acabou nos fazendo desistir dessa intenção. O senhor não precisa mais ter medo de nós.

— Estou espantado. Então os senhores estão aqui para me prestar condolências?

— Bem, talvez isso também, mas não é o principal. Na noite da morte do senhor Schiller *aconteceu* algo que alguém devia saber. Por isso voltamos à cidade, pois, além do senhor, conselheiro, não nos lembramos de mais ninguém a quem pudéssemos relatar o acontecido.

— O que estão querendo dizer?

Os camponeses de Ossmannstedt relataram então como na noite de 8 de maio, depois de ter tomado várias canecas de cerveja na taberna Urso Preto, se recordaram do trato com o pessoal de Weimar e se decidiram, sem muito refletir, aceitar o convite leviano de Goethe e vingar-se dos dois antes de voltar para casa. Como Schiller morava mais perto, seria o primeiro a levar a surra, mas diante de sua casa os camponeses estavam indecisos sobre como agir: o que fazer se não fosse Schiller a abrir a porta, mas um empregado? Pediam para chamar o patrão? E o que fazer se ele já tivesse ido se deitar — pois era perto da meia-noite e toda a cidade dormia? Ele levaria a surra de pijamas? Enquanto os quatro bêbados discutiam a respeito, sussurrando, na ruela ao lado, o mais jovem viu uma sombra escalando a fachada lisa da casa de Schiller. Prendendo a respiração, os camponeses de Ossmannstedt observaram como o escalador abriu habilmente a janela da mansarda, desaparecendo dentro da casa pouco depois. Para o quarteto, a situação tinha extrapolado: dar um soco bem dado no rosto de Schiller era uma coisa, invadir a casa da família era outra. Por isso se postaram debaixo da janela, a fim de prender o delinquente na saída. Mas quando esse apareceu novamente junto à janela, com uma pasta de couro debaixo do braço, tomou consciência do comitê de recepção que o aguardava na rua e, em vez de descer, foi da janela para o telhado e fugiu com seu saque sobre os telhados das casas vizinhas. Os camponeses, porém, não se deram por vencidos tão facilmente: seguiram o ladrão pela ruas e tentaram tirar proveito de sua superioridade numérica, a fim de obstruir-lhe o caminho. Ele desceu do telhado na Graben, mas conseguiu despistar definitivamente seus seguidores na rua para Berka, pois seu cavalo o aguardava por lá, amarrado numa árvore. Os camponeses ficaram sóbrios novamente por conta dessa surpresa e pelo ar fresco da madrugada e resolveram abandonar o plano inicial e, em vez disso, voltar à aldeia. Apenas nesse meio-dia souberam, por intermédio de um viajante, que Schiller havia morrido no dia depois daquele e essa notícia lançou uma nova luz sobre seu enigmático encontro noturno.

A prostração de Goethe passou ao longo do relato e a pergunta que ele ardia de vontade de fazer era sobre a aparência do visitante noturno. Os camponeses de Ossmannstedt resumiram tudo o que tinham retido na memória a respeito do homem e, interrompendo-se mutuamente, acrescentando informações, confiaram a Goethe o que sabiam — mas Goethe já tinha entendido na primeira frase quem era o procurado:

— Ele usava um tampão sobre o olho direito.

— Meus muito estimados senhores — disse Goethe, quando terminaram. — Fizeram bem em vir até mim e devo-lhes mais gratidão do que os senhores podem imaginar. Que meus melhores votos os acompanhem em seu caminho de volta ao lar e fiquem certos de que quando tiver resolvido certas tarefas, retornarei a Ossmannstedt para me apresentar voluntariamente, a fim de que me estapeiem o quanto acharem justo como desforra, ou pelo menos que a noite inteira fique à minha custa.

A oferta foi aceita pelos camponeses e Goethe despediu-se de cada um deles com um aperto de mãos.

De volta à própria casa, pediu ao filho Carl que lhe arranjasse um cavalo, selasse a montaria e não se esquecesse da comida. Teve de repetir as ordens até que Carl, que no dia anterior ainda havia levado canja ao pai na cama, conseguisse obedecê-lo. Em seu escritório, Goethe pegou todas as pistolas de que ainda dispunha e colocou-as sobre a mesa. Uma após a outra, checou os mecanismos e retirou as danificadas, até restarem três que funcionavam sem restrições. Na verdade, uma pistola seria suficiente, pois era preciso disparar apenas *uma* bala no coração de *um* homem, mas o episódio em Mainz lhe mostrara que o tiro não estava entre seus pontos fortes. Além disso, pegou o sabre francês que tinha sobrevivido à última aventura, à exceção de algumas marcas.

Em seguida, procurou pelo filho e pediu para conversarem de homem para homem — ele deveria cuidar da mãe, caso acontecesse alguma coisa com Goethe. Esse pedido deixou o garoto confuso e ele não sabia como relacioná-lo à súbita morte de Schiller.

O mais difícil foi encarar Christiane. Ela estava em seu quarto, redigindo uma carta.

— Preciso sair mais uma vez, ainda durante esta hora — disse. — Desta vez, porém, a viagem será curta.

Christiane olhou para ele sem demonstrar reação.

— Inimaginável. Você não pode cavalgar, está doente.

— É uma outra doença diferente daquela que sofri até ontem. A antiga foi-se embora assim que soube da morte dele. E contra a nova há um remédio.

— E o enterro de Schiller?

— Honrarei mais sua memória se descobrir o que fizeram à família de Schiller do que jogando um punhado de terra sobre seu caixão. Ele recebeu um visitante indesejado na noite de sua morte. E é esse que vou encontrar e colocar contra a parede.

Espantada por essa notícia, Christiane precisou de um tempo para voltar a encontrar as palavras.

— Peça a Carl August que mande seus homens.

— Permita-me ir sozinho e desacompanhado. O forte é mais poderoso quando está sozinho.

— Permito que vá — ela disse —, mas apenas se me prometer voltar a salvo para casa.

— Não posso prometer tal coisa.

— Você o fez na sua última despedida e também cumpriu a promessa.

Goethe não soube o que retrucar. Ficou em silêncio e olhou para o jardim.

— Para onde? — ela perguntou, finalmente, a fim de quebrar o silêncio dele.

— Para o sul. Para a Baviera, suponho.

— Então vá, vá em nome de Deus e, com a ajuda de Deus, volte para mim.

Goethe pegou sua mão nas dele e beijou-a, com gratidão.

— Mais uma coisa, delicada Verônica — disse —, mais uma coisa antes que vá, pois não quero carregar este peso às costas na viagem. Desde que você é a mãe do meu filho, Christiane... meu coração às vezes foi desleal.

— Do que você está falando?

— De não ter sido sempre tão devotado a você, apesar de sofrer por causa disso depois. De permitir que outras mulheres se encostassem em meu peito. De sempre ter tido uma cabeça firme, mas, às vezes, um coração fraco.

Ela colocou a segunda mão sobre as dele e sorriu.

— Bagatelas. Você é grande demais para mim sozinha e seu coração também talvez o seja. Enquanto houver um cantinho livre para mim por lá, o resto não me importa.

Quando ela olhou para ele, parecia que Goethe estava sob o quente sol da primavera.

— Você é a maior de nós dois — sussurrou, comovido. — Beije-me! Senão vou beijá-la!

Em seguida, Goethe levou seus lábios aos dela e ela retribuiu com tal entrega como se esse beijo pudesse uni-la para sempre a Goethe; uma garantia para seu regresso. Apesar de toda sua pressa de partir, ele não conseguiu se livrar do abraço e beijou todo o rosto e o pescoço dela; antes de se dar conta, a mulher o ajudara a se livrar do casaco, fez escorregar o xale que envolvia seus próprios ombros e, com muitos beijos e poucas palavras, guiou-o até o quarto. Quando a porta se fechou, ela tirou os sapatos, sentou-se na cama e fez um sinal para que ele fizesse o mesmo. Meio puxado por ela, meio caindo, ele também se sentou e dessa maneira sua despedida foi postergada pela meia hora mais íntima de todas.

12

EISHAUSEN

Goethe foi galopando até Berka, como se a terra ardesse debaixo de seus pés. Ele perguntava pelo *capitaine* Santing a cada caminhante que vinha ao seu encontro, a cada camponês ao lado da estrada e a cada hospedeiro. Muitas vezes recebia apenas indiferença como resposta, mas uma quantidade suficiente de pessoas tinha notado no dia anterior um cavaleiro com um tampão no olho em trânsito para o sul. Supondo que o *capitaine* estivesse a caminho da Baviera, em Berka Goethe escolheu a estrada de Rudolstadt. E quando até a quinta pessoa perguntada nada sabia sobre um caolho, teve de dar meia-volta e escolher a bifurcação para Ilmenau. Ele se hospedou em Kranichfeld, obrigado pela escuridão e por seu corpo enfraquecido, e na manhã seguinte, antes ainda do primeiro raio de sol da aurora, cansado, montou novamente na sela.

Quanto mais fundo Goethe entrava nas encostas da floresta da Turíngia, mais fresca se tornava a pista de Santing. Goethe estava cego para o espetáculo das florestas que se tornavam verdes e grato por cada casinha de alfândega desocupada e cada cancela erguida, pois em seu tour de force ele mudou de territórios incontáveis vezes, de um ducado turíngio minúsculo a outro, das terras de Sachsen-Weimar-Eisenach para as de Sachsen-Gotha-Altenburg, de volta por Sachsen-Weimar-Eisenach, novamente por Sachsen-Gotha-Altenburg para Schwarzburg-Rudolstadt, uma terceira vez por Sachsen-Weimar-Eisenach em direção à Saxônia e finalmente para Sachsen-Hildburghausen.

Quando apeou ao sol da noite em Werratal, veio-lhe pela primeira vez o pensamento de que Santing sabia que estava sendo seguido, usando essa cavalgada em ziguezague pela Turíngia para fazer seu perseguidor de bobo. Em Hindburghausen Goethe perdeu a pista. Era como se o *capitaine* nunca tivesse pisado na cidade e mesmo se tivesse — Hindburghausen era o cruzamento de grandes estradas —, quem poderia dizer se ele tinha continuado viagem dali para Meiningen, para Römhild, para Coburg ou para Eisfeld? A coragem de Goethe começou a minar. Só então compreendeu como fora curioso não ter perdido a pista do *capitaine* muito antes.

Na Hospedaria Inglesa, junto ao mercado, fez uma refeição, enquanto o cavalo era cuidado. A dona do estabelecimento também não sabia informar nada a respeito de um caolho. Enquanto comia coxa de ganso guarnecida com bolinhos em molho marrom, Goethe sentiu necessidade de se embebedar como da última vez, em Spessart. Só que essa ebriedade não terminaria em alegria, mas em tristeza. Nesta noite, seu amigo seria enterrado em Weimar. Quando a dona da hospedaria trouxe-lhe a segunda caneca de cerveja, ele já pediu a terceira. Goethe ergueu a caneca e brindou com sua imagem refletida na janela diante de si:

— Saúde, Friedrich. O que a vida só lhe deu pela metade, que a posteridade lhe dê por inteiro.

Agora não havia mais como parar: ainda antes de a caneca que brindava a Schiller ter sido esvaziada, as lágrimas escorriam pelos olhos de Goethe e ele começou a chorar em silêncio. Envergonhado, escondeu o rosto com as mãos, na esperança de que os outros frequentadores da hospedaria não prestassem atenção ao solitário homem em prantos. As lágrimas escorriam-lhe das mãos para dentro das mangas. Algumas caíram no prato à sua frente, pingaram no osso do ganso e fizeram desenhos no resto do molho. Pela primeira vez ele se sentiu com a idade que tinha, um velho de 55 anos. A amizade com Schiller tinha lhe proporcionado uma segunda juventude, uma juventude que foi interrompida pela morte desse. A fonte da juventude secara. Logo

Goethe não conseguia nem mais saber se era Schiller a quem pranteava ou a sua própria juventude perdida.

A discreta dona da hospedaria esperou até que as lágrimas de Goethe parassem e estivessem secas e foi falar com ele. Ela pedia desculpas por estar incomodando o *monsieur*, mas uma de suas empregadas havia visto hoje na vila, não longe de Hindburghausen, um cavaleiro de um só olho e rosto furioso, que usava um tampão preto sobre o olho direito, assim como Goethe o descrevera, e talvez o *monsieur* gostasse de trocar uma palavra com a moça.

Goethe deu um pulo à cozinha, onde a jovem cortava alguns repolhos, e lhe fez perguntas. Ela tinha acabado de comprar ovos num povoado ao sul da cidade e voltava quando o cavaleiro caolho com o rosto furioso passou cavalgando por ela. Ela o seguiu com o olhar até ele sair da estrada e desaparecer na floresta por uma trilha estreita. Mais não sabia informar, mas ela descreveu para Goethe o caminho até o povoado e a saída para a floresta. Goethe pediu à hospedeira para selar novamente o cavalo, que já havia sido escovado e estava coberto, e deu alguns trocados à empregada como agradecimento.

Já estava escuro quando o cavalo de Goethe subia trotando rumo aos montes atrás de Hindburghausen. Depois de meia hora tinha alcançado o cume, e a estrada descia íngreme até o vale do rio Rodach. Lá embaixo, viu as luzes de Eishausen, pois esse era o nome do povoado — uma longa fileira entre a estrada e o pequeno rio de casas de telhados baixos com cobertura de ardósia. Goethe encontrou a trilha descrita que seguia floresta adentro, desmontou do cavalo e seguiu-a, conduzindo o animal pelas rédeas. Já que o sol havia se posto fazia tempo, mas a lua ainda não tinha aparecido, teve de se esforçar para passar pela floresta em segurança e seu cavalo, pressentindo o risco, começou a bufar e a relinchar. Goethe sentiu-se obrigado a amarrar as rédeas numa tília e seguir sozinho, a fim de que sua aproximação não fosse percebida.

Quando a floresta se abriu novamente, ele se encontrou cara a cara com um castelo, ou melhor, com um palacete, que parecia estar fora de lugar ali, longe da cidade, junto à borda da floresta, como se a mão de um gigante o tivesse tirado de sua *villa* e trazido para o campo. Essa casa senhorial era uma caixa maciça de três andares com nove janelas em cada andar, de uma impressionante falta de bom gosto, pois sua ornamentação limitava-se a gárgulas artisticamente forjadas nos beirais do telhado, uma parreira crescida junto aos muros e uma escada aberta dupla, que levava à entrada. Uma casa e um estábulo ficavam próximos à construção e sua parte posterior estava junto a um muro alto, que, sem dúvida, cercava um jardim. A trilha que Goethe havia seguido terminava numa alameda de castanheiras, que de um lado levava ao palacete e do outro, por um portão de ferro e por uma vala, de volta à Poststrasse e depois Coburg. O portão estava fechado. Não havia luz no andar superior e no inferior do palacete e as venezianas encontravam-se fechadas, mas no andar intermediário quatro janelas estavam claras, três do lado direito.

Goethe escondeu-se entre as árvores, tirou seu casaco e carregou as três pistolas. Meteu duas no cinto, engatilhadas, e manteve a terceira na mão. Em seguida, saiu. À sombra da casa, ele se aproximou do palacete e circundou-o pela metade, até encontrar, do lado oeste, a porta para as dependências de serviço. Ela estava fechada. Ele espiou o interior do cômodo pela fechadura, supostamente uma despensa, e a cozinha ao lado, na qual brilhava uma única vela. A porta não estava trancada, mas travada por dentro com uma peça de madeira colocada de través. A porta era formada por tábuas de carvalho, tão empenadas ao longo dos anos que haviam surgido pequenas frestas entre elas. Goethe inseriu a lâmina de seu sabre numa dessas frestas e com muito esforço empurrou-o bem fundo. Em seguida, pressionou o sabre para cima, fazendo com que, do outro lado da porta, a lâmina desencaixasse a peça de madeira e, por fim, ela caísse no chão. Goethe tinha de retirar a lâmina rapidamente da madeira. Ao apoiar os dois pés contra a porta, ele conseguiu; fraco como estava, a manobra custou-lhe muito suor. Mais uma vez espiou pelo buraco da fechadura, mas parecia que ninguém do segundo andar havia notado o barulho da queda do pedaço de madeira, que lhe parecera tão alto. Goethe entrou, travando a porta novamente.

Enquanto ainda estava na despensa e inspecionava a grande cozinha, escutou passos na escada em caracol que descia até lá e percebeu um facho de luz se aproximando. Goethe catou o primeiro objeto que conseguiu enxergar com aquela luminosidade — um rolo de abrir massa — e escondeu-se com ele atrás de um armário. Um lacaio apareceu pela passagem dos empregados. Carregava uma bandeja com um jogo de chá usado e um castiçal. O cabelo do homem era todo grisalho e ele se movimentava com uma elegância francesa. Goethe esperou até que o empregado tivesse largado atrás de si a bandeja com a preciosa porcelana e então bateu com o rolo na parte de trás de sua cabeça. O corpo caiu tão devagar que Goethe pôde até conter a queda.

Goethe chegou ao segundo andar pela escada em caracol. Colocou o castiçal que carregava diante da porta revestida, que certamente dava para o corredor, e empunhou duas armas. Um suor gelado recobria as palmas de suas mãos. Inspirou profundamente e abriu a porta com as costas. Com um pulo passou para o outro lado — um corredor vazio decorado com inúmeros espelhos, com duas portas de cada lado. Um homem estava falando atrás da porta à sua esquerda. Goethe esgueirou-se até lá e encostou um ouvido na porta. Tentou identificar a voz de Santing, mas não conseguiu. Não lhe restava outra opção senão entrar. Apertou a maçaneta, empurrou a porta e avançou, apontando ambas as armas.

Era um salão; simples, mas estiloso, com um piano e um conjunto de móveis ao redor da lareira. Sentados numa das mesas do lado oposto do cômodo estavam Sophie Botta e o conde Vavel de Versay, cada qual com algumas cartas de baralho na mão, e tudo fazia crer que estavam jogando paciência. De Versay usava, como sempre, sua peruca e um casaco castanho com grandes botões de metal. Pela primeira vez, madame Botta não estava com um vestido preto, mas branco, com lírios bordados, e o véu, que sempre cobria seu rosto, estava pendurado ao redor de seu pescoço. Goethe ficou tão surpreso de encontrar exatamente essas pessoas que nem pensou em baixar as pistolas. Os dois também perderam a voz e assim todos ficaram se encarando como atores que esqueceram suas falas e que esperam, em vão, pela ajuda do ponto.

— O senhor por aqui? — perguntou, por fim, o holandês.

— Engraçado — retrucou Goethe —, era a mesma pergunta que estava para lhe fazer. — Apenas então baixou as armas.

Madame Botta estava segurando suas cartas como um leque diante do rosto e atrás dessa proteção colocou novamente o véu sobre a cabeça.

— Onde está Santing? — perguntou Goethe. Sua pergunta não foi respondida. — Os senhores podem não saber, mas o *capitaine*, que deveria encontrar o delfim, está a caminho daqui. — De Versay e Sophie Botta entreolharam-se, sem saber o que fazer. — Levantem-se logo! — insistiu Goethe. — Estou falando sério; os senhores têm de temer por suas preciosas vidas!

Mas no lugar de Versay ou madame Botta, foi a voz animada de Santing que disse:

— Eles não têm de fazer isso.

Goethe sentiu na nuca o metal gelado de uma pistola. O *capitaine* tinha se aproximado de suas costas sorrateiramente.

Sem que Santing lhe ordenasse, Goethe desengatilhou ambas as pistolas, deixou-as cair sobre o tapete e, depois de um pigarro do *capitaine*, juntou também a terceira e o sabre. Só então pôde se virar para olhar o rosto que ele perseguia. Santing segurava uma pistola numa das mãos; na outra, um troféu sarcástico, a bengala de marfim do finado Sir William.

— O senhor deveria estar sempre acompanhado de alguém que lhe desse cobertura, tenente Bassompierre.

Finalmente madame Botta também se mexeu. Apontou para a poltrona junto à lareira e disse com a voz cansada:

— Vamos nos sentar.

Goethe olhou de um para o outro e foi tomado por uma raiva frustrada quando percebeu que era o único na sala que estava sendo ameaçado por Santing e que a francesa, por sua vez, era quem dava as ordens.

— Isso não é verdade — disse. — Em nome de Deus, digam que estou sonhando.

— Sente-se, Herr von Goethe — disse madame Botta.

— Primeiro quero saber se a senhora está do lado dos bonapartistas. Mesmo que a resposta estoure meus miolos.

— Ao contrário. Nós continuamos sendo, como antes, fiéis monarquistas. É o senhor Santing quem trocou sua lealdade. Agora ele trabalha para nós.

— Não acredito...! Desde quando?

— Desde que minha missão de levar o delfim de volta à França, vivo ou morto, malogrou — respondeu Santing. — Napoleão é conhecido por não ter muita piedade com aqueles que o decepcionam. Minha recompensa seria um monte de areia e 12 balas disparadas à queima-roupa. Ou seja, não tinha motivos para voltar a Mainz e ao exército francês.

— Mas o senhor é bonapartista!

— Sou soldado, conselheiro, e não um partidário. Danço conforme a música.

— O senhor Santing foi sensato o suficiente ao nos procurar e oferecer seus serviços... e nós também fomos sensatos ao aceitar a oferta — explicou Sophie Botta. — Quem poderia ser de maior utilidade na luta contra Napoleão como um *capitaine* de Napoleão? E, agora, pela terceira vez, por favor, sente-se. O senhor parece exausto, caso eu tenha a liberdade de fazer esse comentário.

Goethe sentou-se finalmente junto a madame Botta e ao conde de Versay. Se Santing não estivesse sentado à sua frente, com a arma carregada apontada para ele, a cena poderia ser interpretada de maneira errônea como uma conversa entre amigos ao lado da lareira. Com o sinete, Versay inclusive chamou mais um empregado e pediu que, mesmo tão tarde da noite, fosse servido café. Neste momento, aquele que tinha sido atacado fora descoberto na cozinha e reanimado.

Goethe queria saber se Karl também estava naquele mesmo palacete, mas madame Botta confidenciou-lhe que o jovem há tempos seguira em direção a Mitau, onde estaria mais seguro das perseguições de Bonaparte do que no esconderijo dela no interior da Turíngia.

— E a peça de Friedrich Schiller?

— Está conosco, sob os cuidados do conde de Versay.

— A senhora a leu?

— Sim.

— E o furto compensou?

— Certamente. Não preciso deixar claro que não estou falando de aspectos estéticos. Não sou versada nisso. Mas meu temor de que seu amigo fosse querer divulgar o... caso para o grande público foi confirmado. Por isso, ninguém além de mim colocará os olhos nessa obra.

— A senhora sem dúvida está exagerando. É uma peça, não uma denúncia. Estou seguro de que Friedrich não misturou dramaturgia com a realidade.

— Não? E quem diz isso é justamente o criador de *A filha natural* e de *O grande Cophta*? Werther em pessoa?

— Deus do céu, eu lhe suplico: a senhora está negando à posteridade a última obra do maior dramaturgo alemão.

— Tenho certeza de que a posteridade ganhará mais se ela se mantiver inédita. Sinto muito, o senhor não vai me convencer do contrário.

— E sua morte?

Santing riu de repente e esclareceu:

— O senhor está redondamente enganado se imagina que foi obra minha. Foi de Deus, apenas. Embora deva confessar que meus dedos estavam coçando para fazê-lo, com ele deitado na minha frente, tão indefeso e alheio. — Nessa hora, tocou no tampão de seu olho.

— *Monsieur* Santing tinha ordens expressas para apenas subtrair a obra — disse a francesa.

Santing relatou que na noite anterior à sua morte Schiller dormia profundamente — a última vez antes do sono mais profundo de todos — e não acordou nem com o invasor que abrira a janela, procurara entre os papéis da escrivaninha e pegara a peça. Em seguida, Santing cumprimentou Goethe pelo fato de tê-lo seguido através de toda a floresta da Turíngia até lá.

— Mas se console com a morte de seu amigo: agora que ele está morto, a fama dele não vai superar a sua. Pois isso sem dúvida teria acontecido.

Por causa dessa troça, Goethe deu um pulo para pegar pelo colarinho o militar zombeteiro, mas a pistola de Santing obrigou-o a voltar à poltrona. Ele tomou um gole de café para se acalmar.

— Como as coisas vão continuar, Herr von Goethe? — perguntou madame Botta.

— A senhora me entrega o manuscrito e me deixa partir.

— Impossível.

— Então a senhora pagará caro. Carl August sabe onde estou. E amanhã seus homens já estarão por aqui.

— Se mesmo o senhor não sabia para onde estava cavalgando — retrucou Versay —, como seu duque pode sabê-lo?

Goethe ficou devendo a resposta e Santing disse:

— Esse seu trabuquete precário já não queria funcionar antes.

— Está tarde — falou a francesa, levantando-se. — Vamos nos retirar e amanhã decidiremos sobre o futuro. Apenas mais um detalhe, porém: não é bom para o senhor conhecer meu rosto.

— Conheço seu rosto, mas e daí? É o semblante de uma mulher que parece ser capaz de vilezas apenas atrás da proteção de um véu.

Santing e o segundo empregado levaram Goethe até um pequeno dormitório no andar superior, cuja janela tinha grades. A porta foi trancada atrás dele e o empregado armado sentou-se numa cadeira, no corredor, para montar guarda. Goethe não desperdiçou nem um minuto pensando em possibilidades de fuga. Tirou o casaco, caiu na cama e tinha entrado num sono profundo, sem sonhos, antes de todos os outros moradores da casa.

A desesperança foi logo anunciada. Na manhã seguinte, Goethe foi levado até o salão de refeições para tomar café na companhia de madame, do conde e do ex-*capitaine*. Depois de a cozinheira tirar os pratos, Sophie Botta pronunciou-lhe o veredicto ao qual ela chegara durante a noite: Goethe tinha de morrer. Era grande demais o perigo de ele delatá-la, de delatar seu esconderijo em Eishausen, mas, principalmente, de delatar o delfim. Ela sentia profundamente tal decisão, disse, mas, tendo em vista os interesses dos monarquistas e de Luís XVII, não havia outra alternativa.

— E esse é o agradecimento — retrucou Goethe — por ter colocado em risco, várias vezes, tanto minha vida quanto a de meus companheiros, a fim de tirar um impostor das garras do maior exército da Europa? Não haveria outro caminho, uma alternativa, que não a morte... ou melhor, um assassinato, um assassinato atroz? Isso é monstruoso. É ímpio e a senhora não pode estar falando sério. É impossível exigir isso e, ao mesmo tempo, xingar Napoleão ou as bestas jacobinas.

Versay, constrangido, colocou açúcar em seu café e ficou em silêncio.

— Ninguém lhe pediu para vir até aqui — respondeu Sophie Botta. — Meus avisos na residência de Weimar foram claros o suficiente. Mas apesar disso somos realmente gratos pelos seus serviços.

— E de que me adianta sua gratidão?

— Por gratidão podemos permitir-lhe a morte ateniense.

Goethe riu, amargo.

— Eu devo me matar? Devo entornar eu mesmo o cálice de cicuta para que suas finas mãos não sejam manchadas pelo pecado? Que vergonha! Que vergonha de todos vocês, infamérrimos patifes! — Enojado, Goethe cuspiu sobre o adamascado branco.

— Se o senhor não partir voluntariamente — Santing falou, puxando um estilete do cinto —, então estarei à disposição para ajudá-lo. *Olho por olho.*

— Amaldiçoado! — Goethe ficou furioso e jogou em Santing o açucareiro, que bateu na parede e cobriu-o de açúcar. — Vou arrancar seus dentes da boca caso você diga mais uma palavra!

Madame Botta fez um gesto para acalmar o literato.

— Acalme-se. Lembre-se de que poderíamos tê-lo envenenado com o café que o senhor acabou de sorver. Compreendo que nos despreze, mas valorize ao menos nossa integridade de não assassiná-lo de maneira desleal.

— Serei seu eterno devedor. Mais ainda, vou sugerir seu nome para a ordem da legião de honra francesa. E quando essa farsa deve acontecer?

— Assim que o senhor se sentir preparado para tanto.

— Então seria em 1849.

Sophie Botta suspirou.

— Seu comportamento é ainda mais importuno do que o de seu finado colega. O senhor sabe que vai partir, então parta com a honra condizente com seu título e sua idade. Hoje à noite, Herr von Goethe. Aproveite o dia para rezar e nos informe se tiver outros desejos.

— Só tenho um: que a senhora e todos os filhos da puta sigam para o inferno.

Os mesmos acompanhantes da noite anterior levaram Goethe de volta ao dormitório que se tornara seu cárcere. Agora começava a segunda parte da tragédia: mal a porta havia se trancado atrás dele, as cólicas voltaram a chamejar, como se ele não tivesse mais nada com que se preocupar na vida. Seus rins ardiam tanto que ele teve de se sentar na cama, com o corpo curvado sobre a barriga, até que o pior da dor tivesse passado. Tomou um gole d'água de uma garrafa que lhe tinham dado. Na ilusão criada por sua fantasia, o gosto não era de água comum. Seus dedos tremiam como folhas secas ao vento. Ele se flagrou desejando que a francesa realmente o tivesse envenenado às escondidas e então tudo teria terminado há tempos.

A morte de alguém que sabe que *tem* de morrer é totalmente diferente do medo de alguém que sabe que *teria* de morrer. Um soldado na batalha, um andarilho entre lobos, um marinheiro em alto mar agarram-se com toda força à vida e não deixam de tentar nenhuma possibilidade de salvação — e, mesmo assim, aceitam a morte quando chega sua hora. Mas o condenado à morte não tem outra atividade senão preparar-se para ela e continua até o último instante incapaz de se conformar com ela.

"Desde quando você encara a morte com medo?", Goethe perguntou-se em voz alta. "Você viveu o suficiente. Aproveitou cada um de seus dias. Agora termina a vida que poderia ter terminado muito antes. Vou parar de viver, mas vivi. Encare sua vida longa como um verdadeiro presente e não tema a morte!" E acrescentou: "Apenas os covardes temem a morte." Mas ou ele era covarde ou o lema estava errado.

Goethe ficou andando pelo quarto sem parar e, como o ar lhe parecia parado e cheio de pó, quis abrir a janela. Mas os vidros diante das grades de ferro estavam fechados. Sem querer pedir um favor ao carcereiro, resolveu pegar uma cadeira e bateu-a contra os dois vidros. Finalmente entrava ar fresco no quarto — mas também ar quente, pois o dia prometia temperaturas excepcionalmente altas — e logo Goethe já se arrependia em ter destruído a janela, que agora não podia mais ser fechada. Restou-lhe apenas cerrar as cortinas, mas a escuridão parecia ainda mais torturante do que o calor.

Ele se aproximou da janela e olhou para baixo, para o jardim que rodeava o palacete; maravilhoso, fresco e verde. Havia entre todos os 12 meses do ano algum mais inapropriado para se morrer do que maio? O esplendor das flores e o animado gorgolejar dos pássaros pareciam-lhe uma afronta e ele teve de pensar no próprio jardim junto ao rio Ilm e em Weimar e em Christine e August. Uma gata preta prenhe passeava entre os arbustos e canteiros. Ao longe, a torre da igreja de Eishausen sobressaía-se entre as copas das árvores, mas não adiantava gritar por socorro. Madame Botta e sua sombra holandesa tinham acertado ao escolher esse palacete como seu lar no exílio. Quando o sol tinha dado a volta pela casa e passou a bater diretamente em sua cela, fazendo o suor escorrer pela sua testa, Goethe afastou-se da janela e jogou-se, sem coragem, sobre a cama. Mesmo na caverna, nas profundezas da montanha Kyffhäuser, quando sua situação não era melhor, não tivera tanto medo quanto agora.

Por fim, Goethe exprimiu mais um desejo que queria ver cumprido antes de sua execução: pediu uma última refeição. Sua intenção não era enfrentar a morte sem fome, não, apenas não queria desperdiçar nenhuma oportunidade de adiamento. Seu pedido foi aceito e a cozinheira da casa serviu um *souper* magnífico, de quatro pratos, dos quais Goethe deixou a maior parte intocada, pois não tinha fome. E os outros comensais, Versay e Botta, também mal comeram. O ex-*capitaine* ficou sentado afastado, numa poltrona junto à lareira, como sempre com uma pistola engatilhada e a bengala inglesa ao seu lado.

Por fim, Goethe serviu-se várias vezes da sobremesa, mas não dava mais para postergar a hora de sua morte.

— Vamos resolver logo isso — disse madame Botta.

Em seguida o conde de Versay sumiu num quarto lateral e voltou com uma malinha de couro. Ele a abriu e retirou um frasco que continha um líquido marrom. Madame Botta e Goethe também se levantaram. Apenas Santing permaneceu sentado.

— Se lhe servir de consolo — disse o holandês, no qual era visível o desconforto durante essa ação extrema —, é claro que vamos enterrá-lo da maneira cristã.

— Não me serve de consolo e nem o ajudará diante do julgamento de Deus.

— Ao menos sua fama póstuma será elevada a uma altura indizível — disse madame Botta. — O grande Goethe, que sumiu sem deixar pistas no dia da morte de Schiller e no auge de sua capacidade criativa. O senhor se tornará imortal.

— Eu preferiria não alcançar a imortalidade através do desaparecimento sem pistas, mas pelo fato de não morrer.

— Em qual bebida o senhor quer as gotas? Temos vinho ou refresco.

— Deus misericordioso! — zombou Goethe. — Veneno no refresco e morrer! Isso é por demais sem graça. Me dê um gole de água.

Madame Botta delegou ao holandês a tarefa de misturar o veneno em um copo de água. Goethe encarava-a fixamente.

— Quando eu tiver engolido a água, a senhora me revelará quem se esconde atrás do véu?

— Não.

— Bom. Isso não me interessa mesmo.

Santing se mexeu.

— *Eu* posso lhe confiar um segredo picante, sobre o qual o senhor poderá ficar matutando durante sua travessia.

— E o que seria?

— Tem relação com seu fino companheiro Humboldt.

Realmente o ex-*capitaine* conseguiu desconcertar Goethe mais uma vez com a menção a Humboldt.

— O que há com ele?

Santing fez uma menção ao copo que naquele momento Versay entregava a Goethe.

— O senhor saberá assim que tiver engolido. E, do lado de lá, mande os melhores votos ao seu amigo Schiller.

Goethe olhou para o copo. O veneno havia se dissolvido totalmente na água. Pensou em Schiller. Será que iria mesmo revê-lo? Levantou a bebida mortal e falou:

— Assim a morte me unirá a ele. — Em seguida derramou o conteúdo sobre o tapete, que logo absorveu a água e o veneno. E depositou o copo na mesa. — A senhora não está mesmo achando que me tornarei cúmplice de seus covardes assassinatos, sua bruxa bourbonista.

— O senhor bem sabe — disse madame Botta — que temos mais algumas ampolas em estoque. Vamos continuar.

— Assim como continuarei a envenenar seu tapete.

A francesa assentiu com a cabeça. Aos poucos sua paciência parecia se esvair. Santing ergueu sua pistola.

— Posso?

— Sem sangue e sem barulho — retrucou ela. Para Goethe, disse: — O senhor está disposto a tomar o próximo copo?

— De modo algum. Estou disposto a me defender como um javali.

Madame Botta tocou a sineta para chamar seus empregados e lhes passou instruções. Santing e o empregado mais jovem agarraram Goethe, que se debateu, chutou e mordeu como um cão raivoso, mas os outros eram truculentos, o agarravam cada vez mais forte e seus membros cediam sem energia. Por fim, o imobilizaram no chão, de modo que ele não conseguia se mexer. Versay pegou um segundo frasco da malinha, abriu a rolha lacrada e entregou-a ao empregado grisalho. Desta vez, Goethe receberia o veneno sem diluição. Ele apertou os lábios com a máxima força possível. O empregado curvou-se sobre Goethe, o frasco na mão direita, a esquerda segurando seu queixo. Mas era impossível abrir seus lábios. A distante torre da igreja de Eishausen badalou uma hora. O empregado jovem tentou abrir as mandíbulas com violência, mas quando nem isso deu certo, Santing tapou o nariz de Goethe, de modo a que se não quisesse sufocar, cedo ou tarde teria de abrir a boca. Goethe sentiu os pulmões se contraindo dolorosamente. Não desviava os olhos da ampola mortal e pensou em seu ataque fracassado na carruagem no Hunsrück. Desta vez Kleist não iria tirá-lo da enrascada. O ar estava acabando.

Inesperadamente, uma das janelas altas foi quebrada e através dela surgiu, como um raio de nuvens de tempestade, Heinrich von Kleist, todo vestido de preto. Ele soltou a corda na qual tinha se pendurado para pular para dentro do salão e rolou pelo tapete, com uma trilha de cacos atrás de si. Mal acabara de rolar, levantou-se, puxou do cinto as pistolas com o brasão da família e gritou:

— *Haut les mains*!

Mas a impetuosa cambalhota continuava a girar em seus sentidos — uma valsa rápida não poderia tê-lo deixado mais tonto —, de modo que deu um passo zonzo para o lado, feito um pião que fora mal jogado, tropeçou e caiu. Para sua total infelicidade, uma das duas balas disparou, quebrando uma vidraça.

A atenção, porém, tinha sido totalmente desviada de Goethe e assim ele pode se livrar do clinch de seus inimigos e arrancar com um tapa a ampola que estava na mão do empregado. O veneno rolou sobre o piso e foi para baixo de uma cômoda. Kleist tinha se erguido de novo, a tempo de disparar um tiro de alerta contra Santing, que queria pegar a própria pistola, ainda sobre a poltrona. Kleist a jogou para longe e puxou o sabre.

— Falei *haut les mains*, seus canalhas!

Goethe tentou se erguer, mas Santing empurrou-o novamente para o chão. Em seguida, Santing seguiu madame Botta e o conde de Versay, que estavam deixando o salão.

— O manuscrito! — gritou ela para seu acompanhante holandês.

Santing deu cobertura aos dois até eles chegarem ao corredor e então fechou a porta atrás de si. Kleist queria seguir os três, mas o jovem empregado se pôs no caminho; nas mãos, em vez de um sabre, o atiçador que pegara diante da lareira. Ele ergueu o objeto contra Kleist, girando-o no ar. Kleist esquivou-se do ferro preto.

De esguelha, Goethe viu que o empregado grisalho tinha notado a pistola de Santing na poltrona e pensava em pegá-la, e foi no último instante que conseguiu agarrá-lo pelos calcanhares e fazê-lo cair. O lacaio investiu contra ele e golpeou-lhe o rosto e o ombro, mas logo Goethe estava curvado sobre ele; o punho da mão direita cerrado golpeava com firmeza o rosto do homem.

— Soco, punho um* — disse, e com o golpe da esquerda: — Soco, punho dois!

O soco dois tinha acabado com o velho: suas pálpebras se fecharam e a cabeça despencou, mole, para o lado.

Nesse intervalo, o adversário de Kleist tinha perdido de tal modo o equilíbrio ao esmurrar o ar que Kleist poderia ter enfiado o cabo de seu sabre com toda a força no pescoço dele. O empregado tinha se estatelado sobre a mesa e, ao cair, puxou junto algumas porcelanas e outros tantos talheres de prata para o chão. Goethe pegou a pistola de Santing.

— Caramba! — elogiou Kleist. — O senhor tem uma pegada e tanto!

— Me passe seu sabre.

Kleist obedeceu e recebeu em troca a pistola.

— Alexander ainda está sobre o telhado. Bettine está esperando diante da casa, caso a corja de assassinos resolva fugir.

---

*No original há um jogo de palavras, pois o personagem Goethe diz "Faust eins" [punho um] e "Faust zwei" [punho dois]. *Faust* significa punho, mão fechada, mas também é o título de uma de suas principais obras, dividida em dois volumes. (*N. do T.*)

— Bettine? Humboldt? Estou atônito.

— Sim, o mundo é algo espantoso.

— Está mancando?

— Meu voo pela janela — confirmou Kleist, que realmente não conseguia apoiar o pé esquerdo. — Para tropeçar não é preciso nada além de pés.

— Encontre o holandês. Escute, é da maior importância literária mundial o senhor conseguir tirar das mãos dele uma pasta de couro com papéis escritos.

— E o sujeito de Ingolstadt...

— ... Já sei. Deixe-o comigo.

Goethe saiu na frente em direção ao corredor e às escadas.

Ainda chegou a tempo ao saguão diante da grande escada: Santing estava abrindo as portas para sumir noite adentro com madame Botta. Ela estava tão apressada que nem tinha colocado um casaco sobre o vestido.

— Parem! — exclamou Goethe, e sua voz ecoou feito um deus vingativo pelo saguão.

Santing virou-se na direção de Goethe. A cicatriz no seu pescoço brilhava feito pele recém-crestada.

— Siga até a carruagem — cochichou para madame Botta —, irei em seguida. — Ele não carregava nenhum sabre no cinto, mas levantou a bengala de Sir William e disse: — Sir William me deixou uma herança útil: uma bengala como a dos ingleses. Por fora de madeira, por dentro de ferro.

Com essas palavras, girou a empunhadura com a cabeça de leão e puxou-a do cabo. De dentro da madeira oca surgiu um florete. Santing atirou a madeira para o lado, sorrindo.

— Faça suas contas com o céu — disse a Goethe, e subiu os últimos degraus. — Seu tempo acabou. Não brinque, velho. Comece a golpear! Eu aguento.

— Então aguente! — exclamou Goethe, e golpeou, mas sua lâmina escorregou na de Santing.

Enquanto o ruído de espadas enchia o saguão e era ecoado pelos espelhos e pelas paredes de mármore, Sophie Botta pegou uma tocha acesa de seu sustentáculo na parede e atravessou o pátio da frente em direção aos estábulos. Abriu a porta, soltou a tocha e procurou por uma sela e rédeas a fim de atrelar um dos quatro cavalos, acordados de seu sono leve por conta da súbita entrada da mulher.

— Sophie Botta?

A interpelada se virou. Bettine estava junto ao portão do celeiro. Usava um vestido preto de luto e, por isso, era difícil de ser reconhecida na escuridão.

— Peço-lhe que não fuja — disse. — E espero que a senhora me obedeça de livre e espontânea vontade.

Madame Botta não respondeu. Colocou a sela, que tinha acabado de erguer do cavalete, sobre um monte de feno, ajeitou o vestido preto e puxou um estilete que estava entre a bota e a perna.

Bettine ergueu uma sobrancelha quando viu a lâmina estreita brilhar à luz tremeluzente.

— O que é isso?

— Uma faca.

Em seguida a essa réplica, Bettine, por sua vez, puxou de um bolso de seu vestido o facão de caça, cuja lâmina era quatro vezes maior, e disse:

— *Isto* é uma faca.

Madame Botta percebeu que estava em desvantagem. Baixou sua arma e, assestando a ponta na direção de Bettine, arremessou-a. Bettine abaixou-se e escapou do ataque. O estilete ficou cravado no chão do pátio. Agora desarmada, a francesa começou a fugir pelos estábulos escuros e Bettine, com a faca de caça nas mãos, a seguiu.

Depois de avisar Humboldt, através da janela quebrada, que o companheiro podia descer do telhado, Kleist — prejudicado pelo pé machucado — se pôs à procura do holandês. Como o tinha ouvido descer as escadas junto com os outros, também claudicou até o andar de baixo e passou a abrir uma porta atrás da outra. Por fim, uma das maçanetas não se mexeu e atrás da porta trancada ouviam-se ruídos.

— Abram! — gritou Kleist. — Abram, eu disse, ou vou arrombar a porta!

Já que ninguém obedecera à sua ordem, Kleist arremeteu com o ombro e todo seu peso contra a porta, segurando a maçaneta na mão, repetidas vezes, até que a fechadura finalmente se desprendeu da madeira. Uma última arremetida e a porta se abriu. Vavel de Versay estava fugindo pela janela aberta do cômodo iluminado por poucas velas. Kleist viu apenas as abas de seu casaco se agitando. A falta de cuidado de Versay fez com que um maravilhoso jarro de porcelana azul de Delft, que estava sobre um friso, caísse no chão e se despedaçasse. Kleist correu para a janela. Versay não tinha pulado — descia agarrado às parreiras, e Kleist, que não tinha um sabre, pegou a fechadura pesada, que tinha arrancado ao arrombar a porta e não soltara até então, e bateu no rosto do conde com a parte de trás do ferro. Um pedaço de chumbo não teria feito um estrago maior. Com uma ferida aberta, do nariz até a maçã do rosto, Versay caiu no chão, mas não permaneceu deitado. Apesar do ferimento e da queda, ele se ergueu na escuridão.

— Você ainda está vivo! — vituperou Kleist. — Que o diabo o...

Mas no momento em que pisava no friso para pular atrás do outro, Versay atirou-lhe no rosto um punhado de areia grossa, que tinha catado rapidamente. Kleist ficou com a visão tão embotada que mal conseguia distinguir a própria mão diante dos olhos, muito menos o holandês na noite escura.

— Patife! — exclamou Kleist, e enquanto cobria os olhos que ardiam com uma das mãos, com a outra atirava a esmo pela escuridão. — Peste, morte e vingança!

Mas ele não conseguiria mais pegar Versay. A única coisa que o conde havia deixado para trás era sua peruca, que ficara presa na treliça da videira debaixo da janela.

Agora que a visão de Kleist estava prejudicada, seu olfato percebeu algo que não tinha chamado sua atenção antes: um cheiro de queimado. Sim, havia fumaça entrando no quarto. Ele se obrigou a abrir os olhos congestionados, mesmo que a dor por pouco não o levasse à loucura, e através das lágrimas e da areia viu que Versay havia colocado, de qualquer maneira, um rolo de papéis na estufa, onde tinham pegado fogo ao encostar na brasa e agora estavam em chamas. Com um pulo Kleist estava junto ao fogo, puxou o manuscrito da estufa e pisou durante algum tempo sobre ele, até que cada chama e cada canto vermelho-vivo em brasa, que comia o papel, tivessem sido apagados e não subisse mais nenhuma fumaça das preciosas páginas. Mas quando Kleist ergueu o manuscrito, a parte de baixo caiu no chão em pedacinhos carbonizados, menos possíveis de serem reunidos novamente do que o jarro de cerâmica. Kleist não conseguiu salvar nem a metade. Leu o título da obra arruinada de Schiller, Demetrius, envolto por fuligem e pelas marcas das solas dos seus sapatos, mas depois ele desapareceu por trás das lágrimas.

Kleist guardou o manuscrito em seu casaco e seguiu o barulho da luta de sabres até o saguão de entrada. Chegou lá no mesmo instante que Bettine, que tinha vindo pela escada e agora estava na entrada. Ambos se tornaram testemunhas dos últimos movimentos do duelo entre Goethe e Santing. O representante de Weimar era inferior ao de Ingolstadt em habilidade e resistência, o suor lhe escorria em bicas pelo rosto e um corte havia tingido de vermelho um lado de sua camisa — mas sua arma era a mais forte e apenas com sua perseverança tinha feito espumar de raiva o *capitaine*, que por causa disso começou a cometer erros. Ele investiu com o fino florete contra Goethe, que não teve alternativa senão absorver o golpe e revidá-lo, e num desses ataques aconteceu de a lâmina estreita do florete se partir em duas. Santing ficou olhando incrédulo para o punhal de leão com o pedaço mais curto que havia lhe restado. Goethe, porém, encostou sua lâmina no pescoço de Santing, pronto para cortar as veias da jugular ao menor movimento. Mesmo nesse momento o caolho sorria. Devagar, ele se ajoelhou diante de Goethe.

Bettine e Kleist, que tinham observado imóveis, feito pilastras, ambos os lutadores até então, aproximaram-se de Goethe. Esse, porém, não desviava o olhar de seu prisioneiro.

— Onde está a madame? — ele perguntou.

— No celeiro — informou Bettine — e não vai acordar tão cedo, a sanguinária maluca. Bati na sua cabeça coberta pelo véu com um pedaço de madeira, de modo que agora é o sono que a envolve.

— E Versay? O senhor está chorando, Herr von Kleist?

— Entrou alguma coisa nos meus olhos — explicou Kleist. — O conde foi embora com a cabeça sangrando. Mas os papéis ficaram por aqui. — E olhando para o natural de Ingolstadt, que era o único a não receber ainda seu castigo, acrescentou: — Que a justiça seja feita. Cachorro, agora você vai morrer.

— Ah, ele não vai me matar — retrucou Santing, calmíssimo. — Me incriminar num processo, sim, mas cortar a jugular de um homem indefeso a seus pés, não.

Goethe ficou em silêncio. Ouviam-se ruídos de passos na escada acima deles, pois finalmente Humboldt tinha conseguido descer do telhado e se juntou ao grupo com a pistola engatilhada. Ao chegar aos últimos degraus e olhar para seus companheiros, com Santing ajoelhado no centro deles, diminuiu o ritmo de seus passos. Humboldt também estava vestido de preto, mas algo ainda mais escuro encobria seu semblante.

— Estou feliz — disse Goethe, pois na última vez que vira seu companheiro ele estava algemado e amarrado nas mãos do inimigo.

Santing virou-se furioso para Humboldt e disse:

— Também estou feliz.

Humboldt desceu os últimos degraus, ergueu sua pistola e, muito próximo, atirou na cabeça de Santing. A bala perfurou a testa de Santing e ficou presa no cérebro. Goethe estava tão perplexo que nem afastou o sabre, de modo que o morto tombou para o lado e se cortou, sangrando, na lâmina. Ele permaneceu deitado de costas sobre os azulejos; os olhos que ainda expressavam seu espanto estavam arregalados. Nessa hora, Goethe se afastou, arrepiado, e deixou cair o sabre cheiro de sangue. Bettine estava tapando os ouvidos com os dedos, embora o barulho do disparo tivesse se dissipado havia muito tempo. Kleist se debatia por palavras assim como um peixe que está encalhado na praia se debate por água.

— Raios que o partam! Alexander! — esbravejou, finalmente. — O que você fez?

— Não fiz aquilo que todos nós desejávamos há um bom tempo? — respondeu Humboldt de maneira estranha, com a voz alta. — Esmagar um piolho que não parava de picar?

Goethe tinha se ajoelhado ao lado do morto.

— Vejam como um facínora morre — murmurou, e fechou pela última vez o segundo olho do homem de Ingolstadt.

Bettine finalmente tirou os dedos dos ouvidos.

— E agora?

— Temos tudo, não precisamos de nada. Vamos embora.

— Não deveríamos tocar fogo em todos os cantos do castelo, como um adeus?

— Não, Herr von Kleist. Por favor, chega de fogo, chega de sangue. Estou cansado disso.

Quando chegaram à escada diante do palacete, escutaram batidas de cascos de cavalo. O conde de Versay tinha voltado e montado num cavalo sem sela, com o qual fugia pela alameda. Diante de seu colo, uma madame Botta inconsciente estava atravessada sobre as costas do cavalo, como uma noiva roubada. Nenhum dos quatro fez menção de seguir os monarquistas. Em vez disso, também deixaram o pátio. Kleist, que não conseguia nem andar nem enxergar direito, foi apoiado por Humboldt. Bettine e Goethe tinham pegado tochas para iluminar o caminho.

Depois que os quatro sumiram na floresta, o silêncio caiu novamente sobre o palacete de Eishausen e a gata prenhe da casa saiu de um arbusto e começou a puxar a peruca de Versay das treliças, a fim de transformá-la num ninho confortável para seus filhotes.

No caminho até os cavalos, Bettine explicou as circunstâncias do salvamento inesperado e oportuno de Goethe. Bettine tinha passado o mês de abril na casa de Wieland em Ossmannstedt, assim como Goethe sugerira, e quando chegou maio começou a pensar em voltar a Frankfurt — quando ela e Wieland receberam a notícia da morte de Schiller, no dia de seu enterro. Dessa maneira, partiram, com roupas de luto, para Weimar, a fim de participar do funeral. À noite, encontraram no mausoléu da igreja de são Tiago Humboldt e Kleist, que tinham ido juntos a Weimar — o primeiro para falar com Goethe; o segundo, para reclamar os 150 táleres prometidos — e também tinham sido surpreendidos pela notícia trágica. Mas a alegria do reencontro não diminuiu junto ao túmulo de Schiller, o mais magnânimo de todos eles. Os companheiros também estavam bastante surpresos com a ausência de Goethe: Pollux não iria ao enterro de Castor? Wieland supôs que o motivo seria sua enfermidade renal ou sua repulsa em relação a cemitério e tudo o que se refere à morte. Mais tarde, porém, Kleist conseguiu se aproximar de Christiane e essa, por sua vez, relatou com grande preocupação como Goethe havia saído apressadamente a cavalo na noite anterior, em direção ao sul. Eles não sabiam o que fazer com essa informação, mas todos tinham percebido, de maneira inexplicável, que o escritor estava em grande perigo. Nesse momento, não tinham outra opção além de pedir informações ao próprio duque, que estava presente. Depois de se apresentar ao duque como três dos resgatadores do rei e receber seu agradecimento pessoal, falaram sobre Goethe. Mas Carl August também não sabia lhes dar nenhuma resposta, pois em primeiro lugar o único objetivo que Goethe poderia alcançar no sul não era nenhuma base dos bonapartistas, mas o contrário até, e em segundo lugar ele jurara nunca revelar o lugar. Apesar de toda a pressão dos companheiros para que lhes desse essa única informação, o duque permaneceu calado, até que Bettine perguntou:

— O senhor quer perder no intervalo de poucos dias também o segundo maior escritor do ducado, que, ainda por cima, é seu amigo?

O medo por Goethe finalmente minou a resistência de Carl August, que quebrou seu juramento e falou do esconderijo de madame Botta e do conde de Versay no principado de Sachsen-Hildburghaus. Incitados por um súbito arrebatamento e sem sequer se equipar para a cavalgada rumo ao desconhecido — sim, sem nem ao menos trocar as roupas de luto por outras de viagem —, os três montaram nos cavalos naquela mesma noite e seguiram, céleres, até Eishausen, onde chegaram 24 horas depois, ofegantes e nem um minuto adiantados. O cavalo sem dono, que haviam encontrado na floresta, um pouco antes do palacete, era uma comprovação inegável de sua intuição e, ao mesmo tempo, um aviso para se apressarem.

Como todas as palavras de agradecimento para esse salvamento marcado por sacrifícios lhe parecessem insuficientes depois do relato de Bettine, Goethe disse apenas:

— Revê-los aqueceu meu coração como um copo de conhaque.

Em silêncio deram os últimos passos até chegar às montarias. Humboldt, Kleist e Bettine tinham amarrado seus animais junto ao de Goethe. Bettine meteu sua tocha num buraco de galho de uma tília e juntos desamarraram os cavalos exaustos. Apenas Goethe não se mexeu.

— Por que matou Santing? — perguntou a Humboldt.

Humboldt levantou os olhos dos arreios.

— Por quê? Seria melhor deixar o canalha viver?

— Não creio. Mas você não o matou por vingança. A morte desse Santing lhe foi muito útil.

— O que o senhor está querendo dizer?

— Até agora não tinha conseguido entender por que Santing, esse oficial escaldado em todas as águas, que inclusive conseguiu prendê-lo no caminho até Weimar, tinha poupado sua vida depois da batalha na montanha Kyffhäuser, embora não poupasse nenhum inimigo, e mais ainda: como você conseguiu escapar de sua custódia? Hoje à noite, creio, encontrei a resposta. — Todos olhavam agora para Goethe. Kleist e Bettine encaravam-no boquiabertos. — Vocês tinham um acordo, não é?

Humboldt não respondeu. Goethe assentiu com a cabeça.

— Suas armas, por favor, Herr von Humboldt.

Sob o olhar incrédulo dos outros, Humboldt puxou sua pistola, tirou o sabre do estojo e entregou ambos a Goethe, que guardou as armas junto ao seu cavalo.

— Deus do céu — disse Kleist —, isso é monstruoso! Alexander, diga que ele está mentindo, diabos!

— Ele está falando a verdade — retrucou Humboldt. — Quando estava cavalgando até Weimar, não longe de Kyffhäuser, tive o azar de almoçar numa hospedaria à qual os franceses chegaram pouco mais tarde. Fugir ou lutar era impossível. Santing exigiu que eu o levasse até Luís Carlos e em troca ele me deixaria partir, ileso. Aceitei, sob a condição de que não só eu, mas também vocês não seriam molestados. Quando Karl não lhe foi entregue em nosso acampamento, ele não se sentiu mais comprometido em poupar a vida de vocês. Mas depois de deixarmos juntos a montanha me deixou partir, como combinado, após a explosão do "Templo das musas", porque imaginava que o delfim estivesse soterrado sob os escombros. Essa é toda a história.

Bettine balançou a cabeça.

— Mas por quê? Não foi por... medo?

— Não por medo. Agi assim porque, no fim das contas, persigo os mesmos objetivos que Santing. Nossos patrões, Bettine, são súditos fiéis e príncipes-herdeiros, que querem girar a roda da história para trás, para antes da Revolução na França. Isso não é admissível. A partir do momento em que Herr von Goethe nos revelou que não tínhamos partido para salvar Karl, mas para devolvê-lo ao trono, a fim de escravizar o povo francês de novo, senti repugnância por nossa campanha. O senhor respeita Napoleão, Herr von Goethe, e odeia a Revolução. Comigo é o contrário. Odeio Napoleão, mas o valorizo mais do que qualquer outro príncipe da Europa. E se não houver outro caminho, prefiro ser libertado pelos franceses do que submetido pelos alemães. Não me importo com quem me rege, mas como me rege.

— O senhor me surpreende — disse Goethe.

— Não é possível. No que o senhor estava pensando quando me pediu para acompanhá-lo e ao senhor von Schiller? Que de um amigo de Forster, um amigo de Bonpland, um companheiro de revolucionários exilados, se tornaria um lutador ardente contra Napoleão, que como ninguém personifica a Revolução, e isso apenas porque sou *alemão*? O que importa não é a fronteira entre a França e a Alemanha, mas aquela entre cima e baixo. Vivenciei a Revolução em Paris e esse período será sempre o mais rico e inesquecível de minha vida. E isso não tem nenhuma relação com as histórias sanguinolentas de erros que o senhor leu nos jornais à época, na distante Weimar. Houve um tempo antes das guilhotinas. A visão dos parisienses, de sua assembleia nacional, de seu templo da liberdade ainda inconcluso no Campo de Marte, para o qual eu mesmo carreguei areia, flutua dentro de mim como um rosto de sonho diante de minha alma. Isso foi a aurora da Revolução Francesa, uma mudança rumo a novos tempos dourados, e por nada eu iria atrapalhar os franceses em seu progresso. Por essa razão estava disposto a sacrificar Karl, e por essa razão Santing não precisou se esforçar muito para me convencer. Não é necessário acrescentar que não queria que alguma coisa acontecesse a vocês e que me recriminei e me torturei de todas as maneiras depois da explosão da caverna. Queria apenas trair o delfim, não vocês.

Agora Humboldt pegara do cinto também seu chicote, que tinha esquecido de entregar, e deu-o a Goethe.

— Julguem-me. Aceitarei sua decisão, mesmo que seja a morte.

— O que está esperando? — perguntou Goethe. — Perdão, depois de ter assassinado o *capitaine* a sangue frio?

— O senhor certamente não quer nos comparar.

Kleist, que até então estava estranhamente imóvel, incapaz de conversar ou se mexer, e até de soltar da mão as rédeas de seu cavalo, por fim saiu do transe e o fez com a intensidade de um vulcão que explode depois de séculos de inatividade. Ainda antes de falar, tirou a pulseira de ferro do pulso esquerdo.

— Traidor! Seu miserável traidor!

— Heinrich...

— Não pronuncie meu nome, sua boca o suja! Por um triz não morremos na Kyffhäuser e você é o culpado!

— Santing me deu sua palavra de que não ia atacá-los.

— E daí? — gritou Kleist. — Se o lobo lhe promete não atacar as ovelhas, você abre o pasto para ele? Um demônio roubou sua razão, Alexander? O que você fez não dá nem para ser chamado de leviano: você guiou as balas que foram disparadas contra nós. Que você arda por isso!

— Pelo menos você entende meus motivos? A Revolução...

Kleist, que tinha se aproximado de Humboldt, deu um passo para trás. Ele segurava a cabeça com ambas as mãos.

— Neste momento, nada me importa: a Revolução; a monarquia; Napoleão, Luís, Karl; a Alemanha, a França e a Europa... no final, me importava apenas com você, você. Eu amei um *judas*! Você nos traiu feito Judas — então sua voz fraquejou — e, como Judas, beijando, você nos traiu.

Kleist pigarreou, limpou com a manga a areia dos olhos vermelhos e dirigiu-se a Goethe.

— Conselheiro, se o senhor realmente quiser me agradecer pelo salvamento, então tenho dois pedidos: pela traição a nosso grupo, Alexander deve ser julgado. E pela traição a meu coração, eu mesmo vou agir.

— Não! — exclamou Bettine, com lágrimas escorrendo pelo rosto.

Mas Goethe olhou de Kleist para Humboldt e ao contrário, assentindo em seguida. Bettine escondeu o rosto no flanco de seu cavalo, para não ter de continuar assistindo ao exaltado julgamento. Humboldt não fez menção de fugir quando Kleist pegou o estojo de balas a fim de carregar a pistola. Kleist não parava de limpar os olhos com a manga.

— Não traí seu coração — disse Humboldt. — Eu o amei com sinceridade e ainda amo.

Kleist não respondeu. A vareta para carregar a arma caiu no chão e seus olhos machucados não conseguiam encontrá-la à luz bruxuleante das tochas. Humboldt levantou-a. Kleist pegou, de maneira ríspida, a ferramenta que lhe fora oferecida e empurrou com ela as balas mortais para dentro do cano. Então engatilhou as duas pistolas.

— Vamos — disse ele para Humboldt. — Pegue a tocha.

Humboldt pegou a tocha da mão de Goethe e cumprimentou-o e a Bettine.

— Felicidades.

Bettine queria se interpor, mas Goethe a impediu com suavidade. Agora Humboldt estava entrando na floresta e Kleist claudicava atrás dele, segurando uma pistola em cada mão. À luz da tocha, os dois pareciam personagens de um teatro de sombras. Bettine e Goethe acompanharam a chama até ela ser completamente engolida pelas árvores.

Bettine sentou-se na grama com seu vestido de luto.

— Eu os odeio. Por que vocês dois, que se amam, têm de se separar desta maneira?

Goethe olhou fixamente para um ponto na escuridão, onde enxergara por último a tocha. Um ponte de luz dançava diante de seus olhos. Foi assim que esperaram pelo disparo inevitável.

— Como vai o delfim? — perguntou Bettine, de repente.

Goethe virou-se para ela.

— O delfim está morto.

— O quê?

— Fique calma. Karl está passando bem.

— Não estou entendendo...

— Karl está bem. Mais não é preciso entender — disse Goethe. — Você vai voltar para Ossmannstedt?

— Vou para Frankfurt, casar-me com Achim.

Goethe assentiu com a cabeça.

— Ele é uma boa pessoa.

— Sim, caso ele continue a me amar depois de tudo isso. Que Deus também me dê forças para amá-lo para sempre.

Goethe colocara a mão do lado do corpo, porque seus rins estavam doendo novamente, e sem querer tocou a ferida aberta por Santing.

— Espero que você não me esqueça.

— O que vivi com você é, para mim, um trono de recordações felizes. Ele suspirou.

— Como éramos felizes...

Na floresta, um galho seco se partiu e Goethe emudeceu por um instante. Agora eles viam como Kleist saía das sombras das árvores, sozinho e sem a tocha, seguindo em sua direção. Nos seus braços esticados ambas as pistolas estavam penduradas como pesados badalos de sinos. Bettine ergueu-se, ficou ao lado de Goethe e em silêncio esperaram que Kleist, que manteve os olhos grudados no chão até o último minuto, chegasse até eles. Então ele levantou o olhar.

— Não consegui — disse. — Minha vida e a dele são como duas aranhas numa caixa. Ou eu atirava nele e depois em mim ou não fazia nada. — E largou, descuidado, as pistolas não usadas na grama.

— Você é o melhor dos homens — disse Goethe, realmente impressionado. Ele pigarreou. — O perdão enobrece.

Em seguida, Goethe abriu os braços e abraçou Kleist com uma doçura quase paternal. Kleist não se defendeu do gesto. Abatido, deitou sua cabeça no ombro de Goethe e fechou os olhos. Durante muito tempo ficaram tão imóveis como as tílias ao seu redor. Bettine sentiu um calafrio nos braços. Ela se apoiou nas costas quentes de seu cavalo e não conseguia tirar os olhos dessa cena.

Quando os dois finalmente se separaram, Kleist amarrou as armas de Humboldt sobre o cavalo desse último e, com uma palmada na anca, fez com que ele partisse noite adentro para encontrar seu cavaleiro. Então soltou as rédeas de seu próprio cavalo e subiu na sela. Os outros seguiram seu exemplo. Bettine tirou a tocha do buraco do galho e enterrou-a no chão, até ela se apagar. Só então perceberam que o céu, atrás do telhado de folhas, já não estava mais estrelado. Não era mais noite e a manhã ainda não havia chegado. Goethe foi na frente, até a Poststrasse, onde Bettine se despediu dele. Ela prometeu a Kleist ser sua irmã para sempre e escrever a Goethe assim que estivesse de volta à Sandgasse.

Quando Goethe disse "Adieu, Mignon", ela respondeu apenas "Bettine". Essa foi sua última palavra. Ela conduziu o cavalo para o oeste e saiu cavalgando.

— Afinal, por que veio me ajudar? — perguntou Goethe, depois que o som dos cascos do cavalo de Bettine desapareceram. — Pensei que eu tivesse uma linguiça no lugar do coração e que fosse o depositário de seu ódio. Pelo menos, isso foi a última coisa que ouvi de você, impropérios; alguns fariam corar um caldeireiro.

Kleist deu um sorriso, sem alegria.

— Às vezes mudo de opinião — explicou. — Sabe, nada em mim é constante... só a inconstância. — Ele mexeu no colete e puxou o manuscrito semiqueimado de Schiller, para entregá-lo a Goethe. — O que eu pude salvar. Sinto muito por não ter sido mais rápido.

Goethe pegou os papéis e guardou-os, com o maior cuidado, na bolsa de sua sela. Ao limpar as cinzas da mão, ficou com a sensação de que eram as cinzas do amigo. Então começaram a andar, devagar.

— Para onde segue seu caminho, Herr von Kleist?

— De Weimar para Berlim e Frankfurt an die Oder e de lá, por fim, até Königsberg.

— Barbaridade! O que o espera por lá?

— Voltarei ao exército prussiano. Ofereceram-me um posto como funcionário temporário no comissariado de guerra.

— Mas você é escritor.

— Foi o que eu disse: em mim, nada é constante. Talvez meu tempo de escritor ainda não tenha chegado.

— Você já passou pela situação de estar andando a cavalo ou a pé, com alguns pensamentos que não nos saem da cabeça e que ficamos mascando como se fossem fumo que não queremos cuspir?

— Certamente.

— Pois no percurso a cavalo até aqui fiquei refletindo sobre sua comédia de tribunal.

— Ah, é?

— Sim. Sua *bilha* tem um ritmo, um humor e uma mistura maravilhosa de personagens bizarros... méritos excepcionais, que me agradaram muito num segundo olhar. Isso pode surpreendê-lo, mas estou pensando em apresentá-la no teatro de Weimar; na realidade, em produzi-la pessoalmente.

— O senhor está brincando.

— De modo algum. E não quero fazer isso porque estou lhe devendo dinheiro ou porque salvou minha vida várias vezes, mas porque acho que ela poderia se tornar um pequeno belo sucesso.

— O senhor está falando sério quando diz que quer encenar essa peça mal-ajambrada?

— Ei, por que está sendo tão modesto de repente? O que disse Wieland, a quem tanto gosta de citar?

Kleist retrucou, em voz baixa:

— Que sou a maior promessa já vista da arte dramática da Alemanha.

— *Et voilà!*

Enquanto Kleist refletia sobre a proposta de Goethe, o olhar desse último vagou para o leste, onde a manhã se aproximava atrás de uma colina. Os primeiros raios de sol já atingiam uma nuvem solitária sobre eles, que se pendurava no céu como o velocino de ouro. Diante deles estava Hildburghausen. Os rins de Goethe doíam assim como o corte aberto na lateral do tronco, seu queixo e o rosto inteiro, mas o principal era conseguir aplacar o estômago vazio.

— Será que conseguiria fazê-lo se interessar por um café da manhã? — perguntou a seu jovem companheiro. — Até chegarmos à cidade alguma hospedaria deve ter aberto e, de minha parte, estou sentindo muita fome.

— Ora, diabos — retrucou Heinrich von Kleist, que assim tinha sido arrancado de seus pensamentos —, até me interessaria por isso. — O prussiano estalou a língua e incentivou seu cavalo a galopar. Tomado pela alegria, gritou para trás: — O último a chegar fica com a dolorosa!

Goethe também levantou as rédeas e bateu nos flancos do seu cavalo, fazendo com que empinasse, relinchando. Rindo, seguiu o outro numa corrida febril até o vale do rio Werra:

— Heinrich, Heinrich!

Este livro foi composto na tipologia Minion Pro Regular, em corpo 11,5/16, e impresso em papel off-white 80g/m² no Sistema Cameron da Divisão Gráfica da Distribuidora Record.